C.J. TUDOR
Das Gotteshaus

AF179051

GOLDMANN

C. J. Tudor

Das Gotteshaus

Thriller

Deutsch von
Marcus Ingendaay

GOLDMANN

Die Originalausgabe erschien 2021 unter dem Titel
»The Burning Girls« bei Michael Joseph, Penguin
Random House UK, London.

Penguin Random House Verlagsgruppe FSC® N001967

2. Auflage
Taschenbuchausgabe Juni 2023
Copyright © der Originalausgabe 2021 by Betty & Betty Ltd
Copyright © der deutschsprachigen Ausgabe Juni 2022
by Wilhelm Goldmann Verlag, München,
in der Penguin Random House Verlagsgruppe GmbH,
Neumarkter Str. 28, 81673 München
produktsicherheit@penguinrandomhouse.de
(Vorstehende Angaben sind zugleich
Pflichtinformationen nach GPSR)

Umschlaggestaltung: UNO Werbeagentur, München
Umschlagmotiv: © James Johnstone/Gettyimages;
FinePic®, München
ES · Herstellung: ik
Satz: Uhl + Massopust, Aalen
Druck und Bindung: GGP Media GmbH, Pößneck
Printed in Germany
ISBN 978-3-442-49432-3

www.goldmann-verlag.de

Für Neil, Betty und Doris.
Den Großen, die Schlaue und die Maus.

Brennende Mägdelein:

Aus: Wikipedia, Die freie Enzyklopädie

Als **brennende Mägdelein** (engl. *burning girls*) werden die überlebensgroßen Reisigpuppen bezeichnet, die in der englischen Ortschaft Chapel Croft (Grafschaft **Sussex**) alljährlich zum Gedenken an die Opfer der sogenannten **Ketzerverfolgungen** durch **Maria I.** von England entzündet werden. Während der Regentschaft von Maria I. (1553–1558), die schon bald den Beinamen »die Katholische« bzw. »die Blutige« erhielt, fanden insgesamt acht protestantische Einwohner von Chapel Croft den Tod auf dem Scheiterhaufen, darunter zwei minderjährige Mädchen. Sie gelten heute als Märtyrer (**Sussex Martyrs**). Das Feuer der brennenden Mägdelein findet alljährlich in der landesweiten **Bonfire Night** am Abend des 5. November statt.

Prolog

Was bin ich für ein Mann?

Es war eine Frage, die er sich in letzter Zeit öfter vorlegte.

Ich bin ein Mann Gottes, ein Diener des Herrn. Ich erfülle seinen Willen.

Aber reichte das?

Er starrte auf das kleine weiß gekalkte Haus, das im rotgoldenen Schein der Spätsommersonne vor ihm lag. Ein Cottage mit dem landestypischen Strohdach. An der Hauswand rankte Klematis, in den Bäumen zwitscherten die Vögel. Träges Bienengesumm.

Hier wohnt das Böse. Ausgerechnet hier in dieser friedlichen Umgebung.

Während er über den schmalen Fußpfad weiter auf das Haus zuging, verstärkte sich sein ungutes Gefühl, und sein Magen zog sich zu einem harten schmerzenden Ball zusammen. Noch ehe er anklopfen konnte, wurde ihm aufgetan.

»Hochwürden, Gott sei Dank! Sie schickt der Himmel.«

Vor ihm stand die Mutter. Sie sah aus, als wäre sie am

Ende ihrer Kräfte. Die strähnigen braunen Haare wie an den Schädel geklatscht, die Augen blutunterlaufen, die Haut furchig und fahl.

So sieht es aus, wenn man Satan im Haus hat.

Er trat ein. Augenblicklich umgab ihn säuerlicher Gestank, als wäre schon lange nicht mehr reinegemacht worden. Wahrscheinlich roch das ganze Haus so. Wie hatte es nur so weit kommen können? Er spähte die Treppe hoch. Das Dunkel im oberen Teil lauernd und bösartig wie ein unreiner Nebel, in den sich kein Christenmensch freiwillig begab. Seine Hand suchte Halt am Treppengeländer, seine Beine verweigerten den Dienst. Er kniff die Augen zusammen und rang nach Luft.

»Hochwürden?«

Ich bin ein Mann Gottes.

»Na, dann zeigen Sie mal.«

Er stieg die Treppe hoch. Im Obergeschoss gab es nur drei Zimmer. Aus einem davon blickte ihn kurz ein Junge an. Schmuddeliges T-Shirt, Shorts, stierer Blick. Nur Sekunden später knallte die Tür zu.

Aber zu ihm wollte er ohnehin nicht. Er öffnete die Tür dahinter, wo Hitze und Gestank ein Medium geschaffen hatten, das ihm den Atem raubte. Er hielt sich die Hand vor den Mund, um nicht zu würgen.

Ein Bett, über und über besudelt mit Blut und Körperflüssigkeiten. An den Bettpfosten hingen noch die Handfesseln – leer, offen. Und auf der Matratze ein lederner Instrumentenkoffer mit den Werkzeugen der Befreiung vom Bösen, allesamt durch Schlaufen gesichert: ein schweres Kruzifix, eine Bibel, Weihwasser, etliche Musselintücher.

Zwei Gegenstände fehlten, sie lagen auf dem Boden. Ein Skalpell und ein Sägemesser, beides blutbeschmiert. Das meiste Blut aber war auf dem Boden. Es bildete eine große Pfütze, die den toten Körper umfloss wie ein rubinroter Umhang.

Er schluckte, und sein Mund war plötzlich so trocken wie die verdorrten Sommerweiden in der Gegend. »Guter Gott, was ist denn hier passiert?«

»Das sagte ich doch. Der Teufel hat seine…«

»Genug. Schweigen Sie!«

Dann erregte etwas auf dem Nachttisch seine Aufmerksamkeit, und er trat näher. Eine kleine schwarze Schatulle. Einen Moment lang starrte er darauf und drehte sich anschließend zur Mutter, die an der Tür die Hände rang und ihn flehentlich ansah.

»Was sollen wir jetzt bloß tun?«

Wir? Offenbar war es von nun an auch sein Problem.

Er blickte auf die verstümmelte, blutige Leiche am Boden.

Was für ein Mann bin ich?

»Holen Sie Putzlappen und Chlorbleiche. Sofort!«

WELDON HERALD

Donnerstag, 24. Mai 1990

Zwei Mädchen vermisst

Die Polizei bittet um Mithilfe bei der Fahndung nach zwei abgängigen Teenagern aus Sussex: Merry Lane und Joy Harris. Die beiden 15-jährigen Mädchen sollen gemeinsam von zu Hause weggelaufen sein. Joy Harris wurde zuletzt am Abend des 12. Mai an einer Bushaltestelle in Henfield gesehen. Merry Lane verschwand eine Woche später aus ihrem Elternhaus in Chapel Croft, sie hinterließ einen Abschiedsbrief.

Obwohl die Polizei zum jetzigen Zeitpunkt nicht von einem Verbrechen ausgeht, kann, so ein Sprecher, »eine Gefahrenlage nicht ausgeschlossen werden«. Die beiden Mädchen werden daher dringend gebeten, sich bei ihren Eltern zu melden.

»Keine Angst, euch passiert nichts. Alle machen sich nur furchtbare Sorgen um euch und wären schon beruhigt, wenn sie wüssten, dass ihr wohlauf seid. Ihr könnt jederzeit zurückkommen.«

Joy ist 1,65 Meter groß und hat lange hellblonde Haare und ein noch kindliches Gesicht. Vor ihrem Verschwinden war sie mit einem pinkfarbenen T-Shirt sowie stonewashed Jeans und Turnschuhen der Marke Dunlop Green Flash bekleidet.

Merry ist auffällig schlank, 1,70 Meter groß und trug einen grauen Oversized-Pulli, Jeans und schwarze Leinenschuhe.

Bei Antreffen oder Hinweisen auf den Aufenthaltsort der Vermissten bitte Nachricht an die Polizeiinspektion Weldon unter der Nummer 01323 456723 oder Crimestoppers unter 0800 555 111.

1

»Es ist wahrlich eine äußerst missliche Situation.«

Seine Exzellenz, Bischof John Durkin, lächelt huldvoll. Was aber nichts heißen muss, denn ich bin sicher, er macht das bei allen so. Diese huldvolle Art ist seine Methode, die Welt zu zwingen. Wahrscheinlich geht er sogar huldvoll kacken.

Der jüngste Bischof, der je die Diözese North Nottinghamshire regierte, ist ein glänzender Redner und Autor einiger vielbeachteter theologischer Abhandlungen, und es würde mich sehr wundern, wenn er nicht zumindest den Versuch unternommen hätte, auf dem Wasser zu wandeln.

Kurz und gut, ein Wichser, wie er im Buch steht.

Ich weiß es. Seine Amtskollegen wissen es. Und seine Untergebenen erst recht. Insgeheim, denke ich manchmal, weiß er es sogar selbst. Ein Wichser.

Leider spricht das nur niemand laut aus. Ich auch nicht. Ich schon gar nicht. Nicht heute. Nicht, solange er meinen Job, mein Haus und meine gesamte Zukunft in seinen wurstigen manikürten Griffeln hält.

»Ein solcher Vorfall ist geeignet, den Glauben einer ganzen Gemeinde zu erschüttern«, erklärt der Bischof.

»Vielleicht. Aber um den Glauben geht es hier nicht. Was ich sehe, ist in erster Linie Trauer und Wut. Ich werde trotzdem nicht zulassen, dass diese Geschichte alles zerstört, was wir uns aufgebaut haben. Das heißt, ich kann die Menschen jetzt, wo sie mich am meisten brauchen, nicht im Stich lassen.«

»Dass die Leute *Sie* brauchen, möchte ich bezweifeln. Die Besucherzahlen sind im Keller, die Bibelstunden abgesagt, und bei den Kindergruppen, so höre ich, sieht man sich gerade nach einer neuen Pfarrgemeinde um.«

»Nach einem solchen Polizeieinsatz auch kein Wunder. In dieser Gemeinde macht man einen großen Bogen um alles, was mit der Polizei zu tun hat.«

»Das verstehe ich ja...«

Nein, tut er nicht. Er versteht gar nichts. Einer wie Durkin bekommt die Innenstadtbezirke von Nottingham doch nur aus Versehen zu Gesicht. Zum Beispiel, wenn sein Chauffeur auf der Fahrt zu seinem privaten Sportstudio falsch abbiegt. Denn auch das Reich eines John Durkin ist nicht von dieser Welt – in diesem Fall der ärmsten Stadt des Vereinigten Königreichs.

»Trotzdem meine ich, dass wir das wieder hinkriegen. Ich kann das Vertrauen wiederherstellen.«

Was ich ihm verschweige: Dass ich mir diese Aufgabe selbst auferlege, als Buße. Ja, ich habe einen Fehler begangen, aber ich laufe nicht weg, sondern mache alles wieder gut.

»Wie stellen Sie sich das vor? Glauben Sie, Sie können Wunder wirken?« Noch bevor ich etwas erwidern kann, redet er weiter, denn das kann er, reden. »Hören Sie zu, Jack. Ich weiß, dass Sie Ihr Bestes gegeben haben. Aber Sie dürfen solche Sachen nicht so nah an sich heranlassen.«

Ich sitze plötzlich kerzengerade da und bin versucht, die Arme vor der Brust zu verschränken wie ein patziger Teenager. Ich sage: »Bislang hielt ich genau das für unsere Aufgabe: den Menschen nahe zu sein, eine Verbindung herzustellen.«

»Auch, ja. Aber bei alledem dürfen wir unser öffentliches Erscheinungsbild nicht vergessen. Wir leben in schwierigen Zeiten. Überall ist die Kirche auf dem Rückzug. Immer weniger Leute gehen zum Gottesdienst. In so einer Lage können wir schlechte Presse gar nicht gebrauchen.«

Es ist das Einzige, was Durkin überhaupt interessiert: was die Zeitungen schreiben, der »Auftritt« der Kirche, wie er gerne sagt. Und nach PR-Maßstäben habe ich dem Laden tatsächlich schwer geschadet. Indem ich ein Mädchen retten wollte, habe ich es dem Verderben anheimgegeben.

»Und jetzt? Soll ich mein Amt niederlegen?«

»Keineswegs. Es wäre eine Schande, jemanden Ihres Kalibers mir nichts, dir nichts ziehen zu lassen.« Er arrangiert seine Hände zu einer Kirchturmspitze und kommt sich nicht einmal blöd vor. »Außerdem, wie stünden wir dann da? Es wäre erst recht ein Schuldeingeständnis. Nein, der nächste Schritt will wohlüberlegt sein.«

Aber sicher. Zumal er es war, der mir diese Gemeinde gegeben hat. Ich war ja mal so etwas wie sein Champion in der großen Dackelshow eines zeitgemäßen Christentums. Und es lief ja auch gut für uns. Dieser verwahrloste Sprengel in einem sozialen Brennpunkt von Nottingham, er erwachte zu neuem Leben. Das Samenkorn, das auf harten Asphalt fiel …

Bis Ruby auftauchte.

»Was schlagen Sie vor?«

»Ich versetze Sie. Irgendwohin, wo Sie weniger unter Beobachtung stehen. Ich denke da an eine kleine Gemeinde in Sussex, die gerade ohne Seelsorger dasteht – was so niemand voraussehen konnte. Der Ort heißt Chapel Croft, und es handelt sich ausdrücklich um eine Vertretungsstelle. Bis zur Ernennung des Nachfolgers sind Sie dort Kaplan.«

Ich starrte ihn entgeistert an. Mir ist, als würde mir soeben der Boden unter den Füßen weggezogen.

»Entschuldigung, aber das geht nicht. Meine Tochter macht im kommenden Jahr die Mittlere Reife. Wir können nicht ohne Weiteres umziehen.«

»Ich habe Ihre Versetzung schon mit Bischof Gordon aus der Diözese Weldon abgeklärt. Die Entscheidung ist gefallen.«

»Sie haben was? Wie soll das gehen ohne Ausschreibung und alles? Und es gibt mit Sicherheit geeignetere Kandidaten aus der Region.«

Er wischte den Einwand mit einer Handbewegung weg. »Wir kamen eher zufällig darauf. Er erwähnte etwas von einer Vakanz – ich hatte den passenden Mann, das war alles. Wie das Leben so spielt.«

Und es spielt wie verrückt, wenn Durkin die Strippen zieht. Das kann er besser als Meister Gepetto.

»Sehen Sie es positiv: eine malerische Gegend, frische Landluft, Wiesen und Felder. Und eine kleine unkomplizierte Gemeinde. Tut Ihnen und Ihrer Tochter vielleicht ganz gut.«

»Ich weiß selber, was uns guttut und was nicht. Die Antwort ist nein.«

»Schade, dann muss ich wohl deutlicher werden, Jack«, und er fixiert mich mit seinem Blick. »Chapel Croft ist, soweit es mich betrifft, kein unverbindlicher Vorschlag, sondern …« Er hebt seine Hände in Unschuld.

Und genau deshalb ist Durkin der jüngste Bischof, den diese Diözese je gesehen hat. Selig sind die Sanftmütigen, aber das Land erben Typen wie Durkin.

Ich balle die Fäuste im Schoß. »Schon verstanden.«

»Dann ist ja alles klar. Sie fangen nächste Woche an. Und packen Sie Ihre Gummistiefel ein, Sie werden sie brauchen.«

2

»O. Mein. Gott.«

»Ruhe jetzt! Du missbrauchst schon wieder den Namen des Herrn.«

»Ich weiß, aber…« Flo schüttelt den Kopf. »Guck dir die Bruchbude doch an!«

Wo sie recht hat, hat sie recht. Ich fahre rechts ran und besehe mir unser neues Haus. Das heißt das Haus des Herrn. Unsere Dienstunterkunft befindet sich direkt daneben: ein kleines Cottage, das vielleicht ganz gemütlich wäre, stünde es auch nur annähernd im Lot. Tatsächlich neigt sich das Häuschen wie ein Parallelogramm zur Seite, fast so, als hätte es beschlossen, sich still und leise, Stein für Stein, vom Acker zu machen.

Das Haus des Herrn sieht allerdings kaum besser aus: ein kleiner, ehedem altweißer Kasten, bei dem alles weggelassen wurde, was eine Kirche normalerweise ausmacht. Es gibt weder Spitzdach noch Kreuz noch Buntglasfenster, lediglich vier lukenähnliche Lichteinlässe in der Fassade, zwei oben, zwei unten. Zwischen den beiden oberen ist eine Uhr, umrahmt von einem Bibelvers:

Nun wandelt als Weise und kauft die Zeit aus,
denn die Tage sind böse.

Wie sinnreich! Vor allem, da beim Wort »wandelt« das kleine »w« fehlt. Doch statt ihre Zeit auszukaufen, haben sich die Leute hier lieber dafür entschieden, den Zahn der Zeit nagen zu lassen.

Ich steige aus, und schlagartig dringt mir die klamme Kälte bis unter die Haut. Ringsum nichts als Äcker und Wiesen, das Dorf besteht aus maximal zwei Dutzend Häusern. Dazu kommen ein Pub, ein Dorfladen und eine Gemeindehalle. Das Einzige, das man hier zu hören kriegt, sind Vögel und gelegentlich das einsame Summen einer Biene. Das kann ja heiter werden.

»Okay«, sage ich so optimistisch, wie es das Szenario hergibt, »dann schauen wir mal, wie die Kirche von innen aussieht.«

»Willst du nicht lieber wissen, wo *wir* wohnen?«, nölt Flo.

»Erst das Haus des allmächtigen Vaters, dann das Haus für seine Kinder.«

Sie verdreht genervt die Augen und erklärt mich auf diese Weise kurzerhand für blöd. Mädchen in der Pubertät kommunizieren regelmäßig mit dieser Methode. Verständlich, denn ihnen ist nicht entgangen, wie schnell sie im rein verbalen Kräftemessen unterliegen.

»Außerdem«, sage ich, »steckt der Möbelwagen noch irgendwo auf der M25. In der Kirche können wir uns wenigstens setzen. Da haben sie nämlich Bänke, weißt du?«

Sie knallt die Wagentür zu und trottet missmutig hinter mir her. Ich blicke sie an: Mit ihrem dunklen Fransenbob, dem gegen große Widerstände erkämpften Nasenpiercing (das sie für die Schule allerdings abnehmen muss) und der schweren Nikon, die sie überallhin mitschleppt, hat sie große Ähnlichkeit mit Winona Ryder in *Beetlejuice.*

Zur Kirche führt ein langer Fußweg. Gleich am Gittertor befindet sich ein zerbeulter Briefkasten. Für den Fall, dass niemand da ist, so meine Anweisung, fände ich darin die Schlüssel. Ich greife in den Briefschlitz und – Bingo! – fische zwei silberne Sicherheitsschlüssel heraus (offenbar für das Cottage) sowie ein schweres Eisenteil, das aussieht wie aus Tolkiens Mittelerde. Kirchenschlüssel sind anscheinend immer auch ein Symbol.

»Hinein kommen wir schon einmal«, sage ich.

»Super!«, lautet Flos begeisterter Kommentar.

Ich überhöre das und stoße das Tor auf. Der Weg ist steil und, nun ja, unwegsam, und zu beiden Seiten erheben sich schiefe Grabsteine aus der verwilderten Rasenfläche. Wahrlich ein Totenacker. Auf der linken Seite fällt mir ein schwärzlich verwitterter Obelisk auf, deutlich größer als die anderen Steine. Davor zwei vertrocknete Blumensträußchen – so scheint es zumindest aus der Distanz. Bei genauerem Hinsehen aber zeigt sich: Es sind keine Sträuße, sondern kleine Reisigpuppen.

»Was ist denn *das*?«, fragt Flo und greift nach ihrer Kamera.

Ohne nachzudenken, sage ich: »Brennende Mägdelein.«

Sie kniet sich hin, um sie gleich mal mit ihrer Nikon einzufangen.

»Laut Internet sind sie so etwas wie eine Tradition hier«, sage ich. »Sie erinnern an die Protestantenverfolgungen unter Maria der Katholischen. Und im engeren Sinn an die Märtyrer von Sussex.«

»Der was?«

»Der Märtyrer von Sussex. Zwei davon kamen hier aus dem Ort. Zwei Mädchen, die damals genau hier, vor dieser Kirche verbrannt wurden.«

Sie steht auf und zieht ein Gesicht. »Und deswegen machen die Leute diese gruseligen Figuren?«

»Richtig. Die dann am Jahrestag ihres Märtyrertods verbrannt werden.«

»O Mann, das klingt echt nach *Blair Witch*.«

»Na ja, was willst du? Wir sind hier auf dem Land«, sage ich mit einem letzten verächtlichen Blick auf die Reisigpuppen. »Da erhalten sich solche Bräuche.«

Flo zückt ihr Handy und macht noch ein paar Bilder für die asozialen Netzwerke und ihre Freundinnen in Nottingham. *Guckt mal: Bauern-Barbies. Damit verschönern diese Deppen ihr Dorf.* Dann kommt sie nach.

Wir gelangen zur Kirchentür, und ich probiere den Schlüssel aus. Das Schloss ist sehr schwergängig, wirkt wie eingerostet, aber schließlich dreht sich der Schlüssel doch. Knirschend öffnet sich die Tür. Knirschend bedeutet hier: mit einem Geräusch wie aus einem Horrorfilm. Ich schiebe die Tür weiter auf.

Trotz der hellen Augustsonne herrscht drinnen tiefe

Düsternis. Meine Augen brauchen eine Weile, um sich an die Dunkelheit zu gewöhnen. Erst weiter oben, in Höhe der schmutzigen Fenster, dringen einzelne Lichtbalken in den Raum und beleuchten den schwebenden Staub aus Jahrhunderten, so kommt es mir vor.

Auch sonst ist in dieser Kirche manches anders, als ich es gewohnt bin. Das Kirchenschiff ist ausgesprochen schmal, bietet Platz für gerade einmal ein halbes Dutzend Bänke direkt vor dem Altar. Dafür führen enge Holztreppen zu beiden Seiten hinauf auf eine Art Galerie mit weiteren Bänken, was an einen Theatersaal erinnert. Würde mich wundern, wenn diese klaustrophobische Einrichtung nicht gegen die Brandschutzverordnung verstößt.

Erst einmal aber riecht es so muffig, als sei der Raum schon ewig nicht mehr benutzt worden, dabei fanden hier noch bis vor Kurzem Gottesdienste statt. Dazu kommt jene unschöne Eigenart sämtlicher Sakralbauten: Immer ist es darin kalt *und* stickig zugleich.

Gleich hinter dem Eingang stoße ich auf eine gelbe Barriere mit dem handgeschriebenen Hinweis:

Achtung, lose Bodenplatten! Unfallgefahr!

»Ich nehme alles zurück«, sagt Flo. »Das ist keine Bruchbude, sondern das letzte Dreckloch.«

»Es könnte schlimmer sein.«

»Echt? Wie das?«

»Na ja, zumindest ist nicht der Holzwurm drin. Oder

der Schwamm. Und es gibt keinen Käferbefall, das ist doch schon was.«

»Also, *ich* warte draußen.« Sie macht kehrt und geht hinaus.

Ich bleibe, denn ich weiß ohnehin nicht, was ich ihr jetzt sagen soll. Sie braucht wohl etwas Zeit, um sich einzugewöhnen. Ich habe sie aus ihrer gewohnten Umgebung gerissen, ihrer Stadt, ihrer Schule, ihrem Freundeskreis, und sie an einen Ort verpflanzt, der außer Äckern und Kuhscheiße wenig zu bieten hat. Keine Ahnung, wie ich sie dafür gewinnen kann.

Ich blicke auf den Holzaltar.

»Herr, was soll ich hier?«

»Kann ich Ihnen helfen?«

Ich fahre herum.

Hinter mir steht ein Mann, klein und von auffällig bleicher Gesichtsfarbe. Ein Eindruck, der durch die hohen Geheimratsecken und die straff nach hinten gekämmten schwarzen Haare noch verstärkt wird. Trotz des warmen Wetters trägt er einen schwarzen Anzug über dem grauen kragenlosen Hemd. Auf mich wirkt er wie ein Vampir auf Urlaub.

»Vielen Dank. Sie haben recht: Ich habe auf solche Fragen auch noch nie eine direkte Antwort bekommen.« Lächelnd strecke ich ihm meine Hand entgegen. »Ich bin Jack.«

Er hingegen schaut mich weiter voller Misstrauen an. »Und ich bin der Gemeindevorsteher. Wie sind Sie hier hereingekommen?«

Mir wird plötzlich klar, wie wichtig die weiße Halsbinde eines Pfarrers ist (die ich gerade nicht anhabe) und dass diesem Arbeiter im Weinberg wahrscheinlich nur die Ankunft eines gewissen Reverend Brooks avisiert wurde. Woran sollte er mich auch erkennen? Klar, er hätte mich googeln können. Aber diese Möglichkeit erscheint doch allzu theoretisch bei jemandem, der noch mit Tinte und Feder kommuniziert. So sieht er nämlich aus.

»Entschuldigung, ich bin Jack Brooks, der neue Reverend.«

Seine Miene hellt sich auf, eine Nuance jedenfalls, und er errötet minimal. Ich gebe zu, mein Name führt öfter zu Missverständnissen – die ich aber auf perverse Weise genieße.

»Ach du lieber Gott! Ja dann, in diesem Falle… Ich hatte nur nicht…«

»Sie hatten etwas anderes erwartet?«

»Ja.«

»Jemanden, der etwas größer ist, schlanker, attraktiver?«

Und dann platzt eine Stimme dazwischen: »MUM!«

Ich wende mich um. Flo steht in der Tür, kreidebleich und mit weit aufgerissenen Augen. Alle meine Mutterinstinkte geben nun Alarm.

»Was ist los? Was hast du?«

»Mum, da draußen ist ein Mädchen. Ich glaube, sie ist verletzt. Komm schnell!«

3

Das Mädchen ist kaum älter als zehn. Es trägt ein Kleid, das einmal weiß gewesen sein muss, es ist barfuß ... und über und über mit Blut beschmiert.

Das Blut ist wirklich überall und hat sowohl ihr Gesicht als auch die blonden Haare rotbraun eingefärbt. Sie kommt über den Pfad auf uns zu, und jeder Schritt hinterlässt auf dem unebenen Pflaster einen blutigen Abdruck.

Auch ich starre sie erst einmal nur an, auf der Suche nach einer Erklärung. Was um Himmels willen ist hier geschehen? Wurde sie von einem Auto angefahren? Doch die Straße ist leer, weit und breit kein Wagen in Sicht. Und dann das viele Blut. Mich wundert, dass sie sich überhaupt noch auf den Beinen halten kann.

Ich gehe auf sie zu und knie mich hin.

»Hallo, mein Schatz. Bist du verletzt?«

Die Kleine hebt den Kopf. Sie hat eisblaue Augen, ein Farbton, wie ich ihn noch nie gesehen habe, überzogen von einem unguten Glanz, der den Zugang zu ihr unmöglich macht. Trotzdem schüttelt sie den Kopf. Verletzt ist sie wohl nicht. Aber woher dann das viele Blut?

»Weißt du, was passiert ist?«

»Er hat sie umgebracht.«

Trotz der Hitze überläuft es mich kalt.

»Wer hat wen umgebracht?«

»Pippa.«

»Flo«, sage ich leise. »Ruf sofort die Polizei.«

Flo zückt ihr Handy, starrt aber nur ungläubig auf das Display. »Ich hab kein Netz.«

Shit. Mich überfällt ein Déjà-vu, bei dem mir ganz flau wird: Blut, ein kleines Mädchen … Nicht schon wieder.

Ich wende mich an den Gemeindevorsteher, unseren bleichen Famulus, der am Kirchentor stehen geblieben ist: »Ich habe Ihren Namen nicht verstanden.«

»Aaron.«

»Gibt es hier irgendwo einen Festnetzanschluss, Aaron?«

»Ja, im Pfarrbüro.«

»Können Sie von dort die Polizei rufen?«

Er zögert. »Ich kenne das Mädchen. Sie ist von der Harper-Farm.«

»Wie heißt sie?«

»Poppy.«

Ich lächle ihr aufmunternd zu. »Poppy, wir holen Hilfe, okay?«

Doch Aaron rührt sich nicht, entweder aus Unentschlossenheit oder weil er selbst noch wie gelähmt ist. Auf jeden Fall erweist er sich als wenig hilfreich.

»Jetzt machen Sie schon!«, herrsche ich ihn an.

Während er sich beleidigt davonschleicht, höre ich das

hochtourige Heulen eines Fahrzeugs in der engen Dorfstraße. Ehe ich gucken kann, rast ein Range Rover um die Ecke und kommt mit blockierenden Rädern und spritzendem Splitt vor dem Kirchtor zum Stehen. Die Tür fliegt auf.

»Poppy!«

Ein schwergewichtiger Kerl mit schmutzig blonden Haaren springt heraus und stürmt direkt auf uns zu.

»Herrgott, Poppy! Ich habe dich überall gesucht. Was soll das? Einfach so wegzurennen!«

Aber mich beeindruckt er damit nicht. »Ist das Ihre Tochter?«

»Ja, das ist meine Tochter. Ich bin Simon Harper!« Er sagt das, als müsste man dies wissen. »Und wer zum Teufel sind *Sie*?«

Ich muss mir auf die Zunge beißen, um ihm nicht gleich die passende Antwort zu geben, und sage nur: »Ich bin Reverend Brooks, die neue Pfarrerin. Können Sie mir erklären, was hier eigentlich los ist? Ihre Tochter ist von oben bis unten voller Blut.«

Er verzieht das Gesicht. Wenn ich mich nicht täusche, ist er ein paar Jahre älter als ich. Breiter Typ, allerdings nicht dick. Ein Stiernacken mit der entsprechenden Visage. Offenbar ist er nicht an Widerworte gewöhnt, schon gar nicht von einer Frau.

»Es ist nicht so, wie es aussieht.«

»Echt jetzt? Also für mich sieht es aus wie das *Texas Chainsaw Massacre*.« Das kommt aber nicht von mir, sondern von Flo.

Simon Harper blitzt sie böse an, hält sich aber lieber an mich. »Ich versichere Ihnen, *Reverend*, das ist alles nur ein Missverständnis. Poppy, her zu mir!« Poppy hingegen weicht vor seiner ausgestreckten Hand zurück und versteckt sich hinter mir.

»Ihre Tochter sprach davon, dass jemand umgebracht wurde.«

»Was? Ich höre wohl nicht recht.«

»Ja, eine gewisse Pippa.«

»Ach das!« Er verdreht die Augen. »Das ist Unsinn.«

»Was Unsinn ist und was nicht, überlassen wir lieber der Polizei.«

»Erst einmal ist es nicht Pippa, sondern Peppa. Und Peppa ist ein *Schwein*.«

»Was bitte?«

»Was Sie hier sehen, ist Schweineblut.«

Ich starre ihn an, und mir bricht der Schweiß aus. Von der Dorfstraße her ist das kernige Knattern eines Treckers zu hören. Simon Harper seufzt vernehmlich.

»Könnten wir kurz reingehen und sie ein bisschen sauber machen? So kann ich sie in dem Wagen nicht mitnehmen.«

Ich werfe einen Blick auf unsere windschiefe Bleibe.

»Bitte hier entlang.«

Und so betrete auch ich zum ersten Mal unser neues Heim. Nicht gerade die Einzugsparty, die ich mir erträumt habe. Flo holt ein paar Plastikstühle von der Terrasse, damit Poppy sich setzen kann, und ich entdecke im Unterschrank der Spüle einen angebrochenen Seifenspender und ein halbwegs sauberes Geschirrtuch. Was ich im Dunkel des Schranks ebenfalls sehe: eine Taschenlampe in Gesellschaft einer faustgroßen Spinne.

»Ich gucke mal im Wagen nach«, sagt Flo. »Ich glaube, da haben wir noch Feuchttücher. Ich hole ihr auch ein T-Shirt von mir, damit sie nicht so rumlaufen muss.«

»Gute Idee.«

Dann ist sie weg, und ich bin richtig stolz auf sie. Sie ist eben doch jemand, der anpackt, wenn es darauf ankommt – trotz ihrer Launen.

Ich halte das Geschirrtuch unter den Wasserhahn und knie mich vor Poppy hin, um ihr Gesicht von dem Blut zu befreien.

Schweineblut! Wie kommt so viel Schweineblut auf ihr Gesicht?

»Ich weiß, das alles macht jetzt nicht den besten Eindruck«, erklärt Simon Harper wie zur Entschuldigung.

»Ich richte nicht«, sage ich. »Oberster Grundsatz in meinem Job.«

Was so natürlich nicht stimmt. Nachdem ich Poppy das Blut von Stirn und Ohren gewischt habe, sieht sie schon eher aus wie ein kleines Mädchen. Und nicht wie jemand, der mit knapper Not einem Stephen-King-Finale entronnen ist.

»Sie sagten, es sei nicht so, wie es aussieht. Wie war es denn wirklich?«

»Ich besitze die Harper-Farm. Unsere Familie betreibt schon sehr lange Landwirtschaft. Wir schlachten auch selbst, das heißt, wir haben eine eigene Schlachterei. Ich weiß, dass viele Leute heutzutage diese Vorstellung nicht ertragen, aber ...«

Ich lasse mich in meiner Arbeit nicht stören, sondern sage nur: »Auf jeden Fall sollte man wissen, woher unser Essen kommt. In meiner letzten Gemeinde war ein Großteil der Kinder der Meinung, Fleisch sehe von Natur aus wie ein Hamburger-Patty von McDonald's.«

»Genau. Genau so ist es. Und wir bei uns haben den beiden Kindern von Anfang an beigebracht, was Fleischerzeugung bedeutet und dass deshalb jede Sentimentalität fehl am Platz ist. Rosie, unsere Große, hat das auch immer akzeptiert, aber Poppy ist, was das angeht... nun ja, sensibler.«

Irgendetwas sagt mir, dass er seine Tochter wohl nicht oft als sensibel beschreibt. Vermutlich ist das Wort nur der Platzhalter für etwas ganz anderes. Ich streiche Poppy übers Haar, und sie sieht mich aus eisblauen Augen an, als wäre dahinter niemand zu Hause.

»Deswegen haben ich und Emma – Emma ist meine Frau – auch schon tausendmal gesagt, sie soll wenigstens das mit den Namen lassen.«

»Namen?«

»Ja. Dass sie den Ferkeln Namen gibt, Poppy, meine ich. Aber sie musste ja unbedingt ihren Willen haben. Wohin das führt, sehen wir jetzt. So werden die Tiere vermenschlicht, und sie kommt nicht mehr von ihnen los, besonders von dem einen.«

»Sie meinen Peppa?«

»Ja. Und heute Morgen war Schlachtung.«

»Verstehe.«

»Und Poppy sollte gar nicht zu Hause sein. Rosie war mit ihr zum Spielplatz. Aber irgendwas muss da passiert sein, jedenfalls kamen sie sehr früh wieder zurück, und plötzlich steht Poppy vor mir …«

Er bricht ab, blickt mich ratlos an, und ich versuche, mir die grausige Szene vorzustellen.

»Aber wie kommt es, dass sie so voller Blut ist?«

»Na ja … sie wird wohl ausgerutscht sein und hat sich dabei die Sachen versaut. Auf jeden Fall ist sie dann weggelaufen, den Rest kennen Sie.« Er blickt mich an. »Sie können mir glauben, dass ich mich alles andere als gut fühle. Aber wir haben nun mal einen landwirtschaftlichen Betrieb. Wir leben von der Fleischerzeugung.«

Tatsächlich habe in diesem Moment fast so etwas wie Mitgefühl. Ich spüle das Geschirrtuch aus und tupfe Poppy die letzten Blutflecken vom Gesicht. Dann hole ich ein Haargummi aus meiner Jeans und raffe ihre klebrigen Haare zu einem Pferdeschwanz zusammen.

Ich probiere ein aufmunterndes Lächeln. »Na also. Ich wusste doch, dass ein kleines Mädchen in dir steckt.«

Nach wie vor keine Reaktion, was mich ein bisschen beunruhigt. Andererseits ist das nach einem Trauma normal, ich habe so etwas schon öfter erlebt. Als Seelsorger in einem Brennpunkt hat man eben nicht nur mit Kuchenbacken und Wohltätigkeitsbasaren zu tun. Immer wieder begegnet man schwer gestörten Menschen, und

Kindesmisshandlung hört ebenfalls nicht an der Stadt-grenze auf, so viel weiß ich.

Ich wende mich zu Simon. »Hat Poppy denn noch andere Haustiere?«

»Da wären die Hunde, aber die sind im Zwinger.«

»Vielleicht würde es ja helfen, wenn sie ein eigenes Tier hätte. Irgendetwas Kleines wie einen Hamster, um den sie sich kümmern könnte.«

Einen Moment lang sieht es so aus, als käme der Vor-schlag bei ihm an, aber dann macht er wieder dicht.

»Danke für den Tipp, Reverend, aber ich weiß selber, wie ich meine Tochter erziehe.«

Ich bin versucht, ihn darauf hinzuweisen, dass der An-schein dagegenspricht. Zum Glück kommt Flo dazwi-schen. Sie hat Feuchttücher dabei und ein Fan-Shirt mit einem spillerigen Jack Skellington.

»Geht auch so was?«

Ich nicke und fühle mich plötzlich müde. »Ja, das geht.«

Wir stehen an der Tür und sehen zu, wie Vater und Toch-ter in den Range Rover steigen. Flos Sweatshirt ist viel zu groß für Poppy und schlackert ihr um die Knie. Dann fahren sie weg.

Während wir ihnen nachblicken, lege ich Flo den Arm um die Schulter. »So viel zur ländlichen Idylle.«

»Es fängt jedenfalls schon gut an. Ich sage dir, das wird spitze hier.«

Ein Kommentar, der mir tatsächlich ein kurzes Lachen

entlockt. Aber dann kommt uns eine schwarze Gestalt entgegen, Aaron. Er hat einen großen Karton in der Hand. Mist, den hatte ich total vergessen. Wo war er eigentlich die ganze Zeit?

»Ich nehme an, die Polizei ist auf dem Weg?«, sage ich.

»Nein, das nicht. Als ich Simon Harper sah, hielt ich das nicht mehr für nötig.«

Ach, nicht nötig? Offenbar ist Simon Harper ein mächtiger Mann im Dorf. Aber so geht es in vielen kleinen Gemeinden zu, wo eine einzige Familie den Ton angibt. Weil man das schon immer so gemacht hat. Oder weil die Leute Angst haben. Oder beides.

»Außerdem fiel mir ein«, sagt Aaron weiter, »dass ich Ihnen ja noch etwas geben sollte.«

Er hält mir den Karton hin. Darauf in großer Blockschrift mein Name.

»Was ist das?«

»Das weiß ich nicht. Aber es wurde gestern vor der Kirche abgestellt.«

»Von wem?«

»Hab ich nicht gesehen. Ich nahm an, es ist ein Willkommenspräsent.«

»Vielleicht von deinem Vorgänger«, sagt Flo.

»Das möchte ich bezweifeln«, erwidere ich. »Er ist tot.« Ich blicke zu Aaron hinüber, der mich vielleicht pietätlos findet, und füge hinzu: »Es tut mir leid, was mit Reverend Fletcher passiert ist. Es muss für Sie ein ziemlicher Schock gewesen sein.«

»Das ist wohl wahr.«

»War er denn krank?«

»Krank?« Aaron blickt mich verständnislos an. »Hat man Ihnen es denn nicht gesagt?«

»Ich weiß nur, dass er ganz plötzlich verstorben ist.«

»Das stimmt. Er hat sich umgebracht.«

4

»Sie hätten es mir sagen müssen.«

Durkins Stimme am anderen Ende der Leitung macht sich so klein, dass sie kaum zu verstehen ist. »Wahrlich eine missliche … daher … nicht vertiefen.«

»Mir egal, ob Sie das vertiefen wollen oder nicht. Ich hätte es wissen müssen.«

»Das hat nichts mit Ihnen persönlich zu … und ich bedaure es auch sehr.«

»Wer weiß noch davon?«

»Nur wenige … der Gemeindevorsteher natürlich … und der Pfarrgemeinderat.«

Also der ganze Ort. Dunkin redet, er redet in einem fort, und ich hänge mich noch weiter aus dem Schlafzimmerfenster im Obergeschoss. Es ist die einzige Stelle, an dem ich so etwas wie Handyempfang habe, drei Balken, immerhin, wenn ich mich nicht bewege.

»Reverend Fletcher … er hatte schon länger psychische Probleme und … Glück für uns, bereits seiner Versetzung in den Ruhestand zugestimmt, als es passierte. Demnach war er streng genommen nicht einmal mehr Gemeindepfarrer …«

Mit anderen Worten: Was haben wir mit dir kleinem ehemaligen Dorfpfarrer zu schaffen? Durkins Kaltschnäuzigkeit grenzt ans Pathologische und würde ihn in der Politik sicher weit bringen. Aber vielleicht sind Amtskirche und politische Parteien gar nicht so verschieden. Wir predigen beide doch immer nur vor den eigenen Anhängern.

»Trotzdem, man hätte es mir sagen müssen. Ein solcher Vorfall wirkt sich unmittelbar auf meine Arbeit aus. Er beeinflusst die Art, wie wir wahrgenommen werden.«

»Da haben Sie natürlich recht, das haben wir übersehen.«

Na klar, übersehen. Aber jemand wie Durkin übersieht nichts. Er wollte mir bloß keinen Grund liefern, die Stelle nicht anzutreten.

»Ist das alles, Jack?«

»Ehrlich gesagt nein. Da ist noch etwas, das ich gerne wüsste.«

Natürlich sollte es eigentlich keine Rolle spielen. Wenn der Tod nur der Übergang ins Jenseits ist, sind die genauen Umstände eigentlich nicht mehr von Belang. Aber das stimmte so noch nie.

»*Wie* hat er sich das Leben genommen?«

Das Schweigen am anderen Ende währt so lang, dass ich mich frage, ob vielleicht doch noch eine ehrliche Antwort kommt. Durkin denkt offenbar nach. Schließlich ein Seufzer.

»Er hat sich in der Kirche erhängt.«

Flo kniet auf dem Wohnzimmerboden und packt alle möglichen Sachen aus den Umzugskartons. Deren Zahl ist zum Glück überschaubar. Als der Möbelwagen endlich eintraf, brauchten die beiden jungen Kerle mit den Tattoos gerade einmal zwanzig Minuten, um unseren gesamten weltlichen Besitz abzuladen. Als Ergebnis von zwanzig Jahren Arbeit nicht gerade ehrfurchtgebietend.

Ich lasse mich auf das zerschlissene Sofa fallen, das sich in dem winzigen Wohnzimmer ganz schön breitmacht. Alles in diesem Cottage ist eng, niedrig und wackelt. Die Fenster gehen nicht richtig auf, wodurch es drinnen unerträglich heiß wird, und im Türrahmen zwischen Küche und Wohnzimmer muss ich jedes Mal den Kopf einziehen, dabei bin ich keineswegs von amazonenhafter Gestalt.

Das Badezimmer ist olivgrün gestrichen, in den Ecken wuchert der Schimmel, und eine Dusche gibt es nicht. Heizung und Warmwasser verteilen sich auf einen Ölbrenner und einen antiken Kaminofen, der nach meinem Eindruck dringend einer technischen Überprüfung unterzogen gehört, sonst sterben wir hier demnächst an Kohlenmonoxidvergiftung.

Doch der alte Kotten hat auch Vorteile. Zum einen wohnen wir hier mietfrei. Und wir können alles nach Herzenslust verändern, ohne jemanden um Erlaubnis fragen zu müssen. Aber das kommt alles später. Erst einmal will ich nur etwas essen, ein Stündchen fernsehen und dann ins Bett.

Flo sieht mich an. »Ich hoffe, nach dem Drama von

vorhin gerät nicht in Vergessenheit, in welchem Loch wir hier gelandet sind.«

»Nein«, antworte ich, »aber ich bin zu müde, um mich jetzt darüber aufzuregen. Ich nehme nicht an, dass es hier in der Nähe einen Take-away gibt?«

»Doch, im nächsten Ort ist ein Domino's. Habe ich auf der Fahrt hierhin gegoogelt.«

»Halleluja, die Zivilisation! Sollen wir uns was auf Netflix ansehen?«

»Soweit ich weiß, hat BT Mobile den Breitbandanschluss noch nicht geschaltet.«

Stimmt. Mist.

»Also nur normales Fernsehen.«

»Wenn du dich da nicht mal täuschst.«

»Was? Wieso?«

Sie steht vom Boden auf, setzt sich neben mich aufs Sofa, legt mir den Arm um die Schulter.

»Was stimmt an dem Bild nicht, Michael?«

Das ist ein Zitat aus *The Lost Boys*, und ich bin gerührt, dass mein kulturelles Erbe aus den Achtzigern auf fruchtbaren Boden gefallen ist.

»Ich gebe dir einen Tipp. Siehst du hier irgendwo eine Antenne?«

»Ach herrje, das darf doch nicht wahr sein.«

»Yep …«

»O Gott, wohin habe ich uns geführt?«

»Hoffentlich nicht in die Mordhauptstadt der Welt.«

»Na ja, solange es nur um Vampire geht, hätte ich da was: jede Menge Kruzifixe.«

»Plus einen mysteriösen Karton.«

Richtig, die Kiste. Ich bin noch immer so aufgebracht über die Verlogenheit von Durkin und Konsorten, dass ich die Ursache der Tragödie glatt verdrängt habe. Ich blicke umher. Die Kiste, die Kiste.

»Keine Ahnung, wo ich sie gelassen habe.«

»In der Küche.«

Flo springt auf und kommt einen Moment später mit der Kiste zurück. Misstrauisch sehe ich das Ding an.

Reverend Jack Brooks, so steht es geschrieben.

»Also, was ist jetzt? Mach schon auf«, sagt Flo und hält mir eine Schere hin.

Ich nehme die Schere und schlitze das Kreppband auf, mit dem die Kiste verschlossen ist. Innen liegt etwas, das in Seidenpapier eingeschlagen ist, dazu eine Karte. Ich nehme die Karte heraus.

Es ist aber nichts verborgen, was nicht offenbar werde, noch heimlich, was man nicht wissen werde. Darum, was ihr in der Finsternis saget, das wird man im Licht hören; was ihr redet ins Ohr in den Kammern, das wird man auf den Dächern ausrufen. (Lukas, 12:2-3)

Ich blicke Flo an. Sie zieht die Brauen hoch und sagt: »Ein bisschen melodramatisch, nicht?«

Ich lege die Karte beiseite und entferne das Seidenpapier. Zum Vorschein kommt ein Köfferchen aus braunem Leder.

Ein Anblick, der in mir ein Frösteln auslöst.

»Mach doch mal auf«, sagt Flo.

Leider fällt mir kein vernünftiger Grund ein, es nicht zu tun, und so hole ich das Köfferchen aus der Kiste und lege es aufs Sofa. Irgendetwas stößt dabei im Innern aneinander. Ich öffne die beiden Schließen.

»Es ist aber nichts verborgen, was nicht offenbar werde.«

Das Innere ist mit rotem Samt ausgeschlagen, und sämtliche Teile sind mit Riemen gesichert: eine ledergebundene Bibel, ein schweres Kreuz mit dem gekreuzigten Jesus, Weihwasser, Musselintücher, ein Skalpell sowie ein großes Messer mit einer Sägeklinge.

»Was ist das?«, fragt Flo.

Ich muss schlucken, denn mir ist plötzlich übel. »Das? Das ist ein exorzistischer Werkzeugkoffer, mit den Instrumenten gegen das Böse.«

»Wow! Ich wusste gar nicht, dass bei einer Teufelsaustreibung auch Messer gebraucht werden.«

»Normalerweise ist das auch nicht so.«

Ich greife in den Koffer und hole das große Messer heraus. Ein schweres Teil, aber der abgenutzte Elfenbeingriff liegt gut in der Hand, kühl und glatt. Wenn da nicht die rostbraunen Flecken auf der gezackten Klinge wären.

Flo beugt sich näher darüber. »Mum, ist das etwa…?«

»Ja, ist es.«

Irgendwie kommen wir heute aus dieser Nummer nicht raus.

Blut.

5

Der Mond hier. Man glaubt ja nicht, wie anders der Mond hier draußen aussieht. Aber genau das tut er.

Er streckt die Hand aus, spreizt die Finger, lässt das Mondlicht hindurchscheinen. Die silbrigen Strahlen umspielen seine Hand und rieseln ins Gras. *Gras.* Auch das ist neu. Drinnen gab es kein Gras. Es gab überhaupt nichts Weiches. Nicht einmal das Bettzeug war weich. Und das Mondlicht kam höchstens durch irgendwelche Schießscharten-Öffnungen, war *gerichtet.* Gerichtetes Licht, dem das meiste, das Eigentliche genommen wurde durch die vielen Gebäude, die sich ihm in den Weg stellten. Und wenn es tatsächlich irgendwo auftraf, dann hart auf harte Oberflächen wie Beton oder Stahl.

Hier draußen hingegen kann es sich ausdehnen, fließen. Es taucht – ja, *taucht* – den ganzen Park in seinen Silberschein und glitzert noch auf dem spärlichsten Halm. Wen kümmert es, wenn die Wiese tatsächlich nur ein räudiger Müllplatz ist, übersät von Kippen und weggeworfenen Cidreflaschen? Für ihn ist es das Paradies, kein Scherz, es ist der verdammte Garten Eden. Sein Bett ist eine Parkbank, seine Wohlfühlmatratze besteht aus

Wellpappe, und den Schlafsack hat er einem Besoffenen geklaut. Selbst unter Bettlern und Dieben gibt es eben keine Ehre mehr. Egal, ihm erscheint es als königliche Schlafstatt, seidene Bettwäsche und Daunenkissen inklusive.

Er ist frei. Nach vierzehn Jahren. Und diesmal gibt es kein Zurück. Er hat das ganze Rehabilitationsprogramm durchlaufen und ist endlich clean. Erweist sich als braver Junge und gibt den Drogen keine Macht mehr.

Es ist noch nicht zu spät, so sagte die Therapeutin immer. *Sie können noch ein neues Leben anfangen, all das hinter sich lassen.*

Alles gelogen natürlich. Niemand kann seine Vergangenheit hinter sich lassen, denn sie gehört zu dir wie nichts sonst. Sie zieht dir nach wie ein alter Köter, weicht nie von deiner Seite. Und ab und zu beißt sie dich.

Er lacht in sich hinein. *Ihr* hätte der Vergleich bestimmt gefallen. Sie sagte, er hätte ein »Händchen« für so etwas. Also Wörter, Sprache allgemein. Mag sein. Aber noch lieber benutzte er seine Fäuste, denn er bekam seinen Zorn nicht unter Kontrolle. Sein Zorn verdüsterte alles, raubte ihm die Wörter, machte ihn im wahrsten Sinne des Wortes sprachlos und umfing ihn mit einem roten Nebel, in dem er nur noch wild um sich schlug.

Sie müssen lernen, Ihre Impulse zu kontrollieren, sagte sie immer. *Sonst hat das Monster wieder die Oberhand.*

Nachts in seiner Zelle stellte er sich vor, wie sie neben ihm lag, seine Stirn streichelte und im Flüsterton auf ihn einredete. Alles, um ihn zu beruhigen, denn die Isolation und der Entzug waren anders nicht zu ertragen. Auch jetzt irrt sein Blick noch einmal durch die Dunkelheit, auf der Suche nach ihr. Nichts. Er ist allein. Doch das wird sich ändern.

Er zieht den Schlafsack hoch bis zum Kinn und bettet seinen Kopf auf die harte Bank. Es ist eine laue Nacht, und er ist froh, unter freiem Himmel zu schlafen. So kann er den Mond sehen und die Sterne und sich auf den folgenden Tag freuen.

Wie ging noch mal dieses Lied? Irgendwas mit »Only a day away«? Ging doch so, oder?

Manchmal sangen sie das sogar.

Schade, dass wir keine Waisenkinder sind wie Annie, sagte sie öfter. *Dann könnten wir von hier abhauen.*

Worauf sie sich noch enger an ihn schmiegte mit ihren knochigen Gliedmaßen und dem Wuschelhaar, das nach Butterkeks roch.

Er lächelt zufrieden: *Tomorrow, tomorrow, I'm coming to find you.*

6

Das Hochamt am Sonntag ist das Highlight in der Arbeitswoche eines Pfarrers. Wenn man heute noch nennenswerte Besucherzahlen generiert – und damit meine ich alles im zweistelligen Bereich –, dann sonntags.

Meine alte Gemeinde in Nottingham war überwiegend schwarz, und dort war der Sonntag tatsächlich ein Tag der, ja, ein Tag der inneren Erhebung. Was für ein altmodisches Wort und was für eine altmodische Sitte, im Sonntagsgottesdienst nur im Sonntagsstaat zu erscheinen. Wo sonst bekam man in ihrer Welt Damenhüte zu Gesicht oder schwarze Anzüge oder kleine Mädchen mit bombenfest verdrehten Zöpfen und großen Schleifen im Haar? *So wie bei Ruby.*

Diese Leute verwandelten den Sonntag in einen wahren Tag des Herrn, indem sie *sich* erhoben *und* mich. Auch wenn man natürlich merkte, dass nichts an ihrer Garderobe neu oder sonderlich elegant war und dass so manche Hose, so manches Kleid einst für schlankere Hüften angeschafft wurde. Sie kamen aus den ärmsten Vierteln der Stadt, aber sie sparten keine Mühe, denn es ging auch um *ihre* Würde.

Ich hatte bereits andere Gemeinden mit einer soliden Besucherquote, aber nie eine mit so viel Stil. Denn wo die Outdoorjacken das Bild beherrschen, sind auch Shorts oder Hotpants kein schockierender Anblick mehr. Das niedrigschwellige Angebot ist gewollt. Wir nehmen, was wir kriegen können.

Ich gebe zu, das *kann* frustrierend sein. Doch ich sage mir: Wenn auch nur ein einziger Mensch von mir getröstet wird, hat sich meine Arbeit gelohnt. Denn die Kirche ist nicht nur für die Gläubigen da, sondern für alle, die nichts mehr haben, woran sie glauben können. Die Einsamen, die Verlorenen, die Heimatlosen, die nichts haben, wo sie ihr Haupt hinlegen. Ich finde, die Kirche muss als Schutzraum erlebbar sein. So habe ja auch ich zu Gott gefunden, damals, als ich nicht wusste, wo aus noch ein. Damals hat jemand die Hand ausgestreckt nach mir, und diese Freundlichkeit habe ich nie vergessen. Seitdem versuche ich, ein wenig davon zurückzugeben.

Im Augenblick weiß ich noch nicht, was ich von meiner neuen Gemeinde halten soll. Auf dem Dorf ist man ja eher konservativ, was zur Folge hat, dass auch die Kirche noch eine gewisse Rolle spielt. Gleichzeitig sind die Kirchenmitglieder älter. Es ist ganz erstaunlich, wie viele Leute den Glauben wiederentdecken, sobald sie einmal ihre Dritten haben – und das Ende näher rückt.

Wie auch immer, an diesem Sonntag bin ich noch nicht dran. Offiziell trete ich mein Amt erst in zwei Wochen an, und Reverend Rushton aus Warblers Green übernimmt bis dahin die Sonntagsmesse. Wir haben bereits gemailt. Ein netter Kerl, glaube ich, engagiert und überlastet wie die meisten Landpfarrer. Zurzeit betreut er drei Gemeinden und unsere noch dazu. Eigentlich eine Zumutung, doch er kleidet es in diplomatische Worte.

»Gott mag allgegenwärtig sein, ich persönliche schaffe nicht einmal vier Gemeinden richtig.«

Diese Situation erklärt auch meine überstürzte Versetzung. Auf dem Land ist der Pfarrermangel eben besonders sichtbar. Doch das scheint nicht alles zu sein.

Irgendwas stimmt mit diesem Dorf nicht, siehe das mysteriöse Begrüßungspaket. Es lässt mir keine Ruhe, weswegen ich in der ersten Nacht auch kaum ein Auge zugetan habe. Dazu die drückende Stille. Keine Polizeisirenen in der Nacht, keine Besoffenen auf der Straße, die Krach machen. Eigenartig, was mit der Zeit alles zum beruhigenden Hintergrundgeräusch wird. Und immer wieder drängten sich die Ereignisse des Tages nach vorn. Poppy mit ihrem blutbesudelten Gesicht, das Sägemesser aus dem Exorzistenkoffer, dazwischen Ruby, die vor meinem geistigen Auge immer mehr zu Poppy wurde. Alle diese Bilder im Kopf hatten eines gemeinsam: Blut.

Warum habe ich diesen Posten überhaupt angenommen? Was will ich hier eigentlich erreichen?

Am Morgen, kurz nach sieben, quäle ich mich aus dem Bett. Irgendwo draußen kräht penetrant ein Hahn. Na wunderbar, Morgenstund' hat Gold im Mund. Ich mache mir einen Kaffee und gebe der Versuchung nach einer Zigarette nach. Den Tabak und die Drehmaschine habe ich abends zuvor in einer Küchenschublade versteckt, unter einem Geschirrtuch.

Flo liegt mir dauernd in den Ohren, ich soll endlich aufhören. Ich bemühe mich, aber das Fleisch ist schwach. Also drehe ich mir am Küchentisch heimlich eine Zigarette, ziehe mir die alte Kapuzenjacke über meine Joggingklamotten und rauche heimlich an der Hintertür. Vielleicht bekomme ich so die düsteren Gedanken aus dem Kopf. Draußen ist es schon warm, trotz des wolkenverhangenen Himmels. Immerhin, ein neuer Tag, mit frischen Herausforderungen. Es ist tatsächlich etwas, wofür ich Gott jeden Morgen Dank sage. *Danke für diesen guten Morgen, lalala…* Die Zukunft ist eben noch ungestaltet, jeder neue Tag ein Geschenk, also nutze die Zeit klug.

Doch wie die meisten Pfarrer halte ich mich oft selbst nicht an das, was ich predige.

Ich rauche die Zigarette zu Ende und gehe ins Bad, das wie gesagt keine Dusche hat. Der umständliche Badespaß in der Wanne hebt meine Stimmung nicht, aber wenigstens kann ich mir die Haare waschen. Beim Föhnen im ungewohnten Licht stelle ich fest, dass sich meine grauen Haare in Grenzen halten, dasselbe gilt für die Falten. Allerdings profitiere ich auch davon, dass ein paar Extrapfunde mein Gesicht vorteilhaft auspolstern. Unterm Strich kann man also sagen, ich sehe aus wie jede andere gestresste Mutter in meinem Alter. Nicht der Knaller, aber es geht.

Ich frage meine Tochter. »Na, wie sehe ich aus?«

Sie schaut mich kurz an und sagt: »Fertig.«

»Danke. Und sonst?«

Ich habe mich für den pfarrermäßigen Freizeitlook entschieden. Oder »Casual Hochwürden«, wie man heute sagt. Jeans mit Kollarhemd und weißem Rundkragen. Erkennbarkeit ist wichtig, selbst wenn ich noch gar nicht im Dienst bin.

»Für mein Gefühl ist das Schwarz etwas too much.«

»Neonfarben und Netzstrümpfe kommen später.«

»Wann später?«

»Weihnachten, dachte ich.«

»Übertreib es nicht, Mum.«

»Das hatte ich auch nicht vor. Aber ich muss schon ein Zeichen setzen.«

Sie grinst. »Na dann. Du siehst spitze aus.«

»Danke.« Da fällt mir ein: »Und was ist mit dir?«

»Was soll mit mir sein?«

»Alles okay?«

»Mir geht's gut.«

»Wirklich?«

»Nur eine Bitte: Mach das nicht noch mal, okay? Ich meine, ich kann es ja verstehen. Aber *ich* wollte nie aus Nottingham weg. Und es ist sowieso nur vorübergehend, oder? Oder? Wie du immer sagst: Es ist, wie es ist.«

»Manchmal bist du mir schon etwas *zu* erwachsen.«

»Einer von uns muss es sein.«

Ich will zu ihr, sie in den Arm nehmen, aber sie verschanzt sich hinter ihrem Buch.

»Kommst du nachher mit?«

»Muss ich?«

»Das musst du wissen.«

»Eigentlich wollte ich noch mal zum Friedhof und ein paar Bilder machen.«

»Gut. Dann viel Spaß.«

Ich versuche, die kleine Enttäuschung nicht an mich heranzulassen. *Natürlich* hat sie keine Lust auf eine öde Messe in einer verstaubten Dorfkirche. Sie ist fünfzehn, und ich hielt noch nie viel davon, die eigenen Kinder zum Glauben zu zwingen.

Meine eigene Mutter versuchte nämlich genau das. Ich weiß noch, wie ich als kleines Kind jedes Mal mitgehen musste. Das tausendmal gewaschene Sonntagskleidchen noch immer so kratzig, dass ich keine Sekunde still sitzen konnte auf diesen harten Bänken. Kalt war es auch, und bei dem Pfarrer in seinem schwarzen Gewand musste ich anfangen zu weinen. Später wurde die Religion zur Krücke, mit der sie sich durchs Leben schleppte. Das und der Gin und die Stimmen in ihrem Kopf. Auf mich wirkte das alles so abschreckend, dass ich so früh wie möglich von zu Hause abhaute.

Der Glaube sollte eine bewusste Entscheidung sein, nicht irgendwas, das man in jungen Jahren eingeimpft bekommt, wenn man sich nicht wehren kann. Den Glauben kann man auch nicht weitergeben wie ein Familienerbe. Glaube ist immateriell und keine amtlich beglaubigte Wahrheit, nicht einmal für einen Pfarrer. Es ist etwas, an dem man arbeiten muss – wie eine Ehe, wie Kinder.

Da läuft manches nicht rund, aber das liegt in der

Natur der Sache. Es gibt Anfechtungen. In unserer Welt geschieht einfach zu viel Böses. Da kann man sich schon mal fragen, ob Gott überhaupt existiert, und wenn ja, warum er so ein Arschloch ist. Allerdings sollte man sich bewusst sein, dass das Böse nicht seinetwegen passiert. Gott sitzt nicht in seinem himmlischen Kontrollraum und überlegt sich die nächste Dschungelprüfung für unseren Glauben. Gott ist nicht wie dieser Christof aus der *Truman Show*, der Produzent von allem, der darüber entscheidet, was uns als Nächstes widerfährt.

Das Böse geschieht, weil sich das Leben aus einer Abfolge zufälliger, unberechenbarer Ereignisse zusammensetzt. Und weil wir Fehler machen. Aber Gott ist barmherzig, wenigstens hoffe ich das.

Ich schnappe mir die Kapuzenjacke vom Küchenstuhl und schaue kurz im Wohnzimmer vorbei. »Ich bin dann mal weg.«

»Mum?«

»Ja?«

»Was willst du wegen dieses Koffers unternehmen?«

Wenn ich das wüsste. Allein der Anblick von diesem Ding hat mich mehr erschüttert, als ich mir eingestehen will. Oder zumindest vor Flo zugeben will. *Woher kommt dieser Koffer? Wer besitzt so etwas heutzutage? Und wer hat es an der Kirche abgegeben – und warum?*

»Ich weiß nicht. Ich werde noch mal mit Aaron reden.«

Flo gefällt das nicht.

»Was, diesem Creep? Bei dem wird einem ja gruselig.«

Ich will ihr sagen, dass sie nicht so hart über ihre Mitmenschen urteilen soll, aber ganz ehrlich: Ich finde ihn auch gruselig. Wobei ich ja einiges gewöhnt bin. In der Gemeindearbeit findet sich so manche seltsame Gestalt, auch viele Einsame zieht es dahin. Aber Aaron ist noch einmal etwas anderes. Er löst in mir ein Gefühl aus, das ich lieber vergessen würde.

»Reden wir später darüber, okay?«

Ich ziehe mir die Jacke über.

»Na gut. Aber, Mum…?«

»Was hast du?«

»An deiner Stelle würde ich eine andere Jacke anziehen. Diese hier stinkt nach Zigarettenqualm.«

7

Aaron ist bereits da, als ich die Kirche betrete. Er steht zusammen mit einem dicklichen Lockenkopf von Pfarrer an der Wand neben dem Eingang und redet auf den armen Mann ein. Es ist erst halb zehn, und noch ist niemand da.

So wie sich die beiden plötzlich umdrehen, muss ich den Eindruck gewinnen, sie reden über mich. Vielleicht ist das paranoid, vielleicht aber auch nicht. Und warum sollten sie nicht über mich reden? Ich bin schließlich die Neue. Irgendetwas daran gefällt mir nicht, aber ich lasse mir nichts anmerken.

»Hallo! Ich hoffe, ich störe nicht.«

Der Lockenkopf ist hocherfreut. »Reverend Brooks, wie schön! Ich bin Reverend Rushton – Brian für Sie. Endlich lernen wir uns persönlich kennen.«

Er streckt mir seine Patschehand entgegen. Er ist nicht sehr groß, und seine rötlich marmorierte Haut lässt erahnen, dass er den Genüssen des Lebens nicht abgeneigt ist. Sein Blick ist klar, die lustigen Augen schießen hin und her und blitzen vor intelligenter Bosheit. Ohne sein Kollar könnte man ihn auch für einen Kneipenwirt halten. Oder für Bruder Tuck.

»Reverend, Sie machen sich keinen Begriff davon, wie froh wir sind, dass Sie endlich da sind. Und ich ganz besonders natürlich.«

Ich schüttle seine Patschehand. »Danke.«

»Und? Wie gefällt es Ihnen hier?«

»Gut. Aber Sie wissen ja, wie es ist. Man braucht eine Weile, um wirklich anzukommen.«

»Nein, ehrlich gesagt weiß ich das nicht. Ich war schon als Kaplan in Warblers Green, dreißig Jahre ist das jetzt her. Ich weiß, ich weiß, aber ich bin halt zu bequem. Außerdem liebe ich diese Gemeinde. Und ganz besonders…«, er schmeißt sich verschwörerisch an mich heran, »…ganz besonders den Pub dort, der zufällig direkt neben der Kirche ist.«

Sein Glucksen, so tief und echt, ist irgendwie ansteckend.

»Daraus kann man Ihnen nun wirklich keinen Vorwurf machen.«

»Nicht wahr? Aber der Unterschied zu Nottingham dürfte erheblich sein.«

»Das stimmt wohl.«

»Doch seien Sie nachsichtig mit uns Bauerntölpeln. Wir sind gar nicht so übel, wenn man uns einmal kennt. Und ehrlich, hier wurde schon lange kein Mensch mehr in einer Strohpuppe verbrannt. Jedenfalls nicht seit der letzten Sonnenwendfeier.«

Wieder dieses Glucksen, wobei sein Gesicht noch weiter anläuft. Er zückt ein Taschentuch und tupft sich den Schweiß von der Stirn.

Aaron räuspert sich. »Also, das Thema der heutigen Messfeier lautet: ›Neuer Anfang, neue Freunde‹.« Seine Grabesstimme ist offene Feindseligkeit und vermittelt mir, worauf ich mich einstellen muss mit solchen Freunden. »Auch Reverend Rushton hielt das Thema für angemessen.«

»Keine Angst, Sie müssen heute nicht sprechen. Wir machen das später bei Ihrer offiziellen Amtseinführung. Auf jeden Fall sind Sie jetzt da, und das ist schon mal gut.« Er zwinkert mir zu. »Die Nachricht von Ihrer Ankunft hat sich herumgesprochen wie ein Lauffeuer. Alle wollen die neue Pfarrherrin sehen.«

In mir zieht sich alles zusammen. »Na toll.«

»Dann wollen wir mal«, sagt Rushton, steckt sein Taschentuch weg und klatscht in die Hände. »Gleich rennt uns das Publikum die Bude ein.«

Aaron zieht es Richtung Altar, und ich setze mich in eine der vorderen Bänke.

»Ach, da fällt mir ein …«, sagt Rushton ein bisschen zu beiläufig, um noch als echt durchzugehen. »Aaron sagte mir, Sie wären gestern Harper und seiner Tochter begegnet.«

Womit auch die Frage beantwortet wäre, was sich *wirklich* herumgesprochen hat.

»Ja. Die Begegnung war sehr aufschlussreich.«

Er stutzt und wählt seine nächsten Worte mit Bedacht.

»Die Harpers sind seit Generationen hier ansässig. Die Familie gab es schon zu Zeiten der Märtyrer von Sussex, falls Ihnen das etwas sagt.«

»Sicher, das waren die Protestanten, die während der Herrschaft von Maria der Katholischen hingerichtet wurden.«

Er scheint mit der Antwort zufrieden. »Sehr gut.«

»Ich hab's im Internet nachgelesen.«

»Dann wissen Sie ja Bescheid. Diese Geschichten sind hier in der Gegend noch höchst lebendig. Ein Vorfahre von Simon Harper war einer davon. Auf dem Friedhof haben sie ihnen sogar ein Denkmal gesetzt.«

»Haben wir gesehen. Und auch die brennenden Mägdelein, die sie davor abgelegt haben.«

Seine buschigen Brauen heben sich. »Ach, das mit den Mägdelein wissen Sie auch schon? Sieht so aus, als hätten Sie Ihre Hausaufgaben gemacht. Manche finden diese Sitte ja makaber, aber im Dorf ist man stolz auf seine Märtyrer.« Er gluckst, ehe seine Miene wieder ernst wird. »Wie auch immer, die Harpers zählen in diesem Dorf zu den Stützen der Gesellschaft. Sind deswegen auch entsprechend angesehen. Nicht zuletzt, weil sie im Lauf der Jahre viel für das Dorf und die Kirche getan haben.«

»Inwiefern?«

»Durch Spenden beispielsweise. Außerdem hat ihr Betrieb viele Arbeitsplätze geschaffen.«

Also Geld, denke ich. *Darauf läuft es ja immer hinaus.*

»Ich wollte später ohnehin zu ihnen«, sage ich. »Nachsehen, wie es Poppy geht.«

»Es kann auf jeden Fall nicht schaden, sich bei ihnen vorzustellen«, sagt er, wobei er mich skeptisch mustert.

»Und wenn Sie darüber hinaus noch Fragen haben, stehe ich Ihnen gern zur Verfügung.«

Mir fällt der Koffer auf dem Küchentisch ein, die seltsame Karte. Weiß Rushton etwas? Vielleicht, aber sicher bin ich nicht. Besser das Thema jetzt nicht ansprechen.

»Danke«, sage ich. »Wenn mir noch etwas einfällt, komme ich auf Sie zu.«

Die Messe ist schnell vorbei. Die Kirche ist etwa halb voll, womöglich auch hier die große Ausnahme. Ein Anblick, an den man sich erst gewöhnen muss. Selbst in meiner relativ gut besuchten Innenstadtgemeinde war am Sonntag höchstens jeder vierte Platz besetzt. Außerdem sind nicht nur die Alten gekommen. Mir fällt ein dunkelhaariger Mann in den Vierzigern auf, der ganz allein am Ende einer Bank sitzt. Sogar mehrere Familien sind da, wenngleich nicht die Harpers. Offenbar beschränkt sich ihre Unterstützung auf das Finanzielle.

Während des ganzen Gottesdiensts sind aller Augen auf mich gerichtet. Ich spüre, wie die Leute mich abchecken. Verständlich, sage ich mir. Ich bin die Neue, und ich bin eine Frau. Sie sehen nur das »Hundehalsband«, nicht mich.

Wenn Rushton spricht, menschelt es sehr. Er vertritt einen gelassenen Christenglauben, der sich nicht in Bibelsprüchen einmauert. Ihm ist klar, dass die Leute nicht kommen, um die Frohe Botschaft im Wortlaut zu empfangen, sondern in ihrer angewandten Form. Die Bibel ist nun mal wahnsinnig alt und leider auch etwas spröde.

Die besten Pfarrer übertragen daher die Bibel auf die Lebenswirklichkeit ihrer Gemeinde, und Rushton beherrscht das aus dem Effeff. Stünde ich gerade nicht derart unter Beobachtung, würde ich mir Notizen machen.

Obwohl seit über fünfzehn Jahren »Pfarrherrin«, habe ich den Eindruck, ich lerne nie aus. Vielleicht, weil man es als Frau ohnehin schwerer hat, ernst genommen zu werden, keine Ahnung. Selbst erwachsene Menschen kennen ja das Gefühl, die Erwachsenenrolle nur vorzuspiegeln. Da wir tief im Innern noch Kind sind, reden wir wie ein Kind, sind klug wie ein Kind und so weiter. Und wir laufen in viel zu großen Schuhen durch die Welt und wünschen uns nichts so sehr wie jemanden, der uns versichert, dass Monster in Wirklichkeit nicht existieren.

Rushton macht es kurz und schmerzlos. Und stellt sich nach dem Schlusssegen an den Ausgang, um jeden persönlich zu verabschieden. Ich halte mich zurück, denn das ist seine Show. Trotzdem fragen mich mehrere Leute, wie es mir bisher im Dorf gefällt. Andere finden es schön, endlich mal ein neues Gesicht zu sehen. Wieder andere ignorieren mich demonstrativ, aber auch das geht in Ordnung. Als endlich der letzte Grauschopf an mir vorbeigewackelt ist, atme ich tief durch. Der erste öffentliche Auftritt wäre damit geschafft. Rushton hat bereits den Autoschlüssel in der Hand.

»Ich muss um halb zwölf in Warblers Green sein«, sagt er. »Wir sehen uns dann morgen.«

»Morgen? Wieso morgen?«

»Neun Uhr früh, Gemeinderatssitzung hier in der

Kirche. Dann besprechen wir den ganzen organisatorischen Kram.«

»Richtig. Ja klar.«

Den Termin muss ich wohl vergessen haben. Oder er wurde mir nie mitgeteilt. Meine Versetzung vollzog sich in einer Geschwindigkeit, die einen eigentlich misstrauisch machen muss. Als wollte Durkin mich nur so rasch wie möglich loswerden.

»Aber vielleicht treffen wir uns auch einfach mal nur so, zu einem Kaffee oder, besser, auf ein Bier. Dann erzähle ich Ihnen, wie das hier so läuft«, sagt Rushton weiter.

»Klingt gut. Gerne.«

»Dann machen wir es so. Ich habe ja Ihre Nummer, ich gebe Ihnen per WhatsApp Bescheid.«

Er ergreift meine Hand und schüttelt sie zünftig. »Ich bin sicher, Sie kommen hier gut klar.«

»Ich fühle mich fast schon wie zu Hause«, lächle ich zurück.

Er läuft zu seinem quittengelben Fiat. Ich winke ihm nach und gehe zurück in die Kirche. Aaron hat die Gesangbücher eingesammelt und ist hinten im Büro verschwunden. Ich weiß nicht, welche Fähigkeiten er sonst noch in die Gemeindearbeit einbringt, aber sein Talent, unbemerkt zu verschwinden und wiederaufzutauchen, müsste ganz oben auf der Liste stehen.

Einen Moment lang stehe ich im Mittelgang und lasse diese spezielle Stimmung am Ende jeder Messe auf mich wirken. Echo der Seelen, die sich gerade noch in diesem Raum befanden und die Kirche wie ausgesaugt zurücklassen. Wie ein letzter Seufzer im Gewölbe, ehe alles wieder in seine wohlverdiente Werktagsruhe sinkt.

Allerdings ist die Kirche noch gar nicht ganz leer, wie ich jetzt sehe. Vorn, in der ersten Reihe, sitzt eine einsame Gestalt. Ich dachte, Aaron hat den Laden geräumt. Nicht dass die Kirche eine Sperrstunde hat, aber offen lassen geht heute eigentlich nur im Ausnahmefall. In meiner alten Gemeinde in Nottingham hätten sich sofort Penner, Junkies und Prostituierte eingenistet. Hier auf dem Land, wo sich Fuchs und Hase Gute Nacht sagen, würden maximal ein paar Fledermäuse einziehen. Und warum auch nicht? Seit Franz von Assisi dürfen sie sich angesprochen fühlen.

Langsam gehe ich auf die einsame Gestalt zu, die im Dämmerlicht der Kirche nur als dunkler Schemen zu erkennen ist.

»Entschuldigung, hallo?«

Keine Reaktion von der Gestalt, die mir im Näherkommen eher wie ein Kind erscheint. Aber wer vergisst hier sein Kind?

»Alles in Ordnung mit dir?«

Die Gestalt rührt sich immer noch nicht. Plötzlich habe ich so etwas wie Brandgeruch in der Nase. Nicht stark, aber unverkennbar. Irgendetwas hatte hier gebrannt, aber was?

»Reverend?«

Erschrocken fahre ich herum und sehe Aaron im grellen Gegenlicht von der Kirchentür. Wo kam der denn plötzlich wieder her?

»Herrgott, müssen Sie immer so …«

»Was ist denn?«

»Nichts, schon gut. Wer ist das Kind?«

»Welches Kind?«

»Na, dieses Kind hier …« Ich wende mich um, will mit dem Finger darauf zeigen.

Und starre blinzelnd auf eine leere Kirchenbank, wo ein schwarzer Anorak über der Lehne hängt, den man im trüben Licht tatsächlich mit etwas anderem verwechseln kann.

»Ach, den hat Mrs Hartmann hier liegen lassen, sie vergisst immer irgendwas. Ich bringe ihr die Jacke später vorbei.«

Er marschiert zu der Bank und sammelt den Anorak ein. Ich merke, wie ich rot werde.

»Natürlich. Und danke, ich dachte erst, da …« Ich beende den Satz nicht, denn das Ganze klingt einfach zu blöd. Ich versuche aber, meine Autorität wiederherzustellen, indem ich sage: »Ich kann ihr die Jacke auch selbst bringen.«

Doch das missfällt ihm irgendwie. »Sie wohnt ganz weit draußen in der Peabody Lane, in der Nähe der Harper-Farm.«

Da werde ich natürlich hellhörig und strecke die Hand aus. »Das macht überhaupt nichts.«

8

Joan Hartman wohnt in einem verhutzelten Cottage an einer unbefestigten Straße, die noch aus der Zeit der Pferdefuhrwerke stammt und so schmal ist, dass einem keiner entgegenkommen darf. Auch die Fasanenfamilie mitten auf dem Weg guckt mich aus kupferfarbenen Augen erst böse an, ehe sie sich watschelnd ins Unterholz verzieht.

»He, Kollegen, wie wär's mal mit Fliegen? Gott hat euch zwei gesunde Flügel gegeben«, murmle ich.

Ich halte vor dem Cottage und steige aus, die Jacke in der Hand. Die Haustür befindet sich an der Seite. Ich gehe durch das Gartentor über einen Weg, der von Lupinen und Stockrosen gesäumt wird. Normalerweise muss man bei Senioren mehrmals laut klopfen, bevor jemand an die Tür geht. Daher bin ich überrascht, als diesmal schon vorher aufgemacht wird.

Joan Hartman blinzelt mich durch ihre getrübten Augen an. Sie ist keine eins sechzig groß, die Haare sind dünn wie Zuckerwatte, und sie stützt sich auf einen Stock.

»Hallo«, sage ich und will mich vorstellen, denn dass

sie sich an mich erinnert, erscheint mir unwahrscheinlich.
»Ich bin die neue …«

»Ich weiß«, entgegnet die alte Dame. »Ich hatte gehofft, dass Sie kommen.«

Sie dreht sich um und geht voran.

Ich betrachte das als Einladung und folge ihr, indem ich die Tür hinter mir schließe.

Drinnen ist es dunkel und angenehm kühl, das liegt an den dicken Wänden und den winzigen Bleiglasfenstern. Nach der Haustür tritt man sofort die Küche, die so niedrig ist, dass meine Haare die verzogenen Deckenbalken streifen. Alles darin scheint noch original zu sein, vom Steinboden über den alten Holzherd bis hin zur Hauskatze, die in einem zerschlissenen Körbchen schläft. Joan geht weiter voran zum Wohnzimmer, das eine Stufe tiefer liegt und die gesamte Rückseite des Cottage einnimmt. Auf der einen Seite eine Terrassentür, die in den Garten hinausführt, auf der anderen ein mit zerlesenen Büchern vollgestopfter Schrank. Die einzigen weiteren Möbel sind ein altes Sofa und ein steiflehniger Stuhl rund um den großen Wohnzimmertisch. Darauf stehen eine Flasche Sherry sowie zwei Gläser. Das konnte kein Zufall sein.

Ich hatte gehofft, dass Sie kommen.

Mühsam lässt sich Joan auf den hohen Stuhl hinab. Ich stehe verlegen herum und weiß nicht, wie weiter.

»Ich wollte Sie keinesfalls stören, aber Sie haben das hier in der Kirche vergessen.«

»Danke, meine Liebe. Legen Sie es einfach irgendwohin.

Würde es Ihnen etwas ausmachen, mir einen Sherry einzugießen? Und, bitte, nehmen Sie sich auch einen.«

»Sehr freundlich, aber ich muss noch fahren.«

Ich schenke ihr voll ein und reiche ihr das Glas.

»Setzen Sie sich doch«, sagt sie und deutet auf das abgerockte Sofa. Beim Anblick des durchgesessenen Samtpolsters ahne ich: Wer sich da reinsetzt, kommt nie wieder hoch. Und genau so ist es. Ich sinke so tief, dass die Knie plötzlich den höchsten Punkt meines Körpers bilden.

Joan trinkt von ihrem Sherry. »Und wie gefällt es Ihnen bei uns?«

»Gut. Alle sind unheimlich nett.«

»Sie kommen aus Nottingham?«

»Das stimmt.«

»Das ist bestimmt eine gehörige Umstellung.«

Selbst der Graue Star kann die Neugier in ihren Augen nicht verbergen. Allmählich könnte auch ich einen Sherry vertragen, aber ich muss mich regelrecht aus dem Polster schaukeln, um an die Flasche zu gelangen.

»Ich bin sicher, das wird mir nicht schwerfallen.«

»Hat man Ihnen auch von Reverend Fletcher erzählt?«

»Ja. Traurige Geschichte.«

»Wir waren befreundet.«

»Oh, das tut mir leid.«

Sie nickt. »Wie gefällt Ihnen die Kirche?«

Ich zögere mit der Antwort. »Na ja, sie unterscheidet sich schon sehr von der in meiner letzten Gemeinde.«

»Sie ist historisch bedeutsam.«

»Wie die meisten alten Kirchen.«

»Sind Ihnen die Märtyrer von Sussex ein Begriff?«

»Ich habe davon gelesen.«

Unbeirrt fährt sie fort. »Dort hat man einst sechs Protestanten beiderlei Geschlechts auf dem Scheiterhaufen verbrannt. Nur zwei kleine Mädchen, Abigail und Maggie, konnten sich zunächst in der Kirche verstecken, wurden aber später verraten. Auch sie mussten die Folter erdulden, ehe man sie auf dem Kirchplatz verbrannte.«

»Tja, ein geschichtsträchtiger Ort.«

»Haben Sie die Reisigpuppen vor dem Denkmal gesehen?«

»Offenbar ist die Erinnerung an die Mädchen noch lebendig.«

Ihre Augen blitzen auf. »Nicht so, wie Sie denken. Angeblich spukt es in der Kirche. Es heißt, dort gehen die Geister von Abigail und Maggie um. Ihr Anblick bedeutet nichts Gutes. Es heißt, wer die brennenden Mägdelein sieht, dem widerfährt bald ein Unheil. Deshalb fingen die Leute irgendwann an, diese Puppen zu flechten. Als Schutz gegen die Rache ihrer Geister.«

Ich rutsche unruhig hin und her, und an meinem Steiß sammelt sich der Schweiß.

»Na ja, eine Kirche ohne Gespenstergeschichte ist keine richtige Kirche.«

»Sie glauben nicht an Geister?«

Mir fällt die Gestalt auf der Kirchenbank wieder ein. Der Brandgeruch.

Nichts weiter als ein vergessener Anorak. Alles nur Einbildung.

Ich schüttle entschieden den Kopf. »Nein. Und ich kann Ihnen versichern, ich habe viel Zeit auf Friedhöfen verbracht.«

Leises Kichern von ihrer Seite. »Reverend Fletcher war so fasziniert von der Geschichte, dass er anfing, der Historie dieses Dorfs nachzugehen. Und dabei stieß er auf den Fall der beiden Mädchen.«

»Was für Mädchen?«

»Die beiden vermissten Mädchen.«

»Tut mir leid, ich kann Ihnen nicht folgen.« Erst fragt sie mir ein Loch in den Bauch, und dann plötzlich diese Wendung.

»Merry und Joy«, sagt sie. »Beide fünfzehn Jahre alt und beste Freundinnen. Beide sind vor dreißig Jahren spurlos verschwunden. Die Polizei meinte damals, sie seien nur von zu Haus ausgerissen, andere hatten da so ihre Zweifel. Auf jeden Fall sind sie nie wieder aufgetaucht, und die Sache blieb ungeklärt.«

Mittlerweile ist mein ganzer Rücken schweißnass. »Komisch, davon höre ich zum ersten Mal.«

Joan legt vogelartig den Kopf zur Seite. »Bedenken Sie, wie jung Sie selbst damals waren. Außerdem gab es noch keine Nachrichtensender und auch keine sozialen Medien.« Bekümmertes Lächeln. »Die Leute vergessen schnell.«

»Aber Sie nicht?«

»Nein. Ich bin wahrscheinlich die Einzige, der dieser Fall noch präsent ist. Joys Mutter, Doreen, leidet unter Altersdemenz, und Merrys Mutter und der Bruder wohnen nicht mehr hier. Ein Jahr nach Merrys Verschwinden, fast auf den Tag genau, zogen sie weg, einfach so. Sie lösten nicht einmal das Haus auf.«

»Man ist immer wieder überrascht, was die Leute in ihrem Schmerz alles tun.«

Ich setze das Sherryglas ab – leer. Es wird Zeit, sich zu verabschieden.

»Danke für die Einladung, Joan, aber ich muss langsam zurück zu meiner Tochter.«

Ich überlege, wie ich am besten aus dem qualligen Sofa herauskomme.

»Interessiert Sie nicht, wie Reverend Fletcher über den Fall dachte?«

»Vielleicht ein ander …«

»Also, er meinte, er wüsste, was mit den beiden passiert sei.«

Ich erstarre auf halbem Weg nach oben. »Wirklich? Was denn?«

»Wollte er nicht sagen. Aber was immer es war, es hat ihn sehr belastet.«

»Sie meinen, er hat sich *deswegen* umgebracht?«

»Nein.« Abermals blitzt es in ihren milchigen Augen, und mir wird zweierlei klar. Erstens, diese Frau hat ihre Jacke nicht aus Versehen in der Kirche liegen lassen. Zweitens, ich bin da in etwas hineingeraten, das ich nicht ansatzweise überschaue.

»Ich glaube, er wurde ermordet.«

9

Flo legt einen neuen Film ein. Das Gewicht der Nikon in ihrer Hand hat etwas Beruhigendes, die schwere Kamera ist wie ein Schutzschild gegen die Welt. Allerdings bräuchte sie eine neue Dunkelkammer. Mum sagte was von einem Keller, den das Haus angeblich hätte. Auch der kleine Anbau hinterm Haus käme vielleicht in Frage. Flo will beides später überprüfen.

In ihrem letzten Haus war die Dunkelkammer ihr Rückzugsort. Dort war sie wirklich ungestört und konnte in aller Ruhe ihre Bilder entwickeln. Denn ihr Mädchenzimmer, das zeigte die Erfahrung, war jederzeit der mütterlichen Kontrolle ausgesetzt. Es wurde zwar angeklopft, aber nur pro forma. Meist stand ihre Mutter schon in der nächsten Sekunde mitten im Raum.

In einer Dunkelkammer ist das anders. Eine Dunkelkammer ist, wie der Name schon sagt, auf Dunkelheit angewiesen, und ihrer Mutter ist das klar. Und respektiert, dass das Schild »Eintritt verboten!« nicht umsonst an der Tür hängt, weil selbst der kleinste Lichtstrahl ein Bild schwärzen kann. Flo weiß das für sich zu nutzen, indem sie sich auch dann in ihre Dunkelkammer zurückzieht, wenn es gar nichts zu entwickeln gibt und sie nur eine Weile allein sein will.

Das sagt sie ihrer Mutter natürlich nicht. Wie es überhaupt eine Reihe von Sachen gibt, die sie ihr nicht sagt. Etwa dass sie bei Craig Heron einmal Gras geraucht hat. Oder die Sache bei dieser Party, als sie zum ersten Mal richtig betrunken war und auf dem Klo mit Leon rumgemacht hat. Nur rumgemacht, mehr nicht, wobei es nicht einmal besonders toll war, wahrscheinlich für beide nicht, wenn sie ehrlich sein soll. Aber immerhin haben sie es irgendwie getrieben, und das ist die Hauptsache. Und noch besser, wenn alle davon wissen (außer ihrer Mutter), denn auf diese Weise sind sie zumindest keine jungfräulichen Loser mehr. Wobei sie Leon ja ohnehin für schwul hält, was ihr aber nichts ausmacht, Freund ist Freund. Zumindest bis zu dem Tag, an dem ihm bewusst wird, dass er einen Freund sucht und keine Freundin.

Flo verbirgt ihr geheimes Leben nicht etwa deswegen vor ihrer Mutter, weil die Pfarrerin ist, sondern ihre Mutter. Und als solche eben eine typische Mum. Und mit Mum, so sehr sie Mum auch liebt, teilt sie gewisse Dinge nicht.

Auch ist Pfarrerin lediglich ihr Beruf. Ein Beruf mehr oder weniger wie jeder andere, nach Flos Verständnis. Vergleichbar mit Sozialarbeiterin oder Arzt, so was in der Art. Mum redet mit Leuten über ihre Probleme, organisiert Jugendgruppen, Schulfeste und Frühstückstreffen für andere Mütter oder Ü60-Menschen oder geht zu

Versammlungen, wo sie keinen wirklich mag. Der einzige Unterschied besteht in der Uniform.

Aber trägt heutzutage nicht jeder irgendeine Uniform?, denkt Flo. In der Schule auf jeden Fall. Und als wäre das noch nicht Einheitskluft genug, gibt es weitere Sachen, die man nur hat, weil alle sie haben. Angesagte Rucksäcke, Markenklamotten, Sneakers von Soundso. Solche Sachen bestimmen, wer oder was du bist, reich oder arm, cool oder uncool.

Insofern ist Flo eigentlich ganz froh über ihre Außenseiterposition. Sie gehörte noch nie zu einer der tonangebenden Cliquen an der Schule, eben ein echtes *Indie Girl*, wie ihre Freundin Kayleigh sagt. Nicht sonderlich beliebt, aber auch keine von denen, die immer alles abkriegen, da sie praktisch nicht in Erscheinung tritt. Im Schulalltag ist sie weitgehend unsichtbar.

Natürlich gibt es immer ein paar Giftspritzen, die sie als Pfarrerstochter anmachen wollen. Aber Flo zuckt darüber nur die Schultern, worauf die Betreffenden schnell die Lust verlieren. Die beste Strategie gegen solche Störenfriede besteht ohnehin darin, sich klein und geruchlos zu machen.

Das funktionierte auch ganz gut – bis zu der Sache mit diesem kleinen Mädchen, Ruby. Als alle Zeitungen über Mum und die Kirche herfielen, war es mit der Ruhe vorbei. Schmierereien an der Kirchentür, eingeworfene Fensterscheiben. Einmal stand sogar jemand vor ihrem Haus und beschimpfte Mum auf eine Weise, die wirklich krass war.

Dabei verschwieg sie ihrer Mutter, was sie sich *außerdem* alles anhören musste. In der Schule, auf Snapchat, überall. Sie wollte ihre Mum nicht noch weiter beunruhigen und behielt es lieber für sich, legte es sozusagen zu den anderen Geheimnissen. Sie war überzeugt, ihre Mutter machte es umgekehrt genauso.

Wenn man älter wird, fällt einem bei Erwachsenen manches auf, das man früher für gottgegeben hielt. Etwa dass ihre Mutter nie von *ihren* Eltern sprach. Sie meinte nur, ihre Eltern, Flos Großeltern, seien tot. Aber warum gibt es dann nicht wenigstens Fotos von ihnen? Oder Fotos, auf denen Mum als Kind zu sehen ist? Und warum ist sie nirgendwo in den sozialen Medien, nicht einmal auf Facebook?

»Echte Freunde sind wichtiger als irgendwelche Follower«, sagt sie. »Ein guter Freund ist mehr wert als eine ganze Fanbase im Netz.«

Okay, das versteht Flo ja noch. Sie selbst bewertet sich und ihr Leben auch nicht nach der Zahl von Insta-Likes. Überhaupt steht sie lieber etwas abseits als da, wo sich die Massen drängeln. Deswegen liebt sie auch die Fotografie. Im Sucher ihrer Kamera: die Welt. Auf der anderen Seite, *hinter* der Bildebene: sie. Manchmal fragt sie sich, ob es noch einen weiteren Grund für die nicht vorhandenen Kindheitsfotos gibt. Vielleicht etwas, das Mum vor ihr versteckt – oder vor dem sie sich selber versteckt. Flo hätte nicht übel Lust, bei ihrer Mum ein bisschen nachzubohren, aber jetzt, nach dem Umzugsstress, ist bestimmt nicht die richtige Zeit dafür.

Mit einem frischen Film in der Kamera verlässt sie das Haus und schaut sich noch einmal auf dem Friedhof um. Die schiefen Grabsteine gehen fast bis an ihre Haustür, was echt cool ist. Die Kirche in Nottingham hatte nicht einmal einen Friedhof, da sie mitten in einer Wohngegend lag. Eine kleine Wiese vor dem Portal war alles, und die war auch noch übersät mit Hundehaufen und gebrauchten Spritzen, und die Besoffenen schliefen vor dem Haus des Herrn ihren Rausch aus.

Die neue Kirche ist älter, aber anders. Zumindest nicht so wie die Dorfkirchen bei *Inspector Barnaby* und Co. Eher wie die Kirche auf diesem amerikanischen Gemälde mit dem strengen Ehepaar und der Heugabel. Flo kommt jetzt nicht auf den Titel. Auf jeden Fall wirkt die Kirche mehr amerikanisch als englisch. Und ziemlich heruntergekommen. Und spooky. Also ein super Motiv, denkt sie, vor allem in Schwarz-Weiß. Und mal sehen, mit Blau- oder Sepiatoner kitzelt sie sogar einen krassen Gothic-Effekt raus.

Sie beginnt, zwischen den Grabsteinen umherzuschlendern, spürt, wie das Gras ihre Waden kitzelt. Die meisten Inschriften sind so ausgewaschen, dass sie nicht mehr zu entziffern sind, bei einigen wenigen haben zumindest die Jahreszahlen die Zeit überdauert. Wie kurz damals ein Menschenleben war, denkt sie, als sie die Geburts- und Sterbejahre verrechnet. Tribut an Not und Entbehrung. Wer auch nur das vierzigste Lebensjahr erreichte, konnte sich glücklich schätzen.

Sie fotografiert ein paar verwitterte Inschriften und

geht dann auf die Rückseite der Kirche. Dort, auf einer kleinen Anhöhe, sind weitere Gräber. Einige sind jüngeren Datums und besser erhalten, aber die Versteppung regiert auch hier. Das ganze Gräberfeld liegt unter einer Decke von Löwenzahn und Butterblumen. Sie macht ein paar Aufnahmen von der Rückseite. Die Sonne steht hoch am Himmel, und im Gegenlicht zeichnet sich die Kirche nur als schwarze Silhouette ab.

Sie wischt sich mit dem Unterarm den Schweiß von der Stirn. Schon seit zwei Wochen ist es so schwül, und geschlafen hat sie auch nicht richtig. Sie vermisst ihr altes Zimmer. Das war zwar ein bisschen feucht, aber immerhin groß, mit massig Platz für ihre zahlreichen Poster von Bands, Filmen, Serien, die gerade ihr Leben ausmachen.

Ihr neues Zimmer ist nicht annähernd vergleichbar. Eine enge, stickige Kammer mit einem klemmenden Fenster, das sich nicht einmal ganz öffnen lässt. Das Schlimmste aber ist die Dachschräge. Dauernd knallt sie mit dem Kopf dagegen. Von ihrer Mutter kommt aber bloß das ewige Mantra: »Es ist, wie es ist.«

Und wie ist es? Mit einem Wort, es ist scheiße. Das ist es, was es ist.

Sie watet durch das kniehohe Gras weiter bis auf die Rückseite des Cottage. Dort ist auch der erwähnte Anbau, doch die Bezeichnung täuscht. Es handelt sich, wie Flo vermutet, um nichts weiter als das gemauerte ehemalige Klohäuschen, das man einst lieblos an die Außenwand der Küche geklatscht hat. Laut Mum mit Stromanschluss, aber der Anschein spricht dagegen. Flo stößt die verrottete Tür auf. Augenblicklich dringt ein scharfer Uringeruch an sie heran – und ein Aufschrei.

»Shit!«

Sie blinzelt in das schwarze Loch. Ein schlaksiger Kerl schließt panisch den Hosenstall, ehe sich ihre Blicke treffen. Nur für eine Sekunde, denn der Kerl will abhauen. Doch Flo ist schneller. Die Selbstverteidigungskurse, die ihr Mum seit dem siebten Lebensjahr verordnet hat, zahlen sich endlich aus. Allerdings hält sich Flo nicht mit Feinheiten auf, sondern packt ihn an der Schulter, tritt ihm zwischen die Beine und braucht ihn anschließend nur noch umzustoßen.

Mit schmerzverzerrtem Gesicht krümmt sich der Kerl am Boden und hält sich den Unterleib.

»Aaah! Du hast mir in die Eier getreten!«

Flo kreuzt die Arme und besieht sich das Ergebnis der Aktion.

»Und wer bist *du*, verdammt? Und warum benutzt du unser Haus als Toilette, geht's noch?«

10

Ich verlasse die Sherry süffelnde Miss Marple und bin noch um etliches verwirrter als am Morgen.

Natürlich alles Unsinn. Von wegen, er wurde ermordet! Das hat sie sich doch ausgedacht. Die Frau hat einfach zu viel Zeit. Ich liebe *Inspector Barnaby*, aber die Realität sieht anders aus. Im wahren Leben werden nicht reihenweise Dorfpfarrer umgebracht, weil sie zu viel wissen. Wenn mich meine Besuche im Gefängnis eines gelehrt haben, dann das: Die meisten Straftaten sind weder besonders schlau ausgedacht noch besonders kompliziert, sondern aus der Gelegenheit geboren und letztlich schlicht hirnverbrannt. Auch Mörder kommen eher selten mit ihrer Tat davon, und wenn doch, dann eher aus Glück als überlegener Planung. Ein Mord ist fast immer eine Verzweiflungstat, ohne jeden Gedanken an die Konsequenzen. Oder daran, was man damit dem eigenen Leben antut oder der eigenen unsterblichen Seele.

Ich gebe Gas, aber ich bin so mit meinen Gedanken beschäftigt, dass ich das hölzerne Hinweisschild, das mir den Weg zur Harper-Farm weist, beinahe übersehe.

»Mist!«

Ich bremse scharf, setze zurück und fahre auf der Schotterpiste weiter, die sich durch die Felder den Hügel emporschlängelt. Ich muss bis ganz nach oben, zu dem schiefergedeckten Farmhaus, das wohl schon seit Jahrhunderten dort steht. Allerdings hat man es in jüngerer Zeit ganz schön aufgemotzt, mit Wintergarten und riesigen Panoramafenstern, durch die man wahrscheinlich einen atemberaubenden Blick auf die sanfte Hügellandschaft der Downs hat.

Ich parke neben einem zerschrammten Truck und Simon Harpers Range Rover und steige aus. Mir schlägt der Gestank von Gülle und etwas Undefinierbarem, Fauligem entgegen. Auf einer Weide grasen braune Kühe. Weiter hinten, auf einer anderen, stehen Schafe.

Relativ nah am Haus, frisch eingezäunt, eine Koppel mit zwei auf Glanz gestriegelten Braunen. Links davon führt ein lehmiger Wirtschaftsweg zu den Scheunen und einem modernen Industriebau. Das Schlachthaus, vermute ich mal.

Mein Verhältnis zu Tieren ist eher unsentimental. Ich verabscheue Tierquälerei, aber ich esse auch Fleisch und weiß, dass es nicht vom Himmel fällt oder von selber in den Supermarkt spaziert. Wenn wir es essen wollen, müssen Tiere sterben. Im Gegenzug sollten wir wenigstens dafür sorgen, dass diese Tiere ein anständiges Leben haben – und einen raschen, schmerzlosen Tod. Insofern ist das Schlachthaus auf dem Gelände sogar eher gut als schlecht. Aber die Vorstellung, dass ein kleines Mädchen in einer Blutlache ausrutscht, ist trotzdem beklemmend.

Und wobei genau soll sie denn »ausgerutscht« sein? Wieder sehe ich Poppys leeren Blick vor mir. Und Simon, der unnötigerweise so ein Theater macht – warum? War ihm die Sache nur peinlich, oder war es ein Schuldeingeständnis?

Über knirschenden Kies gehe ich auf das Haupthaus zu. Es ist exakt die Art Aktion, vor der Bischof Durkin immer abraten würde. Erster Grundsatz: Mach dich nicht unbeliebt. Vor allem keine Einmischung in Privatangelegenheiten. Wenngleich ich ja deshalb Pfarrerin wurde. Um die Unschuldigen zu beschützen. Mein Vorteil dabei: Die Leute verraten mir Dinge, die sie vor der Polizei nie sagen würden, nicht einmal einem Sozialarbeiter. Der weiße Kragen gewährt mir selbst dort noch Zugang, wo man normalerweise einen Durchsuchungsbefehl bräuchte.

Ich mache mich so groß wie möglich und klopfe. Drinnen werden Stimmen laut, und dann geht die Tür auf. Vor mir ein gertenschlankes Mädchen, das sich provokant an den Türrahmen lehnt in ihrem Tanktop und den abgeschnittenen Jeans. Die Haare hat sie zu einem nachlässigen Pferdeschwanz gebunden.

Offenbar die Ältere, Rosie.

»Ja?«

»Hallo, ich bin Jack Brooks. Ich bin die neue Gemeindepfarrerin von Chapel Croft.«

Nichts an ihrem abweisenden Blick ändert sich.

»Deine Schwester hat uns gestern um Hilfe gebeten. Ich wollte nur sehen, ob alles wieder gut ist.«

Sie seufzt vernehmlich, dreht sich um und ruft ins Haus: »Mu-um!«

»Was ist?«, antwortet ihr eine entfernte Frauenstimme aus dem Obergeschoss.«

»Die Pfarrerin. Wegen Poppy.«

»Sag ihr, ich komme gleich.«

Rosie schießt ein falsches Lächeln ab. »Sie haben es gehört: Sie kommt gleich.« Dreht sich auf einem pedikürten Fuß um und verschwindet, um mich vor der Tür stehen zu lassen. Von mir aus, ich brauche keine schriftliche Einladung. Und betrete das Haus.

Schon die Eingangshalle ist riesig und wegen des bodentiefen Fensters lichtdurchflutet. Eine breite Holztreppe windet sich hoch zu einer Galerie im ersten Stock. Zumindest *dieser* Landwirt scheint nicht am Hungertuch zu nagen.

»Hallo?«

Ein weiteres Magermodel schwebt die Treppe hinab. Einen Moment lang halte ich es für eine weitere Schwester, aber selbst Botox (wie mein geschulter Blick mir verrät) kann wohl nicht alle Alterszeichen glatt ziehen. Gleichwohl ist die Ähnlichkeit mit der großen Schwester frappant.

Ich sage meinen Spruch auf: »Hallo, ich bin Reverend Brooks. Gerne auch Jack.«

Die Frau rauscht mir über die Natursteinfliesen entgegen, und ich komme mir plötzlich wie der letzte Bauerntrampel vor. Wenn das keine Ironie ist.

»Emma Harper. Schön, Sie kennenzulernen. Ich habe

von dem kleinen Missverständnis gestern gehört.« Sie lächelt. »Tut mir leid wegen der Unannehmlichkeit.«

»Kein Problem, ich helfe gern. Ich wollte nur sehen, ob es Poppy wieder gut geht.«

»Natürlich geht es ihr gut. Aber kommen Sie doch rein, sie freut sich sicher. Kann ich Ihnen einen Kaffee anbieten?«

»Gern. Sehr freundlich von Ihnen.«

Wie gesagt, freundlich … was noch? Vielleicht ein bisschen zu freundlich. Oder bin ich nur voreingenommen wegen der Sache mit ihrem Mann?

Ich folge ihr in die Küche, die aussieht wie aus *Schöner Wohnen*. Riesige Kochinsel mit viel poliertem Granit und allerlei Einbausachen mit Fronten aus gebürstetem Edelstahl. Eine von den Küchen, die »keine Wünsche offenlässt«, wie es immer heißt. Das Ganze geht über in den Wintergarten mit einem langen Esstisch und Sitzbänken und, im weiteren Verlauf, gemütlichen Sofas und einem Hängesessel.

Ich müsste lügen, wenn ich sage, dass da kein Neid aufkommt. Denn eines steht fest: Ich selbst werde nie so einen Wintergarten haben, wahrscheinlich nicht einmal ein bescheidenes Haus. Mit viel Glück darf ich eines Tages in meiner letzten Dienstunterkunft wohnen bleiben, aber nur wenn ich der Gemeinde weiter als billige Hilfskraft diene. Wenn ich Pech habe, muss ich mir auf dem freien Wohnungsmarkt etwas suchen, denn bei meinem Gehalt kann ich nichts ansparen.

Wie, das haben Sie nicht gewusst? Ist aber so. Sicher,

wir wohnen mietfrei und haben auch keine Hypothek zu bedienen. Wenn man es schlau anfängt und jeden Penny umdreht, kann man sogar ein paar Pfund aufs Sparbuch legen. Aber das alles ändert nichts an der Tatsache, dass das Gehalt eines Pfarrers nur etwa die Hälfte des englischen Durchschnittseinkommens beträgt. Mit einer Tochter, die zunehmend Ansprüche hat, kommt man gerade so hin, aber nicht mehr. Von dem, was ich zurzeit auf der hohen Kante habe, könnte ich mir maximal einen Baucontainer am Rande einer Müllhalde leisten.

»Schön haben Sie es hier«, sage ich.

»Oh … ja, das stimmt«, sagt Emma, als sei ihr das vorher noch nie aufgefallen. »Danke.«

Sie tritt an einen durchdesignten Kaffeevollautomaten, der wahrscheinlich mehr gekostet hat als mein Auto, und berührt eine Taste. Das grünäugige Monstrum antwortet mit einem tiefen Brummen.

»Cappuccino, Latte, Espresso?«

Am liebsten hätte ich gesagt: »Ein Nescafé.« Aber das lasse ich, sage stattdessen: »Nur einen einfachen Kaffee, schwarz, ohne Zucker.«

»Kein Problem.«

Während es in der Kaffeemaschine rumort, gehe ich an die dreiflügelige Terrassentür und schaue hinaus in den Garten, eine ehemalige Weide, die man lediglich mit einem Zaun abgetrennt hat. Hinten stehen ein hölzernes Klettergerüst sowie ein Trampolin, auf dem Poppy hüpft. Auf und ab, auf und ab, mit fliegenden Haaren. Allerdings ist ihre Miene vollkommen leer, die ekstatische Airtime scheint bei ihr nichts auszulösen. Ein bedrückender Anblick, ehrlich gesagt.

»Manchmal ist sie stundenlang auf dem Trampolin«, sagt Emma, die mit dem Kaffee kommt.

»Aber es macht ihr offenbar Spaß.«

»Schwer zu sagen. Poppy ist schwierig. Ich weiß eigentlich nie, was in ihr wirklich vorgeht.« Sie dreht sich zu mir. »Haben Sie auch Kinder, Reverend?«

»Nur eines. Meine Tochter Florence – oder Flo. Sie ist fünfzehn.«

»Ah, genauso alt wie Rosie. Geht sie auch aufs Warblers Green Community College?«

»Ja.«

»Oh, hervorragend. Sie sollten sich mal treffen.«

»Gute Idee«, sage ich, auch wenn ich da so meine Zweifel habe. Dass die beiden dicke Freundinnen werden, halte ich für ausgeschlossen.

»Ist Ihr Mann ebenfalls Pfarrer?«

»War er.« Ich muss schlucken. »Er starb, als Flo noch ganz klein war.«

»Das tut mir leid.«

»Danke.«

»Also sind Sie sozusagen alleinerziehende Mutter? Sicher nicht leicht.«

»Ein Kind großzuziehen ist niemals leicht, glaube ich.«

»Da sagen Sie was. Wenn ich gewusst hätte, was mit Poppy auf mich zukommt, also im Vergleich zu Rosie, dann hätte ich wohl lieber nur ein Kind gehabt.« Um sich sofort zu berichtigen: »Was nicht heißt, dass ich sie nicht haben will. Ich könnte mir ein Leben ohne sie gar nicht vorstellen. Wollen wir uns nicht setzen?«

Wir gehen zu dem großen Esstisch und nehmen nebeneinander auf der Bank Platz. Alles minimalistisch schick, wenn auch nicht sehr bequem.

»Wie geht es ihr denn, Poppy, meine ich?« Ihretwegen bin ich ja hier. »Gestern wirkte sie sehr verstört.«

»Tja, was soll ich dazu sagen? Alles irgendwie... blöd gelaufen.«

»Ich wüsste auch nicht, wie man verhindern kann, dass Kinder die Tiere ins Herz schließen.«

»Na ja, Rosie hat es auch gelernt. Simon hat ihr damals das Schlachthaus gezeigt, da war sie genauso alt wie Poppy jetzt.«

»Tatsächlich?«

»Natürlich. Das *sind* wir. Wir machen hier Landwirtschaft, wir leben von unserem Vieh. Rosie hat das sofort akzeptiert, sie ist da ganz anders als Poppy.«

»Sie hat gestern auf Poppy aufgepasst?«

»Ja, sie macht das wirklich gut. Aber wie gesagt, Poppy kann auch ganz schön schwierig sein. Rosie war jedenfalls fix und fertig.«

»Ich begreife immer noch nicht, woher das viele Blut kam.«

Ihr Lächeln verhärtet sich. »Das bleibt in einem Schlachthaus nicht aus.«

So weit habe ich das verstanden. Allerdings ist meine Frage damit noch nicht beantwortet. Mein Blick schweift hinaus in den Garten. Auf dem Trampolin ist niemand mehr. Hinter uns geht die Küchentür auf, und Poppy kommt herein.

»Hallo, Schatz«, sagt Emma.

Poppy sieht mich am Tisch.

»Hallo, Poppy. Weißt du noch, wer ich bin?«

Kurzes Nicken.

»Wie geht es dir heute?«

»Ich kriege einen Hamster.«

Ich tue überrascht.

»Das ist ja toll.«

»Es war Simons Idee«, sagt Emma. »Aber damit wir uns richtig verstehen, Pops: Du machst den Käfig sauber. Mummy erledigt das nicht für dich.«

»Und Daddy auch nicht«, dröhnt es hinter uns.

Ich wende mich um. Simon Harper steht im Türrahmen. In verdreckten Arbeitsklamotten und dicken Socken marschiert er zum Kühlschrank, holt eine Flasche Wasser heraus, gießt sich ein Glas voll. Er scheint mit mir gerechnet zu haben, mein Wagen steht vor dem Haus, und der Aufkleber am Heck (»Unterwegs im Namen des Herrn«) lässt keinen Zweifel am Fahrzeughalter. Wie so vieles habe ich auch den Wagen nicht selbst gekauft, sondern von einem meiner Vorgänger übernommen.

»Reverend Brooks. Schön, Sie zu sehen.«

Sein Ton sagt das Gegenteil.

»Ich hoffe, Sie nehmen mir den kleinen Abstecher nicht übel. Ich wollte nur wissen, wie es Poppy geht.«

»Poppy geht's gut. Stimmt doch, Pops?«

Poppy nickt gehorsam. In der Gegenwart ihres Vaters scheint sie auf stumm zu schalten.

Dann blickt er auf Emma. »Du hättest mir sagen können, dass wir Besuch haben.«

»Entschuldige, ich dachte, du hättest keine Zeit.«

»Wofür ich Zeit habe und wofür nicht, das musst du schon mir überlassen…«

»Ja, das war dumm von mir.«

»Würde ich auch sagen.«

Quälende Sekunden lang hängen die Worte in der Luft. Ich blicke zwischen den beiden hin und her und stehe auf, ehe ich etwas sage, das sich in meinem Beruf verbietet.

»Emma, vielen Dank für den Kaffee. Hat mich gefreut, Sie kennenzulernen. Und Poppy wiederzusehen natürlich.«

»Ich bringe Sie nach draußen«, sagt Simon.

»Ich finde allein hinaus.«

»Ich möchte aber.«

Wir gehen in die Eingangshalle.

Kaum sind wir außer Hörweite, sagt er: »Es war nicht nötig, hier vorbeizukommen. Wir brauchen keine Beaufsichtigung.«

»So war das gar nicht gemeint.«

Er senkt die Stimme. »Ich weiß Bescheid über Sie, Reverend Brooks.«

In mir zieht sich alles zusammen. »Ach wirklich?«

»Ich weiß, wo Sie herkommen.«

Ich will mir nichts anmerken lassen, gleichzeitig bricht mir der Schweiß aus. »Verstehe.«

»Sie meinen es sicher gut, aber nehmen Sie zur Kenntnis: Wir sind hier nicht in Nottingham. Das ist nicht irgendein Assi-Viertel, wo die Leute ihre Kinder grün und blau schlagen. Wir sind nicht wie die.«

»Wen meinen sie mit *die*?«

»Sie wissen genau, was ich meine.«

»Nein, weiß ich nicht«, sage ich und blicke ihm unverfroren ins Gesicht. »Aber vielleicht wollen *Sie* mir das erklären?«

Er lässt die verbindliche Maske endgültig fallen. »Kümmern Sie sich um Ihre Schäfchen, und ich kümmere mich um meine, okay?«

Er hält mir die Tür auf, und ich gehe stocksteif an ihm vorbei nach draußen. Eine Sekunde später knallt hinter mir die Tür zu. *Was für ein Arschloch!*

Ich gehe zu meinem Wagen. Die Sonne brennt mir auf den Rücken wie ein gigantischer Heizstrahler. Dann der kalte Schock. Auf der Beifahrerseite hat jemand den Lack zerkratzt: zwei scharfe Linien, die zusammen ein umgedrehtes Kreuz ergeben. Fassungslos starre ich auf das okkulte Symbol, und der Schweiß auf meinem Rücken wird zu Eis. Ich bin sicher, das Kreuz war am Morgen noch nicht da, auch wenn ich das nicht überprüft habe. Ich schaue mich um. Die Auffahrt ist menschenleer. Gleichzeitig fühle ich mich beobachtet. Ich blicke am Haus hoch, die Sonne blendet. Rosie lehnt oben aus dem Fenster. Sie grinst und macht eine segnende Geste in meine Richtung. Ein Schlag ins Gesicht eigentlich.

Also halt auch die andere Wange hin. Wir stehen in der
Nachfolge Christi.

Ich lächle zurück – und zeige ihr dann den Finger.
Dann steige ich in den Wagen und rase mit spritzendem
Kies davon. Ich hoffe, man sieht die Reifenspuren später.

11

Der Junge ist nicht älter als sie. Schlaksig, in Skinny Jeans und einem Hoodie mit Totenkopf auf dem Rücken, Sneakers von Docs. Lange, rabenschwarz gefärbte Haare, die ihm ins Gesicht hängen, als er sich vor ihr auf dem Boden krümmt.

»Ich habe dich was gefragt.«

»Tut mir ja auch leid. Ich komme auch nur ganz selten her. Und nur zum...«

»Ich höre... «

»Zum Zeichnen. Ich zeichne halt gerne so Sachen.«

»Was für Sachen?«

»Sachen eben.« Er zieht ein zerknautschtes Skizzenbuch aus seiner Gesäßtasche, was ihm nicht leichtfällt, reicht es ihr mit zitterndem, zuckendem Arm. Flo nimmt es und blättert durch die Seiten. Es sind überwiegend Kohlezeichnungen von Gräbern und der Kirche, unterbrochen von grellen Monstern und schemenhaften Gestalten.

»Das ist ja richtig gut.«

»Meinst du?«

»Ja.« Sie klappt das Heft zu und gibt es ihm zurück. »Trotzdem ist dieser Anbau nicht dein Privatklo.«

»Wohnst *du* jetzt hier?«

»Meine Mutter ist die neue Gemeindepfarrerin.«

»Ja, aber ich musste wirklich ganz dringend und wollte nicht hier zwischen den …« Er deutet auf das Gräberfeld, wobei sich das Zucken in seinem Arm verstärkt. »Ich meine, so etwas macht man einfach nicht.«

Flo mustert ihn. Er scheint ehrlich zu sein, und fast tut er ihr ein bisschen leid, nicht zuletzt wegen dieser Zuckungen in seinem Arm. Sie reicht ihm die Hand. Er nimmt sie und lässt sich von ihr hochziehen.

»Ich bin Flo.«

»W-W-Wrigley.«

Und selbst dabei zuckt sein ganzer Körper.

»Echt? Das ist ein Witz, oder? Klingt wie Mr Wiggly, das Wackeltier.«

»Nein, so heiße ich wirklich: Lucas W-Wrigley.«

»Oh.«

»Ich gebe zu, das ist wahnsinnig komisch: Wiggly Wrigley! Da braucht man für den Spott nicht mehr zu sorgen. Weißt du, auf *diese* Idee kommt jeder.«

»Scheiße.«

»Ja, so sind sie, die einen mobben. Immer ganz groß, wenn es darum geht, andere fertigzumachen. Nur mit Kreativität haben sie es nicht so.«

»Du hast recht.«

»Das Ganze nennt sich dystonischer Tremor, diese Zuckungen und so. Die Ärzte sagen, es ist was Neurologisches. Irgendwas mit meinem Hirn.«

»Und dagegen kann man gar nichts machen?«

»Nicht so richtig.«

»Übel.«

»Yep.« Sein Blick fällt auf die Kamera an ihrem Hals.
»Und du fotografierst?«

Achselzucken. »Ich versuche es jedenfalls. Ich überlege,
ob ich mir in dem Anbau eine Dunkelkammer einrichte.«

»Cool.«

»Ja, aber nicht, wenn er als Dixi-Klo benutzt wird.«

»Sorry.«

Sie winkt ab. »Vielleicht doch lieber im Keller.«

»Bist du gerade erst hergezogen, oder was?«

»Gestern.«

»Und wie findest du es hier?«

»Ehrliche Antwort?«

»Ja.«

»Scheißkaff.«

»Willkommen in der hinterletzten Ecke vom Arsch
der Welt.«

»Wohnst du auch hier?«

»Ja, drüben auf der anderen Seite, bei meiner Mutter.
Und du?«

»Ich lebe auch mit meiner Mutter.«

»Dann gehst du auch in Warblers Green zur Schule?«

»Sieht so aus.«

»Vielleicht trifft man sich mal da.«

»Möglich.«

»Cool.«

Womit die Unterhaltung an einem toten Punkt ange-
langt ist. Unschlüssig stehen sie sich gegenüber. Ihr fal-

90

len seine grünen Augen auf, besser gesagt diese silbrigen Splitter in der Iris, die seinem Blick etwas Katzenartiges verleihen. Man müsste das mal fotografieren, denkt sie. Im richtigen Licht käme dieser Kaleidoskop-Effekt erst richtig raus. Gleichzeitig fragt sie sich, wieso sie das plötzlich so interessiert.

»Okay dann. Man sieht sich.«

»Man sieht sich.«

Wrigley hat sich bereits abgewandt, blickt aber noch einmal zurück. »Wenn du mal etwas richtig Krasses fotografieren willst, dann wüsste ich da was.«

»Echt?«

»Da hinten, hinter den Feldern, steht so ein altes, verlassenes Haus.« Sein zitternder Arm weist grob in die Richtung. »Aber das ist schon mega unheimlich da, kein Scherz.«

Flo zögert. Der Typ ist schräg – obwohl schräg nicht immer was Schlechtes sein muss. Und wenn diese Zuckungen nicht wären, sähe er beinahe süß aus.

»Okay.«

»Hast du morgen schon was vor?«

»Klar, mein Terminkalender ist randvoll...«

»Oh.«

»Ein Witz. Und ich habe auch nichts vor. Wann denn?«

»Keine Ahnung. Um zwei so?«

»Okay.«

»Hinter dem Friedhof steht eine Schaukel. Ich warte da auf dich.«

»Gut.«

Er grinst sie unter seinen langen Haaren an und geht ruckartig und schief davon. *Wrigley*. Flo kann nur den Kopf schütteln, über ihn, aber auch über sich selbst. Hoffentlich hat sie sich nicht soeben den Dorfpsychopathen ans Bein gebunden.

Sie macht noch ein paar Fotos, hat aber eigentlich keine Lust mehr. Sie geht zurück zur Kirche. Dabei stolpert sie über etwas und fängt sich so gerade. Hauptsache, der Kamera ist nichts passiert.

»Shit.«

Sie schaut nach, worüber sie gestolpert ist. Es ist ein Grabstein, der wohl schon vor Zeiten umgefallen ist und mittlerweile von Wind, Regen und Erde weitgehend recycelt wurde. Staub zu Staub. Jedenfalls ist selbst an den moosfreien Stellen die Inschrift kaum mehr zu erkennen. Schönes Motiv also. Sie hebt die Kamera und will scharfstellen, aber irgendwie bekommt sie den Grabstein nicht fokussiert. Sie probiert es mit etwas, das weiter entfernt liegt – und aus dem dunklen Sucher springt sie ein Bild an, bei dem ihr Verstand chancenlos ist.

Ein Mädchen. Ein kleines Mädchen, nur wenige Schritte vor ihr.

Es ist nackt. Und es brennt, lichterloh.

Hellrote Flammen flackern um seine Füße, züngeln an den Beinen empor, schwärzen die Haut und erreichen schließlich die glatte, unbehaarte Scham. Nur an diesem Detail erkennt Flo überhaupt, dass es sich um ein Mädchen handelt. Andere Kennzeichen gibt es nicht. Es fehlen sowohl die Arme als auch der Kopf.

12

Schöne Scheiße, das fängt ja gut an. Ich gebe Gas, prügle mein biederes Dienstauto über die enge Landstraße und verfluche Simon Harper, seine gesamte Familie – und mich auch.

Offenbar ist diese Pfarrstelle doch nicht der idyllische Schnarchposten, den Durkin für mich vorgesehen hat. Meinen Einstand beim großen Zampano des Dorfs habe ich jedenfalls schon mal vergeigt. Warum stelle ich mich nicht gleich auf den Dorfplatz und opfere meinem Rachegott ein paar Hühner? Oder ein paar Fasane, wo wir schon einmal dabei sind. So wie die mir vor den Wagen flattern, scheinen sie ohnehin nicht am Leben zu hängen.

Natürlich weiß ich aus leidvoller Erfahrung, dass es jederzeit noch schlimmer werden kann.

Ich parke vor der Kirche, stürme in mein neues Heim, um meinen Ärger abzuladen, doch im Haus ist es totenstill.

»Flo?«

Ich gehe die Treppe hoch. Die Tür zu ihrem Zimmer steht offen, aber sie selbst ist nicht da. Ich will im Badezimmer nachsehen. Abgeschlossen. Ich hämmere gegen die Tür.

»Flo, bist du da drin?«

Keine Antwort, doch auf der anderen Seite rührt sich etwas. Immerhin.

»Flo, bitte sag was.«

»Nicht reinkommen!« Der Ton ist gereizt.

Ich warte. Nach ein paar Sekunden höre ich, wie der Riegel zurückgeschoben wird. Es ist das Zeichen für einen zweiten Versuch. Vorsichtig öffne ich die Tür.

»Nicht so lang offen lassen«, zischt Flo, und ich begreife schnell, warum. Das kleine Fenster hat sie mit einem zusammengelegten Umzugskarton abgedichtet, auf jeder verfügbaren Fläche, sogar auf dem rissigen Linoleumboden des Badezimmers, stehen diese flachen viereckigen Plastikschalen mit Fotochemikalien, und entsprechend penetrant riecht es auch. An der dünnen Duschvorhangstange hat sie die fertigen Bilder zum Trocknen aufgehängt. Flo hat meine Abwesenheit dazu genutzt, das Bad in eine provisorische Dunkelkammer zu verwandeln.

Ich sehe ihr zu, wie sie die letzten belichteten Fotos aus dem Wasserbad zieht.

»Schatz, was treibst du denn hier?«

»Wonach sieht es denn aus?«

»Es sieht so aus, als könnte ich jetzt nicht aufs Klo.«

»Ich muss erst den Film zu Ende entwickeln.«

»Kannst du das nicht später auch noch machen?«

»Nein, ich muss wissen, was auf dem Film ist. Ich muss das Mädchen sehen.«

»Was für ein Mädchen?«

»Das Mädchen vom Friedhof.« Sie richtet die Bilder an der Vorhangstange aus und betrachtet die ganze Serie.

Alles Schwarz-Weiß-Bilder vom Friedhof, denen sie eine verwunschene Schönheit verliehen hat. Nur ein Mädchen kann ich nirgendwo erkennen.

»Ich sehe nichts.«

»Ich weiß, das ist es ja gerade.« Frustriert wendet sie sich ab. »Aber das Mädchen war eindeutig da. Es stand in Flammen. Und es hatte keinen Kopf und keine Arme.«

Ich blicke sie unsicher an. »Was sagst du da?«

Sie reckt trotzig das Kinn. »Mir ist klar, das klingt bescheuert.«

»Tja …«

»Es klingt, als hätte ich sie nicht alle.«

»Das habe ich nicht gesagt.« Trotzdem lasse ich mir mit der Antwort Zeit. »Das heißt, du hast so eine Art Geist gesehen, meinst du?«

Sie zuckt die Achseln. »Keine Ahnung, was das war. Mir schien sie absolut real. Dann war sie weg.«

Ihr Achselzucken erscheint mir wie reine Selbstbeschwichtigung. Sie will die Sache nüchtern sehen, kann es aber nicht. Denn ich kenne meine Tochter und weiß, wenn ihr etwas keine Ruhe lässt.

»Vielleicht gibt es ja noch eine andere Erklärung.«

»Mum, ich bin nicht blöd. Mir ist schon bewusst, was ich gesehen habe. Deswegen habe ich das Ganze ja fotografiert. Mir war klar, dass mir das sonst keiner glaubt.«

»Na ja, es könnte ja auch eine Steinfigur oder so was

gewesen sein, das in einem bestimmten Licht… ganz anders aussieht.«

Aber ich sehe, dass ich so nicht weiterkomme. Flo verschränkt die Arme und blickt mich aus zusammengekniffenen Augen an.

»Mum, da war ein Mädchen ohne Kopf und ohne Arme. Den Lichteffekt, der so etwas hervorbringt, den musst du mir erst mal zeigen.« Sie wendet sich wieder den Fotos zu. »Die Frage ist doch, warum davon auf dem Film nichts zu sehen ist?«

»Das kann ich dir nicht beantworten.«

Bis mir Joan einfällt. Was hatte sie gemeint?

Es heißt, in der Kirche gehen die Geister von Abigail und Maggie um. Es heißt, wer die brennenden Mägdelein sieht, dem widerfährt bald ein Unheil.

Ich blicke auf das Chaos im Badezimmer und sage: »Warum gehen wir jetzt nicht nach unten und sehen uns die Bilder später noch einmal in Ruhe an?«

Theatralisches Seufzen. Mum wieder. »Na gut. Ich bin sowieso fertig hier.«

Sie folgt mir nach unten.

»Wo bist du eigentlich die ganze Zeit gewesen?«, fragt sie auf der Treppe.

»Kontaktbesuche in der Gemeinde.«

»Und bei wem?«

»Unter anderem bei den Harpers.«

»Ich dachte, du sollst hier nicht unangenehm auffallen.«

»Tu ich doch auch nicht.« Trotzdem habe ich natürlich

ein schlechtes Gewissen. »Komm, ich mache uns was zu essen.«

»Hast du eingekauft?«

Mist. Das ist mir nach alledem total entfallen. Aus mir wird nie eine gute Mutter.

»Tut mir leid, habe ich vergessen. Soll ich uns – zur Abwechslung – eine Pizza bestellen?«

»Pizza ist okay.«

Wir gehen ins Wohnzimmer. Es ist erst zwei Uhr am Nachmittag, aber am Himmel sind dunkle Wolken aufgezogen und haben die Welt verdüstert. Durchs Wohnzimmerfenster blicke ich auf den verwilderten Friedhof, wo die Grabsteine aus dem filzigen Gras ragen wie nichts Gutes.

»Meinst du, es könnte eines der Mädchen gewesen sein, von denen du mir erzählt hast?«, fragt Flo. »Die, die damals verbrannt wurden, weil sie Märtyrerinnen waren.«

Ich weiß nicht, inwieweit ich darauf eingehen soll. Andererseits, irgendwas *hat* sie gesehen. »Eine Frau aus der Gemeinde meinte, es spukt in der Kirche. Angeblich gehen dort die Geister dieser Mägdelein um. Das sind aber alles nur Ammenmärchen.«

»Aber wäre es möglich?«

»Möglich ist vieles«, seufze ich.

Sie legt mir den Arm um die Hüfte und lehnt ihren Kopf an meine Schulter. Bald wird sie zu groß dafür sein, denke ich wehmütig. Natürlich weiß ich auch, dass man die Zeit nicht anhalten kann. Aber könnte, wenn das schon nicht geht, Flo wenigstens etwas langsamer erwachsen werden? Warum darf ich sie nicht noch eine Weile vor der Welt beschützen?

»Mum?«

»Ja.«

»Ist das jetzt gut oder schlecht, dass wir beide an das kopflose brennende Mädchen glauben?«

Ich drücke sie, aber mehr zur eigenen Beruhigung. »Ach, lassen wir das Thema erst mal.«

Mich selbst beschäftigt die Frage selbstverständlich weiter, zumal Flo inzwischen ihre langen Gräten unter der Fanbettwäsche von *Nightmare Before Christmas* ausgestreckt hat und friedlich schläft.

Wir haben noch das Bad aufgeräumt und wollen morgen den Keller besichtigen. Irgendwo muss sich doch ein Plätzchen für eine Dunkelkammer finden. Der Anbau ist offenbar ungeeignet. Kein Stromanschluss, und lichtdicht ist dieses ehemalige Außenklo auch nicht.

Danach schoben wir die Reste von der Pizza und den Kartoffelspalten vom Mittag in die Mikrowelle und sahen uns alte DVDs von *Black Books* und *Father Ted* an. Was man in einem Pfarrhaus halt so findet. Um kurz nach zwölf gehe ich ebenfalls ins Bett.

Bevor ich mir die Decke über den Kopf ziehe, setze ich mich allerdings noch einmal im Lotussitz hin und bete. Keine Ahnung, ob Gott mir wirklich zuhört. Irgendwie hoffe ich sogar, er hat Besseres zu tun, als ausgerechnet meinen ungeordneten Tagesendbetrachtungen zu lauschen. Trotzdem, mich beruhigen sie. Sie sind ein Ventil nicht nur für Ängste und Sorgen, sondern auch für alles, was mir an diesem Tag Freude bereitet hat. Mein Abendgebet schafft Distanz und bringt Ordnung in meine Gedanken. Es erinnert mich daran, wer ich bin und warum ich Pfarrerin wurde.

An diesem Abend aber habe ich zu kämpfen. Ich finde einfach nicht die richtigen Worte für das, was mich bewegt. In meinem Kopf nichts als ein Durcheinander. Als hätte meine Versetzung in dieses Dorf auch alle meine Maßstäbe verschoben und mich komplett orientierungslos gemacht.

Ich beende meine Zwiesprache mit Gott mit ein paar Standard-Lobpreisungen, schalte das Licht aus – und kann nicht schlafen. Wie auch? Es ist so heiß und stickig in der kleinen Dachkammer, und ich habe eh Einschlafprobleme. Das liegt daran, dass ich die Dunkelheit nicht ertrage. Diese und die Stille ringsum, wo ich mit meinen Gedanken allein bin. Dagegen helfen keine Gebete. Wenn die Ungeheuer aus meinem Unterbewusstsein ihr Haupt erheben, bin ich schutzlos.

Ich starre an die dunkle, schlecht verputzte Decke und wünsche mir, dass meine Augen schwer werden. Es hilft aber alles nichts, mein Kopf gibt keine Ruhe.

Das Mädchen war eindeutig da. Es stand in Flammen. Und es hatte keinen Kopf und keine Arme.

Es heißt, wer die brennenden Mägdelein sieht, dem widerfährt bald ein Unheil.

Blödsinn. Nichts als Ammenmärchen. Aber warum

werde ich dieses Bild nicht los? Warum löst allein die Vorstellung bei mir solche Beklemmungen aus?

Normalerweise neigt Flo überhaupt nicht zu solchen Hirngespinsten. Flo ist ein pragmatischer Mensch, agiert zielgerichtet und rational. Warum sollte sie plötzlich Erscheinungen haben?

Als Pfarrerin glaube ich an eine Existenz nach dem Tod. Aber an Geister? Wesen, die diese Welt nicht verlassen können, weil sie mit der Menschheit noch eine Rechnung offen haben? Nein, davon konnte mich bis jetzt noch nichts überzeugen. Geister und Gespenster verstehe ich eher sinnbildlich denn als Untote, die uns real ihre Aufwartung machen.

Deshalb knipse ich erst einmal das Licht an und schwinge meine Beine aus dem Bett. Die rohen Dielen fühlen sich kalt an. *Hier muss ein Teppich hin*, denke ich. Noch etwas, das zu erledigen ist, um diesen maroden Kotten halbwegs wohnlich zu machen. Und was das wieder kostet!

Ich schiebe meine Füße in meine zerschlissenen Puschen und tappe hinaus auf den Flur, wo ich ebenfalls Licht mache.

Unten in der Küche krame ich in der Schublade nach meinem Tabak und den Blättchen. Beides müsste unter dem Geschirrtuch liegen, aber Fehlanzeige, so sehr ich auch suche. *Flo*, fluche ich leise.

Zum Glück habe ich eine Notration. Ich gehe ins Wohnzimmer, dort stehen noch überall meine unausgepackten Bücherkisten. Zu den wenigen Exemplaren, die bereits ihren Platz in dem zerschrammten Bücherschrank gefunden haben, gehört meine ledergebundene Bibel. Sieht aus wie ein antiquarisches Stück aus der guten alten Zeit, stammt in Wahrheit aber vom Flohmarkt. Die ehrfurchtgebietende Scharteke enthält auch nicht das Wort Gottes, sondern ein Geheimfach für einen Flachmann oder, wie bei mir, für Tabak, Rizla-Blättchen und ein Feuerzeug.

Ich gehe in die Küche, drehe mir eine Zigarette und mache die Hintertür auf. Schwer hängt der Duft von Nachtkerze, Mondblume und Jasmin in der Luft. Gewächse der Nacht. Erinnerung an die Kindheit, als dieser Duft durchs Schlafzimmerfenster drang.

Ich ziehe heftig an meiner Selbstgedrehten, um die Erinnerung mit Nikotin zu töten, aber die Angst hat sich bereits in mich verbissen. Die Nacht ist zu still, die Dunkelheit zu tief, als dass sich der Tumult in meinem Kopf ignorieren ließe.

Die Nacht hier ist so anders als die Nacht in der Stadt, denn hier ist ihre Herrschaft total. Keine Straßenbeleuchtung, kein helles Schaufenster, kein vorbeifahrendes Auto, das die Dunkelheit durchbricht. Hier – und nur hier – ist es im Freien wirklich nachtschwarz. Die Dunkelheit der vorelektrischen Zeit, die Dunkelheit vor Entdeckung des Feuers. Eine hungrige Dunkelheit, voller verborgener Augen. *Hier wohnt das Böse*, denke ich und frage mich, woher ich das habe. Mein Verstand spielt heute Abend verrückt.

Ich führe die Zigarette an die Lippen … und erstarre. Da ist Licht in der Kirche.

Was zum …

Es flackert in einem der Fenster. Der Reflex eines fernen Autoscheinwerfers? Kaum möglich, denn das Fenster geht nicht auf die Straße, sondern aufs Cottage. Da ist es wieder! Ein kleines Licht irgendwo im Obergeschoss. Bloß eine Lampe mit Wackelkontakt? Elektroinstallation aus dem letzten Jahrhundert? Oder ein Eindringling?

Ich starre auf das Licht und weiß nicht, was ich tun soll. Dann drücke ich die Zigarette aus und gehe zur Spüle. Lag dort im Unterschrank nicht eine Taschenlampe? Wahrscheinlich sind die Batterien hinüber, aber allein mit meinem Handylicht traue ich mich nicht in die Kirche. Ich schalte die Taschenlampe ein. Halleluja, funktioniert.

Ich schnappe mir die Kirchenschlüssel und schlage, im Schein der Taschenlampe, den schmalen Pfad zur Kirche ein. Zwar sagt mir eine innere Stimme, dass dies genau die Art Dummheit ist, die Leute in Horrorfilmen tun, und zwar in der allerersten Szene, da sie noch vor dem Vorspann sterben sollen. Aber das verdränge ich so gut es geht.

Dann stehe ich vor der Kirchentür. Ich weiß genau, dass ich sie am Abend abgeschlossen habe. Der Schlüssel ging so schwer, dass er sich nur mit beiden Daumen gleichzeitig drehen ließ. Jetzt steht die Tür offen.

Ich zögere, dann schiebe ich sie noch weiter auf und trete ein. Die Taschenlampe beleuchtet nur ein kleines Dreieck in einem ungeheuren Raum, und die Dunkelheit drückt von allen Seiten. Wo sind eigentlich die Lichtschalter? Ich drehe mich nach rechts und taste an der Wand entlang. Jetzt ist die Dunkelheit hinter mir, was mir gar nicht gefällt. Wo sind die verdammten Schalter? Endlich stoßen meine Finger gegen etwas aus Plastik.

Einen Moment später erhellen sich ein paar Deckenlampen. Die zugehörigen Glühbirnen sind historisch eingestaubt, voller Spinnweben, und geben nur ein kränkliches gelbes Licht ab, das gegen die allgemeine Düsternis wenig vermag. Zumindest ist die Kirche leer, soweit ich erkennen kann. Aber genau das ist das Problem mit Gotteshäusern. Es gibt in ihnen hundert Ecken, in denen sich jemand verstecken kann.

»Hallo?«, rufe ich laut. »Ist jemand hier?«

Keine Antwort, aber das war zu erwarten. Ich umfasse die Taschenlampe fester, ein solides Teil, das sich notfalls auch als Schlagwaffe einsetzen lässt. In der anderen Hand halte ich den schweren Kirchenschlüssel – fest zwischen Daumen und Zeigefinger, wie ich es in Nottingham gelernt habe.

Das Licht, das ich gesehen habe, kam von oben. Ich gehe also die schmale Stiege zur Galerie hoch, wo es noch düsterer ist als unten. Nur zwei kümmerliche Lämpchen spenden dort etwas Helligkeit. Abermals habe ich diesen eigenartigen Brandgeruch in der Nase. Ich lasse den Lichtkegel der Taschenlampe über das Kirchenschiff gleiten. Nichts, nur leere Bankreihen. Ich gehe sie alle ab, leuchte sogar in die verschatteten Zwischenräume. Da ist jedenfalls niemand.

Am Ende der Galerie befindet sich noch eine schmale Tür. Eine Abstellkammer, denke ich. Die Taschenlampe ausgestreckt wie eine Waffe nähere ich mich der Tür, reiße sie auf wie in einem Polizeifilm. Mir kommt ein Haufen Sitzkissen entgegen.

Ich springe zurück, mein Herz rast. Es dauerte einen Moment, ehe ich darüber lachen kann. *Sind doch nur Sitzkissen, Michael.*

Trotzdem sehe ich mir das Kabuff genauer an. Es ist eng dort, vollgestopft mit weiteren Kissen und Gebetbüchern und als Versteck wenig geeignet. Was mir aber auffällt, als ich die herausgepurzelten Kissen auflese: Sie sind geschwärzt, als hätte sie mal jemand angesteckt. Na gut, das würde zumindest den Brandgeruch erklären. Ich stopfe sie wieder zurück und mache die Tür zu. Im selben Moment höre ich etwas von unten. Ein Knirschen wie von der Kirchentür. Plötzlich schlägt mir das Herz bis zum Hals, und ich renne die Galerie entlang, bis ich von der Stiege gebremst werde, auf der man sich leicht alle Knochen brechen kann.

Als ich endlich unten bin, suche ich trotzdem mit der Taschenlampe weiter. Erst zwischen den Bänken und dann am Altar. Dort brennt die Leselampe, wie kann das sein? Ich weiß mit Sicherheit, dass es vorhin noch nicht so war.

Durch den Mittelgang gehe ich auf den Altar zu. Dort liegt etwas. Ein kleine blaue Jugendbibel, wie sie in der Sonntagsschule verwendet wird, aufgeschlagen auf einer Seite des zweiten Briefes an die Korinther, genauer gesagt 2. Kor 11:13-15. Der Text ist angestrichen.

Denn solche Apostel und arglistigen Arbeiter ver-
stellen sich zu Christi Aposteln. Und das ist auch
kein Wunder; denn er selbst, der Satan, verstellt sich
zum Engel des Lichts. Darum ist es nichts Großes,
wenn sich auch seine Diener verstellen als Diener
der Gerechtigkeit; deren Ende wird sein nach ihren
Werken.

Bei diesen Worten überkommt mich ein Schauer. Ich
nehme die Bibel in die Hand. Eine Ecke ist rußge-
schwärzt, wie angekokelt. Ich blättere ganz nach vorn,
denn zu meiner Zeit mussten wir unseren Namen auf die
Innenseite des Umschlags schreiben. Offenbar wurde
es auch später noch so gehandhabt, denn in verblasster
blauer Tinte, fast nicht mehr zu lesen, steht dort:

Merry J. L.

Sie lagen verborgen im hohen Gras hinter dem Haus. Die schwankenden Ähren waren die perfekte Deckung. Der Bibelkreis war für heute vorbei, und ihnen blieben noch ein paar Minuten, ehe sie nach Hause mussten.

Merry kramte in ihrer Jeans und zog eine zerdrückte Zigarette sowie ein BIC-Feuerzeug hervor. »Sollen wir die zusammen rauchen?«, fragte sie.

»Geht nicht. Der Reverend kommt nachher zum Tee.«

»Wieso das denn?«

»Meine Mutter will, dass ich auch noch zum Bibelstudium gehe.«

»Was? Etwa bei dem alten Sackgesicht?«

»Nein, bei dem Neuen. Hast du ihn schon mal gesehen?«

Achselzucken von Merry. »Ja und?«

»Er sieht ein bisschen aus wie Christian Slater. Das ist der, der den Novizen gespielt hat, in Der Name der Rose.

»Betbruder bleibt Betbruder.«

»Sag das nicht.«

»Wieso?«

»Gott hört alles.«

»Es gibt keinen Gott.«

»Willst du lieber in die Hölle kommen?«

»Du klingst schon wie meine Mum.«

Joy beugte sich zu ihr und berührte den blauen Fleck über dem Auge ihrer Freundin.

»Tut das weh?«

»Ja. Nicht anfassen.«

»Hasst du deine Mutter?«

»Manchmal. Manchmal wünschte ich, sie wäre tot. Aber meistens würde es mir schon reichen, wenn sie nicht immer so… nicht immer so wäre.«

Einen Moment lagen sie nur still da, dann stand Joy auf. »Ich muss jetzt los. Ich ruf dich später an, okay?«

»Okay.«

Merry richtete sich auf und sah ihrer Freundin nach, die leichtfüßig durch das hohe Gras davonsprang. Dann blickte sie wieder auf das Haus. Selbst von hier aus konnte sie ihre Mutter im Haus schimpfen hören. Sie nahm ihre Bibel in die Hand, das Feuerzeug in die andere, schnippte am Reibrad und hielt eine Ecke der Bibel in die kleine Flamme, bis der lederne Einband sich schwärzte. Mehr nicht. Ehe die Bibel Feuer fangen konnte, warf sie sie ins Gras. Dann legte sie sich daneben und zündete ihre Zigarette an.

Mir egal, ob ich in die Hölle komme, *dachte sie*. Da kann es auch nicht schlimmer sein als hier.

13

Ich schließe den obersten Knopf und klipse den weißen Kragen an. Noch einmal das Messgewand glatt gestrichen, dann geht es über das kleine Vorzimmer hinaus in den Chorraum mit dem Altar. Von dort oben aus starre ich hinab auf meine Gemeinde. Die, die erschienen sind, sitzen gesenkten Kopfs in den Bänken, wodurch die Gesichter im Schatten liegen.

»Willkommen allerseits«, sage ich. Nach und nach heben sich die Gesichter.

Als Erstes sehe ich meinen Mann Jonathon. Er lächelt. Immer lächelt er, sogar an seinen schwärzesten Tagen. Er lächelt sogar jetzt mit seinem halbseitig zertrümmerten Schädel unter den mit Blut und Hirnmasse angeklebten Haaren. Neben ihm sitzt Ruby. Natürlich, Ruby ist immer mit dabei. Sie lächelt nicht, ihr Blick ist eine einzige Anklage. Ihr Gesicht ist noch verschwollen von den vielen Schlägen und Tritten. Sogar mit ihrem eigenen Holzspielzeug haben sie sie damals traktiert. Sie hält ihren Plüschhasen im Arm, denselben Hasen, mit dem ich sie gefunden habe. Sie hat diesen Hasen geliebt, nur dass es, wie ich jetzt merke, ein lebender Hase ist. Diesen lebenden Hasen hat sie mit in die Kirche gebracht und fixiert mich nun mit ihrem wütenden Blick. Bis sie ihr Gesicht abwendet und dem Hasen ein Stück vom Ohr abbeißt.

Ich weiche zurück, mein Herz rast, und zu allem Unglück berührt noch etwas von oben meinen Kopf. Ich blicke hoch. Schräg über mir baumelt Reverend Fletcher an der Galerie, und seine Füße vollführen ein makabres Totentänzchen. *Wer die brennenden Mägdelein sieht*, krächzt es zwischen schwarzen, rissigen Lippen, *dem widerfährt bald ein Unheil.*

Ich unterdrücke einen Schrei. Trotzdem gucken mich jetzt immer mehr Gesichter an. Einige erkenne ich sofort, an andere kann ich mich kaum erinnern. Dann erheben sich zwei Gestalten und bewegen sich über den Mittelgang auf mich zu. Auf halber Strecke schlagen plötzlich Flammen aus ihnen, doch das scheint sie nicht zu hindern.

Ich taumle zurück. Da fasst mich eine kalte Hand an der Schulter. Erst als ich bereits seinen fauligen Atem rieche, begreife ich meinen Fehler. Dann höre ich eine Stimme…

»Mum. MUM!«

Ich schlage wild um mich und kann so zumindest verhindern, noch tiefer im Traum zu versinken wie in einem modrigen Tümpel.

»*Mum.* Wach auf!«

Ich reiße die Augen auf und sehe Flo unscharf vor mir, die halb besorgt, halb wütend meine Schulter gepackt hat.

»Mann, da kriegt man ja Angst.«

»Ich … ich …«

»Du hattest einen Albtraum.«

Das war es also. Nur ein Traum. Langsam kehrt mein Tagesbewusstsein zurück. Ich liege zusammengerollt auf dem Sofa und trage noch die verschwitzten Sachen vom Vortag, in denen der Zigarettenrauch hängt. Ich richte mich auf und schwinge die Beine auf den Boden. Hinter den Vorhängen wird es bereits Tag.

Flo geht vor mir in die Hocke. »Mum?«

»Ich … ich konnte nicht schlafen. Ich wollte in der Küche eine Zigarette rauchen und sah ein Licht in der Kirche. Also habe ich nachgesehen …«

»Was? Ganz allein? Mitten in der Nacht? Bist du wahnsinnig?« Flo steht auf und stemmt die Hände in die Hüften. »Mum, das war echt dämlich von dir. Was, wenn dich jemand angegriffen hätte? Du hättest sterben können.«

»Schon gut, alles halb so wild. Es war niemand da.«

»Und woher kam dann das Licht?«

»Das weiß ich nicht. Irgendein Wackelkontakt. Vielleicht auch nur Einbildung.«

»Das ist alles?«

»Ja.«

»Und warum schläfst du dann auf dem Sofa? Du stinkst nach Zigaretten.«

»Ich wollte mich nur ein bisschen hinlegen und bin dann wohl eingeschlafen.«

Sie sieht mich argwöhnisch an und seufzt laut. »Na, dann ist ja alles klar. Kaffee?«

»Ja, das wäre gut… Wie viel Uhr ist es eigentlich?«

»Fast neun.«

Neun Uhr? Und heute ist Montag. War für neun Uhr nicht die Gemeinderatssitzung angesetzt? *Verdammt.*

»Schönen guten Morgen, ich bitte vielmals, meine Verspätung zu entschuldigen.«

Ich lächle in die kleine Runde und versuche, ein wenig vom Durkin-Zauber zu entfalten – was mir nur teilweise gelingt. Auch dass ich gerade atemlos angerannt komme und noch an meinen Rundkragen fummle, zeugt nicht gerade von Souveränität.

Reverend Rushton steht auf und sagt: »Gut, dann stelle ich mal die anderen vor.«

»Danke«, sage ich ergeben.

Wir sitzen in dem winzigen Pfarrbüro an der Seite der Kirche. Der Raum, der schon im leeren Zustand beengt wirkt, ist bestenfalls für Hobbit-Versammlungen geeignet – eben die »Halblinge« aus dem Laienvolk.

Wohin man sieht, stapelt sich Papier, selbst die Korktafel an der Wand quillt über von alten Gemeindemitteilungen, Messplänen und Sicherheitshinweisen – was sich an der Wand fortsetzt. Überall hängen historische Fotos der Kirche und ihrer verschiedenen Hausherren, darunter ein jugendlicher Rushton mit Haartolle sowie ein dunkelhaariger Asket namens Revered Marsh, jedenfalls steht es so auf dem Klebeschildchen darunter. Und natürlich Reverend Fletcher, ein gut aussehender Mittfünfziger mit grauen Haaren und sorgsam gestutztem

Bart. Neben Fletcher allerdings wurde einmal ein Foto abgenommen, wenn ich die helle Stelle an der Wand richtig interpretiere. Die Frage ist nur, warum.

Maximal Platz genug für einen Schreibtisch und zwei Stühle. Da trifft es sich gut, dass von unserem fünfköpfigen »Team« lediglich vier anwesend sind.

»Da wäre einmal Malcolm, unser Lektor«, erklärt Rushton.

Ein dürrer Herr mit Brille nickt und lächelt.

»Aaron kennen Sie ja schon.«

Wir nehmen unsere jeweilige Anwesenheit zur Kenntnis.

»Unsere Gemeindesekretärin June Watkins ist krankheitshalber leider verhindert. Glücklicherweise hat sich jemand gefunden, der kurzfristig für sie einspringen konnte…«

Wie aufs Stichwort geht die Tür auf, und herein kommt eine hochgewachsene Frau in einem wehenden Gewand, die eine Thermoskanne mit Pumpspender im Arm trägt sowie einen Stapel Plastikbecher. Ihr sorgloser Dutt vermag die weiße Mähne nicht zu bändigen.

»Hallo miteinander. Wer es nicht im Kopf hat, muss es in den Füßen haben: Hab leider den Kaffee im Auto vergessen.«

Fasziniert verfolge ich, wie sie die Becher auf dem Tisch verteilt.

»Die meisten von euch kennen Clara ja schon«, sagt Rushton. »Sie übernimmt kommissarisch das Sekretariat. Unser rettender Engel.«

Clara grinst in die Runde. »Er *muss* das sagen. Ich bin seine Frau.«

Dann bemerkt sie mich und streckt mir die Hand entgegen. »Und Sie sind Jack, nehme ich an. Erfreut, Sie kennenzulernen. Jack ... steht für ...?«

»Ähm ... Jacqueline.«

Ihre Augen leuchten auf. »Schöner Name. Passt ... beides.«

»Danke.«

»Gut. Du siehst, wir sind hier ein überschaubarer Haufen.«

Das kann man wohl sagen. Andererseits, es entspricht dem Bedarf. Nicht jede kleine Dorfkirche braucht heute noch einen eigenen Pfarrer, geschweige denn einen eigenen Kirchenvorstand. Neben Chapel Croft und Warblers Green sind Rushton und ich noch für zwei weitere Kirchen im Sprengel zuständig, Burford und Netherton. Wir müssen uns halt aufteilen, so gut es geht.

»Schön, dass wir uns endlich mal kennenlernen. Also mein Name ist, wie Sie inzwischen ja wissen, Jack Brooks, und ich bin Ihr Kaplan, bis ein dauerhafter Nachfolger gefunden ist.«

»Wissen Sie schon, wann das sein wird?«, fragt Malcolm vorschnell.

»Leider nein«, antworte ich. »Gehen Sie also davon aus, dass Sie es eine Weile mit mir aushalten müssen.«

»Also von *aushalten* kann wohl keine Rede sein«, sagt Rushton. »Erst einmal sind wir froh, dass wir Sie haben. Und hoffen, dass Sie sich hier bald heimisch fühlen.«

»Würde ich auch sagen«, sagt Clara. »Ein neues Gesicht tut uns gut, nach allem, was passiert ist ... Ich will das jetzt nicht ausführen.«

Ich habe mich schon gefragt, wer wohl als Erster davon anfangen würde.

»Das mit Reverend Fletcher tut mir sehr leid.«

»Wir wünschten nur, wir hätten eher gewusst, welchen Prüfungen er ausgesetzt war«, sagt Malcolm. »Ich meine, seine seelischen Probleme waren ja bekannt. Doch dass er sich gleich das Leben nimmt ...«

»Nun ja, suizidgefährdete Menschen verstehen es meist sehr gut, ihre Not vor anderen geheim zu halten«, sage ich. »Insofern ist ein Selbstmord nie nur eine persönliche Tragödie, betroffen sind vielmehr alle.«

»Darüber hinaus ist es eine Todsünde!«

Entgeistert starre ich Aaron an. »Wie bitte?«

»Das Leben ist Gottes Geschenk an den Menschen. Nur Gott hat das Recht, Leben auch wieder zu nehmen.« Er blickt mich bockig an.

Ich bleibe ruhig. »Das entspricht schon lange nicht mehr der Lehrmeinung der Kirche von England, Aaron.«

»Ach so? Dann setzen wir uns also einfach über das göttliche Gebot hinweg?«

»Es gibt keine einzige Bibelstelle, die Selbstmord ausdrücklich verurteilt. Und solange ich hier Pfarrerin bin, möchte ich dieses Gerede auch nicht hören.«

Auch den anschließenden feindlichen Blickwechsel gewinnt er nicht. Am Ende muss er sich meiner Autorität beugen und senkt die Augen.

»Wie auch immer«, sagt Rushton und räuspert sich, »das Leben geht weiter, wie es so schön heißt. Und deshalb möchte ich vorschlagen, dass wir uns jetzt dem Dienstplan für die kommende Woche zuwenden.«

Der Vorschlag wird angenommen, und genau das tun wir, was mich einigermaßen erleichtert. Denn die seelsorgerische Routine hier unterscheidet sich wenig von der in meiner letzten Gemeinde. Auch hier gibt es Frühstückstreffen und Dorffeste vorzubereiten und Jugendgruppen zu leiten, nicht gerechnet die drei Hochzeiten und vier Beerdigungen, die in dieser Woche anstehen. Offiziell bin ich zwar noch nicht im Dienst, aber ich soll ruhig schon mal anfangen, bei einigen Veranstaltungen »Flagge zu zeigen«, wie Rushton sich ausdrückt.

»Ach ja, da wären noch die Schäden an den Bodenplatten.«

»Stimmt, ist mir auch aufgefallen«, sage ich. »Was ist denn da passiert?«

»Ach, bloß normaler Verschleiß, würde ich sagen. Wir haben schon jemanden beauftragt, der sich der Sache annimmt. In der Zwischenzeit, Jack, achten Sie bitte darauf, dass die Leute da nicht reinlatschen. Das Letzte, das wir brauchen, sind irgendwelche Schmerzensgeldforderungen, weil wir unserer Verkehrssicherungspflicht nicht nachgekommen sind.«

»Gut.«

»Dann wären wir so weit fertig. Will noch jemand etwas sagen?«

Rushton wendet mir sein rötliches Gesicht zu. Ich

hätte da zwar etwas: Nämlich wer mir eigentlich diese dubiosen Bibelsprüche zukommen lässt. Aber genau das will gut überlegt sein. Bevor ich mehr weiß, wäre es unklug, die Sache an die große Glocke zu hängen.

»Hmm, nein. Ich denke, wir sind durch.«

»Na wunderbar. Ich möchte aber noch einmal betonen, wie froh ich bin, Sie mit an Bord zu haben. Lange hätte ich das so nicht mehr mitgemacht.«

»Gern geschehen.«

Dann werden Unterlagen zusammengerafft und Stühle gerückt, die Sitzung ist beendet. Malcolm reicht mir zum Abschied die Hand und sagt: »Schön, dass Sie bei uns sind, meine Liebe.«

Aaron ignoriert mich demonstrativ, während er geschäftig in seinem Papierkram raschelt.

Ich will eigentlich nur noch weg, spüre aber Claras Blick auf mir. Als sie sich ihre Strickjacke überzieht, sagt sie: »Ich höre, Sie haben eine Tochter, Jack?«

»Ja.«

»Und wie alt?«

»Fünfzehn.«

»Schwieriges Alter.«

»Na ja, ich glaube, ich habe bisher noch Glück gehabt. Haben Sie Kinder?«

»Gott hat uns den Kindersegen leider verwehrt«, antwortet Rushton. »Dafür haben wir im Lauf der Zeit jede Menge Patenkinder angesammelt. Und Clara war früher Lehrerin. In unserem Leben herrscht also kein Mangel an jungen Leuten.«

Ich nicke höflich und denke: *Na klar: Lehrerin. So sieht sie auch aus.*

»Wie lange sind Sie schon verheiratet?«

»Neulich konnten wir unseren achtundzwanzigsten Hochzeitstag feiern.«

Komisch, dabei passen die beiden eigentlich gar nicht zusammen. Sie groß und elegant, er so ein kleiner Dicker. Aber was weiß ich schon? Ich will nicht urteilen.

»Meinen Glückwunsch.«

»Und Sie sind verwitwet?«, sagt Clara und erinnert mich wieder daran, wie sehr ich dieses Wort hasse.

»Mein Mann ist verstorben, ja.«

»Das heißt, Sie sind alleinerziehend?«

»Ach, das ist nicht so schwer. Wie ich schon sagte, mit meiner Tochter habe ich Glück gehabt. Sie ist ein braves Mädchen.«

»Und wie kommt sie mit dem Ortswechsel klar? In so einem Dorf ist für Jugendliche nicht gerade viel geboten?«

»Na ja, ihr Hobby ist die Fotografie. Wir überlegen, im Keller eine Dunkelkammer einzurichten.«

»Ah.«

»Wieso? Gibt es ein Problem mit dem Keller?«

»Nein, überhaupt nicht. Nur dass dort noch viele Sachen von Reverend Fletcher liegen. Das Gröbste habe ich bereits aussortiert.«

»Hat er denn keine Angehörigen?«

»Leider nein. Er hat alles der Kirche vermacht. Das, was noch verwertbar war, die Möbel, seine Kleidung, den

Laptop, haben wir bereits gespendet. Aber es liegen noch allerhand Sachen rum…«

»Also Müll«, sagt Rushton weniger taktvoll. »Obwohl – vieles ist nicht einmal sein Zeug, sondern gehört der Gemeinde. Sachen von früher eben. Wir wussten nicht, was wir damit anfangen sollten, deshalb ist es noch da unten.«

»Dann haben wir in den nächsten Wochen ja ausreichend zu tun.«

Dabei fällt mir etwas anderes ein.

»Ist Reverend Fletcher eigentlich hier beerdigt? Ich würde gerne sein Grab besuchen.«

»Nein, ist er nicht«, erwidert Rushton. »Er wurde in Tunbridge Wells beigesetzt, in der Nähe seiner Mutter.«

»Er wollte partout nicht hier begraben sein«, ätzt Aaron von hinten.

Ich drehe mich um. »Oh. Und warum nicht?«

»Er meinte, die Kirche wäre verderbt.«

»Verderbt?«

Clara schaltet sich ein: »Wie Malcom schon erklärte, seine seelischen Probleme waren bekannt.«

»Er wollte die Kirche exorzieren«, fährt Aaron fort. »Das war kurz vor seinem…«

»Aaron«, herrscht ihn Rushton an.

Aaron wirft ihm einen merkwürdigen Blick zu. »Warum? Sie soll es ruhig wissen.«

»*Was* soll ich wissen?«

Rushton seufzt. »Kurz vor seinem Tod wollte Fletcher die Kirche in Brand setzen.«

14

»Das ist leider nicht der erste Anschlag dieser Art«, sagt Rushton und nippt an seinem Macchiato.

Wir sitzen in einer Ecke in der Gemeindehalle, das jeweils montags, mittwochs und freitags von zehn bis zwölf zu einen »Offenen Frühstückstreff« einlädt, so jedenfalls steht es auf dem handgeschriebenen Schild am Eingang. Clara ist erschienen, Aaron nicht, was aber zu erwarten war.

Mir fällt auf, wie stark das Angebot genutzt wird. In Nottingham kamen zu solchen »Treffs« zuverlässig nur die Hardcore-Gläubigen und die Obdachlosen. Alle anderen fürchteten wohl, schon am Morgen mit einer Überdosis Gott traktiert zu werden. Oder, schlimmer, mit ungenießbarem Kaffee.

Zwar dominieren auch hier die älteren Semester, doch die sind durchweg gut gekleidet. Es gibt etliche Mütter mit ihren Babys. Sogar den Kaffee kann man trinken, was eine Überraschung darstellt, die erste positive seit meiner Ankunft auf dem Land.

»Was ist denn passiert?«, frage ich.

»Dahinter stecken wohl katholische Separatisten, geistige Nachfahren der Ketzerverfolgungen unter Maria II. Sie haben schon damals alles niedergebrannt, was ihnen ein Gräuel war. Die Kirche, die heute in Chapel Croft steht, wurde erst nach Maria der Blutigen von Baptisten errichtet.«

»Entschuldigung, aber ich meinte, was mit Reverend Fletcher passiert ist.«

»Ach so. Nein, es ist ihm am Ende doch nicht gelungen. Aaron konnte einschreiten, ehe das Feuer außer Kontrolle geriet.«

»Aber was hatte Aaron in der Kirche zu suchen?«

»Es war schon spät am Abend. Aaron kam zufällig vorbei und sah Licht in der Kirche. Er überraschte Reverend Fletcher dabei, wie er versuchte, einen Haufen Sitzkissen in Brand zu setzen.«

»Er sagte, jemand sei in die Kirche eingebrochen«, ergänzt Clara, während sie bereits das zweite Tütchen Zucker in ihren Kaffee entleert. Offenbar gehören Diäten nicht zu ihren Figurgeheimnissen.

»Wäre das denn möglich?«, frage ich und denke an die unverschlossene Tür und das Licht, das ich abends zuvor gesehen habe.

»Zumindest gab es dafür keine Anzeichen. Aaron und ich sind die Einzigen mit einem Schlüssel«, antwortet Rushton.

»Okay«, sage ich. »Dann hat vielleicht jemand vergessen abzuschließen.«

Rushton seufzt. »Matthew, also Reverend Flechter, verhielt sich schon eine ganze Weile ziemlich merkwürdig.«

»Inwiefern?«

»Er sprach von Erscheinungen«, sagt Clara.

In mir zieht sich alles zusammen. »Was für Erscheinungen?«

»Von brennenden Mädchen.«

Ich spüre ein kaltes Prickeln auf meiner Kopfhaut.

»Oder brennenden Mägdelein, wie man hier sagt. Sie gehören zur lokalen Folklore«, fügt Clara hinzu, und ihre Augen blitzen kurz auf. »Zwei kleine Mädchen, die im sechzehnten Jahrhundert zusammen mit sechs weiteren Märtyrern auf dem Scheiterhaufen verbrannt wurden.«

»Ich kenne die Geschichte«, erkläre ich. »Zumindest teilweise.«

»Jack hat sich nämlich vorbereitet«, sagt Rushton. »Sie wusste sogar das mit den brennenden Mägdelein.«

»Ach wirklich?« Claras Brauen gehen nach oben. »Wo erfährt man denn so was?«

Irgendetwas an ihrem Blick gefällt mir nicht. Ihre Neugier hat etwas Aufdringliches.

»Im Internet.«

»Viele finden die Mägdelein ja etwas unheimlich.«

»Tja, warum wohl?«

Sie lächelt. »Die kleinen Dörfer hier haben sich vielfach ihre Identität bewahrt. Dazu gehören auch solche Legenden.«

»Möglich. Davon verstehe ich nichts.«

»Sie sind in Nottingham aufgewachsen?«

»Ja.«

»Ich frage deshalb, weil man es Ihnen nämlich nicht anhört, wenn Sie mir die Bemerkung gestatten.«

»Meine Mutter kommt aus Südengland.«

»Ah, das erklärt Ihre weichen Vokale.« Sie trinkt von ihrem Kaffee, aber nach meinem Gefühl ist selbst diese kleine Unterbrechung Teil einer Strategie.

Ich wende mich wieder Rushton zu. »Allein dass Reverend Fletcher irgendwelche dunklen Mächte am Werk sah, macht ihn noch nicht geisteskrank. Ich kenne etliche Pfarrer, die an Erscheinungen glauben.«

»Es war auch nicht nur das«, bemerkt Rushton. »In der letzten Zeit war er regelrecht paranoid. Glaubte sich verfolgt und bedroht und was weiß ich. Mehrmals will er sowohl in der Kirche als auch an seiner Haustür diese Mägdelein-Puppen gefunden haben.«

»War er deswegen mal bei der Polizei?«

»Ja, aber es gab keinen Anhaltspunkt für eine Straftat.«

»Könnte jemand einen Grund gehabt haben, ihn auf diese Weise zu bedrohen?«

»Auch nicht«, wirft Clara ein. »Matthew war schon seit drei Jahren Gemeindepfarrer und allgemein beliebt.«

»Im vergangenen Jahr hat er seinen Vater und seine Mutter verloren«, sagt Rushton. »Und ein enger Freund von ihm bekam Krebs. Man kann also nicht behaupten, dass er keine Probleme gehabt hätte. Er hatte sogar ziemlich viele Probleme, würde ich sagen. Kurz nach dem Feuer in der Kirche hat er dann seinen Rücktritt erklärt. Er musste sich wohl eingestehen, dass ihm die Dinge allmählich über den Kopf wuchsen.«

So kann man es auch sagen. Im Gegensatz zu anderen Institutionen ist die Kirche immer noch nicht in der Lage, psychische Erkrankungen ihrer Mitarbeiter richtig einzuordnen. Es soll nach Möglichkeit nicht darüber geredet werden – vermutlich, weil die meisten Seelsorger weiterhin Männer sind. Dass auch dieser Beruf krank machen kann, wird nicht anerkannt. Lieber sieht man es als persönliches Versagen eines Einzelnen an.

Und Gebete sind zwar ein guter Weg, um zur Ruhe zu kommen und sich auf das Wesentliche zu konzentrieren, aber weder sind sie ein Allheilmittel, noch ist Gott ein Therapeut. Wir brauchen die Unterstützung von Dritten, das heißt anderen Menschen, und sei es von einem Profi. Ich frage mich oft, ob alles nicht ganz anders verlaufen wäre, hätte mein Mann sich rechtzeitig Hilfe gesucht.

Ich trinke von meinem Kaffee, der auf einmal nicht annähernd so gut schmeckt wie am Anfang.

Was ich dann sage, ist zumindest neutral formuliert. »Kam jemals der Verdacht auf, dass der Tod von Reverend Fletcher *kein* Selbstmord gewesen sein könnte?«

»Natürlich nicht! Wer behauptet so etwas?«

»Ein Gemeindemitglied machte Andeutungen in dieser Richtung…«

Rushton verdreht die Augen. »Joan Hartman, natürlich!« Er winkt ab, als sei damit alles gesagt. »Also, Joan ist schon eine Marke. Aber ich würde das nicht zu ernst nehmen. Sie redet viel, wenn der Tag lang ist.«

»Sie meinen, weil sie alt ist.«

»Nein, das meine ich ganz und gar nicht. Ich meine, weil sie meistenteils allein ist und eine blühende Fantasie hat. Und weil sie zu viele Krimis liest.« Er beugt sich über den Tisch. »Jack, darf ich Ihnen einen Rat geben?«

Ich will schon nein sagen, denn in aller Regel sind solche gut gemeinten Ratschläge bei mir etwa so erwünscht wie ein Loch im Kopf. Aber natürlich sage ich: »Klar.«

»Lassen Sie sich nicht in diese alten Geschichten reinziehen. Ihre Ankunft steht für einen Neubeginn. Und die Chance, die tragischen Umstände seines Todes endlich Vergangenheit sein zu lassen. Wie Sie sehen, gibt es mehr als genug zu tun. Und da wir schon dabei sind: Ich muss dringend los, zu den Bakers. Wir müssen noch die Beerdigung von ihrem Vater besprechen.«

Er erhebt sich und Clara ebenfalls.

»Also, bis demnächst. Und denken Sie an meine Worte.«

»Mach ich. Tschüss.«

Und damit sitze ich allein am Tisch und blicke ihnen nach, die sich beim Hinausgehen noch von ein paar anderen Gästen verabschieden. Ich überlege, ob ich mir einen weiteren Kaffee holen soll, aber ein Blick auf die Armbanduhr mahnt: Ich sollte endlich mal einkaufen. Die Menschin, zumal mit Tochter, lebt nicht von Pizza allein.

Ich will soeben aufstehen, als es weiter hinten im Saal scheppert. Eine ältere Dame ist gestürzt und liegt nun am Boden, umgeben von Scherben und verspritzten Kaffeeresten. Mehrere Leute sind aufmerksam geworden, ein

Pärchen ist sogar aufgesprungen, aber ich bin näher dran und sofort bei ihr.

»Alles in Ordnung mit Ihnen? Haben Sie sich verletzt?«

Die Frau wirkt benommen, vielleicht ist sie mit dem Kopf aufgeschlagen.

»Langsam. Lassen Sie sich Zeit«, sage ich.

Sie starrt mich an, und es dauert einen Moment, bis ich den Eindruck habe, dass sie mich registriert.

»Bist *du* das?«, fragt sie.

Sie klammert sich an meine Hand.

»Wo ist sie? Sag mir, wo sie ist.«

»Tut mir leid, ich weiß nicht, was Sie meinen…«

Dann sagt eine Stimme hinter mir: »Schon gut, sie ist manchmal etwas verwirrt.«

Schließlich hockt sich eine junge Frau mit kurzen Haaren, Latzhose und T-Shirt neben mich und redet beruhigend auf die alte Dame ein.

»Doreen, du bist gestürzt. Du bist in der Gemeindehalle. Hast du dir was getan?«

»Gemeindehalle?« Die alte Dame lockert ihren Griff, und die Frau mit der Kurzhaarfrisur löst die fremde Hand von mir ab.

»Doreen, kannst du dich aufsetzen? Sollen wir das mal versuchen, Doreen?«

»Aber ich muss nach Hause. Ich muss noch kochen. Sie muss doch etwas essen.«

»Natürlich. Aber zuerst musst du etwas trinken, in Ordnung?«

»Ich hole was«, sage ich.

Ich gehe hinüber zur Ausgabe.

»Kann ich ein Glas Wasser haben?«

Als ich der alten Dame das Wasser bringe, sitzt sie schon wieder auf einem Stuhl und scheint halbwegs orientiert.

»Hier, bitte.«

Mit zitternder Hand nimmt sie den Pappbecher und trinkt einen Schluck.

»Entschuldigung, ich weiß auch nicht, was über mich gekommen ist.«

Sie lächelt verschämt, und mir wird einmal mehr klar, dass das Alter keine Krankheit ist, sondern unser aller Schicksal.

»Das passt schon«, sage ich. »Jedem wird mal schwindlig.«

»Doreen, kann dich jemand nach Haus bringen?«, fragt die Frau mit der Kurzhaarfrisur.

Doreen. Woher kommt mir der Name so bekannt vor? *Doreen!* Dann fällt es mir wieder ein. Joan hatte so etwas gesagt.

Joys Mutter, Doreen, leidet unter Altersdemenz.

Ich starre Joys Mutter an. Doreen muss Anfang siebzig sein, sieht aber eher aus wie neunzig und nicht nur *ge*brechlich, sondern geradezu *zer*brechlich. Ein Gesichtchen wie erschlaffter Teig, Haare so dünn wie Spinnweben, der tapferen Dauerwelle zum Trotz.

»Wieso das denn? Ich kann doch gut zu Fuß gehen.«

»Ich weiß ja nicht, ob das so eine gute Idee ist«, sagt die Kurzhaarfrau.

Ich hätte mich an dieser Stelle verabschieden können, denn der himmlische Vater nährt uns nur bedingt, solange es gut sortierte Supermärkte gibt.

Stattdessen höre ich mich sagen: »Ich könnte sie nach Hause fahren.«

Die Frau mit der Kurzhaarfrisur greift sofort zu. »Danke, das wäre hilfreich.« Und zu Doreen: »Doreen, das ist doch okay, oder? Wenn die Frau dich nach Hause fährt?«

Doreen blickt mich an. »Ja. Danke.«

Handschlag von der Kurzhaarfrau: »Ich bin übrigens Kirsty. Ich leite die Jugendgruppe und helfe bei Bedarf auch beim Offenen Treff aus.«

»Jack«, sage ich. »Ich bin die neue Pfarrerin.«

»Das dachte ich mir schon. So ein Hundehalsband fällt ja auf.«

»Das haben diese Kragen so an sich. Ein bisschen wie bei Tattoos: Dass man eines hat, merkt man auch immer nur dann, wenn die Leute gucken.«

Sie lacht und schiebt den Ärmel ihres T-Shirts hoch, wo ein grinsender Totenkopf zum Vorschein kommt.

»Amen und aus.«

Doreen wohnt in einer schmalen Seitengasse mit einem bunten Ensemble kleiner Reihenhäuschen, wo vor jedem Fenster üppige Blumenkästen prangen und vor jeder Wand ohne Spalier mindestens eine Pflanzengondel schwebt.

Selbst wenn Kirsty mir keine Adresse angegeben hätte, Doreens Haus wäre nicht schwer zu erraten gewesen. Es ist das mit der vergammelten Fassade, das Haus mit den schmutzigen Fenstern und dem verwilderten Vorgarten, das Einzige, das dem Traum vom irdischen Paradies bereits vor Jahrzehnten entsagte, weil sich der Hauch von Verlust und Vergeblichkeit wie ein Witwenschleier darüber gelegt hat.

Genau vor diesem Haus halte ich jetzt. Während der Fahrt hat Doreen kaum ein Wort geäußert. Sie saß nur neben mir und wrang ein Taschentuch in ihren knotigen Händen. Aber das ist in Ordnung. Manchmal macht jeder Versuch, um jeden Preis ein Gespräch in Gang zu bringen, das Schweigen dazwischen nur umso bedrückender.

Ich steige aus, helfe ihr aus dem Wagen und begleite sie bis zur Eingangstür. Sie kramt in ihrer Handtasche nach dem Schlüssel.

»Nochmals vielen Dank, meine Liebe.«

»Kein Problem.«

Sie schließt auf. »Aber wollen Sie nicht auf eine Tasse Tee hineinkommen?«

Ich zögere, denn eigentlich habe ich gerade überhaupt keine Zeit. Ich muss dringend los, einkaufen, die restlichen Umzugskartons auspacken, Ordnung schaffen, sonst leben wir noch ewig im Provisorium. Doch allein der Anblick dieser trostlosen Bleibe versetzt mir einen Stich, dass ich nicht anders kann.

»Sehr gern«, sage ich und lächle sie an.

Die Diele ist düster und riecht nach altem Essen. Der gemusterte Läufer ist abgewetzt. Auf einem kleinen Tischchen, unter einem Bild der Jungfrau Maria, steht ein altmodisches Wählscheibentelefon. Die traurigen Augen der Jungfrau folgen uns in die schäbige Küche, die sich wohl seit den Siebzigerjahren nicht verändert hat: rissiger Linoleumboden, Arbeitsflächen aus Resopal und moosgrüne Küchenschränke, deren Türen schief in den ausgeleierten Scharnieren hängen. An einer Wand ein halbrunder Tisch mit zwei Stühlen. Über dem Tisch wacht ein Kreuz, flankiert von zwei Spruchtafeln: »Ich aber und mein Haus wollen dem HERRN dienen« und »Seid stille und erkennt, dass ich Gott bin«.

Doreen streift ihre Jacke ab und geht zum Herd.

»Wenn ich Ihnen irgendwie helfen soll …«

»Vielleicht funktioniert mein Kopf nicht mehr so richtig, aber Tee machen kann ich gerade noch.«

»Natürlich.«

Auch Senioren haben ihren Stolz. Ich setze mich an den Tisch unter den goldenen Worten, während sie den Tee zubereitet – richtig mit losem Tee und Kanne statt den ewigen Teebeuteln.

»Sie sind also die neue Pfarrerin?« Etwas wacklig trägt sie die Kanne zum Tisch.

»Ja. Reverend Brooks. Aber bitte nennen Sie mich Jack.«

Sie geht zu einem Oberschrank und kehrt mit zwei bräunlich verfärbten Tassen sowie Untertassen zurück.

»Kein Zucker, bitte.«

»Wie Sie wollen.«

Vorsichtig nimmt sie auf dem Stuhl gegenüber Platz.

»Ach herrje, jetzt habe ich die Milch vergessen.«

»Soll *ich* sie holen?«

»Das wäre nett.«

Ich gehe hinüber zu dem kleinen Kühlschrank. Darin sind nur ein paar Fertigmahlzeiten, Käse und eine kleine Tüte Milch. Ich nehme die Milch, sie ist bereits abgelaufen, scheint aber noch gut zu sein.

»Hier, bitte«, sage ich und mache unseren Tee englisch.

»Zu meiner Zeit gab es noch keine weiblichen Pfarrer.«

»Ach?«

»In der Kirche war kein Platz für Frauen.«

»Es waren halt andere Zeiten.«

»Früher waren nur Männer Pfarrer.«

Solche Kommentare höre ich von der älteren Generation häufig, aber das versuche ich nicht an mich heranzulassen. Bei so viel Fortschritt allenthalben kommen manche nicht mehr mit. Das Leben überholt uns rechts wie links, und wir haben irgendwann den Anschluss verloren. Gestützt auf Rollatoren, fortbewegt von Elektromobilen, bemühen wir uns zwar wie verrückt, irgendwie Schritt zu halten, doch der Abstand zu einer veränderten Wirklichkeit ist nicht mehr aufzuholen. Wahrscheinlich starre ich mit siebzig oder achtzig genauso entrückt auf die Welt und frage mich, was aus den alten Gewissheiten geworden ist.

»Nun ja, die Dinge ändern sich«, sage ich, trinke meinen Tee – und muss doch an mich halten.

»Sind Sie verheiratet?«

»Verwitwet.«

»Oh, das tut mir leid. Kinder?«

»Eine Tochter.«

Sie lächelt. »Ich habe auch eine Tochter: Joy.«

»Ein schöner Name.«

»Wir nannten sie Joy, weil sie so ein Wonneproppen war.« Ihre zitternde Hand greift nach der Tasse. »Aber dann verließ sie uns.«

»Oh?«

»Sie kommt aber wieder, ganz gewiss. Es kann jeden Tag so weit sein.«

»Schön zu hören.«

»Sie ist so ein gutes Kind. Nicht wie die andere.« Ihre Miene verdunkelt sich. »Das war kein Umgang für sie, die andere. Auf jeden Fall ein schlechter Einfluss, ganz schlecht.«

Sie schüttelt den Kopf, und ich merke, wie sie mir entgleitet. In ihrem Dasein gibt es so viele Kaninchenlöcher in die Vergangenheit, und ich kann nichts tun.

Mit einem Kloß im Hals sage ich: »Dürfte ich mal Ihre Toilette benutzen?«

»Oh. Aber sicher. Die Toilette ist…«

»Danke, ich finde es schon.«

Ich gehe die schmale Treppe nach oben, begleitet von weiteren Bibelsprüchen an der Wand. Das Bad ist gleich links. Ich schließe mich ein, drücke die Klospülung und klatsche mir am Waschbecken kaltes Wasser ins Gesicht. Das ganze Haus bedrückt mich, ich sollte zusehen, dass ich wegkomme. Trotzdem gehe ich nicht gleich wieder zurück, sondern bleibe oben auf dem Treppenabsatz stehen. Auf der rechten Seite ist eine Tür mit einem Schild, auf dem steht: »Joys Zimmer«.

Tu das nicht! Geh zurück ins Wohnzimmer, bedank dich für den Tee und geh.

Vorsichtig öffne ich die Tür.

Wie das ganze Haus ist auch das Zimmer hinter dieser Tür eine Zeitkapsel. Ein Lebensraum mit einem Datum, dem Tag ihres Verschwindens. Von da an, so sieht es aus, hat sich nichts mehr verändert.

Das Bett mit der floralen Tagesdecke ordentlich gemacht. Am Fußende ein kleiner Schminktisch, obwohl Frisierkommode es besser trifft. Ich sehe eine Bürste und einen Kamm, aber nichts, was darüber hinausgeht, kein Make-up, keinen Schmuck.

In einer Ecke ein schlichter Kleiderschrank und unter dem Fenster ein ebensolches Kinderregal, vollgestopft mit zerlesenen Taschenbüchern: Enid Blyton, Judy Blume, Agatha Christie, dazu so spannende Sachen wie *Dein Weg mit Jesus* und *Die Frohe Botschaft für Mädchen*. Quer über dem Erbauungskram liegt eine dicke, ledergebundene Bibel.

Die Bibel interessiert mich, und ich ziehe sie aus dem Regal. Was als Erstes auffällt, ist, wie leicht sie ist. Viel zu leicht für das Buch der Bücher und das Wort Gottes in Gänze. Ich setze mich aufs Bett und schlage die Bibel auf: Sie ist hohl. So hohl wie meine eigene, mit dem Unterschied, dass Joy das Geheimfach im Innern mit Messer oder Schere eigenhändig ausgeschnitten hatte, um einige besonders wertvolle Habseligkeiten vor der Welt zu verbergen. Offenbar existiert gerade in gläubigen Haushalten ein verstärktes Bedürfnis nach Geheimhaltung.

Okay, was haben wir da? Da ist zum einen eine Brosche mit einer hübschen Muschel. Dann ein Päckchen Kaugummi, Juicy Fruit, die gelben. Des Weiteren zwei Zigaretten und eine Musikkassette. Genauer gesagt ein Mixtape, das große Ding von früher. Beste Freundinnen tauschten nicht nur Klamotten und Schmuck nach Bedarf, sondern auch Kompilationen ihres Seelenzustands, festgehalten auf einer C90-Kassette.

Und wie immer war die Rückseite eng mit Bandnamen und Titeln beschrieben, alte Bekannte wie The Wonder Stuff, Madonna, INXS, Then Jerico oder Transvision Vamp. Mich überkommt nostalgische Erinnerung. *Those were the days.*

Ich lege die Kassette beiseite und hole den letzten Gegenstand aus der Bibel, ein Foto von zwei Mädchen, Arm in Arm, die in die Kamera lächeln. Die eine ausgesprochen schön mit ihren großen blauen Augen und der blonden Lockenmähne, eine jugendliche Sissy Spacek. Die andere dagegen trägt einen unvorteilhaften Topfschnitt, ist sehr dünn und lächelt aus dunklen Augenringen gequält in die Kamera. Beide tragen eine Monogrammkette um den Hals. M für Merry, J für Joy.

Zwei fünfzehnjährige Mädchen, beste Freundinnen. Spurlos verschwunden.

Dann höre ich, wie unten ein Stuhl gerückt wird. Ich

springe auf, lege alles in die Bibel zurück und schiebe sie wieder ins Regal.

Nur das Foto liegt immer noch auf dem Bett.

Merry und Joy. Joy und Merry.

Ich stecke das Foto ein.

»Mit sechzehn, weißt du, darfst du zu Hause ausziehen. Kann dir keiner verbieten.«

Sie saßen zusammen auf dem Bett in Joys Zimmer. Merry durfte nur selten zu Joy, aber Joys Mutter war zum Einkaufen weg.

»Wir sind aber erst nächstes Jahr sechzehn.«

»Ich weiß.«

»Und wo könnten wir überhaupt hin?«

»London natürlich.«

»Aber nach London gehen doch alle.«

»Also, wohin dann?«

»Australien.«

»Da läuft das Wasser immer anders herum in den Abfluss.«

»Echt?«

»Ja. Hab ich irgendwo gelesen.«

Joy drehte die Lautstärke ihres kleinen Kassettenrekorders hoch. Es lief Merrys Mixtape, und Madonna plärrte »Like A Prayer«.

»Ich liebe dieses Lied«, sagte Joy.

»Ich auch.«

Plötzlich drehte sich Joy weg. »Das hätte ich fast vergessen: Ich hab noch was für dich.«

»Was denn?«

Joy langte ins Bücherregal, wo sie die dicke schwarze Bibel hervorzog und ihr Geheimfach aufschlug. Merry kannte das schon. In der Bibel versteckte sie die Dinge, die ihre Mutter nicht sehen durfte. Es war ein kleines Papiertütchen. Das hielt sie Merry hin.

Merry nahm es und schüttete seinen Inhalt behutsam auf die Tagesdecke: zwei dünne Halskettchen mit Monogrammanhängern, eines mit einem M und eines mit J.

»Das sind Freundschaftskettchen«, sagte Joy.

Merry hielt das filigrane Band mit dem J ins Licht.

»Sie sind wunderschön.«

»Komm, wir legen sie uns um.«

Sie strahlte ihre Freundin an.

»Warte, ich habe eine Idee...«

Plötzlich knallte unten die Haustür ins Schloss. Ihre Blicke trafen sich.

»Shit.«

»Joy Madeleine Harris! Spielst du schon wieder diese Heidenmusik?«

Joy sprang vom Bett hoch, riss die Kassette aus dem Rekorder und ließ sie in der Bibel verschwinden. Unaufhaltsam näherte sich der harte Schritt ihrer Mutter auf der Treppe. Kein Ausweg, Flucht unmöglich. Dann flog die Tür auf.

Joys Mutter stand im Zimmer. Sie war zwar kleiner als Merrys Mum, eine leibarme Frau mit aufgebürstetem Goldhaar und stahlblauen Augen, aber man durfte sie nicht unterschätzen, besonders wenn sie wütend war. Und Merry war das *Feindbild* schlechthin.

»Aha! Das hätte ich mir denken können.«

»Mu-um!«, flehte Joy.

»Ich habe mich doch klar ausgedrückt: Sie ist hier nicht erwünscht.«

»Mum, sie ist meine Freundin.«

»Ich will, dass sie verschwindet, und zwar auf der Stelle!«

»Aber...«

»Schon gut«, sagte Merry. »Dann gehe ich eben.«

Mit hochrotem Kopf schnappte sie sich ihre Freundschaftskette und verließ das Zimmer.

Kurz vor der Treppe drehte sie sich noch einmal um. Joys Mum hatte den Kassettenrekorder in der Hand, ging damit zum Fenster und warf ihn hinaus. Zwei Sekunden später hörte sie von draußen ein gedämpftes Scheppern und sah Joy, die sich entsetzt die Hände vors Gesicht schlug.

Merry ballte die Fäuste.

Sie sollte gehen? Nichts lieber als das. Wenn es nur so leicht wäre.

»Bin noch unterwegs, muss auch noch einkaufen. Wenn du Hunger hast, Geld ist in der Dose.«

Flo starrt auf die SMS, die ihre Mutter, offenbar wegen der instabilen Verbindung, gleich dreimal geschickt hat. Sie blickt auf die Uhr. Schon nach elf.

Mum war eine Chaotin und notorisch unpünktlich. Aber der Tag hatte schon planlos begonnen, und jetzt ging es eben so weiter. Irgendwas musste in der Nacht passiert sein, da war sich Flo sicher. Zwar glaubte sie ihrer Mutter das mit dem Licht in der Kirche, doch es dürfte nicht alles gewesen sein. Wahrscheinlich nahm Mum an, dass sie ihr etwas Gutes tat, sie »schonte«, wenn sie nichts sagte, dabei war das Gegenteil der Fall. Diese Heimlichkeiten beunruhigten Flo erst recht.

Es war das alte Problem mit Müttern generell. Sie sagen zwar immer, dass sie vernünftig mit einem reden wollen, aber dann behandeln sie einen wie eine Sechsjährige.

Schon am Morgen, als Mum mit losem Kragen das Haus verließ, war die Essenssituation angespannt gewesen. Zum Frühstück fand sie nur ein paar alte Plätzchen und eine kleine Tüte Chips *(Cheese and Onion)*, was gerade einmal für Stephen Kings Schluss (seinem besten bisher) vorhielt. Jetzt grummelt ihr Magen erneut, außerdem hat sie das blöde Gefühl, dass sie ihren Tag vertut, so ohne Fernsehen und Internet. Ohne Fernsehen und Internet muss sie tatsächlich selber etwas tun.

Zum Beispiel mal im Keller nachschauen, ob sich dort eine Dunkelkammer einrichten lässt. Andererseits kann sie sich wirklich was Schöneres vorstellen, als in einem dunklen Verlies herumzukrauchen, wo einen die Spinnweben anfassen. Wenn sie ganz ehrlich sein soll, steckt ihr auch das Phantom vom Friedhof noch in den Knochen.

Klar, wenn man einmal eine Nacht darüber geschlafen hat, sieht manches anders aus, erscheint weniger unheimlich und eher erklärbar als im ersten Moment, zumal sie ohnehin nicht an übernatürliche Kräfte glaubt. Vielleicht hat ihr wirklich nur das Licht einen Streich gespielt. Oder es waren ein paar Kinder, wäre doch möglich, das Areal ist unübersichtlich. Auf jeden Fall ging alles so schnell, dass ihre Augen nicht hinterherkamen. Wenn tatsächlich etwas da gewesen wäre, hätte es die Kamera doch eingefangen.

Wie gesagt, Flo glaubt nicht an Übersinnliches. Und durch den Beruf ihrer Mutter ist ihr alles, was mit Tod oder Friedhöfen zu tun hat, vertraut. Normale Kids mögen sich gruseln, für sie sind die Toten bloß tot und der Mensch nur Materie.

Andererseits kann sie der Idee, dass wir auf der Welt immaterielle Spuren hinterlassen, durchaus etwas abgewinnen. So ähnlich wie beim Belichtungsvorgang in der Fotografie. Eine chemische Zustandsänderung an einem Objekt durch Kontakt mit etwas anderem, das können auch Lichtstrahlen sein.

Erneut grummelt ihr Magen. So, Schluss jetzt mit dieser morbiden Grübelei. Sie geht in die Küche, sieht in der Teedose auf der Fensterbank nach. Ein Haufen Kleingeld mit ein paar Einpfundmünzen, alles in allem etwa sieben Pfund. Es gibt einen Dorfladen, zu Fuß nur eine Viertelstunde entfernt.

Sie steckt das Geld in die Hosentasche, tritt vor die Tür, will gerade abschließen, da fällt ihr ein, dass sie die Kamera vergessen hat. Wer weiß, welche coolen Motive draußen auf sie warten. Sie geht noch einmal zurück und hängt sich den Apparat um den Hals.

Der Gehweg ins Dorf ist schmal und streckenweise gänzlich von Gras und Brennnesseln überwuchert. Kaum Autos, nur das ferne Brummen von schwerem landwirtschaftlichem Gerät und dem Muhen einer Kuh. Der fehlende Stadtlärm fühlt sich seltsam an.

Ab und zu bleibt sie stehen und fotografiert. Eine verfallene Scheune, ein verkohlter Baum, den ein Blitz getroffen hat. Bald erreicht sie die ersten Ausläufer menschlicher Siedlungen. Die Gemeindehalle mit angeschlossenem Sportfeld sowie einen etwas in die Jahre gekommenen Kinderspielplatz, wo eine einzelne Mutter ihr Kind auf der Schaukel bespaßt.

Etwas weiter, nicht sehr groß auf der linken Seite, befindet sich die örtliche Grundschule, dann wird die Bebauung dichter, und es gibt sogar ein paar Seitenstraßen. Sie kommt an der weiß gekälkten Front eines Pubs vorbei, und nicht einmal dort fehlen die Blumenampeln. *The Barley Mow* verheißt das Schild, »Zum Gerstenschober«.

Direkt daneben der Dorfladen. Nennt sich »Carter's Minimarkt«, doch die Ladenglocke scheppert so altmodisch wie eh und je. Drinnen eine Frau mittleren Alters mit grauer, betonierter Frisur, die Flo schweigend entgegenblickt.

»Morgen«, sagt Flo mit einem Lächeln.

Die Frau schaut sie an, als hätte sie zwei Köpfe. Endlich rafft auch sie sich zu einem vergrämten »Morgen« auf.

Flo tut ihr Möglichstes, den Argwohn zu ignorieren, mit dem die Kassen-Lady sie verfolgt. Die Leute trauen Jugendlichen nicht über den Weg, besonders wenn man anders aussieht als normal. Flo kennt das schon, diesen Handtaschenräuber-Blick. Als hätten sie alle nur die nächste Infamie in Sinn. In solchen Momenten würde sie ihnen am liebsten ins Gesicht rufen: *Hey, aufgewacht! Wir sind bloß jung, keine Kriminellen.*

Flo kauft Brot, Butter, einen Schokoriegel sowie eine Diet Coke. Das muss reichen, bis Mum vom Supermarkt zurückkommt. Die Frau kassiert mit zwei Zahlwörtern und will Flo offenbar so schnell wie möglich loswerden. *Du mich auch*, denkt Flo.

Sie isst den Schokoriegel im Gehen und spült ihn mit der Cola runter. Sie ist bereits wieder an der Gemeindehalle, als ihr der Gedanke kommt, dass sie in Downtown Dorf vielleicht Handyempfang hat. Sie holt ihr Handy hervor. Drei Balken. Ein Wunder! Zumindest kann sie jetzt eine Nachricht an Kayleigh und Leon schicken. Sie blickt umher. Der Spielplatz ist leer, die Frau mit dem Kind nicht mehr da. Sie setzt sich auf eine Bank unweit des Karussells und geht auf Snapchat.

Kaum hat sie angefangen zu schreiben, hört sie das Tor. Sie blickt hoch. Zwei Jugendliche betreten den Spielplatz.

Ein Glossy-Blondchen in Skinny Jeans und knallengem Tanktop und ein dunkelhaariges *Men's-Health*-Model in Shorts und Poloshirt. Nicht ihre Gang. Zumal sie diesen Swag haben, der nach Ärger riecht. Aber für einen strategischen Rückzug ist es schon zu spät. Wenn sie jetzt kneift, wäre ihre Erbärmlichkeit erwiesen, und sie kriegt in diesem Kaff keinen Fuß mehr auf den Boden. Auch so ein Punkt, den Eltern nicht kapieren: das Minenfeld, durch das sich ihre Kinder nonstop bewegen. Ein falscher Schritt, und schon hat man etwas ausgelöst, das sich nicht mehr kontrollieren lässt.

Flo sieht nicht hin, als sich die beiden auf die Schaukel setzen, aber ihre Konzentration ist weg. Sie spürt, wie sie von dem Duo beobachtet wird. Und es kann auch nicht ausbleiben, dass Blondie ihr irgendwann die erste Beleidigung an den Kopf wirft.

»He, Vampirina!«

Flo ignoriert sie, hört aber, wie die Schaukeln quietschen, als die beiden aufstehen und näher kommen. Die

nächste Stufe der Anmache erfolgt ohne Worte. Muskelboy pflanzt sich direkt neben sie auf die Bank und schert
sich nicht darum, wie sie das findet. Sein billiges Deo ist
echtem Männerschweiß nicht wirklich gewachsen.

»Bist du taub?«

Na toll, sie wollen es also wissen.

Sie hebt den Blick und sagt korrekt: »Ich heiße nicht
Vampirina.«

»Würde aber passen. Grufti!«

»Ich bin kein Grufti.«

Blondie mustert sie von Kopf bis Fuß.

»Und was bist du dann?«

»Beschäftigt.«

Jetzt bloß nicht aufstehen. Bleib sitzen und lass sie auf-
laufen, dann wird ihnen schnell langweilig.

»Du bist neu hier.«

»Dir entgeht aber auch gar nichts.«

Blondie sieht sie weiter neugierig an. Bis sie ihre
lackierten Finger schnippt und ausruft: »Moment! Ist
deine Mutter nicht die neue Pfarrerin?«

Flo spürt, wie sie rot wird.

Blondie quittiert den Punktgewinn mit einem Grinsen.
»Ist sie doch?«

»Na und?«

»Muss ätzend sein.«

»Nein, wieso?«

»Oder bist du auch so eine Betschwester?«

»Du hast es erfasst. Ich bin eine gruftige Betschwester.
Zufrieden?«

Daraufhin deutet Muskelboy auf die Kamera. »Was ist das denn für ein vorsintflutlicher Scheiß?«

Ihre Anspannung steigt. »Eine Kamera.«

»Ist dein Handy kaputt, oder was?«

»Wieso sollte es?«

»Zeig mal her«, sagt Muskelboy.

Und greift danach. Flo umklammert angstvoll den Trageriemen, springt hoch und bereut es im selben Moment. Sie hat sich verraten. Hat gezeigt, wie viel ihr die Kamera wert ist, und das macht sie angreifbar. Auch Muskelboy hat das erkannt, wie das bösartige Blitzen in seinen Augen zeigt.

»Ey, hast du ein Problem, oder was?«

»Quatsch. Aber warum verpisst du dich nicht? Und Taylor Swift hier kannst du gleich mitnehmen.«

Er erhebt sich. »Dann lass mich die Kamera sehen.«

»Nein.«

Das Nächste geschieht in Sekundenschnelle. Er will sich auf sie stürzen, aber ihre kurze Gerade ist schon da und trifft ihn an der Nase. Er brüllt auf und hält sich das Gesicht. Zwischen seinen Finger quillt Blut und färbt sein weißes Poloshirt dunkelrot.

»Aangg ... Scheiße, was soll das?«

»Tom!«, jammert Blondie. Und dann zu Flo: »Du hast ihm die Nase gebrochen, du perverses Miststück.«

Wie gelähmt starrt Flo auf die Szene, die Faust noch immer halb erhoben.

»Entschuldigung«, stammelt sie, »das wollte ich nicht ...«

Da geht die Tür der Gemeindehalle auf. Eine dickliche Frau steckt ihren Kopf heraus.

»Was geht hier vor? Oh, ach du liebe Güte. Tom, du blutest ja!«

Flo will schon etwas sagen, aber Blondie kommt ihr zuvor. »Nur Nasenbluten, Mrs C. Haben Sie vielleicht ein Tempo?«

»Natürlich, Rosie. Taschentücher, ja. Kommt rein.«

Angeschlagen und mit blutiger Nase schleppt sich Tom vom Platz, nicht ohne Flo noch einen schwarzen Blick zuzuwerfen.

»Los, hau schon ab«, zischt Blondie.

»Aber ...«

»Hau ab, habe ich gesagt. Vampirina!«

Flo zögert nicht lange, sondern rennt einfach los. Rennt so schnell sie kann, eine Hand immer an ihrer wertvollen Kamera, bis zur Kirche, wo sie fast zusammenklappt, denn sie kann einfach nicht mehr. Was zur Hölle hat sie getan? Was, wenn dieser Tom sie wegen Körperverletzung anzeigt? Mum rastet aus, wenn sie davon erfährt. Erst da fällt ihr ein, wie Blondie sie angeguckt hat. *Hau schon ab, Vampirina!*

Flo kennt diesen Blick. So guckt eine Katze, wenn sie mit einer Maus spielt. Die Beute ist gestellt, sie kann nicht mehr entwischen. Was jetzt kommt, ist der unterhaltsame Teil – für die Katze.

Die Sache ist also noch nicht ausgestanden. Im Gegenteil, es geht gerade erst los.

16

Im Supermarkt boxt der Papst. Kein Wunder, im Umkreis von dreißig Meilen ist er auch der Einzige. Ich versuche zwar, meine Runde so schnell wie möglich hinter mich zu bringen, aber *ein* Nachteil des weißen Rundkragens ist, dass einem druckvolles Agieren praktisch unmöglich gemacht wird. Ich kann mit meinem Einkaufswagen keinen Lahmarsch aus dem Weg schießen und muss selbst dann noch freundlich bleiben, wenn mir eine Mutti mit ihrem Buggy an die Hacken fährt oder sich an der Kasse unverfroren vordrängelt. Und SB-Kassen, das bestätigt auch dieser Einkauf wieder, sind eh eine Erfindung des Teufels.

Allein für die Rückfahrt juckelt man vierzig Minuten über die Dörfer, und wir sprechen hier von kurvenreicher Strecke. Herrgott, hatten die Römer, diese Meister des standardisierten Straßenbaus, ihre Richtschnur vergessen, als sie nach Sussex kamen? Während der Fahrt spüre ich immer wieder das Foto in meiner Tasche. Ich hätte es nicht mitnehmen dürfen, aber irgendetwas zwang mich dazu. Die nächste enge Kurve, und ich höre im Kofferraum meine Einkaufstüten umfallen. Hoffentlich geht nichts zu Bruch. Dann, unversehens: Vollbremsung!

»Scheiße!«

Auf dem unbefestigten Seitenstreifen steht ein alter MG, mit dem Heck weit in der Fahrspur. Neben dem Wagen kniet ein dunkelhaariger Mann in Jeans und T-Shirt und versucht offenbar vergeblich, einen Wagenheber in Stellung zu bringen. Um ein Haar hätte ich ihn überfahren.

Ich bin versucht, das Seitenfenster herunterzulassen und ihn von der Straße zu scheuchen. Denn so, wie der Wagen dort steht, fährt irgendwer noch in ihn rein – und damit meine ich nicht nur das Auto. Gleichzeitig habe ich Mitleid, denn der Mann scheint wirklich überfordert. Und was hätte der Samariter aus dem Gleichnis getan? Wohlgemerkt der Samariter, nicht der Priester, der als Erster vorbeikommt, der Punkt schien Jesus wichtig zu sein.

Seufzend fahre ich hinter der Rostlaube links ran und steige aus.

»Brauchen Sie Hilfe?«

Der Mann richtet sich auf, rot im Gesicht vor Anstrengung und Frustration. Er ist Ende vierzig, und sein wettergegerbtes Gesicht wirkt keinen Tag jünger. Auch in den Haaren zeigt sich erstes Grau.

Er grinst mich kleinlaut an: »Könnten Sie Gott bitten, meine handwerklichen Fähigkeiten zu verbessern?«

»Geht leider nicht. Aber ich kann Ihnen helfen, den Wagen aufzubocken.«

Er scheint ehrlich überrascht. »Oh, in diesem Falle: Danke, das wäre toll. Ich habe nämlich von Autos keine Ahnung.«

Ich trete an den platten Hinterreifen, positioniere den altertümlichen Scherenwagenheber unter dem Holm – und kurble mir einen Wolf.

Als der Reifen endlich abhebt, sage ich: »Kreuzschlüssel.«

»Ah, richtig.«

Er bückt sich nach dem rostigen Kreuzschlüssel, der praktischerweise griffbereit im Dreck liegt, will ihn mir reichen und lässt ihn sich prompt auf die Zehen fallen.

»Autsch!« Er hält sich den Fuß.

Ich kann mir das Lachen gerade noch verkneifen. »Sie haben wirklich zwei linke Hände, oder?«

»Ihr Mitgefühl ehrt Sie. Das ist wahre christliche Nächstenliebe.«

»Ich bete später noch für Ihren dicken Zeh. Haben Sie sich wehgetan?«

»Egal. Meine Zeit im Nationalballett ist ohnehin vorbei.« Vorsichtig setzt er den Fuß auf. »Und für alles andere ... reicht es.«

Ich schnappe mir den Kreuzschlüssel, löse die Radmuttern und ziehe das Rad von der Nabe. Dann lege ich das Rad auf dem Grasstreifen ab und wische mir die schmutzigen Hände an der Jeans ab.

»Okay. Wo ist der Reservereifen?«

»Der was?«

»Der Reservereifen.«

»Ach so.« Er geht nach hinten zum Kofferraum und fällt aus allen Wolken. »Auch das noch.«

»Was ist los?«

»Habe ich glatt vergessen: Ich habe keinen.«

Ich sehe ihn sprachlos an. »Wie, Sie haben keinen Reservereifen?«

»Na ja, ich hatte mal einen.« Er schaut auf seinen platten Reifen. »Den da.«

Herr, schenke mir Geduld, aber pronto.

»Sie sind nicht zufällig Mitglied bei einem Automobilclub oder einem Pannendienst?«

Seine Verwirrung nimmt zu.

»Dachte ich mir. In diesem Fall müssten Sie eine Werkstatt anrufen. Und warten.«

»Aber ich muss dringend nach Hause.«

»Wo wohnen Sie denn?«

»Chapel Croft, etwas außerhalb.«

»Dann kann ich Sie mitnehmen.«

»Danke, das ist sehr nett von Ihnen.«

Er schließt seinen Wagen ab und folgt mir zu meinem.

»Ich habe Ihren Namen nicht verstanden«, sage ich.

»Oh, Mike. Mike Sudduth.« Er reicht mir die Hand.

»Jack Brooks.«

»Ich weiß. Die neue Pfarrerin.«

»Die Buschtrommeln funktionieren offenbar.«

»Na ja, worüber sollen die Leute hier auch reden?«

»Ich werd's mir merken.« Ich blicke auf das liegengebliebene Auto. »Wollen Sie den Wagen hier so stehen lassen?«

»Warum nicht? Er wird wohl kaum von allein weg-
fahren.«

»Stimmt, aber was, wenn jemand reinfährt?«

»Das würde ich sogar begrüßen.«

Mit seinen zahlreichen Beulen und Schrammen sieht
der MG tatsächlich nicht so aus, als sei er gerade vom
Hof des Händlers gerollt.

»Auch wieder wahr.«

Ich steige ein, Mike ebenfalls. Dabei bemerkt er das
umgekehrte Kreuz auf der Beifahrerseite.

»Schon gesehen? Da hat Ihnen jemand den Lack zerkratzt.«

»Yep.«

Er setzt sich ins Auto und legt den Sicherheitsgurt an.
»Und das stört Sie nicht?«

Es stört mich sogar gewaltig, aber das kann ich nicht
zugeben.

»Ach, nur ein paar Jugendliche, die sich für besonders
geistreich halten.«

»Indem sie ein Satanistenkreuz in die Tür kratzen?«

»Ich war zu meiner Zeit noch heftiger drauf.«

»Inwiefern?«

Ich lasse den Motor an. »Das wollen Sie nicht hören.«

Es ist nur eine Viertelstunde bis nach Chapel Cross, aber
ich mache trotzdem die Musik an. The Killers.

»Und wie ist der erste Eindruck?«, fragt Mike, während Brandon Flowers im Hintergrund eine Jenny be-
singt, von der sein Alter Ego nicht lassen kann.

»Ich bin erst ein paar Tage hier, also…«

»…also ist es für eine abschließende Beurteilung noch zu früh, meinen Sie?«

»Kann man so sagen.«

»Wann ist denn der offizielle Amtsantritt?«

»Ein, zwei Wochen habe ich noch. Die Diözese gewährt mir eine Eingewöhnungszeit.«

»In diesem Falle empfehle ich Ihnen das *Barley Mow*. Jeden Sonntag treffen Sie dort alle relevanten Leute an. Außerdem servieren sie da ein ganz anständiges Roastbeef. Und englische Traditionsbiere vom Fass. Auch die Weinkarte kann sich sehen lassen.« Er wirft mir einen kurzen Blick zu. »So heißt es.«

»Sie trinken nicht?«

»Nicht mehr.«

»Wohnen Sie schon lang hier?«

»Erst ein paar Jahre. Eigentlich komme ich aus Rushfield. Bis zu meiner Scheidung jedenfalls.«

»Oh.«

»Ach, was soll's? Ist wahrscheinlich besser so. Zumindest kann ich so meinen Sohn noch sehen. Haben Sie Kinder?«

»Eine Tochter. Flo. Sie ist fünfzehn.«

»Ah, das ist die Zeit, wenn die Eltern austicken. Wie steht sie denn zu Ihrem Beruf?«

»Wie die meisten Jugendlichen. Meistens findet sie ihre Mutter peinlich.«

Er gluckst vor sich hin. »Mein Harry steht noch am Anfang der Pubertät, aber bei ihm sehe ich das auch.«

»Da haben Sie Glück. Angeblich sind Jungs weniger schwierig. Sie ziehen sich nur in ihr Zimmer zurück. Mädchen überschreiten ihre Grenzen, wo sie nur können.«

Er reagiert nicht auf mein begleitendes Lächeln, sondern macht im Gegenteil vollkommen dicht, und ich weiß nicht, ob ich weiterhin Small Talk machen soll oder nicht. Gottlob kommt jetzt ein schickes rotes Klinkerhaus in Sicht.

Er sagt: »Da ist es.«

»Okay.«

»Ach, und …« Er langt in seine Tasche und zieht eine zerknitterte Visitenkarte hervor. »Hier ist meine Nummer. Falls Sie noch Fragen haben. Wir gehören schon von Berufs wegen zu den gut informierten Kreisen.«

Ich sehe auf die Karte. *Michael Sudduth. Weldon Gazette.*

»Sie sind Journalist?«

»Wenn Sie es so nennen sollen. Mein Tagesgeschäft sind eher Backwettbewerbe und Ramschverkäufe. Aber natürlich berichten wir auch, wenn im Landkreis mal wieder das Verbrechen sein hässliches Haupt erhebt – und jemand einen Heumäher klaut oder so was.«

Das hat mir noch gefehlt: ein Reporter.

Trotzdem bedanke ich mich artig.

Und er: »*Ich* habe zu danken.«

Er steigt aus und beugt sich zu mir hinunter.

»Ach, übrigens: Wir würden gern ein Interview mit Ihnen machen. Von wegen erste Frau Gottes in einer

Landgemeinde, weiblicher Blick und so. Würde mich sehr freuen, wenn Sie...«

»Nein.«

»Oh.«

Ich blitze ihn böse an. »Waren Sie *deswegen* gestern im Gottesdienst? Um schon mal Eindrücke zu sammeln?«

»Ääääh... nein. Ich gehe jeden Sonntag in die Kirche.«

»Wirklich?«

»Ja. Wegen meiner Tochter.«

»Ich dachte, Sie hätten einen Sohn?«

»Das stimmt. Aber meine Tochter ist vor zwei Jahren gestorben. Und auf dem Friedhof von Chapel Cross beerdigt.«

Mit einem Mal liegt der Schwarze Peter bei mir. Und sein düsterer Blick zeigt mir, dass er das weiß. »Na dann: Danke fürs Mitnehmen. Und vielleicht halten Sie sich mit abschließenden Urteilen wirklich noch eine Weile zurück.«

Er knallt die Tür zu und geht, ohne sich noch einmal umzudrehen, in Richtung Haus.

Super! Spitzenleistung, Jack. Du hast es wirklich drauf, dir die Leute zum Feind zu machen.

Ich sitze noch einen Moment lang reglos am Steuer und überlege, ob ich ihm nachlaufen soll, um mich bei ihm zu entschuldigen. Entscheide mich dann aber dagegen, weil ich im Augenblick wohl alles nur noch schlimmer mache.

Ich öffne das Handschuhfach, will seine Visitenkarte

hineinwerfen, da segelt mir ein Brief entgegen. Ich hebe ihn auf und fluche laut.

Den Brief habe ich ganz vergessen. Besser gesagt, ich wollte ihn nicht wahrhaben.

Als Pfarrer redet man ja viel von Ehrlichkeit und Aufrichtigkeit, aber das ist geheuchelt, zumindest was mich betrifft. Ich persönlich halte Ehrlichkeit für überschätzt. Meiner Meinung nach liegt der einzige Unterschied zwischen Wahrheit und Lüge oft nur in der Häufigkeit, mit der das eine oder das andere wiederholt wird.

Also: Der wahre Grund, warum ich die neue Stelle nicht wollte, war nicht Durkins Hinterfotzigkeit. War auch nicht Ruby oder der Wunsch, etwas wiedergutzumachen. Der wahre Grund war das hier:

Die Justizvollzugsanstalt Nottingham gibt bekannt, dass nachfolgende Insassen vorzeitig aus der Haft entlassen werden.

Ich stopfe den Brief ins Handschuhfach zurück und knalle die Klappe zu.

Er ist wieder draußen.

Und ich bete zu Gott, dass er mich hier nicht findet.

17

»*Daran siehst du, wie lieb ich dich habe.*« Das sagte Mum ihm immer ins Ohr. »*Selbst wenn du so böse warst.*«

Dann ließ sie ihn in das Loch hinab. Kein Essen. Kein Wasser. Und er, er starrte verzweifelt in den kleinen Ausschnitt des Himmels, wo Vögel ihre Kreise zogen.

Die heiseren Schreie der Krähen versetzen ihn zurück. *Das war Mord*, denkt er. Mord an den Krähen. Er blickt zu dem alten Kasten hoch. War früher, in viktorianischer Zeit, mal eine Irrenanstalt gewesen. Die ganze Anlage protzig, ausladend, eine Residenz des Wahnsinns vor den Toren von Nottingham, inmitten einer sanften grünen Hügellandschaft. Irgendwann in den Zwanzigerjahren wurde aus dem Irrenhaus erst ein normales Krankenhaus, dann, nur wenige Jahre später, war ganz Schluss. Die großen Bogenfenster wurden mit Brettern vernagelt und das alte Gemäuer sich selbst überlassen.

Er weiß das deswegen so genau, weil er später, nach seiner Flucht, eine Weile dort unterkam, zusammen mit anderen Obdachlosen. Penner, Junkies, Leute mit seelischen Erkrankungen, die jeden Halt verloren hatten. Fast schon komisch, wenn man so darüber nachdenkt. Tagsüber trieb er sich in der Stadt herum, und was er sich dort zusammenschnorrte, reichte normalerweise für etwas zu essen und Wasser. Die anderen waren nett zu ihm, größtenteils jedenfalls. Irgendwie hatten sie Mitleid mit ihm, dem Benjamin unter ihnen.

Dann zog eine fremde Gruppe ein. Es waren fünf, Männer und Frauen, die trugen Baggy Jeans und knatschbunte Shirts und saßen herum, rauchten Zigaretten, die komisch rochen, und redeten die halbe Nacht von »Bullenstaat« und »Schweinesystem«, auch von »Bullenschweinen«, die sie »klatschen« wollten.

Er weiß noch, wie sehr ihn das Wort »Bullenschweine« faszinierte. Das war wirklich ein Overkill. Ein Overkill an Verachtung. Also nur konsequent.

Trotzdem sagte Gaff, ein älterer Penner, zu ihm: »Halt dich von denen fern. Die sind nicht wie wir.«

»Wieso?«

»Keiner von denen ist obdachlos. Alle haben eine Bleibe. Sie wollen bloß gerade nicht drin wohnen.«

»Wieso?«

»Sie halten sich für Rebellen, das ist alles. Mehr ist da nicht«, antwortete Gaff mit vernichtender Endgültigkeit und spuckte aus. Und wie immer war in der Spucke auch sein blutiger Auswurf.

Ein richtiger Schock damals. Wie konnte man so leben, in alldem Schutt und Schmutz, dem Müll und der Vogelkacke, ohne Heizung und Licht? Wenn man doch jederzeit nach Hause konnte, wo es all das gab? Zu Eltern, die alles für sie taten? Damals, auch das weiß er noch, war er über die Neuankömmlinge sauer gewesen. Weil er sich verarscht fühlte, verhöhnt geradezu. Diese Leute, sie machten sich insgeheim über ihn lustig, nicht?

Einen aus der Gruppe hasste er ganz besonders, diesen Dünnen mit den Dreads, der sich immer an ihn ranwanzte und seine Finger nicht bei sich behalten konnte. Und ihm dabei auch von diesen Stinkezigaretten anbot. Ein-, zweimal hat er sie sogar probiert, aber es war nichts für ihn. Man fühlte sich nur irgendwie weggetreten und hatte nachher noch mehr Hunger als vorher. Später sollte sich das ändern. Als weggetreten sozusagen der Idealzustand war, seine Art, das Leben zu leben.

»Warum quatscht du mich eigentlich dauernd an?«, wollte er von Ziggy wissen.

»Warum? Weil ich ein netter Mensch bin.«

»Wieso?«

»Meine Eltern sind wohlhabend, weißt du? Sie schicken mir Geld.«

»Na und?«

»Du brauchst doch Geld.«

»Immer.«

»Siehst du? Und wenn du jetzt auch nett zu *mir* bist, gebe ich dir vielleicht etwas ab.«

Wobei er ihm zuzwinkerte und seine gelben Zähne sehen ließ.

Ein paar Tage später erwachte er nachts durch ein Geräusch, das nicht normal war. Ein eigenartiges Ächzen und Schnaufen. Er fuhr hoch. Ziggy stand über ihm, beide Hände tief in seinen Baggy Pants vergraben, wo er an etwas rieb.

»Was soll das? Was machst du da?«

Als Antwort nur ein Grinsen. »Los, blas mir einen, kriegst auch einen Zehner dafür.«

»Was?«

Ziggy kam näher und zog seine Hose herunter, wodurch sein erigierter Penis heraussprang. Selbst da unten hatte er rote Haare.

»Los, Junge. Es dauert auch nicht lang.«

»Nein.«

Ziggys Miene veränderte sich schlagartig. »Jetzt mach schon, du kleiner Scheißer.«

Plötzlich rauschte das Blut in seinen Ohren, und er sah alles wie durch einen roten Nebel. Er sprang auf und stieß Ziggy von sich weg. Stoned, wie er war, taumelte Ziggy zurück und fiel rücklings auf den Boden.

»Scheiße, Mann!«

Er aber suchte bereits nach etwas Härterem. Überall in dem baufälligen Irrenhaus lagen abgeplatzter Putz und herausgebrochene Ziegelsteine herum. Einen davon schnappte er sich, holte aus und ließ ihn auf Ziggys Rastaschädel krachen. Aber nicht nur einmal, sondern immer und immer wieder. Bis Ziggy sich nicht mehr rührte.

Erst dann wich er einen Schritt zurück. Sein Zorn war in sich zusammengefallen, der rote Nebel hingegen blieb. Er hatte Mühe, auch nur seine unmittelbare Umgebung zu erkennen, den Boden, den Ziegelstein, Ziggys verfilzte Rastalocken.

Aber ihre Stimme hörte er:

Was hast du getan?

»Er wollte, dass ich seinen Schwanz lutsche«, sagte er matt. »Und es tut mir ja auch leid.«

Du kannst hier nicht bleiben. Du musst sofort weg, noch heute Nacht.

»Und was ist mit ihm hier?«

Er blickte auf Ziggy. Ziggys Gesicht war nur noch Brei und sah seltsam deformiert aus, so, als bestünde es nicht mehr aus zwei gleichen Hälften. Trotzdem atmete er noch. Schwach, aber er atmete.

So kannst du ihn nicht liegen lassen.

Er schüttelte den Kopf. »Aber ich kann damit doch nicht zur Polizei…«

Natürlich nicht! Ich sagte, so kannst du ihn nicht liegen lassen.

Im selben Moment hörte er Ziggy stöhnen. Mehr noch, er spürte Ziggys Blick auf sich. Hilflos, aus dem einen heilen, verblüffend blauen Auge in alldem Blut.

Erst da begriff er. *Sie* wusste eben immer, was zu tun war.

Er trat wieder auf Ziggy zu und hob den Ziegelstein hoch über den Kopf.

Die Krähen krächzen. Er schließt die Augen. Er ist nicht mehr der kleine Junge von damals. Auch mit dem drogenabhängigen jungen Mann, der von seinem zwanzigsten Lebensjahr an immer wieder im Knast landete, meist wegen irgendwelcher kleinerer Vergehen wie Drogenbesitz, Körperverletzung, Diebstahl, auch mit dem hat er nichts mehr gemein. Er hat sich geändert, das bestätigen ihm alle, die Therapeuten ebenso wie der Bewährungsausschuss. Aber das reicht ihm noch nicht. Er will es auch von *ihr* hören.

Als sie ihn zum ersten Mal verließ, hat sie ihm noch geschrieben. Nur so wusste er überhaupt, wo er sie suchen musste. Aber Nottingham ist groß, und als er sie endlich fand, war auch der alte Zorn wieder da, und er tat etwas wirklich Krasses. Und hatte damit abermals alles verkackt.

Im Gefängnis hat sie ihn nur ein einziges Mal besucht. Danach kamen alle seine Briefe ungeöffnet zurück. Was er ihr übrigens nicht vorwirft. Sie hatte ihre Gründe dafür, und er hat ihr vergeben.

Nun soll sie ihm ebenfalls vergeben. Damit sie wieder zusammen sein können. Wie vorher.

Er wird es ihr beweisen.

Daran siehst du, wie lieb ich dich habe.

18

Kaum habe ich meine Einkäufe eingeräumt, kommt Flo herunter. Ich sehe sofort, dass irgendetwas nicht stimmt.

»Na, wie läuft's?«

»Gut.«

»Was hast du gemacht?«

»Ich war im Dorfladen.«

»Irgendwelche interessanten Neuigkeiten?«

»Nein.« Sie zieht sich einen Stuhl heran und setzt sich, ohne mich anzusehen. »Und bei dir?«, fragt sie.

»Alles in Ordnung.«

»Irgendwelche interessanten Neuigkeiten?«

Ich habe gerade eine Tüte Tiefkühlerbsen in der Hand und überlege. Da war Joys Mutter, da ist das Foto in meiner Tasche, nicht zu vergessen dieser Reporter, Mike Sudduth. Aber ich schüttle den Kopf. »Nein, nichts«, sage ich und schiebe die Erbsen ins Tiefkühlfach. »Ich dachte, dass wir uns nach dem Mittagessen einmal den Keller ansehen, wegen deiner Dunkelkammer. Offenbar liegt da unten noch jede Menge Müll. Das heißt, wir müssten erst einmal aufräumen.«

»Klar.«

Begeisterung klingt anders.

»Ich dachte, du willst eine Dunkelkammer?«

»Will ich ja auch. Aber ich möchte heute Nachmittag noch ein bisschen fotografieren. Wrigley sagt, es gibt da so ein altes Haus, das wir...«

Meine Reaktion kommt zeitverzögert. »Moment, nicht so schnell: Wer ist *Wrigley*?«

Sie senkt den Blick und spielt mit dem Reißverschluss ihres Hoodies. »Jemand, den ich gestern getroffen habe.«

»Davon hast du mir gar nichts erzählt.«

»Hab ich vergessen.«

»Ja, aber ein bisschen mehr als das wüsste ich trotzdem gern.«

»Nur ein ganz normaler Junge, okay?«

Nein, nicht okay. Aber das kann ich ihr nicht sagen. Und es ist auch nicht so, dass Flo keine Jungs treffen darf. Verabreden darf sie sich, mit wem sie will. »Gehen mit« (wie es bei uns damals hieß) ist aber etwas anderes.

»Er heißt also Wrigley. Komischer Name.«

»Das ist sein Nachname. Mit Vornamen heißt er Lucas.«

»Alles klar. Und woher kennst du ihn?«

»Vom Friedhof. Er hat da gezeichnet. Er ist wirklich gut.«

»Er zeichnet Gräber? Schönes Hobby.«

»Und ich mache Fotos von Gräbern, wo ist der Unterschied?«

»Stimmt, da haben sich offenbar zwei getroffen.«

»Mu-um.« Sie verdreht die Augen, dass man meint,

162

sie kann ihr eigenes Hirn sehen. »Es ist nicht so, wie du denkst, klar?«

»Klar«, sage ich und glaube ihr kein einziges Wort. »Was sagt Wrigley denn Weltbewegendes?«

Sie zögert.

»Oder das Haus? Was ist mit dem Haus?« Manchmal muss man ihr jedes Wort einzeln aus der Nase ziehen.

»Ja genau …«, sagt sie, weil sie eigentlich nichts sagen will. »Der Wald da soll auch total schön sein.«

»Ich wette.«

Langsam wird sie sauer. »Red nicht so.«

»Was ist denn?«

»Das weißt du ganz genau.«

»Dann pass mal auf: Mir ist es nicht recht, dass du ganz allein mit einem Jungen durch den Wald läufst, den du kaum kennst.«

»Wär es dir lieber, ich gehe allein?«

»Nein.«

»Aber mit einem Freund, der sich auskennt, darf ich auch nicht?«

Na gut, Punkt für sie. Dann sage ich es mal so: Ich will überhaupt nicht, dass sie in den Wald geht. Andererseits, sie ist fünfzehn, sie braucht ihre Freiheit. Und Freunde. Außerdem haben Verbote noch nie etwas gebracht, denn dann tut sie es nämlich erst recht.

»Na gut«, seufze ich, »in Gottes Namen.«

»Danke, Mum.«

»Aber bitte: Sei vorsichtig. Und nimm dein Handy mit. Nur für den Fall, dass du dich verletzt.«

»Oder von irgendeinem Viech mit Rinderwahn angegriffen werde ...«

»Das auch.« Mein Misstrauen zerstreut das allerdings
keineswegs. »Und noch etwas: Ich will diesen Wrigley
vorher sehen.«

»Och, Mum, nein.«

»Doch. Das oder gar nichts.«

»Ich habe ihn doch gerade erst kennengelernt.«

»Es muss nicht sofort sein, aber ich möchte wissen, mit
wem sich meine Tochter verabredet.«

»Wer hat etwas von verabreden gesagt? Na gut, von
mir aus.«

»Dann wäre das geklärt.«

»Ja.«

»Aber du sagst das nicht nur, weil du dich vor dem
Aufräumen im Keller drücken willst?«

»Würde ich dich je anlügen?«

»Du bist fünfzehn. Natürlich würdest du.«

»Und du bist heilig, oder was?«

»Bin ich auch. Schließlich bin ich die Pfarrerin.«

Sie schüttelt genervt den Kopf, muss aber trotzdem
grinsen. »Die Pfarrerin nützt dir gar nichts, du kommst
später sowieso in die Hölle.«

»Du hast keine Ahnung, vielleicht war ich da schon.
Sag mir lieber, was ich zum Mittagessen machen soll.«

Ich stehe am Fenster von Flos Zimmer und blicke ihr
hinterher, wie sie zu ihrer Verabredung aufbricht, mit
ihren langen, staksigen Beinen und der schweren Kamera

um den Hals, als sei die Welt nur für sie gemacht. Ein Anblick, der mir ans Herz geht – und mir auch genau dort einen kleinen gemeinen Stich versetzt. Denn sie verheimlicht mir etwas. Aber soll ich sie ernsthaft in die Mangel nehmen, weil sie ein Geheimnis für sich behalten kann?

Ich gehe wieder nach unten, spüre dabei das Foto in meiner Tasche. Unten betrachte ich es ein weiteres Mal. Merry und Joy, die Blonde und die Dunkle, ein typisches Mädchengespann aus den Neunzigern, in Leggins und Oversized-Pullis, natürlich auch mit den unvermeidlichen Freundschaftskettchen.

Joy ist eindeutig die Schönere von beiden mit ihrem Porzellanpuppen-Teint, den blassblauen Augen und dem goldenen Haar. Bei ihrer Freundin muss man schon genauer hinsehen, denn alles an ihr ist Abwehr, ihr Lächeln, ihr Blick, alles unzugänglich. Es ist ein Gesicht, das mir eine Geschichte erzählt, von verlorener Offenheit, vergeblicher Hoffnung, von Angst und Misstrauen.

Was ist euch bloß zugestoßen?

Und was für eine Ironie, dass auch ich das Foto in einer falschen Bibel verstecke! Als die Aufnahme in Sicherheit ist, fühle ich mich leer. Ich überlege, wie ich die Leere bekämpfen kann. Ich könnte mir eine Zigarette drehen. Nicht sehr produktiv, ich weiß, und außerdem schlecht für die Lunge. Hatte ich Flo nicht versprochen, mir den Keller vorzunehmen? Na dann. Wann, wenn nicht jetzt?

Ich schnappe mir eine Rolle Müllsäcke und die Gummihandschuhe aus dem Putzschrank in der Küche und stehe vor der Kellertür. Die Kellertür ist dort, wo in kellerlosen Häusern das Abstellkabuff ist, nämlich unter der Treppe.

Aber ich mache sie nicht auf, starre sie nur an. Gibt es da nicht eine Szene in *Donnie Darko*, wo es um das Wort »Kellertür« geht? Kellertür, ein zusammengesetztes Hauptwort, das schönste Wort im ganzen Lexikon, angeblich.

Trotzdem hat sich wohl noch niemand einer Kellertür ohne heimliche Beklemmungen genähert, denn sie markiert den Eingang in die Unterwelt, das Schattenreich, das unserem Blick normalerweise entzogen ist. Jetzt werd nicht albern, sage ich mir und reiße die Tür beherzt auf. Modergeruch und Staub schlagen mir entgegen, dass ich husten muss. Ich wische mir die Nase ab und entdecke die Strippe eines Zugschalters, ziehe. Kraftloses gelbes Licht verbreitet sich über die schiefen Stufen wie eine Urinpfütze.

»Na super!«

Rushton hatte nicht übertrieben, dieses Loch ertrinkt in Müll. Fast der komplette Rauminhalt ist ausgefüllt mit alten Kartons und vergilbten Zeitungsstapeln, und die wenigen freien Ecken sind vollgestellt mit ausrangierten Möbelstücken. Wohin ich mit der Taschenlampe auch leuchte, ich entdecke immer nur neue Kisten und unidentifizierbare, mit weißen Laken abgedeckte Gegenstände. Ich weiß nicht, wo ich anfangen soll, dieser Keller ist ein Fall für eine Entrümpelungsfirma.

Keine Ahnung, was das wieder kostet, aber nach meiner – empörten – Schätzung sicher mehrere hundert Pfund. Von kirchlicher Seite ist nichts zu erwarten, das weiß ich, und ich bin zurzeit so gar nicht bei Kasse. Und ob der Gemeinderat eine Spendenaktion unterstützen würde – fraglich.

Seufzend nehme ich einen Stapel Kartons in Angriff, der nicht ganz so einschüchternd aussieht. In den Kartons, so meine Überlegung, sind wahrscheinlich die Sachen, die sich gut recyceln lassen. Und wer weiß, vielleicht stoße ich ja auf das eine oder andere verschollene Schätzchen, das womöglich Tausende Pfund einbringt, alles schon vorgekommen.

Eine halbe Stunde später ist klar, dass ich den Machern von *Bares für Rares* mit diesem Krempel nicht zu kommen brauche. Ich habe ganze Jahrgänge der *Church Times* in schwarze Säcke entsorgt, dazu alte Pfarrbriefe und Predigten sowie größere Vorräte an Pappbechern und Einweggeschirr, die einst für Kirchfeste angeschafft wurden, aber jetzt so verrottet sind, dass sie als Memento mori taugen. In einer Kiste entdecke ich einen ganzen Stoß Partyhüte, Fahnenbänder und vergammelte Christmas-Knaller. Weg damit.

Dann die nächste Kiste. Sie enthält offenbar Reverend Fletchers private DVD-Sammlung, gediegene, gut abgehangene Klassiker wie *Star Wars* (die Originaltrilogie), *Blade Runner*, *Der Pate I-III*. Der Pfarrer hatte Geschmack, zumal er sich auch Grenzwertiges wie die *Illuminati* gestattete. Eine weitere Kiste enthält nur CDs, in der Hauptsache Motown-Sachen und Soul, einige Pop-Sampler von K-Tel sind auch dabei. Top-40-Sachen aus den Achtzigern, Alison Moyet, Bronski Beat, Erasure. Na ja, *kann* man hören. Mein Vorgänger hatte eben keine Berührungsängste. Und überhaupt, wer wie ich zu My Chemical Romance laut im Auto mitsingt, sollte sich lieber an die eigenen Ohren fassen.

In der dritten Kiste sind seine Bücher. Sagte Clara nicht, sie hätte die privaten Sachen bereits aussortiert? Besonders gründlich scheint ihre Aktion nicht gewesen zu sein. Einige hole ich hervor. Überwiegend historische Schmöker. C. J. Sansom, Hilary Mantel, Ken Follett, Bernard Cornwell. Daneben nicht minder dicke Sachbücher über Geschichtliches, lokale Sagen und Legenden, modernes Heidentum.

Allmählich gewinnt der Mann Kontur. Man soll ja ein Buch nicht nach seinem Umschlag beurteilen, heißt es, aber was einer im Bücherschrank hat, verrät eine Menge. Wahrscheinlich wäre er mir sympathisch gewesen. Wenn er nicht gestorben wäre, hätten wir uns bei einem Kaffee sicher bestens unterhalten.

Doch dann stoße ich auf einen Schwung Paperbacks, die mir weniger gefallen.

Es sind Titel wie *Die Abrakadabra-Klasse*, *Hexerei macht Liebe* oder *Zirkel der Zauberinnen*, die mein Misstrauen erregen, deshalb gucke ich im Klappentext nach. Offenbar eine Jugendbuchreihe über eine Schule für angehende Hexen. *Malory Towers meets Der Hexenclub*.

Die Autorin heißt Saffron Winter, der Name kommt mir bekannt vor. Wurden Bücher von ihr nicht schon mehrfach verfilmt?

Ich schaue mir das Schwarz-Weiß-Foto auf der Innenklappe an. Es zeigt eine Frau ungefähr meines Alters mit Lockenmähne und diesem typischen selbstgefälligen Grinsen. Warum tun Autoren das? Es ist, als wollten sie sagen: *Hey, ich allein habe dieses Buch geschrieben. Bin ich nicht clever?*

Aber da ist noch etwas, ein Stück Papier, das zwischen den Seiten steckt. Ein Lesezeichen? Ich ziehe es heraus. Sieht aus wie eine To-do-Liste:

☐ Sommerfest – Helfer?
☐ Frühstückstreff, neuer Wasserkessel
☐ Rücksprache mit Rushton wg. Vorhaben Aaron
☐ Online-Bestellung Sainsburys abholen

Traurig, so eine Liste, finde ich, gerade weil sie nichts Besonderes darstellt – außer den ganz normalen Alltag dieses Mannes. Aber sind es nicht oft die kleinen Dinge, die am meisten über jemanden aussagen? Ich erinnere mich an eine Frau in meiner Gemeinde, die gerade ihren Mann verloren hatte. Und was setzte ihr am meisten zu? Nicht die Nachricht von seinem Tod oder die Beerdigung mit dem unvermeidlichen Trubel, sondern ein Amazon-Päckchen mit ein paar Büchern, die ihr Mann zu Lebzeiten vorbestellt hatte.

Ich weiß noch, wie sehr er diese Bücher haben wollte.

Und jetzt, da sie endlich da sind, kann er sie nicht mehr lesen.

Es war der Anblick dieser druckfrischen, unzerlesenen, geradezu leblosen Bücher, die sie am Ende heulend zusammenbrechen ließ.

Aber so ist es wohl. Der Mensch ist eine zukunftsorientierte Spezies und denkt heute immer schon an morgen. Besorgt sich Konzertkarten im Vorverkauf, reserviert beizeiten einen Tisch im Restaurant, sichert sich bei Urlauben auch gern den einen oder anderen Frühbucherrabatt. Und rechnet nicht mal entfernt damit, dass alle diese Ansprüche verfallen könnten, weil er vorher aus dem Spiel genommen wird. Und dass das, was so planvoll aussah, nur eine Wette auf die Zukunft ist – und jeder neue Tag ein Sprung ins Ungewisse.

Ich wische mir den Schweiß von der Stirn, denn die Luftfeuchtigkeit hier unten ist hoch. Wahrscheinlich sind die Lüftungsschlitze längst verstopft, oder sie werden durch die vielen Kartons blockiert. Ich habe drei große Müllsäcke vollgemacht, aber es ist praktisch kein Fortschritt zu erkennen.

Zeit für eine Pause. Ich schleppe die Müllsäcke nach oben und mache mir einen Kaffee. Danach geht es weiter. Ich bin von oben bis unten eingestaubt, aber zwei Säcke schaffe ich noch. Dann, als ich sie zur Treppe wuchten will ...

»Verdammt.«

Ein Sack bleibt an der spitzen Ecke einer Kiste hängen und droht, den ganzen Stapel umzuwerfen – und der ist hoch. Ich sehe es kommen, lasse sofort los, kann es aber nicht mehr verhindern, selbst wenn ich mich dagegenstemme. Der Turm aus Kisten schwankt und begräbt mich unter sich. Dass ich nicht ganz geplättet werde, liegt ironischerweise an den beiden Säcken mit alten Zeitungen, die als Nächstes drankommen sollten. Trotzdem macht mein Ellbogen schmerzhafte Bekanntschaft mit dem Kellerboden.

»Scheiße, verdammte Scheiße«, fluche ich und massiere mir den blessierten Ellbogen.

Schimpfend wühle ich mich unter dem ganzen Zeug hervor. Zum Glück ist nichts Schweres oder Scharfkantiges dabei, sondern abermals wieder nur alte Zeitungen. Ich stehe auf und stopfe sie in die Müllsäcke. Doch dann fällt mir ein Karton auf, der anders ist als die anderen, neuer und ohne Schimmelspuren. Vor allem aber ist er mit braunem Paketband zugeklebt. Warum liegt ein neuer Karton unter lauter alten? Wollte da jemand etwas verstecken? Ich zerre den Karton aus dem Haufen hervor und knibble mit meinen christlich kurzen Fingernägeln das Paketband ab.

Ganz oben befindet sich eine mit einem Gummiband gesicherte Sammelmappe, »Märtyrer von Sussex« steht darauf. Ich hole die Mappe heraus. Sie ist schwer, mit vielen losen Blättern, die seitlich herausquellen. Aber es gibt noch eine zweite, dünnere Mappe mit der Aufschrift »Merry und Joy«. Reverend Fletcher hatte offenbar einiges aus der Historie des Dorfes zusammengetragen.

Unten in dem Karton liegt aber noch etwas, ein kleines rechteckiges Plastikding. Auch das nehme ich heraus.

Es ist ein Kassettenrekorder, eine Kassette ist noch drin. Auch sie ist pingelig beschriftet, nur dass mir bei diesem Vermerk regelrecht flau wird. Denn da steht:

»Exorzismus von Merry Joanne Lane.«

19

Wrigley ist schon da. Er hat seinen schmalen Körper durch den alten Autoreifen gesteckt und schaukelt vor und zurück. Er hebt den Arm, als sich Flo durch das hohe Gras nähert. Der Arm zuckt dabei wild hin und her.

Flo sagt: »Hallo.«

Und er: »Du bist ja doch gekommen.«

»Wieso? Wundert dich das?«

»Na ja, ich war nicht sicher, ob du dich immer noch mit dem Spasti vom Dienst treffen willst.«

»Jetzt übertreib mal nicht. Du hast meine Mutter noch nicht gesehen.«

Er springt von der Schaukel. »Echt jetzt? Sie ist doch Pfarrerin.«

»Eben.«

Sie schlagen den Weg über den Trampelpfad ein, der über die Wiese zu einem kleinen Wäldchen führt.

»Und was ist mit *deiner* Mutter?«, fragt Flo.

Achselzucken. »Was soll mit ihr sein?«

»Nur so eine Frage.«

»Sie ist im Grunde okay. Aber eben auch ein Kontrollfreak.«

»Wieso?«

»Zum Beispiel wegen der Schule. Auf meiner letzten Schule wurde ich ziemlich gemobbt, deswegen sind wir ja umgezogen. Jetzt helikoptert sie dauernd hinter mir her.«

»Was soll sie sonst tun? Dafür ist sie da.«

»Es ist peinlich.«

»Kennste eine, kennste alle.«

»Genau.«

Sie erreichen einen zugewachsenen Zauntritt, der für Wrigley kein Problem darstellt, im Gegensatz zu Flo mit ihrer klobigen Kamera. Sie ist solche Hindernisse schlicht nicht gewohnt. Wrigley reicht ihr seine Hand, und sie weiß nicht, ob sie sie nehmen soll. Auf jeden Fall zieht sie sie auf der anderen Seite schnell wieder an sich.

»Was sagen die Leute eigentlich, dass deine Mutter Pfarrerin ist?«

Flo fallen die Schmierereien an ihrem alten Haus ein, auch die eingeworfenen Fenster an ihrer alten Kirche und der ganze Schmutz, der über die sozialen Medien auf sie hinabregnete.

Schlampe. Fotze. Kindermörderin.

»Gar nichts. Den meisten ist das egal.«

»Dann pass mal auf. Hier ist das anders.«

»Wieso?«

»Kleines Kaff. Woanders auf der Welt schreien sie: ›Revolution! Revolution!‹ Hier schreien sie: ›Evolution! Evolution! Wir wollen unsere opponierbaren Daumen zurück!‹«

Flo ist überrascht. »Das ist aus einem Sketch von Bill Hicks, nicht wahr?«

»Du kennst das?«, fragt er grinsend.

»Meine Mum steht auf so was. Wir haben massenweise von diesen Retro-DVDs.«

»Cool. Dein Lieblingsfilm?«

»Weiß nicht. *The Lost Boys*? Und du?«

»*Die üblichen Verdächtigen.*«

»Wie findest du Keyser Söze?«

»›Der größte Trick, den der Teufel je gebracht hat, war, die Welt glauben zu lassen, es gebe ihn nicht.‹«

Die gemeinsame Erinnerung verbindet, und zum ersten Mal lächeln sie sich offen an, um dann schnell wieder wegzuschauen.

»Wie auch immer«, sagt Wrigley. »Ich will dich nur vorwarnen: Die meisten hier sind echte Inzestopfer.«

»Krass.«

»Es ist leider die Wahrheit.«

»Na ja, ich komme auch alleine klar.«

Sein Achselzucken geht in einen Krampf über, von dem sein ganzer Körper geschüttelt wird.

»Was ich damit sagen will: Du bist nicht allein.«

Sie bewegen sich weiter auf das Wäldchen zu, doch der Pfad wird zu schmal, um nebeneinander zu laufen. Von hinten hat Flo Gelegenheit, ihn in Ruhe anzusehen. Irgendetwas an seinem Bewegungsmuster kommt ihr bekannt vor. Na klar: Das ist Ed! Edward mit den Scherenhänden. Dieselben schockgefrorenen Gesten – denen zugleich etwas zutiefst Rührendes anhaftet.

*Moment, das hat noch gefehlt, dass du dich in diesen
Typ verknallst. Du kennst ihn doch gar nicht.*

Aber wenn das stimmt, hätte sie gar nicht erst mitgehen dürfen. Allein durch den dunklen Wald zu einem verlassenen Haus, wo einen kein Mensch hört. Spitzenidee!

»Da hinten ist es«, sagt Wrigley. »Nur noch über den Bach.«

Sie gehen über eine kleine Brücke, und der Pfad steigt steil an. Es ist wirklich nur ein kleines Wäldchen, und bald halten sie wieder vor einem Zauntritt, wo sich das alte Spiel wiederholt. Wrigley setzt locker darüber hinweg, und Flo kraxelt – behänder als beim ersten Mal – hinterher und springt.

»Juhuu!«

Aber dann sieht sie das alte Haus. In schroffer Nacktheit steht es plötzlich vor ihr, mit leeren Fensterhöhlen und schwarz verwitterten Mauern. Das Unheil, das sein Anblick aussendet, ist so unmittelbar, dass es sich sofort für jeden Horrorfilm empfohlen hätte.

»Irre, was?«, sagt Wrigley, der wieder neben ihr geht.

»Irre.«

Flo hat bereits die Kamera im Anschlag und macht die ersten Bilder, aber das Sucherbild schafft keine Distanz. Während die Kirche noch ein Hauch nostalgischer Melancholie umgab, lässt diese Ruine keinen Zweifel daran, was damit los ist.

In diesem Haus wohnt das Böse.

Der Gedanke breitet sich in ihr aus, ehe sie ihn einfangen kann. Dabei ist das alles nur Blödsinn, oder? Was soll das überhaupt heißen, das Böse? Sie glaubt nicht an »das Böse«, sie weiß nur, dass es abgefuckte Leute gibt, die abgefuckte Dinge tun.

»Ist das der einzige Weg, auf dem man hierherkommt?«, fragt sie unsicher.

»Es gibt noch eine Schotterpiste von der Straße.« Er deutet über die Wiesen in der Ferne. »Aber die ist längst zugewachsen. Außerdem hat jemand eine Schranke aufgestellt. Damit die Kids draußen bleiben.«

»Das wird was nützen.«

»Richtig. Warte, bis du die Innenräume gesehen hast.«

»Wie, kann man denn da rein?«

Aber er ist ihr mit seinen merkwürdig versetzten Schritten abermals voraus. »Sicher. Sogar die Möbel sind noch drin und haufenweise alter Kram. Als hätte da gestern noch jemand gewohnt.«

Er setzt über ein halb verfallenes Gartenmäuerchen. Was soll's?, denkt Flo. Nichts weiter als ein leer stehendes, leicht unheimliches Haus. Sie schließt auf und sieht sich, als sie die Gartenmauer überwunden hat, abermals um.

Das Gras ist kniehoch und überwuchert von Dornengestrüpp. In einer Ecke des Gartens hat der Rost eine Kinderschaukel zum Einsturz gebracht, und ein altertümliches Dreirad ertrinkt in den Brennnesseln. Der Gedanke ist beinahe surreal, aber offenbar hat hier mal eine Familie mit Kindern gelebt. Sie versucht sich vorzustellen, wie das Haus wohl mit Fenstern und Türen ausgesehen hat – und den ortsüblichen Blumenkästen und Ranken.

Erneut hebt sie die Kamera, aber der richtige Bildausschnitt will ihr nicht gelingen. Sie geht einige Schritte rückwärts und dann noch einige. Und dann ist Wrigley da, der sie so heftig zur Seite reißt, dass sie beinahe hinfällt.

»He, bist du verrückt, was soll das?« Sie befreit sich von ihm und blitzt ihn mit pochendem Herzen an.

»Vorsicht vor dem Brunnen.«

»Was?«

»Das ist ein Loch im Boden: ein alter Brunnen. Da wärst du fast reingefallen.«

Er zeigt auf eine Stelle, die ihr gar nicht aufgefallen war. Die Reste eines kreisrunden gemauerten Rands, der fast vollständig von Unkraut überwuchert ist. Ungläubig wagt sie einen Blick in die dritte Dimension. Nur eine dunkle, reflexlose Stelle im Gras, aber dort geht es Gott weiß wie tief hinab. Sie schaut Wrigley an und kommt sich dumm vor.

»Entschuldige, aber ich wusste ja nicht …«

»Was wusstest du nicht? Was hast du denn gedacht?«

»Nichts.«

»Dass ich dir an die Wäsche will? Oder dich umbringe?«

»Natürlich nicht.«

»Klar, von dem Dorf-Spast erwartet man nichts anderes. Alles gefährliche Irre.«

»Red keinen Stuss. Ich habe mich entschuldigt, oder etwa nicht?«

Er sieht sie unter seinen langen Haaren an, aber wie, ist nicht zu ergründen. Dann muss er selber grinsen. »Wenn ich dich wirklich umbringen wollte, hätte ich dich seelenruhig in den Brunnen latschen lassen.« Er dreht sich um und geht weiter. »Komm jetzt.«

Flo weiß nicht recht, schaut noch einmal zurück auf das Loch im Gras. Scheiße, das war knapp. Dann folgt sie ihm.

20

Das Blut rauscht mir in den Ohren, und ich spüre mein Herz wie ein atmendes Tier. Ein, aus. Ein, aus. *Exorzismus. Merry Joanne Lane.* Dazu der Name in der Jugendbibel: *Merry J. L.* Das erklärt auch den ledernen Instrumentenkoffer. Ich drücke auf »Eject«, aber die Kassette klemmt. Ich versuche es mit Gewalt, doch meine Finger finden keinen Halt. Ich brauche wohl etwas Spitzes wie einen Schraubenzieher oder Kuli.

Ich stehe auf. Merkwürdigerweise wird das Pochen in meinen Ohren lauter, nicht leiser. Erst dann merke ich, dass das Geräusch von oben kommt. Ich blicke die Kellertreppe hoch. Jemand klopft an der Tür. Auch das noch.

Widerstrebend schließe ich das Kassettenfach und lege den Rekorder zusammen mit den Sammelmappen wieder in seine Kiste. Ich renne nach oben und mache auf.

Es ist Aaron, angetan wie immer in seiner halb geistlichen Tracht: schwarzer Anzug und graues Hemd mit Rundkragen.

»Aaron. Was führt Sie her?«

»Ich wollte Ihnen nur kurz… Aber um Gottes willen, was ist denn mit Ihnen passiert?«

Mir wird plötzlich klar, welches Bild ich abgebe, über und über bestaubt und außer Atem von dem Sprint über die Treppe. Ich streiche den Kittel glatt, um meine Würde wenigstens etwas wiederherzustellen.

»Passiert? Gar nichts. Ich räume nur den Keller auf.«

»Ach so. Ich soll Ihnen etwas von Reverend Rushton bestellen.«

»Warum ruft er dann nicht bei mir an?«

»Ich war zufällig in der Nähe.«

Aaron scheint ziemlich oft zufällig in der Nähe zu sein. Mir fällt ein, was Rushton sagte: *Aaron und ich sind die Einzigen mit einem Schlüssel.*

»Außerdem ist mir aufgefallen, dass jemand Ihr Auto beschädigt hat«, sagt er noch. »Höchst unangenehm, das.«

»Ja, ich weiß«, entgegne ich gereizt. »Was sollen Sie mir denn bestellen?«

»Reverend Rushton hatte für morgen ein Traugespräch vereinbart, aber übersehen, dass er zu der Zeit schon einen anderen Termin hat. Da das künftige Paar später ohnehin in Ihrer Gemeinde lebt, dachte er, dass Sie das vielleicht übernehmen können.«

»Kein Problem. Haben Sie die Einzelheiten?«

»Ja, steht alles hier.«

Er holt ein gefaltetes Blatt Papier hervor und reicht es mir.

»Danke.«

Wir sehen uns an. Ich wünsche ihn eigentlich nur weit, weit weg, aber er bleibt, beharrlich, lästig, wie er ist, geradeso, als erwartete er noch etwas von mir. Pass auf, gleich sagt er: »Ich lasse dich nicht, es sei denn …«

Seufzend gebe ich nach. »Wollen Sie nicht vielleicht hereinkommen, auf einen Kaffee oder so?«

»Danke, aber ich verzichte grundsätzlich auf Koffein.«

»Koffeinfreien habe ich leider nicht«, sage ich. Kaffee ohne Koffein ergibt für mich auch keinen Sinn. Weswegen sollte ein Mensch so etwas zu sich nehmen?

»Ich könnte Ihnen maximal einen Pfefferminztee anbieten«, sage ich. »Wenn ich welchen finde.«

»Das reicht mir durchaus, danke.«

Na super. Jetzt habe ich ihn in meiner Küche.

»Aber setzen Sie sich doch.«

Und das tut er. Aber nur auf die Kante und so steif, als könne sich dieser arme Küchenstuhl beim leisesten Hauch von Bequemlichkeit in einen Schleudersitz verwandeln.

Ich setze den Wasserkessel auf und hole die Kaffeebecher. »Bis jetzt konnten wir uns ja noch nie in Ruhe unterhalten«, lüge ich.

»Nein.«

»Sagen Sie, wie lange sind Sie eigentlich schon Gemeindevorsteher?«

»Offiziell seit drei Jahren.«

»Verzeihen Sie mir die Bemerkung, aber für einen Gemeindevorsteher kommen Sie mir sehr jung vor.«

Üblicherweise sucht man sich Leute im Ruhestand für diese Position. Aaron kann, der altväterlichen Klamotten zum Trotz, nicht älter sein als Mitte dreißig.

»Das mag sein, aber ich habe in der Kirche geholfen, seit ich denken kann.«

»Das heißt, Ihre Familie war sehr in der Kirche engagiert?«

Er blickt mich einigermaßen verständnislos an und sagt: »Mein Vater war über dreißig Jahre lang Pfarrer in dieser Gemeinde.«

»Ihr *Vater*?«

»Reverend Marsh.«

Marsh. Warum habe ich ihn nie nach seinem vollen Namen gefragt? Jetzt fällt mir auch die Familienähnlichkeit mit dem Bild im Pfarrbüro auf: die dunklen Haare, die scharfen Gesichtszüge. Der Apfel fällt nicht weit vom Stamm.

«Das scheint Sie zu überraschen«, sagt Aaron.

»Nein, ich … mir war nur nicht klar, dass Sie …«

In einen Becher werfe ich einen Teebeutel, in den anderen kommt Instantkaffee, aber ich muss mich konzentrieren. »Das heißt, das war früher einmal *Ihr* … Ihr Elternhaus?«

»Ja. Bis mein Vater in Pension ging.«

Plötzlich fühle *ich* mich wie der Eindringling.

»Leben Ihre Eltern noch im Dorf?«

»Meine Mutter starb, als ich drei Jahre alt war. Gebärmutterhalskrebs.«

»Das tut mir leid. Und Ihr Vater?«

»Mein Vater ist mittlerweile ebenfalls sehr krank. Deswegen wurde er ja pensioniert.«

»Verstehe. Und er ist im Krankenhaus?«

»Nein, ich pflege ihn zu Hause. Er hat Chorea Huntington. Im Krankenhaus können sie nichts für ihn tun.«

»Wie furchtbar.«

Und das ist nicht übertrieben. Huntington ist eine grausame Krankheit, die den Menschen nach und nach seiner Bewegungs- wie auch seiner kognitiven Fähigkeiten beraubt. Im weiteren Verlauf können die Patienten nicht mehr schlucken, nicht mehr sprechen, irgendwann nicht einmal mehr atmen. Dazu kommt, dass die Krankheit vererbt wird. Wenn *ein* Elternteil Chorea hatte, dann erkranken auch die Kinder mit fünfzigprozentiger Wahrscheinlichkeit.

»Sind Sie die einzige Pflegeperson?«

»Es gibt noch einen Pflegedienst. Aber hauptsächlich bin ich es, der sich um ihn kümmert.«

Es verändert meine Sicht auf Aaron komplett. Pflegende Angehörige haben es nicht leicht, müssen ihr eigenes Leben immer hintanstellen, verlieren häufig den Kontakt zu ihrer Umgebung, von einem Job nicht zu reden. So ist er wohl auch Gemeindevorsteher geworden. Es war das Einzige, das sich mit seiner Hauptaufgabe vereinbaren lässt *und* sinnvoll ist: das geistliche Erbe seines Vaters auf irgendeine Weise fortzuführen. Ich merke, wie er mir leidtut, wenngleich er auf mein Mitleid wohl verzichten kann.

Ich sage: »Auf jeden Fall bin ich Ihnen ausgesprochen dankbar dafür, was Sie für die Kirche am Ort leisten, zumal bei diesen Belastungen.«

»Danke. Es war immer schon ein wichtiger Teil meines Lebens.«

»Und das Ihres Vaters.«

»Das auch, natürlich.«

»Sie sind wahrscheinlich mit der Geschichte dieser Kirche vertraut.«

»Sie meinen die brennenden Mägdelein?« Er lächelt dünn. »Aber diese Geschichte kennt hier jeder. Leuten von außerhalb mag die Sitte merkwürdig erscheinen.«

»Ach, ich weiß nicht. Ich habe schon Schlimmeres gesehen.«

»Mein Vater mochte diese Mägdelein-Feuer übrigens nie. In seinen Augen war es ein heidnischer Brauch. Aber solche alten Traditionen ändert man nicht so leicht.«

»Das mag stimmen. Andererseits haben wir auch von Hexenverbrennungen Abstand genommen. Und Geisteskrankheiten behandelt man heutzutage ebenfalls nicht mehr mit Aderlass.«

Er schaut mich an, als hätte ich ihm was getan.

»Entschuldigung, aber es ist doch so. Mit Verweis auf die Tradition können wir nicht *alles* rechtfertigen.« Ich bringe ihm seinen Tee und setze mich ihm gegenüber.

»Da ist noch etwas, das ich Sie fragen wollte...«

»Ja?«

»Der Pappkarton, den Sie mir bei meiner Ankunft überreicht haben: Wissen Sie, wer ihn abgegeben hat?«

»Nein, warum? Was war denn drin?«

»Ein Exorzismus-Set.«

»*Was?*«

Er scheint ehrlich geschockt, und Aaron ist wohl nicht der Typ, der anderen etwas vorspielt.

»Anscheinend schon älter. Ich frage mich, woher es kommt.«

»Ich weiß es nicht. Haben Sie schon einmal Reverend Rushton gefragt?«

»Nein. Könnte er etwas wissen?«

»Zumindest ist er immer bestens über alle Kirchenangelegenheiten informiert. Er ist schon ewig Pfarrer in Warblers Green.«

»Wie lange genau?«

»Ach, sicher schon dreißig Jahre.«

»Ich nehme an, er hat Ihren Vater gekannt?«

»Ja, er war Kaplan unter meinem Vater, nachdem…« Er bricht ab. Offenbar will er mir den Rest nicht sagen.

Ich lasse aber nicht locker. »Nachdem was?«

»Nachdem sein Vorgänger gekündigt hat.«

Mir fällt die helle Stelle an der Wand im Pfarrbüro wieder ein. Als hätte man dort ein Foto abgenommen und durch ein anderes ersetzt.

»Oh. Und wohin ist er gegangen?«

»Was weiß ich? Das alles liegt schon lange zurück. Außerdem verstehe ich den Zusammenhang nicht. Was wollen Sie damit sagen?«

»Ich? Gar nichts. Mich interessiert nur, wer mir so einen alten Exorzistenkoffer hinterlässt. Es scheint eine Art Botschaft zu sein.«

»Also, da bin ich überfragt. Bis vor ein paar Tagen wusste auch noch niemand, dass Sie die Stelle übernehmen, es ging ja alles so schnell. Die ganze Sache war ein ziemlicher Schock für uns, das können Sie mir glauben.«

Keine Frage, ein Schock, das sagt übrigens jeder, wenn man ihn nach »der Sache« fragt. Und trotzdem will niemand bemerkt haben, dass Reverend Fletcher psychische Probleme hatte? Warum nicht? Irgendetwas passt da nicht.

»Kannten Sie Reverend Fletcher näher?«

»Matthew und ich waren Kollegen, sozusagen.«

Nur Kollegen oder mehr? Mir entgeht nicht, wie leicht ihm der Vorname über die Lippen kommt.

»Sie waren derjenige, der ihn gefunden hat, nicht wahr?«

Schlagartig schwindet die Blässe aus seinem Gesicht.

»Entschuldigung«, sage ich. »Ich wollte Sie nicht …«

Er winkt ab. »Schon gut. Es war halt … sehr unangenehm.«

Was wohl noch untertrieben sein dürfte. Ich wechsle schnell das Thema.

»Ich wünschte, ich wüsste etwas mehr über ihn. Wie war er denn so?«

Aaron entspannt sich etwas. »Er war ein durch und durch anständiger Mensch. Freundlich gegenüber jedermann, großzügig, dem Leben zugewandt, würde ich sagen. Bei den Leuten war er beliebt, nicht zuletzt, weil er sich immer wieder etwas einfallen ließ, um Leben in die Gemeinde zu bringen.«

»Aber daneben auch so eine Art Heimatkundler?«

»Ja. Die Geschichte unserer Märtyrer hat ihn sehr interessiert.«

»Fielen dabei auch die Namen Merry und Joy?«

»Sie meinen die beiden verschwundenen Mädchen.«

»Sie kennen die Geschichte?«

Etwas in seinem Gesicht zuckt verärgert. »Das ist ein kleines Dorf hier. Solche Dinge passieren nicht alle Tage.«

»Aber es ist schon lange her. Sie selbst müssen damals noch sehr jung gewesen sein.«

Demonstratives Seufzen. »Reverend Brooks ... Matthew und ich haben uns ausschließlich über Kirchenangelegenheiten unterhalten. Für alles andere müssen Sie Saffron Winter fragen.«

Saffron Winter. Ich komme nicht sofort darauf, aber waren von ihr nicht auch die Bücher im Keller?

»Sie ist Schriftstellerin«, setzt Aaron hinzu, der mein Stirnrunzeln missdeutet. »Sie ist erst vor Kurzem hergezogen. Matthew hat sich in den Monaten vor seinem Tod mit ihr angefreundet.«

In seiner Stimme schwingt Missbilligung mit, was mich sofort für sie einnimmt. Auf jeden Fall ist das eine Erklärung für die Existenz dieser Bücher im Nachlass des Reverends. Ich nehme mir vor, den Namen zu googeln – falls wir irgendwann mal Internet kriegen.

Ich nehme einen Schluck von meinem Kaffee und bemühe mich, die Stimmung zwischen uns nicht noch weiter zu verschlechtern. »Bitte, gestatten Sie mir die Frage, Aaron: War Matthew Ihrer Meinung nach suizidgefährdet?«

Er antwortet mit einer Miene, die sich mir nicht erschließt. »Meiner Meinung nach«, sagt er langsam, »war das alles nicht nötig. Ich meine, was er getan hat.«

»Vielleicht hatte er niemanden, dem er sich anvertrauen konnte.«

»Er hätte sich Gott anvertrauen können.«

»Aber Gott hat auch nicht die Antwort auf alle Fragen.«

»Aber sich selbst umzubringen ist ebenso keine Lösung.«

»Nein, nicht immer.«

Worauf er mit trotzig gerecktem Kinn sagt: »Reverend, mein Vater stirbt. Er kann nicht mehr sprechen, kaum noch Nahrung zu sich nehmen. Dazu Demenz, Wahnvorstellungen und, und, und. Er wusste, was ihm bevorsteht. Trotzdem wäre er nie auf die Idee gekommen, sich umzubringen.«

»Ja, aber nicht jeder ist so stark.«

Oder so egoistisch, den eigenen Sohn gleich mit ans Krankenbett zu fesseln. Könnte es sein, dass Aaron den Selbstmord des Reverends nur deshalb so scharf verurteilt, weil sein Vater es nicht getan hat? Er wusste, was kam, hielt aber, am Leben fest.

»Aaron …«

Doch Aaron blickt bereits demonstrativ auf die Uhr. »Wenn Sie mich jetzt bitte entschuldigen wollen, ich muss nach Hause.«

Er steht abrupt auf und stößt dabei gegen den Tisch, wodurch seine nahezu unberührte Teetasse überschwappt.

»Oh, tut mir leid.«

»Ist nicht schlimm.«

»Ich bin eben ein Tölpel.«

Falls dies die einzige Erklärung ist. Seine roboterhaften Bewegungen sind mir schon früher aufgefallen. Er tut alles, um dem Eindruck von Kontrollverlust entgegenzuwirken. Dazu der Verzicht auf Koffein. Passt alles ins Bild. Huntington ist eine Erbkrankheit.

Er wusste, was ihm bevorsteht.

Ich nicke. »Nichts passiert.«

Ich bringe Aaron zur Tür und blicke ihm nach. Komischer Typ. Muss aber noch nichts heißen. Aber bestimmt überblickt er mehr, als er sagt.

Vor allem wusste er sofort, was es mit Merry und Joy auf sich hat. Auch über Rushtons Vorgänger wollte er offenbar nichts sagen.

Ich frage mich, was er sonst noch alles weiß.

21

Das ganze Haus stinkt. Nach Urin, Scheiße, kaltem Zigarettenrauch, Marihuana. Menschliche Gerüche, die der Ruine etwas von ihrem Gespenstischen nehmen. Dieses Haus steht zwar leer, dennoch gehen hier Leute ein und aus, sehr wahrscheinlich Jugendliche. Man kann darauf wetten, sie haben immer Bedarf. Bedarf nach einem Ort, wo sie ungestört abhängen, rauchen, Alkohol trinken, kiffen und Sex haben können.

Das Erdgeschoss besteht aus zwei Räumen, Küche und Wohnzimmer. Von der Küche ist so gut wie nichts mehr da. Herd und Spüle wurden schon vor Zeiten herausgerissen, der Fliesenboden ist zerstört, und in den gähnenden Hängeschränken lagern höchstens noch ein paar rostige Konserven. Der Rest ist Rattenkot.

Dem Wohnzimmer ist es nicht besser ergangen. In einer Ecke steht eine schimmelbedeckte Couch, aus der die Sprungfedern hervorragen wie einzelne widerspenstige Haare. In der anderen lehnt eine haltlose Kommode, deren Schubladen längst verfeuert wurden. Überall auf dem Boden zerschlagene Bilder und Wohngegenstände.

Flo fotografiert alles. Sie kniet sogar nieder, um die

zerschmetterten Engels- und Jesusfiguren besser ins Bild zu kriegen. Religiöser Nippes im Staub der Vergänglichkeit ist immer ein gutes Motiv.

Wrigley ist nicht weit weg und tritt unruhig auf der Stelle, weil er nicht anders kann. Ihr ist schon vorher aufgefallen, dass seine Zuckungen schlimmer werden, wenn er unterbeschäftigt ist. Trotzdem lässt sie sich extra viel Zeit mit den Bildern, denn sie hat ihm die Sache mit dem Brunnen noch nicht verziehen.

»Sobald du hier fertig bist, gehen wir noch nach oben«, sagt er.

»Sieht es oben genauso aus wie hier?«

»Besser.«

Flo blickt ihn misstrauisch an. »Okay, dann.«

Sie folgt ihm über eine baufällige Treppe, deren bedrohliches Knirschen verschüttetes Wissen aus dem Biologieunterricht freisetzt. Das mit dem Totholzabbau zum Beispiel oder dass der Holzwurm gar kein Wurm ist. Doch nichts passiert. Oben befinden sich drei weitere Zimmer. Sie steckt den Kopf in ein kleines verdrecktes Badezimmer, wo Waschbecken und Wanne Dinge erlebt haben, die man sich nicht ausmalen möchte. Auch Flo nicht, die schnell weitergeht und dabei auf die schadhaften Bodendielen achten muss. Sie fürchtet sich weniger vor Untoten als ganz realen *Unfällen*.

Das erste Zimmer dahinter ist bis auf ein paar Bilder an der Wand leer. Sie alle sind schon einmal nass geworden, hängen schief und zeigen biblische Szenen, unterlegt mit den entsprechenden Versen:

Du sollst deinen Vater und deine Mutter ehren, auf dass du lange lebest in dem Lande, das dir der HERR, dein Gott, geben wird.

Ihr Kinder, seid gehorsam den Eltern in allen Dingen; denn das ist dem Herrn gefällig.

So seid nun Gott untertänig. Widersteht dem Teufel, so flieht er vor euch.

»Deiner Mum hätte es hier bestimmt gefallen«, sagt Wrigley und bohrt mit der Fingerspitze im bröckeligen Putz.

»Das bezweifle ich«, sagt Flo, während sie einige Bilder fotografiert. »Sie bringt sich eigentlich keine Arbeit mit nach Hause.«

Ohne dem weißen Rundkragen, denkt sie, käme kein Mensch darauf, was sie beruflich macht. Flo hat sich deshalb schon öfter gefragt, warum ihre Mutter ausgerechnet Pfarrerin geworden ist. Aber sie redet nicht darüber, verschanzt sich hinter ihrer »Berufung«. Nur einmal, eher beiläufig, erwähnte sie ihre schwierige Kindheit und dass jemand von der Kirche ihr geholfen habe.

Flo geht zum Fenster und schaut hinaus. Von oben kann man das dunkle Brunnenloch am Ende des Gartens gut erkennen. Gleich dahinter beginnt der Wald wie eine düstere Phalanx, die näher rückt, wenn man nicht hinguckt. Unheimlich, hier zu wohnen. Im Unterholz meint sie, etwas Helles wahrzunehmen. Eine Gestalt? Sie hebt die Kamera und drückt ab: klick, klick.

»Willst du sehen, was sich hinter der letzten Tür verbirgt?«

Sie fährt zusammen. Hinter ihr steht der zuckende Wrigley.

»Ich sterbe vor Neugier.«

Er grinst. »Nein, im Ernst: Das ist nämlich echt abgefahren.«

Was sie bezweifelt. Sie folgt ihm aber über den Flur, bis sie vor dem zweiten Zimmer stehen. Wrigley stößt die Tür auf.

Sie tritt ein und sagt: »Ach du Scheiße.«

Das Zimmer ist größer als das erste. In der Mitte ein Bett mit einer besudelten, halb verschimmelten Matratze. Flo mag sich nicht vorstellen, was sich darauf abgespielt hat, aber das Stillleben aus ausgebrannten Joints und leeren Cidre-Dosen auf dem Boden wecken eher üble Vorstellungen.

Der eigentliche Horror jedoch geht von den Wänden aus. Die halb abgelösten Tapeten und teilweise sogar der Boden sind mit Graffiti beschmiert, allerdings nicht mit den bekannten Schulklosprüchen wie »Kerry ist eine Schlampe« oder »Bei Jordan bleibt die Fotze kalt, da wird nur anal geknallt« etc. Was ihr hier entgegenschreit, kommt aus einer ganz anderen Ecke.

Sie sieht Pentagramme, umgedrehte Kreuze, unheimliche Symbole für den bösen Blick und alle möglichen – so genau weiß sie das nicht – lateinischen Zauberformeln, dazu ominöse Strichmännchen, Widderköpfe, das Leviathankreuz. Obwohl vollkommen amateurhaft, wirkt die schiere Anzahl dieser Zeichen beängstigend.

Beim Nähertreten stellt sie fest, dass im Lauf der Zeit

ganze Schichten dieser Zeichen entstanden sind, wobei neuere Inschriften die alten, verblichenen überstrahlen. Offenbar handelt es sich um eine Art Kultstätte. Die Kultstätte eines Götzen, der offenbar keinen Spaß versteht, denn nirgendwo finden sich die sonst üblichen Frotzeleien und Penisse.

»Das ist wie in *Blair Witch*, findest du nicht?«, sagt Wrigley und fasst dabei die Wand an, was Flo ihm am liebsten verbieten würde.

Sie greift abermals nach ihrer Kamera.

»Was geht hier eigentlich ab? Irgendwelche schwarzen Messen, wo sie das Blut von Ziegenböcken vergießen, oder was?«

»Ehrlich, ich habe keine Ahnung. Ich persönlich mag Ziegen. Und ich bin auch nur zum Zeichnen hier.«

»Aber wer hat das alles gemacht?«

»Ich weiß es nicht. Ich weiß nur, dass es schon ewig so ist. Aber es kommt dauernd Neues hinzu.«

»Aber warum? Ist hier mal ein Verbrechen geschehen?«

Er stolziert durch das Zimmer, als sei nichts dabei, und wirbelt jede Menge Staub auf. Dann setzt er sich auf den äußersten Rand der schmutzigen Matratze.

»Wenn die Gerüchte stimmen, wohnte hier einmal die Familie von einem der Mädchen, die Mitte der Neunziger im Ort verschwunden sind. Die einen meinen, die beiden sind abgehauen, die anderen halten sie für tot. Ermordet. Aber für keine Theorie gibt es irgendeinen Beweis. Nur ein Jahr später verschwindet auch die Mutter mit dem

Bruder. Einfach so, von jetzt auf gleich. Eines Morgens waren sie nicht mehr da und tauchten auch nie wieder auf. Seitdem verfällt das Haus.«

»Das heißt, hier verschwindet eine ganze Familie, und keiner weiß etwas?«

»Genau. Und als vor ein paar Jahren eine andere Familie das Haus kaufen will, kommt die kleine Tochter bei einem Unfall ums Leben. Die Leute hier sagen, auf dem Haus liegt die Verdammnis. Und dass es verflucht ist, verhext oder was auch immer, auf jeden Fall unbewohnbar.«

»Aber klar doch«, entgegnet Flo verächtlich. »Und Satan persönlich hat seine Hand im Spiel.«

»Du glaubst also nicht, dass es so mysteriöse Orte gibt, wo immer wieder schlimme Dinge passieren?«

Flo nimmt die Kamera herunter. Sie will nein sagen, denn sie glaubt nicht an diesen Käse. Aber dann erinnert sie sich an einen Fotospaziergang auf Nottinghams pittoreskem historischen Friedhof.

Sie war nicht zum ersten Mal dort, aber noch nie in einer der Ecken, von denen der Friedhof seinen Namen hatte: Rock Cemetery. In jähen Senken trat dort der felsige Untergrund zutage, und es gab katakombenartige Höhlen, in denen zwar nie ein Mensch begraben worden war, doch was spielte das für eine Rolle? Der wildromantische Ort, eingerahmt von altem Baumbestand, war einfach zu reizvoll. Und doch war ihr vom ersten Bild an unwohl. Nur das, unwohl. Auch wenn sie es nicht begründen konnte, irgendetwas stimmte mit diesem Ort nicht. Aus diesem Grund verließ sie ihn auch relativ schnell wieder. Allein das ungute Gefühl blieb. Als hätte sie sich mit einem Albtraum infiziert.

Als sie tags darauf Leon davon erzählte, war er entsetzt. »*Sag mal, weißt du das nicht? An der Stelle wurde vor ein paar Jahren ein Mädchen vergewaltigt.*«

Flo hielt das für Unsinn, Leon stand einfach auf solche Großstadtlegenden, das wusste sie. Trotzdem googelte sie alte Presseberichte über den Friedhof – und wurde fündig. Das Mädchen vom Friedhof gab es tatsächlich, es war zum Zeitpunkt der Tat sechzehn Jahre alt. Überfallen und vergewaltigt auf dem Heimweg nach einem Abend in verschiedenen Clubs. Die Leiche wurde später auf dem Friedhof abgelegt, an demselben »Felsaufschluss«, vor dem auch sie gestanden hatte, die Fotos waren eindeutig.

Dennoch zuckt sie jetzt nur die Achseln. »Nein, glaube ich nicht. Alles Quatsch. Ich bin nicht abergläubisch.«

»Andere wohl. Zum Beispiel die Jugendlichen, die hier zu ihren Ouija-Board-Sitzungen zusammenkommen und solchen Sachen.«

»Und du bist nicht zufällig dabei?«

»Wie denn? Kein Verein ist scharf auf jemanden wie mich. Nicht einmal bei den Satanisten bin ich willkommen. Außerdem ist der ganze Ablauf total abartig. Als wäre der Tod ein Spiel. Ich kann mir nicht vorstellen, dass die Geister der Verstorbenen von ein paar hackedichten Vollspacken beschworen werden wollen. Stell dir mal vor, es ist jemand, den du liebst.«

Sie denkt an ihren Vater. Er starb, als sie noch klein war, Mum spricht nicht über ihn. Vielleicht weil der Schmerz noch immer nicht verheilt ist. Aber sie versteht auch so, was Wrigley sagen will. Mit dem Tod treibt man keine Scherze. Die Toten verdienen Frieden und unsere Achtung. Plötzlich fühlt sie sich Wrigley wieder näher.

»Schon klar«, sagt sie.

Er steht auf. »Genug gesehen?«

»Ja.«

Sie hat kaum Zeit, den Objektivdeckel aufzustecken. Wrigley ist bereits auf der Treppe. Als sie sich schließlich in Bewegung setzt, knirscht etwas unter ihrer Sohle. Glas, denkt sie, denn überall liegen zerbrochene Flaschen herum. Aber dann sieht sie, es ist ein Fotorahmen.

Neugierig bückt sie sich danach. Ein Rahmen mit Bild, alles alt und verblichen: ein dunkelhaariges Mädchen zusammen mit einem kleineren Jungen. Einen Moment lang starrt sie auf das Bild, dann zerreißt ein heller Knall die Stille. *Scheiße, was war das?* Dann noch einmal, gefolgt von heftigem Flügelschlag und aufgeregtem Gekrächze. Da schießt jemand, denkt sie.

»Wrigley?«

Sie rennt über die Treppe ins Freie, wo sie von der Sonne geblendet wird, sodass sie Wrigley nicht sieht. Der kniet aber nur wenige Meter vor ihr auf dem Boden und hält etwas im Arm.

»Was ist passiert?«

Er dreht sich zu ihr, und sie weicht zurück. Eine große Krähe liegt in seinem Arm, das schwarze Federkleid glänzend wie Öl unter der schrägen Sonne, und der Schnabel ist leicht geöffnet. Ein Auge ist komplett weggeschossen, die Augenhöhle nur noch eine rote Masse, im anderen aber verglimmt soeben die Angst, die ohnehin zu spät käme. Ein letztes Zucken, dann ist auch das vorbei.

Wrigley erhebt sich, zuckend vor Empörung. Sein Gesicht ist blass und angespannt.

Er schreit in Richtung Wald: »Glückwunsch: getroffen! Seid ihr nun zufrieden?«

Keine Antwort. Nur Stille, die nach dem Schuss und dem panischen Geschrei der Vögel nur umso lastender scheint. Flo blickt auf die abweisende Wand der Bäume, wo sich die Schatten ausbreiten konnten, da die Sonne weitergezogen ist und den Waldboden nicht mehr erreicht. Wie schnell sich alles verändert hat!

»Wrigley«, sagt sie, »ich glaube, wir sollten lieber …«

Ein weiterer Schuss schneidet ihr das Wort ab. Hinter ihr fällt ein Dachziegel herunter und zerspringt in tausend Stücke. Wrigley taumelt zurück und fasst sich ans Gesicht. Flo sieht, dass er blutet.

»Wrigley?«

Er nimmt seine Hand weg. Unmittelbar über dem Auge ist ein Cut, auf den ersten Blick nicht tief, aber das lässt sich wegen der Blutung nicht genau sagen.

»Wir müssen hier verschwinden«, sagt sie und will gehen, kann aber nicht.

Aus dem Wald kommen ihr zwei Gestalten entgegen. Die große Blonde und der Junge vom Morgen, Rosie und

Tom, ausgerechnet. Und um dem Ganzen die Krone auf-
zusetzen, hat Tom ein Luftgewehr in der Hand.

»Diese Arschgeigen haben noch gefehlt«, sagt Wrigley
leise zu Flo.

»Du kennst sie?«

»Das ist Rosie Harper mit ihrem Cousin: zwei Idioten,
wie sie im Buche stehen.«

»Wir sind uns schon heute Morgen begegnet.«

»Und? War's schön?«

»Nicht unbedingt.«

»Wundert mich nicht.«

Harper, Harper …, überlegt Flo, und dann fällt es ihr
wieder ein. Das war doch der Vater von diesem kleinen
Mädchen. Ob Rosie ihre Schwester ist?

Das Duo kommt näher, und jetzt sieht sie auch Toms
geschwollene Nase und den Bluterguss am Jochbein. Die
beiden springen über die Reste der alten Gartenmauer.

Rosie grinst. »Na sieh mal einer an: Vampirina und
Wackel-Wrigley.«

Wrigley mustert sie mit düsterem Blick. »Zumindest
gehöre ich nicht zu den hirntoten Typen, die zum Spaß
harmlose Tiere abknallen.«

»Tun wir auch nicht. Wir halten Schädlinge nieder,
wenn du's genau wissen willst.«

Jetzt grinst auch Tom. »Und manche Schädlinge erwischen wir sogar. Schnittiges Aua hast du da, Wrigley.
Sieht echt scheiße aus.«

»Apropos, wie geht's deiner Nase?«, fragt Flo zurück.
»Tut's noch sehr weh?«

Das Lächeln versiegt. »Du kannst von Glück reden, dass du so schnell verschwunden bist, du Psycho.«

Überrascht wendet sich Wrigley zu Flo. »Wie, *du* warst das?«

»Es war ein Unfall.«

»Mal was anderes: Was treibt ihr zwei eigentlich hier? Kleines Fickerchen am Nachmittag?«, fragt Rosie.

»Was geht dich das an?«, entgegnet Flo und sieht ihr hart ins Gesicht.

»Na ja, in Anbetracht der Tatsache, dass mein Vater dieses Land gekauft hat, eine ganze Menge. Ihr begeht gerade Hausfriedensbruch, das ist euch doch klar, oder?«

»Na und, wir wollten sowieso gehen.« Flo greift nach Wrigleys Arm. »Komm.«

Doch Tom stellt sich ihnen in den Weg, hebt sogar die Waffe.

»Wir haben nicht gesagt, dass ihr schon gehen könnt.«

Flo erstarrt, ihr Herz schlägt wie wild.

Tom deutet auf die Kamera. »So, und jetzt rückst du dieses Scheißding raus. *Dann* kannst du gehen.«

Jetzt bloß keine Angst zeigen. Gib ihm nicht die Genugtuung.

»Nein.«

Wrigley stellt sich vor sie. »Lass sie in Ruhe.«

»Halt du dich da raus, du Spast. Ich habe noch eine Rechnung mit ihr offen.« Er richtet das Gewehr auf sie. »Ich habe gesagt, gib mir die Kamera.«

Flo hat schon den Trageriemen in der Hand, das Herz schlägt ihr bis zum Hals.

Jetzt gib ihm schon die Kamera. Das ist es nicht wert.
Würde zumindest ihre Mutter jetzt sagen.

Aber was weiß Mum schon? Die Kamera ist alles, was
Flo hat.

Und sie denkt nicht mal daran, diesem Waldhonk ihre
Kamera auszuhändigen. »Fick dich«, sagt sie.

Sein Grinsen ist plötzlich wieder da. »Bitch!«

Dann drückt er ab.

22

Wir alle haben unsere Geheimfächer. Vielleicht nicht in der Realität, dafür aber tief in unserem Innern, wohin alles ausgelagert wird, das nicht bekannt werden soll. Ich nenne es die Bad Bank der Seele, die in unserer Bilanz am Jüngsten Tag erst gar nicht erscheint. Und somit auch nicht die weniger schönen Posten in unserer Persönlichkeit. Wir beten darum, dass Gott diesen Trick nicht durchschaut.

Ich entnehme der hohlen Bibel im Bücherregal Drehmaschine und Tabak und rauche vor der Küchentür eine Zigarette. Den Nikotinflash habe ich gebraucht. Wir alle haben unsere Laster, sprich Bedürfnisse und Begehrlichkeiten. Nur dass einige davon nicht so unangenehm sind wie andere.

Mir fällt der kleine Kassettenrekorder wieder ein.

Exorzismus von Merry Joanne Lane.

Was die Behandlung von Frauen angeht, hat sich die Kirche wahrlich nicht mit Ruhm bekleckert, beim Exorzismus, der Teufels- oder Dämonenaustreibung, ist das nicht anders. Es dürfte kein Zufall sein, dass überwiegend junge Frauen dieser Behandlung unterzogen wurden.

Frauen, die aus heutiger Sicht depressiv, psychisch krank oder auch nur »widersetzlich« waren – gegen Väter, Ehemänner, alle, die Gewalt über sie hatten.

Auf diese Weise konnte jedes unerwünschte Verhalten auf »Besessenheit« zurückgeführt werden, und gegen den Teufel im Leib waren rabiate Mittel erlaubt, im Namen Gottes und mit dem Segen der Kirche.

Natürlich verfolgt auch die englische Staatskirche inzwischen eine moderatere Strategie. Der Kampf gegen das Böse wird heute mit anderen Mitteln geführt. Und doch haben sowohl die Idee eines personalen Teufels als auch das Amt des Teufelsaustreibers überlebt. Es mag in aufgeklärten Zeiten verwundern, aber viele Diözesen halten eigene Fachstellen für den sogenannten Befreiungsdienst vor. Diese befassen sich mit übersinnlichen Vorkommnissen in den Reihen ihrer Gläubigen, zwar meist in Zusammenarbeit mit klinischen Psychologen, doch das ändert nichts an der grundsätzlichen Dualität: hier die Kräfte des Lichts, dort die Kräfte der Dunkelheit. Selbst gewöhnliche Pfarrer können – mit bischöflicher Genehmigung – in die Schlacht um die Seelen der Besessenen geschickt werden.

Ich erinnere mich an einen, nun ja, Krankenbesuch, den ich einmal im dritten Jahr meiner Kaplanszeit machen musste, zusammen mit meinem Mentor Reverend Blake. Blake war ein Schwergewicht mit beginnender Glatze, der heftigsten Manchester-Dialekt sprach und einen Blick hatte, so stählern wie bei einem christlichen Streiter der Vorzeit. Die junge Frau, um die es ging, wohnte in The Meadows, dem alten Arbeiterviertel von Nottingham.

Ich erwartete das übliche Szenario: Alkohol, Drogen, womöglich häusliche Gewalt. Aber so war es nicht, auch wenn Alkoholmissbrauch und Drogen sicherlich Kofaktoren waren. Denn die junge Frau war der festen Überzeugung, in ihrer Wohnung trieben böse Geister ihr Unwesen, und verlangte von uns nun, dass wir sie mit dem vorgeschriebenen Ritual wieder vertrieben. Das war Exorzismus.

»Glaubst du an Gott?«, fragte mich Blake in seinem alten Honda Civic. Kurz zuvor hatten wir uns noch bei McDonald's etwas geholt und aßen unsere Burger während der Fahrt zu dem grauen Sozialblock.

Ob ich an Gott…? Ich blickte Blake über meinen Hamburger Royal hinweg an und hielt es erst für eine Fangfrage. Bis dahin hatte ich nämlich sämtliche Prüfungen immer mit links bestanden, die schriftlichen ebenso wie die mündlichen und ganz speziell die *Defensio*, in der wir die eigene Arbeit gegen Zweifler verteidigen mussten. Denn obwohl ich nebenher jobbte, war ich richtig gut darin, immer genau das zu sagen, was von mir erwartet wurde – und was ich mir per Bulimie-Learning eingetrichtert hatte. Nur Blake war ein anderes Kaliber. Ihn konnte ich *nicht* täuschen, denn er kannte mich, seit er mich mit sechzehn von der Straße geholt hatte. Anders gesagt, er kannte mich einfach zu gut.

»Ich stehe fest im Glauben«, sagte ich.

»Hmm. Und diesen deinen Glauben kann nichts erschüttern, meinst du?«

Der Royal TS blieb mir regelrecht im Hals stecken, und ich sog an meinem Trinkhalm, bis er nur noch Luft schlürfte.

»Ich denke nicht.«

»Das heißt, es wäre letztlich auch gleichgültig, ob Gott existiert oder nicht. Solange wir nur unseren Glauben haben?«

Mir missfiel diese Folgerung, aber ich wusste auch nicht, wie ich aus dieser Nummer rauskam.

Er lächelte nachsichtig. »Keine Sorge, ich will dich nicht in eine *Sola-Fide*-Disputation verstricken.«

»Warum fragen Sie dann?«

»Weil ich merke, dass sich irgendwas in dir gegen unsere heutige Aufgabe sträubt.«

Er hatte natürlich recht, wie immer.

»Stimmt, mir ist nicht wohl dabei.«

Er nickte, wischte sich mit der Papierserviette den Mund ab und stopfte sie in den roten Pommes-Karton.

»Und warum ist dir nicht wohl?«

»Weil ich den Eindruck habe, dass diese Frau eher einen Psychiater braucht, womöglich sogar Medikamente.«

»Was, wenn all das bisher nicht geholfen hat?«

»Und Exorzismus soll es bringen, im Ernst?«

»Du glaubst nicht an dämonische Besessenheit?«

»Nein.«

Er hob die Brauen.

»Ich glaube, dass das Böse existiert«, sagte ich. »Aber

nur in den Herzen der betroffenen Männer und Frauen. Unsere dunkle Seite, wenn Sie so wollen. Real existierende Dämonen? Eher nicht. An so etwas glaube ich nicht.«

»Die junge Frau aber sehr wohl. Für sie sind die Dämonen Wirklichkeit, deshalb hat sie sich auch an uns gewandt. Sollen wir sie jetzt wegschicken?«

»Natürlich nicht.«

»Jack, woran wir glauben, ist völlig irrelevant. Sie glaubt es, und der menschliche Geist ist eine Macht.«

»Aber bestärken wir sie dann nicht in ihrem Wahn?«

»Jack, wenn es hart auf hart kommt, bittest du nicht Gott um Hilfe?«

»Doch.«

»Auch wenn du weißt, dass Gott deinetwegen nicht gleich die Naturgesetze außer Kraft setzt?«

Ich gab einen Laut von mir, den man als Zustimmung deuten konnte.

»Und dennoch verschafft dir das Gebet eine gewisse Erleichterung.«

»Sicher.«

»Genauso zählt auch der Exorzismus zu unseren Aufgaben. Dabei spielt es keine Rolle, ob die Dämonen real sind oder nicht. Der Exorzismus spendet den Menschen Trost, und darauf kommt es an. Die junge Frau, die wir gleich sehen werden, wird glauben, dass sie vertrieben sind. Gott triumphiert über die Kräfte des Bösen. Mag sein, in gewisser Weise ist der Glaube ein Placebo. Aber wenn er wirkt?«

»Das kann man so sehen«, sagte ich ohne Überzeugung.

Er zwinkerte mir zu. »Gut, dann betätigen wir uns mal als Geisterjäger.«

Beim Gedanken an diesen handfesten Mann überkommt mich Traurigkeit. Blake lebt schon seit fünf Jahren nicht mehr. Mein Gott, wo die Zeit geblieben ist! Beängstigend, wie schnell der Mensch alt wird. Dann drücke ich die Zigarette aus und gehe in die Küche zurück. Dort auf dem Tisch steht immer noch die Kiste aus dem Keller. Ich hole den Kassettenrekorder hervor und drücke ohne große Hoffnung auf »Play«. Erwartungsgemäß tut sich nichts. Ich drehe den Apparat um. Die Schrauben am Batteriefach sind völlig verrostet. Abermals versuche ich, die Kassette auszuwerfen, aber es funktioniert wirklich nicht. Wahrscheinlich klemmt der Tonkopf, und das Band kommt aus diesem Grund nicht frei.

Aber so schnell gebe ich mich nicht geschlagen und suche in den Küchenschubladen nach einem Schraubenzieher oder Kuli. Ich werde sogar fündig, und zwar in einer Tupperdose, die ich irgendwann einmal mit dem Wort »Schlüssel« beschriftet habe. Doch Schlüssel sind gar nicht drin, dafür Büroklammern, Blu-Tack, Wäscheklammern, ein alter Kopfhörer und ganz unten ein kleiner silberner Schraubenzieher. Mit dem Schraubenzieher, denke ich, halte ich den Sieg schon in Händen, und ich stochere an der armen Kassette herum. Sie löst sich tatsächlich, springt irgendwann sogar mit einem hellen Knack heraus. Leider reißt dabei auch das Band.

»Scheiße!«

Ungläubig starre ich auf die zerbrochene Kassette und überlege, wie ich sie wieder reparieren kann. Tesa? Im selben Moment knallt vorne die Haustür, dass das ganze Cottage erbebt. Ich werfe die Kassette in den Karton zurück und befördere den Karton mit dem Fuß unter den Tisch.

Als ich mich umdrehe, steht Flo in der Tür und schiebt einen dünnen Jungen nach vorn, der im Gesicht blutet. Ihre Haare sind zerzaust und die Nikon an ihrem Hals allem Anschein nach kaputt.

Sie starrt mich an und sagt etwas, das in jedem Mutterherz nur blankes Entsetzen hervorruft.

»Mum, bitte reg dich jetzt nicht auf.«

23

»Mit einer Airgun? Und ich dachte, in Nottingham hätten sie ein Problem mit Waffen, aber hier?«

Ich tupfe Wrigleys Wunde ab. Schon zum zweiten Mal innerhalb von drei Tagen muss ich jemanden verarzten.

»Ich weiß«, murmelt Flo.

»Hast du gesehen, wer geschossen hat?«

»Nein, dazu waren sie zu weit weg.«

Ich lasse es erst einmal dabei. Ich bin zwar kein Fachmann, aber Luftgewehre haben kaum eine hohe Reichweite.

»Wir müssen zur Polizei und Anzeige erstatten.«

»Es war mit Sicherheit keine Absicht.«

»Woher willst du das wissen? Du hättest getötet werden können. Ihr beide hättet getötet werden können.«

»Auuu«, klagt Wrigley.

Kann sein, dass ich diesmal etwas weniger behutsam war. Aber wenigstens gab ich nicht ihm die Schuld an dem, was passiert war, nicht die alleinige jedenfalls.

»Keine Absicht.«

Ich werfe das blutige Geschirrtuch in die Spüle. Die Wunde ist nur oberflächlich, aber Hautverletzungen im

Gesicht bluten oft wie Sau. Deshalb hole ich den Erste-Hilfe-Kasten aus dem Bad, gebe etwas antiseptische Creme darauf und versorge das Ganze mit zwei großen Pflastern. Anschließend hebe ich sein Kinn an, um mein Werk zu begutachten. Hübscher Kerl. Ich frage mich nur, was es mit diesen Zuckungen auf sich hat, die ihn kaum je loslassen. Wahrscheinlich irgendwas Neurologisches.

»So, das dürfte erst mal reichen.«

»Danke, Reverend. Meine Mutter hätte nicht so cool reagiert.«

Ich starre ihn an. Cool? Ich hab mich wohl verhört. Das Letzte, was ich bin, ist cool, und es gibt auch nicht den geringsten Grund für cool. Deshalb ist jetzt Flo an der Reihe: »Hier läuft jemand rum, der wahllos in der Gegend rumballert. Ihr beide hättet getötet werden können. Wie oft soll ich noch sagen, ihr sollt vorsichtig sein?«

»Ist doch nichts passiert«, sagt Flo fast ungeduldig, als sei die Sache längst abgehakt.

»Das sehe ich nicht so. Ein paar Millimeter weiter, und er hätte dein Herz getroffen.«

Jetzt, da ich es ausspreche, wird mir selbst ganz anders.

»Mum, jetzt übertreib nicht.«

»Ich übertreibe nicht.«

»Er hat doch nicht auf mein Herz gezielt, nur auf die Kamera.«

»*Er*? Ich dachte, du weißt nicht, wer geschossen hat?«

»Wissen wir ja auch nicht. Das war nur so gesagt. Das sagt man halt so, das ist alles.«

Hilflos blicke ich die beiden an. Was geht hier vor? Aber das herauszufinden ist ein Ding der Unmöglichkeit. Egal womit ich jetzt drohe, Hausarrest, Fernseh- oder Internetverbot (gesetzt den Fall, wir hätten so etwas), Jugendlichen ziehst du nichts aus der Nase, hier kommst du nur mit Zähigkeit weiter. Wenn sie nicht wollen, dann wollen sie nicht.

Wir alle haben ja unsere Geheimnisse und Teenager ganz besonders. Meine eigene Mutter hat von mir auch nicht viel erfahren, da konnte sie machen, was sie wollte. Und sie hat wirklich nichts ausgelassen.

»Versprecht mir nur eines«, sage ich. »Geht nie wieder in den Wald.«

Kurzer Blickwechsel zwischen den beiden, und Flo besieht sich bekümmert ihre Kamera.

»Hat ja auch wenig Sinn, jetzt, wo ich nicht mehr fotografieren kann.«

»Ehrenwort, Reverend Brooks«, sagt Wrigley.

Und Flo: »Versprochen.«

»Gut, das wäre dann geklärt.« Ich schaue auf die Küchenuhr. Schon fast sechs, der Nachmittag ist gelaufen.

»Wrigley, möchtest du vielleicht zum Abendessen bleiben?«

»Danke, aber ich muss nach Hause.«

»Soll ich dich fahren?«

»Ich kann laufen.«

»Bist du sicher? Wo wohnst du denn?«

»Drüben, auf der anderen Seite. Aber danke für das Angebot.«

»Gut.«

Ich begleite ihn zur Tür.

»Nochmals vielen Dank, Reverend«, sagt Wrigley. »Ich möchte nur sagen, dass ...«

Er scheitert an meiner erhobenen Hand.

»Nein, mein Freund«, sage ich und ziehe die Haustür halb hinter mir zu. »Ich bin vielleicht Reverend hier, aber lass dich von dem weißen Kragen nicht täuschen. In erster Linie bin ich Mutter, und dann kommt lange nichts. Deshalb sage ich dir: Wenn meiner Tochter deinetwegen auch nur das Geringste zustößt, werde ich persönlich dafür sorgen, dass du es für den Rest deines Lebens bereust. Habe ich mich klar ausgedrückt?«

Einen kurzen Moment lang scheint es, als wäre meine Ansage stärker als diese Zuckungen. Aus seinen silbrig schimmernden Augen sieht er mich an.

»Absolut.«

Aber dann fängt alles wieder von vorne an. Immerhin geht er jetzt. Ich blicke ihm hinterher und dieser mühevollen, seitlich versetzten Fortbewegungsart und fühle mich nicht gut dabei. Aber ich drehe mich um und gehe zurück ins Haus.

Flo sitzt ganz klein am Küchentisch und hält ihre zerstörte Nikon in der Hand. Sie blickt hoch, als ich in die Küche trete.

»Okay, dann sag es schon. Nach Wrigley bin jetzt wohl ich dran.«

Ich setze mich und schüttle nur den Kopf. »Nein.«

Stattdessen breite ich die Arme aus, so wie früher,

wenn sie einen ihrer Wutanfälle hatte. Nach meiner Erfahrung beendet Trost die Sache eher als Schimpfen. So auch jetzt. Sie sinkt mir in die Arme, ich halte sie fest umschlossen, und es dauert, ehe sie den Kopf hebt und sagt: »Tut mir leid, Mum. Das wollte ich nicht.«

»Ich weiß.« Ich streiche ihr über die Haare. »Es ist auch nicht deine Schuld.«

Abermals blickt sie auf ihre Kamera. »Ich glaube einfach nicht, was mit meiner Nikon passiert ist. Wo kriege ich jetzt eine neue Kamera her?«

»Ach, die lässt sich reparieren. Ich bin nur froh, dass dir nichts passiert ist.«

»Aber was das kostet.«

»Das kriegen wir schon irgendwie hin.«

So sitzen wir eine ganze Weile da, ehe sich Flos Magen meldet.

»Hunger?«

»Ja schon, ein bisschen.« Es kullert erneut in ihrem Bauch. »Riesenhunger.«

»Wie wär's, wenn ich uns eine Asia-Pfanne mache, und danach gucken wir uns ein Video an?«

»Okay.«

»Was willst du denn sehen?«

»Irgendwas Trashiges. Trashig und retro.«

»*Breakfast Club*, *Pretty in Pink*?«

Sie verdreht die Augen. »Ach nee, da nimmt das coole Mädchen am Ende den Sportcrack statt den Netten aus der Friendzone.«

»*Heathers*?«

Passt wohl eher. Hübsches Mädchen verliebt sich in einen durchgeknallten Draufgänger.

»In Ordnung.«

Sie tappt nach oben, um sich umzuziehen. Ich hole das Gemüse aus dem Kühlschrank, dazu Paprika, Pilze und Zwiebeln, schmeiße alles auf ein Schneidbrett, schnappe mir das große Messer.

Ich habe gerade angefangen, alles klein zu schneiden, als Flo zurückkommt, in weiten Shorts und einem schwarzen Tanktop. Sie sieht so schmal und erschöpft aus in diesen Sachen und gleichzeitig so schön, dass es wehtut. In diesem Moment würde ich sie am liebsten festhalten und nie mehr loslassen.

Sie geht zum Kühlschrank und holt sich eine Cola Light. »Mum, wie findest du Wrigley?«

Ich versuche, mir nichts anmerken zu lassen. »Na ja, wir haben uns nicht gerade im günstigsten Moment kennengelernt.«

»Aber das war nicht seine Schuld.«

»Mag sein. Also abzüglich der besonderen Umstände: ganz nett. Aber woher kommen denn diese Zuckungen dauernd?«

»Dystonischer Tremor. Das ist so eine Fehlschaltung im Hirn.«

»Ach so.« Ich suche mir die prallste rote Paprika aus. »Was ich meine, spielt aber keine Rolle. Die Frage ist, wie *du* ihn findest.«

Achselzucken. »Er ist in Ordnung, weißt du?«

Klar, weiß ich. Ich weiß alles, deshalb packe ich jetzt

auch das Messer fester an und sage mir: Na gut, lassen wir das einmal so stehen. Nicht alle jungen Männer sind potenzielle Vergewaltiger.

Sie geht zum Küchentisch und nimmt sich einen Stuhl.

»Was ist denn das hier?«, fragt sie mit Blick unter den Tisch.

Himmel, die Kiste steht ja noch da!

»Ach das. Das ist aus dem Keller, von dem alten Pfarrer. Habe ich aussortiert. Lauter Zeug zur Geschichte des Dorfs. Ziemlich langweilig.«

Dennoch greift sie in die Kiste und holt die oben liegende Mappe heraus.

»Wer sind Merry und Joy?«

»Och, nur zwei – auu! Mist!«

Sie fährt herum. »Mum, du hast dich geschnitten.«

Stimmt. Und zwar sauber in die Fingerkuppe, wo besonders viele Nerven sind. Es fängt auch sofort an zu bluten.

»Hier.« Sie holt die Pflaster aus dem Erste-Hilfe-Kasten und reicht mir eines davon.

»Danke, Schatz.«

Ich halte den Finger unter den laufen Wasserhahn und umwickle ihn mit Pflaster.

»Du musst vorsichtiger sein, Mum.«

Ich glaube, ich höre nicht recht. »Flo, wie war das noch mit den Steinen und dem Glashaus?«

»Ja, ja, ich weiß schon.«

»Warum suchst du nicht schon mal die DVD raus.«

»Okay.«

Sie geht, und ich höre sie im Wohnzimmer kramen. Schnell schmeiße ich die Mappe wieder in die Kiste und lasse sie anschließend im Putzschrank unter der Spüle verschwinden. Muss ja nicht offen herumliegen.

Mein Finger tut ganz schön weh. Der Schnitt ging viel tiefer als beabsichtigt, auch wenn die Ablenkung gelungen ist. Als ich das Gemüse in den Wok gebe, ist keine Rede mehr von Merry und Joy.

24

Nach dem Irrenhaus war die Innenstadt von Nottingham die nächste Station auf seiner Pilgerfahrt. Er machte Platte unter einer der Kanalbrücken oder in der Unterführung am Victoria Centre.

Unter Obdachlosen sind die Örtlichkeiten bis heute beliebte Schlafplätze. Schon am frühen Abend tauchen dort die ersten Schlafsäcke und Pappkartons auf. Auch hier kam es zu gewaltsamen Zwischenfällen. Ein besoffener Penner meinte, ihn beklauen zu können, und er war gezwungen, seinen Besitz zu verteidigen. Er weiß noch, wie die nach Alkohol stinkende Leiche im Kanal trieb, ehe sie von den Schlingpflanzen und den Steinen in den Taschen auf den schlammigen Grund gezogen wurde.

Jetzt bewegt er sich auf den Old Market Square zu. Überall Leute. Im Sommer verwandeln sie das Geviert mit vielen Tonnen Sand in einen Pop-up-Strand mit Planschbecken, genannt *The Beach*. Damit wollen sie sich als familienfreundliche Stadt präsentieren und einen Hauch von Badeurlaub unter den grauen Himmel der Midlands bringen. Letztlich nichts weiter als ein großer

Rummel, mit Fahrgeschäften und Fressbuden, wo sich das Volk mit lauwarmem Bier aus Plastikbechern und fettigen Burgern versorgen kann.

Auf Abstand bedacht hält er sich an der Peripherie. Zu viele Leute, zu viel Lärm, die Musik und die Lichter irritieren ihn. Gegen die zahlreichen Gerüche hilft das jedoch nicht. Es liegt Popcorn in der Luft, die Donut- und Hotdog-Schwaden erreichen ihn mühelos und erinnern ihn daran, dass er seit gestern nichts gegessen hat. Auch das Kindergeschrei auf den Karussells nimmt er sehr wohl wahr.

Geräusche, die in ihm eine alte Sehnsucht wecken. Zu seiner Zeit war er nie auf einer Kirmes. Er weiß nicht, wie es sich anfühlt, von einer Kotzmaschine namens »Shaker« oder »Playball« durchrotiert zu werden. Er im Zentrum einer Scheibe, die sich auf einer Scheibe dreht, die sich in einer Scheibe dreht, bis die ganze Welt verwirbelt. Er kennt auch keine Zuckerwatte, hat nie geschmeckt, wie diese süße rosa Wolke seine Lippen küsst. Seine Mutter betrachtete solche Vergnügungen als sündhaft. Ebenso wie Essen, das aus diesem Grund auf den absoluten Daseinserhalt ausgerichtet war, eintönige, freudlose Kost, häufig schon abgelaufen, »aber noch gut«, wie seine Mutter befand. Auf jeden Fall gut genug für ihn. Insofern war er, lange bevor er auf Trebe ging, bestens auf Mangelernährung vorbereitet – und ein Leben, das schon wunderbar war, wenn er einmal nicht geschlagen wurde.

Dass all das nicht normal war, merkte er erst, als er

von zu Hause abgehauen war. Zum Beispiel wenn er die anderen Kinder sah, gut gelaunt an der Hand von Eltern, die ebenfalls ganz anders waren als seine Mutter. Die ihre Kinder küssten, in den Arm nahmen und ihnen den Kopf streichelten. Während er in einer alten Pappkiste wohnte und sich besonders vor neugierigen Erwachsenen in Acht nehmen musste, die vielleicht fragten, wie das angehen konnte, er allein in so einer Kiste.

Er hat dieses spezielle Sensorium noch immer, diesen siebten Sinn für Blicke. Jetzt etwa: die Mutter, die ihn so misstrauisch beäugt und ihr Handy bereits in der Hand hält. Aber ist das ein Wunder? Er weiß um seine äußere Erscheinung, den Eindruck, den er bei normalen Menschen hinterlassen muss. Eine gebeugte Gestalt in Klamotten aus der Kleiderkiste. Sauber vielleicht, aber gepflegt ist etwas anderes. Und dass er die ganze Zeit die Kinder anstarrt? Schwierig. Schwierig oder schon schmierig? Er wird rot. Mag sein, er ist kein guter Mensch, aber *so einer* ist er ganz bestimmt nicht. Kurz und gut, er kann nicht riskieren, dass diese Frau jetzt die Polizei ruft. Er will auf keinen Fall zurück in den Knast, denn er hat noch einiges zu erledigen.

Schon ist er weg. Nichts passiert. Er treibt sich an, auch wenn der Tag immer deutlicher seinen Tribut fordert. Er hat Hunger, ist müde und durstig, aber seine Taschen sind bis auf ein bisschen Kleingeld leer. Zum Glück kennt er sich aus, weiß, wo es jetzt etwas zu holen gibt.

Die Rummelplatzgeräusche fallen zurück, seine Füße tragen ihn vom alten Marktplatz weg in eine trostlose

Wohngegend, wo er von überquellenden Mülleimern, Hundegebell und wummernden Bässen aus offenen Fenstern empfangen wird. Der Geruch von Cannabis und Gewalt hängt bedrohlich in der Luft, manche Dinge ändern sich nie. Kurz darauf ist er am Ziel und hebt den Blick zum Himmel.

Vor ihm ein mächtiger Bau, auf dessen Gemäuer der Ruß einer ganzen Stadt liegt. Die Buntglasfenster sind mit schweren Schutzgittern versehen, aber der Glockenturm ragt immer noch so hoch wie früher.

Das ist die Pfarrkirche St. Anne's.

Und die Pforten der Kirche sind weit geöffnet, Licht dringt heraus bis auf den Weg, wo sich bereits ein paar Obdachlose versammelt haben und rauchen. Ein handschriftlicher Hinweis am Tor gibt bekannt:

Montagabends Suppenküche: Gemeinsam essen, reden, Gott begegnen.

Grinsend geht er auf die offene Tür zu und tritt ein ins Haus des Herrn.

Es ist warm dort und hell, und es riecht nach herzhaftem Essen, das den Namen verdient. Einmal mehr macht sich sein Magen bemerkbar. Eine ordentliche Mahlzeit wird ihm guttun, aber nicht nur deswegen ist er hier. Sein ausgehungerter Blick schweift durch den Kirchenraum. Vier Gemeindehelferinnen stehen hinter dem langen Klapptisch und geben aus großen Thekenpfannen Fleisch- und Gemüsecurry aus. Aber wo ist *sie*? Dann bemerkt er, wie sich aus dem Hintergrund ein Dicker im schwarzen Anzug und Rundkragen nähert.

Er sieht sich plötzlich im Brennpunkt eines blendend weißen Lächelns.

»Hallo, kann ich Ihnen helfen?«

Er starrt auf den korpulenten schwarzen Pfarrer. Das blendende Lächeln kam von ihm.

»Und wer sind *Sie*?«

»Ich bin Reverend Bradley«, antwortet der Pfarrer und fährt seine Hand aus. »Freut mich, dass Sie hergefunden haben.«

»Aber ... das geht nicht«, sagt er und schüttelt den Kopf. »Das können sie nicht machen.« In seiner Fantasie hatte er alles ganz anders geplant. »Und wo ist die Pfarrerin geblieben?«

»Tut mir leid, aber die arbeitet nicht mehr hier.«

»Und wo ist sie jetzt?« Er kann seine Verzweiflung nicht kaschieren.

Der Pfarrer macht dicht. »Das weiß ich leider nicht.«

Er lügt, denkt er. *Dieser fette schwarze Pfaffe will es dir bloß nicht sagen. Er weiß ganz genau, wo sie ist.*

Und die ganze Zeit hängt seine geöffnete Hand ungegriffen in der Luft. »Geht es Ihnen gut?«

Er schluckt seinen Zorn herunter und schlägt ein in die Hand des Lügners. Eine Pranke, aber teigig weich. »Ja, mir geht's gut. Ich bin nur erschöpft und hab Hunger.«

»Dann sind Sie hier richtig. Ich kann das Hühnercurry empfehlen.«

Er ringt sich ein Lächeln ab und nickt ergeben. »Danke.«

Er stellt sich in die Schlange vor der Essensausgabe,

bekommt seine Portion, hockt sich mit seinem Teller auf eine Bank und schaufelt das Essen in sich hinein. Es riecht gut, aber das hinterlässt bei ihm keinen Eindruck. Er muss später noch einmal wiederkommen, wenn der Lügner allein ist. Dann wird er ihn zwingen, die Wahrheit auszuspucken. Der schwarze Fettkloß ist äußerlich vielleicht eine imposante Erscheinung, aber auch weich und alles andere als in Form. Die Angelegenheit dürfte nicht lange dauern.

Doch er reißt sich zusammen und schüttelt innerlich den Kopf. Nein, er wird dem Pfarrer kein Haar krümmen. Er hat sich geändert, er ist nicht mehr gewalttätig. Und den eigenen Zorn zu kontrollieren ist kein Zeichen von Schwäche. Es ist Stärke.

Trotzdem muss er sie finden.

Also wird er ihm nur so weit wehtun wie unbedingt nötig.

Abgemacht, nicht mehr als nötig. Selbstbeherrschung ist keine Schwäche. Vielleicht kriegt er das hin. Er lächelt. Damit ist die Sache entschieden.

Was er sich ebenfalls noch vornimmt: die »Angelegenheit« nicht zu genießen. Nicht mehr als nötig jedenfalls.

Sie hockte ganz allein im dunklen Keller.

Oben hörte sie ihre Mutter kruschen. Und singen. Mutter sang zu Songs of Praise. Songs of Praise, *die Hitparade der Kirchenlieder im Fernsehen, die sie auch an diesem Sonntagabend wieder eingeschaltet hatte. Nur dass sie diesmal den Ton besonders laut aufdrehte. Zur Strafe, weil sie, Merry, an einem Sonntag, dem Tag des Herrn, den Namen ebendieses Herrn missbraucht hatte. So jedenfalls ihre Begründung. Aber das war wieder nur eines ihrer Psychospielchen: Belohne die eine, bestrafe die andere, wofür auch immer. Wenigstens waren sie inzwischen der allerschlimmsten Mum-Strafe entwachsen, dem Brunnen. Sie waren schlicht zu groß, um in dieses Höllenloch verbannt zu werden – wo sie stundenlang ausharren mussten.*

Dagegen ist der Keller nicht so übel. Mit Ausnahme der Dunkelheit, die setzt einem zu. Wie die Ratten.

Sie dachte an ihren Fluchtplan. Aber seit das Thema aufgekommen war, sah sie Joy kaum noch. Dahinter steckte Joys Mutter, die sie beide auseinanderbringen wollte. Dazu kam, dass Joy jetzt zweimal die Woche Bibelstudium hatte – bei dem neuen Kaplan.

Joy hatte sie neulich kaum gegrüßt, war mehr oder weniger an ihr vorbeigegangen. Irgendwie hatte sie sich verändert. Da war diese hektische Röte in ihrem Gesicht. Und dieses Lächeln, als hätte sie etwas zu verbergen. Merry war beunruhigt. Was ging hier vor? Lag das an dem neuen Kaplan?

In diesen hatten sich viele Mädchen verguckt, doch Merry mochte ihn nicht. Wann immer er etwas aus der Bibel vorlas, vor allem die Stellen über Sünde und Verdammnis, wurde sein Gesicht knallrot, und seine Augen bekamen so einen fanatischen Glanz. Sie hätte auch schwören können, dass sich unter seiner schwarzen Hose einmal eine Erektion abzeichnete.

Oben im Erdgeschoss drehte ihre Mutter den Fernseher noch ein Stück lauter.

Aus einer Ecke im Keller kam ein Rascheln. Ihre Augen starrten angestrengt in die Dunkelheit. Sie hasste dieses Dunkel, hasste, wie verletzlich es sie machte. Sie versuchte sich aufzubauen mit etwas, das sie einmal in einem Kinderbuch gelesen hatte und das sie innerlich wiederholte wie ein Mantra.

»Die Dunkelheit macht Spaß, die Dunkelheit ist gütig, die Dunkelheit...«

Dabei hörte sie, wie ihre Mutter oben sang: »Dann jauchzt mein Herz dir, großer Herrscher, zu. Wie groß bist du! Wie groß bist du!«

Das Rascheln kam immer näher.

25

»Shit!«

Ich schlage die Augen auf. Nass und kalt klebt mir das Unterhemd am Leib, und die Bettdecke liegt am Boden. Ich muss mich wohl freigestrampelt haben. Ganz langsam nimmt mein neues Schlafzimmer Kontur an: der nächste Albtraum.

Ich setze mich auf und greife nach dem Glas Wasser auf dem Nachtkästchen, trinke gierig. An den Vorhängen dringt erstes fahles Licht herein. Unser Cottage verharrt muffig und schweigsam in der Nachtlähmung. Der Wecker zeigt 06:13. Da ich jetzt ohnehin keinen Schlaf mehr finde, kann ich auch aufstehen. Später am Vormittag habe ich das Traugespräch mit dem jungen Paar, da muss ich nicht auf den letzten Drücker kommen.

Ich ziehe die Jogginghose an und gehe über die knarzende Treppe nach unten. Überall hängt noch der Geruch von der gestrigen Chinapfanne. Nach dem Essen haben wir es uns mit einer großen Tüte M&Ms auf dem Sofa gemütlich gemacht und *Heathers* angeschaut, worüber Flo bald einschlief. Ganz wie früher, als sie klein war. Sie zusammengerollt auf meinem Schoß, während der Film ohne sie weiterlief. Momente, in denen es nur uns zwei auf der Welt gab.

Ihr Vater starb, als sie gerade achtzehn Monate alt war. Er wurde – in seiner eigenen Kirche – von einem Eindringling ermordet. Es gab einen Kampf, bei dem er stürzte und mit dem Kopf auf den Boden schlug. Sobald Flo alt genug war, habe ich ihr alles genau erklärt. Ich sagte ihr sogar, was für ein toller Vater er war und wie sehr er sie liebte. Was auch stimmt, zumindest im Großen und Ganzen. Doch wie so häufig ist es lediglich *eine* Version der Wahrheit. Nämlich diejenige, die man irgendwann so oft wiederholt hat, dass man selber daran glaubt.

Irgendwann nach zwölf weckte ich sie behutsam, und wir beide wankten todmüde ins Bett. Deshalb steht das schmutzige Geschirr auch noch in der Spüle. Ein weiteres Überbleibsel des Abends ist Flos kaputte Kamera auf dem Tisch. Ich nehme sie in die Hand und habe nicht die geringste Vorstellung, was so eine Reparatur kostet. Doch mit Sicherheit mehr als die sechseinhalb Pfund auf meinem Sparkonto.

Allein der Anblick tut mir weh. Wenn man jung ist, hält man sich ja leicht für unbesiegbar, doch mit jedem Jahr, das vergeht, merkt man deutlicher, dass dies nicht stimmt. Spätestens wenn man selbst Kinder hat, sieht man sich von Gefahren nur so umgeben. Der gestrige Tag war der Beweis. Zumal Flo offenbar weiß, wer die Kamera zerschossen hat. Wrigley auch. Aber aus irgendeinem Grund wollen sie es mir nicht sagen. Deswegen bin ich mir über diesen Wrigley noch nicht im Klaren. Ich traue ihm nicht, aber welchem Jungen, den Flo anschleppt, würde ich überhaupt trauen? Oder ist da noch etwas anderes?

Ich seufze, blicke durchs Küchenfenster auf meine Kirche und würde jetzt sehr gerne beten. Für eine Pfarrerin vielleicht nichts Besonderes. Ich bete jeden Abend und manchmal auch tagsüber. Vielleicht nicht auf die traditionelle Art, auf Knien und mit gefalteten Händen, sondern eher gesprächsweise. Es ist meine Art, mir bestimmte Sachen von der Seele zu reden.

Gott ist ein guter Zuhörer. Er unterbricht einen nicht, verzichtet auf Werturteile und verschont mich mit seinen eigenen, möglicherweise besseren Geschichten. Und selbst wenn meine sogenannten Gebete letztlich nur Selbstgespräche sind, tut es doch gut, einmal darüber geredet zu haben.

An manchen Tagen hat der Drang nach einem Gebet viel von Nikotinsucht. Heute morgen zu Beispiel, noch im Herrschaftsgebiet des nächtlichen Traums, war er übermächtig. Es ist mein einziges Mittel gegen die Dinge, an die ich lieber nicht erinnert werden will. Die Narben, scheinbar längst geschlossen, die immer wieder aufgehen, um die Erinnerung an den Schmerz frisch zu halten.

Ich nehme mir den Kirchenschlüssel von der Arbeitsplatte und gehe nach draußen. Am Himmel nur lockere Bewölkung, die Sonne glänzt. Als ich zum Friedhof hinübersehe, bleibt mein Blick an dem Denkmal hängen. Ich gehe hin.

Vor dem Sockel hat jemand zwei weitere Reisigpuppen abgelegt. Bei unserer Ankunft war es nur ein halbes Dutzend, nun sind es schon zehn oder zwölf. Einige sind sogar angezogen, das heißt mit Stoffresten drapiert, was sie sogar noch unheimlicher macht. Es ist buchstäblich der Stoff, aus dem Kinderalbträume sind. Puppen, die nachts zum Leben erwachen und sich auf dürren Beinchen in Bewegung setzen. Ihr Ziel ist das Cottage, wo immer irgendein Fenster offen steht …

Schluss jetzt, Jack, du bist kein Kind mehr. Ich unterbreche den alten Horror und konzentriere mich stattdessen auf das, was da ist, ein grauer Obelisk mit folgender Inschrift:

Zum Gedenken an die protestantischen Märtyrer, die in der Zeit der Bedrängnis unter Queen Mary Zeugnis ablegten für den wahren Glauben, indem sie am 17. September 1556 vor dieser Kirche den Tod auf dem Scheiterhaufen erlitten. Denkmal errichtet im Jahr des Heils 1901 durch Bürgerspenden.

Darunter eine Namensliste:

Jeremiah Shoeman
Abigail Shoeman
Jacob Moorland
Anne Moreland
Maggie Moorland

Abigail und Maggie. Die brennenden Mägdelein. Ich berühre die vertieften Buchstaben. Der Stein ist kalt, muss erst noch die Wärme des Tags annehmen.

Es kommen auch noch weitere Namen:

James Oswald Harper
Isabel Harper
Andrew John Harper

Die Harpers, natürlich, Rushton hatte es ja gesagt: Die Familie war schon in der Zeit der Ketzerverfolgungen hier ansässig. War damals sicher nicht schön, ist heute aber ein Pluspunkt. Und doch stimmt mich dieses Ehrenmal eher melancholisch. Wer ist nicht alles schon für den »wahren Glauben« gestorben? Der ewige Zwist, an wem Gott das meiste Wohlgefallen hat, so klingt das heute für mich. Genauso gut könnte man sich streiten, wem der blaue Himmel oder die Sonne gehört. Gäbe es keinen Gott, würde sich die Menschheit zweifellos *darüber* die Köpfe einschlagen.

Ich wende mich von dem Obelisken und der Versammlung der Reisigpuppen ab und gehe hinüber zur Kirche, wo mir der verwitterte Bibelspruch entgegenstarrt: *Nun wandelt als Weise und kauft die Zeit aus, denn die Tage sind böse.* Na gut, beherzigen wir das mal. Wenn ich jemals hier ankommen will, muss ich wohl meinen Frieden mit den örtlichen Gegebenheiten machen. Ich schließe die Kirchentür auf und trete ein.

Sonnenlicht fällt durch die hohen Fenster und wirft rote

und goldene Felder auf die Sitzreihen. Diesen Laterna-magica-Effekt mochte ich schon immer bei Kirchen.

Aber dann fällt mir ein, diese Dorfkirche hat gar keine Buntglasfenster.

Ich blicke hoch, sehe rote Schlieren auf der nüchternen Scheibe. Außerdem liegt ein metallischer Geruch in der Luft. Mit jedem Schritt verstärkt sich der Eindruck, dies alles schon einmal erlebt zu haben.

»Pitsch-patsch. Meine Ruby kriegst du nicht.«

Neben dem Altar liegt etwas in seinem Blut, das auf den ersten Blick aussieht wie ein zerfetzter Regenschirm.

Ich spüre, wie es mir hochkommt.

Es ist eine Krähe, die wohl keinen heilen Knochen mehr im Leib hat.

Offenbar hat sie nicht mehr herausgefunden und ist in ihrer Verzweiflung so lange gegen die harten Scheibe angeflogen, bis sie tot war. Aber da ist noch etwas. Es liegt zur Hälfte unter dem zerschmetterten Kadaver, den ich kaum anfassen mag. Aber es muss sein, und ich schiebe den toten Vogel zur Seite.

Etwas in mir zieht sich zusammen, als ich sehe, was es ist: eine weitere Reisigpuppe. Und nicht nur das. Diese Puppe trägt Schwarz und so etwas wie einen weißen Rundkragen. Ein Detail, das kaum zu missdeuten ist. Daher ist der Zeitungsartikel, der ihr mit einer Nadel an die Brust geheftet ist, fast schon überflüssig. Ich nehme ihn trotzdem an mich. In auseinandergefaltetem Zustand starrt mir mein eigenes Gesicht entgegen, darunter die Schlagzeile *»Diese Pfarrerin hat Blut an den Händen«*.

Plötzlich spüre ich meinen Puls bis in die Halsvenen. *Wer macht so etwas? Und wie ist er hier hineingelangt?* Von hinten plötzlich ein Geräusch. Die Kirchentür knirscht, ich springe auf.

Im grellen Gegenlicht der offenen Tür eine Gestalt. Ich muss die Augen zusammenkneifen, um zu erkennen, wer jetzt auf mich zukommt. Die schlanke Silhouette, das hochgebundene Haar lässt nur einen Schluss zu: Clara Rushton. Hastig stopfe ich mir die Puppe und den Zeitungsausschnitt in die Tasche. Sie muss nicht alles sehen.

»Guten Morgen, Jack! Sie sind aber früh auf den Beinen?«

»Sie auch.«

»Üben Sie schon mal für Ihre Predigten?«

»Nein, zurzeit bin ich mehr damit beschäftigt, eine tote Krähe zu entsorgen.«

Jetzt sieht sie es auch. »Ach du liebe Güte, was ist denn hier passiert?«

»Ich frage mich, wie sie überhaupt hereinkommen konnte.«

»Na ja, es gibt etliche undichte Stellen im Dach. Wir hatten hier auch schon eine Taubenplage und hin und wieder einen Spatz. Aber eine Krähe noch nie.« Sie blickt mich nicht ohne Mitgefühl an. »Es gibt sicher Schöneres, so früh am Morgen.«

»Was soll man machen? Es ist nicht einmal sieben Uhr.« Mit Blick auf ihre Laufkleidung sage ich: »Sind Sie immer so früh unterwegs?«

»Ja. Brian hält mich zwar für verrückt, aber ich genieße die Stille am Morgen. Laufen Sie auch?«

»Nicht einmal für den Bus.«

Sie lacht kurz. »Ich war schon beim Stretching, als ich sah, dass die Kirche offen war. Deshalb wollte ich kurz nachsehen.«

Ich finde das etwas anmaßend. Seit wann ist sie für *meine* Kirche zuständig? Sie ist nicht anders als Aaron, der auch immer »zufällig in der Nähe« ist. Aber ich brauche keine Kontrolle.

»Na, dann will ich Sie nicht aufhalten«, sage ich. »Hier muss jedenfalls erst mal sauber gemacht werden.«

»Der Putzschrank ist im Büro«, sagt Clara. »Und zu zweit geht doch alles viel schneller. Ich helfe wirklich gern.«

Da mir kein Grund einfällt, mit dem sich so ein Angebot ablehnen lässt, sage ich: »Danke.«

Natürlich meint sie es nur gut. Trotzdem frage ich mich, wie lange sie mich schon von der Kirchentür aus beobachtet hat.

Eine Dreiviertelstunde später sind alle Spuren beseitigt. Das Fenster strahlt wieder, und die tote Krähe liegt im Mülleimer neben der Kirche.

»Na bitte«, sagt Clara. »Das sieht doch schon anders aus.«

Was stimmt. Vor allem, da wir es nicht bei dem einen Fenster bewenden ließen, sondern gleich alle geputzt haben. Erstaunlich, wie viel freundlicher plötzlich alles wirkt, wenn einmal der Schmierschmutz von Jahrzehnten weg ist.

»Danke«, sage ich noch einmal. »Das hat wirklich geholfen.«

Sie winkt mit ihrer gelben gummibehandschuhten Hand ab. »Aber gern. Wir hier in Chapel Croft lassen niemanden allein.«

»Gut zu wissen.«

Sie lächelt. Sie ist bestimmt Mitte fünfzig, sieht aber jünger aus, trotz der weißen Haare. Manche Frauen altern nicht, sondern reifen nach. Das heißt, sie gewinnen mit zunehmenden Jahren. Sie ist so eine.

Jetzt sagt sie: »Kommen Sie doch mal runter von dem ganzen Stress. Warum treffen wir uns heute Abend nicht im Pub? Brian wird auch da sein. Es ist Quizabend.«

Aber sie hat meine Miene wohl richtig interpretiert.

»Sie stehen nicht so auf Ratespiele, nicht wahr?«

»Geht.«

»Aber ein Gläschen Rotwein müsste doch drin sein?«

»Das klingt schon besser.«

»Gut. Unser Rateteam braucht nämlich Verstärkung.«

»Wer ist denn noch dabei?«

»Also ich, Brian und Mike Sudduth. Ich weiß nicht, ob Sie Mike schon…«

»Wir sind uns bereits begegnet.«

»Dann wissen Sie ja auch, dass er für unsere Lokalzeitung arbeitet.« In ihren Augen blitzt eine Idee auf. »Er könnte ja mal einen Artikel über Sie schreiben…«

»Ich weiß nicht«, sage ich etwas zu schnell.

»Nicht?«

»Ich bin eher langweilig. Über mich gibt es nicht viel zu berichten.«

»Das denke ich nicht, Jack, im Gegenteil.« Sie versucht, mich zu locken. »Ich wette, Sie haben einiges zu erzählen.«

Ich gehe nicht darauf ein. »Das spar ich mir auf für *Was Großmutter noch wusste*.«

Sie lacht. »Wie Sie wollen. Aber falls Sie Ihre Meinung ändern, Mike ist wirklich nett. Zumal er es in den letzten Jahren nicht leicht gehabt hat…« Sie zögert. »Sie wissen, was mit seiner Tochter passiert ist?«

»Ja, er hat es mir erzählt.«

»Eine Tragödie. So ein hübsches kleines Mädchen. Und gerade mal acht Jahre alt.«

Es versetzt mir einen Stich, wenn ich daran denke, wie Flo in diesem Alter war. Als langsam ihre Persönlichkeit sichtbar wurde. Und all das von einem auf den anderen Moment nicht mehr da, einfach so. Plötzlich habe ich einen Kloß im Hals.

»Was ist denn genau passiert?«

»Ein Unfall auf der Schaukel. Im Garten bei einer Freundin, wo Tara zum Spielen war. Irgendwie muss sich das Seil um ihren Hals gewickelt haben. Als man merkte, was los war, war es bereits zu spät.«

»Wie furchtbar.«

»Man hat sie wiederbelebt. Sie schaffte es noch auf die Intensivstation, aber es half alles nichts mehr, die Hirnschäden waren schon zu groß. An irgendeinem Punkt mussten Mike und seine Frau die Entscheidung treffen, die Apparate abzustellen.«

»Das ist ja entsetzlich.«

»Ja. Es hat auch die Freundschaft zwischen den beiden Familien kaputtgemacht. Fiona spricht seitdem nicht mehr mit Emma.«

»Emma? Sie meinen Emma Harper?«

»Genau. Bei ihr im Garten ist es passiert. Poppy und Tara waren beste Freundinnen, hingen dauernd zusammen. Poppy ist nachher geradezu verstummt, hat über ein Jahr lang fast kein Wort gesagt. Es ist ja mehr oder weniger bis heute so.«

Ich muss an unsere Begegnung vor der Kirche denken, ihre mysteriöse Schweigsamkeit. Jetzt wird mir der Zusammenhang klar. Die beste Freundin auf diese Weise sterben zu sehen kann einen Menschen komplett verändern.

»Ich mag mir das gar nicht vorstellen. Da geht das Kind zum Spielen weg – und kommt nicht wieder.«

»Natürlich sah Fiona die ganze Schuld bei Emma.«

»Verständlich. Andererseits kann man Kinder doch nicht jede Sekunde im Blick haben.«

»Stimmt, aber Emma war gar nicht da.«

»Was?«

»Sie war einkaufen. Nur im Laden an der Ecke, aber …«

»Wie, sie hat sie allein gelassen?«

»Das nicht. Rosie sollte auf die Kinder aufpassen, Poppys ältere Schwester. Sie war zuständig, als Tara starb.«

26

Ich habe schon Hunderte hoffnungsfrohe (nicht selten verkaterte) Paare verheiratet. Ich habe blutjunge Menschen ebenso beerdigt wie steinalte oder Säuglinge, die noch gar nicht richtig auf dieser Welt angekommen waren. Unzähligen Babys habe ich die Krankensalbung gespendet und dabei die Untröstlichen getröstet. Ich war in Haftanstalten, habe in Suppenküchen geholfen und war Preisrichterin bei zahlreichen Backwettbewerben.

Doch all das scheint Emily und Dylan, die künftigen Eheleute, wenig zu beeindrucken.

Vor allem die Braut in spe traut mir nicht über den Weg. »Das heißt, Sie sind schon ein richtiger amtierender Pfarrer, oder?«

»Richtig. Amtierende Pfarrerin mit langjähriger Übung. Fünfzehn Jahre, um genau zu sein.«

Ihr Misstrauen aber bleibt. »Das heißt, nach fünfzehn Jahren müssen Sie das nicht mehr üben?«

Das geht ja gut los.

»Auf jeden Fall kann ich Sie beruhigen: Ich habe ausgelernt.« Nur das Lächeln, das sie von mir obendrauf kriegt, kommt etwas gezwungen.

»Die Sache ist nämlich die«, sagt sie und greift nach Dylans Hand. Dylan, ihr Künftiger, ist ein stämmiger junger Mann mit Vollbart und Matte. »Also wir wollen auf jeden Fall eine *traditionelle* Hochzeit.«

»Natürlich«, beeile ich mich zu sagen. »Es ist *Ihr* großer Tag. Alles wird so gemacht, wie Sie es sich wünschen. Um das zu besprechen, sind wir ja hier zusammengekommen.«

Die beiden sehen sich an. »Wir hätten aber lieber den anderen Pfarrer«, sagt Dylan schließlich.

»Sie meinen Reverend Rushton?«, sage ich unparteiisch. »Eine gute Wahl. Leider steht Reverend Rushton an Ihrem Wunschtermin nicht zur Verfügung. Außerdem ist er nicht der amtierende Pfarrer von Chapel Croft und von daher gar nicht zuständig. Die amtierende Pfarrerin für Chapel Croft bin ich.«

»Ach so.«

»Sie wollen doch in dieser Kirche heiraten?«

»Ja sicher. Schon unsere Eltern wurden hier getraut, deshalb ist es so etwas wie …«

»Familientradition?«

»Ja.«

»Okay, warum erzählen Sie mir nicht etwas mehr von sich?«

Schweigen und verlegene Blicke. Seufzend lege ich meinen Stift weg.

»Anders gefragt, was stört Sie denn an … dem geplanten Arrangement?«

»Na ja, es ist ja nicht so, dass wir denken, Sie könnten uns nicht ebenso gut trauen«, erklärt Emily.

»Also von Ihrer Qualifikation her und so«, sagt Dylan.

»Okaaay.«

»Es geht eher um die Hochzeitsfotos«, fügt Emily hinzu.

»Die Fotos?«

»Ja«, sagt sie und mustert mich von oben bis unten. »Ich meine, auf den Fotos kommen Sie möglicherweise etwas … unpassend rüber.«

Ich habe Wasser aufgesetzt und das Toastbrot herausgeholt. Emily und Dylan habe ich wieder weggeschickt, damit sie sich in Ruhe überlegen können, wo für sie die Prioritäten liegen, auf ihrer bevorstehenden Trauung oder der Frage, dass ich nicht im Besitz eines Penis bin. Ich habe es zwar nicht so deutlich ausgedrückt, aber darauf lief es hinaus.

Die unangenehme Zusammenkunft war natürlich nicht geeignet, meine Stimmung zu verbessern. Die Reisigpuppe und der Zeitungsausschnitt weisen überdies in eine beängstigende Richtung. Normalerweise bin ich nicht so leicht einzuschüchtern, aber ich denke an Flo. Was in Nottingham passiert ist, darf sich nicht wiederholen.

Beides habe ich zwar längst in den Mülleimer gestopft, aber irgendjemand im Dorf hat meine Vergangenheit recherchiert. Ich frage mich, wer sonst noch davon weiß. Es ist ja auch nicht schwer, solche Sachen herauszufinden, steht ja alles im Netz. Mein erster Verdacht fiel auf Simon Harper. Ein Tyrann und nachtragender Fiesling, der seine Feindschaften pflegt, das ja. Aber wohl kaum so kreativ, dass er eine Reisigpuppe passend einkleidet. Wer also kommt sonst noch in Frage? Angeblich haben nur Rushton, Aaron und ich einen Schlüssel. Aber stimmt das überhaupt? Schlüssel können verloren gehen, werden ausgeliehen, und man kann sie leicht nachmachen lassen. Ich denke an Clara, die mich von der Kirchentür aus beobachtet hat. Ich knalle noch zwei Scheiben Brot in den Toaster, obwohl ich eigentlich keinen Hunger mehr habe. Dauernd sehe ich die tote Krähe vor mir und die blutbeschmierten Kirchenfenster.

Als ich im Küchenschrank nach der Marmelade suche, kommt Flo hereingeschlufft. Ich blicke auf die Uhr. Halb elf.

»Guten Morgen. Wie hast du geschlafen?«

Sie gähnt. »Okay.«

»Toast?«

»Nein danke.«

»Kaffee?«

»Nein.«

Sie öffnet den Kühlschrank und holt die Tüte Milch heraus.

»Was hast du heute vor?«

»Ich wollte mal nach Henfield.«

Henfield ist die nächstgrößere Stadt.

»Ah. Weswegen?«

»Drogen, Alkohol, möglicherweise Pornografie.«

Ich starre sie an. Sie schüttelt den Kopf. »Was soll die Fragerei?«

»Stimmt, du hast recht. Was kümmert es mich, was meine Tochter so treibt? Es ist ja auch nicht so, dass sie gestern um ein Haar getötet worden wäre.«

Sie blickt mich gereizt an. »Wie lange willst du dich eigentlich an dieser Geschichte hochziehen?«

»Ich dachte, so bis zu deinem dreißigsten, vierzigsten Lebensjahr.«

Sie gießt Milch in ein Glas. »Wenn du's genau wissen willst, ich fahre nach Henfield, weil es da einen Fotoladen gibt.«

»Ach wirklich?«

»Ja, wirklich. Ich habe es gegoogelt. Sie reparieren in der eigenen Werkstatt.«

»Hast du oben überhaupt Empfang?«

»So haarscharf. Wann kommen denn endlich die Leute von BT Mobile?«

»Keine Ahnung. Ich werde noch mal nachfragen, ich lasse nicht locker.« Gleichzeitig will ich das Gespräch in ruhigere Bahnen lenken. »Soll ich dich mitnehmen?«

»Nicht nötig, ich habe mir den Busfahrplan schon runtergeladen.«

»Oh. Na dann.«

Manchmal erfüllt mich ihre Selbständigkeit mit Stolz. Es gibt aber auch Momente, da wünschte ich, sie bräuchte mich noch ein bisschen mehr. Aber so ist das mit Kindern: Spätestens mit fünfzehn verliert man sie. Wobei, genau betrachtet beginnt der Verlust bereits in dem Moment, in dem sie deinen Bauch verlassen und ihren ersten eigenen Atemzug tun.

»Bist du sicher, du kommst allein zum Bus?«

Allein ihr Blick zerstört mein Ansinnen. »Mum, ich bin schon einmal mit dem Bus gefahren. Die Haltestelle ist eine Viertelstunde von hier, das kriege ich gerade noch hin.«

»Ich weiß, aber...«

»Du meinst, weil ich Serienkiller magisch anziehe? Ich verspreche dir, keine gewaltbereiten Senioren zu provozieren.«

»Aber die senilen Krawallmacher rotten sich häufig zu Banden zusammen.«

Mein Witz bringt höchstens ein mattes Lächeln hervor. »Mum, ich werde es überleben. Ich will nur meine Kamera zur Reparatur bringen, okay?«

»Okay.«

»Und nichts für ungut, aber ich muss mal raus aus diesem Haus. An irgendeinen Ort, wo es so etwas wie Internetempfang gibt. Ich habe keine Ahnung, wie es Leon und Kayleigh geht. Ich meine, ich brauche mal eine kurze Auszeit in der zivilisierten...«, sie korrigiert sich, »...zumindest in der halb zivilisierten Welt.«

Natürlich. Wie auch anders? Mein schlechtes Gewissen ist nie weit weg. Ich habe meine Tochter aus einer quirligen Stadt in die Pampa verpflanzt. Und weswegen? Nur meinetwegen. Damit *ich* in der Einöde Buße tun kann. Der Bischof ließ mir keine andere Wahl. Vielleicht habe ich mir auch eingeredet, dass Flo hier sicherer ist als in Nottingham. In Wahrheit mache ich mir um sie noch größere Sorgen als vorher.

Ich ringe mir ein Lächeln ab. »Na gut. Aber wenn irgendwas ist, rufst du sofort an, und ich hole dich, in Ordnung?«

»Mum, ich will nur zu einem Fotoladen. Und danach in ein Café mit freiem WLAN, falls es da so etwas gibt. Was sollte da *sein*?«

»Gut, wie du willst.« Ich gebe auf und hebe die Hände. »Hast du genug Geld für den Bus und einen Kaffee?«

»Ein Zehner wäre hilfreich. *Wenn* du schon fragst.«

Ich seufze. Gesagt ist gesagt.

Nachdem Flo gegangen ist, mache ich Kaffee, widerstehe aber der Versuchung nach einer Zigarette. Stattdessen hole ich den Karton mit Fletchers Nachlass aus dem Unterschrank.

Ich besehe mir die kaputte Tonkassette. Die Lösung: Tesa. Allerdings bin ich mir ziemlich sicher, dass wir kein Tesa im Haus haben. Ich lege die Kassette weg und nehme mir den Hefter mit der Aufschrift »Märtyrer von Sussex« vor.

Viele Dörfer haben solche dunklen Flecken in ihrer Vergangenheit. Die Geschichte der Menschheit ist mit dem Blut der Unschuldigen geschrieben, und was wir heute darüber wissen, stammt überwiegend von den ruchlosen Siegern. Das Gute triumphiert eben nicht immer über das Böse, und mit Gebeten allein gewinnt man keine Schlacht. Deshalb braucht man zuweilen den Teufel auf seiner Seite. Das Problem mit dem Teufel ist nur, dass man ihn nachher nicht mehr loswird.

Ich setze mich hin und wühle mich durch das gesammelte Material. Teils handelt es sich um Ausdrucke aus dem Internet, teils um kopierte Buchseiten mit zahlenlastigen, ziemlich allgemein gehaltenen Schilderungen der Glaubenskämpfe unter Queen Mary. Erst weiter hinten, in einem geradezu antiken Zeitschriftenbeitrag, stoße ich zum ersten Mal auf den Namen Chapel Croft. Der wacklige Bleisatz und die altväterliche Sprache erschweren das Lesen, aber Fletcher hat alles Wesentliche am Rand notiert:

Dorf wurde besetzt, Häretiker aus dem Bett geholt und auf dem Dorfplatz zusammengetrieben. Wer widerrief, wurde gebrandmarkt und kam frei, andernfalls Todesurteil wegen Gotteslästerung und Scheiterhaufen. Zwei kleine Mädchen in Kapelle versteckt, aber verraten. Strafe noch grausamer als bei den Erwachsenen. Maggies Augen ausgestochen, Abigail zerstückelt und geköpft. Beide anschließend verbrannt.

Ich muss schlucken. Zerstückelt und geköpft.

»Sie hatte keinen Kopf und keine Arme.«

Es war ein Detail, das Flo unmöglich wissen konnte. Ich greife nach der Kaffeetasse. Der Kaffee ist längst kalt, aber ich trinke ihn trotzdem. Fletchers Anmerkungen schließen mit einer Frage: »Wer war der Verräter?«

Das nächste Schriftstück in der Mappe hat ein größeres Format und ist deshalb mehrmals gefaltet. Ich schlage es auseinander und breite es flach auf dem Tisch aus. Erst weiß ich gar nicht, womit ich es zu tun habe. Aber es ist ein Plan jener Kirche, die einst in Chapel Croft gestanden hat. Auch dieser ist alt und stark verblichen.

Nichtsdestoweniger verstehe ich den Plan auf Anhieb, denn der Vorgängerbau hatte offenbar denselben Grundriss wie die jetzige Kirche. Ich erkenne das Kirchenschiff und die Sakristei. Allerdings gibt es einige Besonderheiten, kleine Umbauten, die sich im Lauf der Zeit womöglich mehrmals geändert haben. Hier eine weitere Vorratskammer, da ein Kellerraum, solche Dinge. Ich wusste zum Beispiel gar nicht, dass diese Kirche über einen Keller verfügte. Oder war es eine Krypta? So starre ich eine ganze Weile auf die Zustände einer verflossenen Ära und lege am Ende alles in die Mappe zurück.

Denn es gibt noch mehr. Die zweite Mappe heißt ja *Merry und Joy*, und bei diesen Worten wird mein Rauchverlangen so groß, dass es mir in den Fingern kribbelt. Auch darin stoße ich erst einmal auf alte Zeitungsartikel, allerdings nicht so viele, wie man denken könnte. Das öffentliche Interesse am Verschwinden der beiden Mädchen, vor allem in der überregionalen Presse, war eher verhalten, was mir ungewöhnlich vorkommt, denn Merry und Joy waren jung, weiß und weiblich. Ich hoffe, das klingt jetzt nicht zynisch, aber normalerweise ist diese Konstellation ein Garant für dicke Schlagzeilen. *Ein* Grund mag sein, dass die Polizei den Fall von Anfang niedrighängte: zwei abgängige Teenager, denen es anscheinend zu gut ging, kein Grund zur Beunruhigung. Daher beließ man es auch bei Appellen der Bitte-melde-dich-Art. Dass den Mädchen etwas zugestoßen sein könnte und sie gar nicht in der Lage waren, sich zu melden, kam offenbar in keinem Szenario vor. Wie ich aus meiner Obdachlosenarbeit weiß, interessiert sich die Polizei schon von Amts wegen mehr für tote Mädchen als für lebende.

Nur das Lokalblatt blieb länger an der Geschichte dran. Doch auch dort rutschte die Story von Seite eins allmählich in den hinteren Teil.

In allen Zeitungen waren dieselben Bilder abgedruckt: stark vergrößerte Ausschnitte aus Klassenfotos, nicht sonderlich scharf, vor allem nicht aktuell. Auf dem Bild, das ich in Joys Zimmer fand, sehen beide deutlich älter aus als auf den Pressefotos. Vielleicht hat das die Suche nach ihnen erschwert.

Dann endlich ein längerer Beitrag. Allem Anschein nach wurde er jedoch in größerem zeitlichen Abstand zu dem Vermisstenfall verfasst und stammt auch nicht aus einer Zeitung, sondern aus einer Art Jahrbuch, jedenfalls deutet der Kolumnentitel am oberen Rand darauf hin: *Schauplatz Sussex – Legenden und ungelöste Fälle aus einem eigenwilligen Land. März 2000. Nr. 13.*

Ich lese:

Das Geheimnis der verschwundenen Mädchen

Merry und Joy waren Freundinnen, beste Freundinnen, wie es heißt. Manche sagen auch unzertrennlich. Sie wuchsen gemeinsam auf, gingen gemeinsam zur Schule, verbrachten ihre Freizeit gemeinsam, radelten gemeinsam. Und im Frühjahr 1990, im Alter von fünfzehn Jahren, verschwanden sie auch gemeinsam.

Seltsamerweise löste der Fall keine groß angelegte Fahndung aus. Im Gegenteil, in ihrem Heimatdorf zuckte man über ihr Verschwinden nur die Achseln. Praktisch vom ersten Tag an hieß es, die beiden Mädchen seien lediglich von zu Hause ausgerissen. Auch die polizeilichen Ermittlungen kann man nur als oberflächlich bezeichnen. Keine Polizeikette, die die Wälder durchforstete, keine Taucher, die die umliegenden Gewässer absuchten, nichts. Entsprechend dürftig war das Echo in den überregionalen Medien. Doch um diesen Umstand zu verstehen, muss man sich in jenes Dorf begeben, aus dem die beiden Mädchen stammten.

Chapel Croft ist ein kleiner Flecken in East Sussex, geprägt von Landwirtschaft und der örtlichen Kirche. Urprotestantisches Bauernland, das auf eine blutige Geschichte von Glaubenskämpfen zurückblickt und stolz ist auf seine Märtyrer.

1556, auf dem Höhepunkt der Protestantenverfolgung durch Maria Tudor, sterben acht Einwohner von Chapel Croft auf dem Scheiterhaufen, unter ihnen zwei minderjährige Mädchen. Auf dem Kirchhof erinnert ein Denkmal an die Märtyrer, und bis heute werden dort an ihrem Todestag kleine Reisigpuppen verbrannt, die *brennenden Mägdelein*.

Man tut diesem Dorf kein Unrecht, wenn man es als eigene, abgeschlossene Welt beschreibt. Ein überschaubares Habitat, in dem die Leute für sich bleiben, jede äußere Einflussnahme ablehnen und stur an den alten Gepflogenheiten festhalten, gerade den religiösen.

Es verwundert daher nicht, dass auch die beiden Mädchen aus strenggläubigen Familien stammten. Allerdings wuchsen beide ebenso in einer Familie ohne Vater auf – den sie bereits in jungen Jahren verloren hatten. Damit enden jedoch die Gemeinsamkeiten. Während Joys Mutter Doreen mit liebevoller Strenge für stabile Verhältnisse sorgte (Joy war ihr Ein und Alles), regierten in Merrys Leben Chaos und Willkür.

Mutter Maureen nämlich war zwar ultrakonservative Protestantin, zugleich aber eine Alkoholikerin. Die Fehlzeiten von Merry und ihrem Bruder in der Schule sprachen eine deutliche Sprache, ebenso wie der Zustand ihrer Kleidung, meist getragene Sachen aus dem Charity-Shop. Dazu kamen bei Merry immer wieder Blutergüsse an Oberkörper und Gesicht, für die es keine hinreichende Erklärung gab.

Doch was heutzutage umstandslos als Indikator für Misshandlung und Vernachlässigung gedeutet würde, galt auf dem Dorf, eine Dekade vor der Jahrtausendwende, noch als Privatsache. Es herrschte allgemein der

Grundsatz, dass in der Familie bleibt, was die Familie betrifft.

Reverend Marsh, seinerzeit Gemeindepfarrer von Chapel Croft, kann heute nur noch sein tiefes Bedauern darüber ausdrücken, damals nicht mehr unternommen zu haben: »Es war doch offensichtlich, dass bei der Familie einiges im Argen lag. Vielleicht hätte sich die Tragödie abwenden lassen, wenn jemand rechtzeitig eingeschritten wäre.«

Ein wahres Wort. Der einzige Lichtblick im Leben von Merry schien die gemeinsame Zeit mit ihrer Freundin gewesen zu sein. Doch selbst das sollte ihr wohl genommen werden.

Joys Mutter war die Freundschaft ihrer Tochter mit diesem Mädchen schon lange ein Dorn im Auge. Obwohl beide am »Bibelkreis« von Reverend Marsh teilnahmen, hielt sie Merry nicht für den passenden Umgang. Auch sollte Joy nach dem Willen der Mutter noch das »Bibelstudium« bei dem jungen Kaplan belegen, ironischerweise mit dem Ziel, das Mädchen auf dem rechten Pfad zu halten.

Der Kaplan, ein gewisser Benjamin Grady, war erst dreiundzwanzig Jahre alt. Ein ehrgeiziger junger Mann, gut aussehend und liebenswürdig, Repräsentant eines offenen und zeitgemäßen Christentums, zumindest nach außen hin. Es heißt, dass nicht wenige Dorfmädchen sich in ihn verguckten. Gehörte Joy dazu?

Joy war ein ausgesprochen hübsches Mädchen. Unbestätigten Gerüchten zufolge soll sie mehrmals auch außerhalb der von Grady geleiteten Stunden in der Kirche gewesen sein. Später jedoch ging sie überhaupt nicht mehr zu Gradys Bibelstudium. Warum?

Ist es denkbar, dass Liebeskummer der Grund für ihr Fortbleiben war? Oder weist ihr Verschwinden in eine andere, weit beklemmendere Richtung? Immerhin war Grady ein erwachsener Mann in einer unleugbaren Machtposition.

Es konnte nicht ausbleiben, dass auch Grady später von der Polizei vernommen wurde. Doch zum Zeitpunkt, an dem Joy zuletzt an der Bushaltestelle von Henfield gesehen wurde, bereitete er zusammen mit seinem Amtsbruder Marsh einen Gottesdienst vor. So jedenfalls sein Alibi. Ein wasserdichtes Alibi.

Joy jedoch tauchte nie wieder auf.

Und mit Merry, der zweiten wichtigen Person, sprach offenbar überhaupt niemand. Am Telefon erhielten die Beamten lediglich die Auskunft, Merry sei »krank« und stünde nicht zur Verfügung. Aus irgendeinem Grund hakte später nie jemand nach.

Eine knappe Woche später war auch Merry weg.

Diese Wendung bestärkte die Polizei in der Ansicht, dass die Mädchen lediglich ausgerissen waren. Einige Umstände des Falls deuteten tatsächlich darauf hin. Nicht nur dass Joy zuvor eine Reisetasche gepackt hatte, Merry hinterließ sogar einen Abschiedsbrief, in dem sie schrieb: *Tut mir leid, aber wir müssen weg. Ich hab dich lieb.*

Durch die Verwendung des Wortes »wir« hörte es

sich durchaus so an, als sei ihre Flucht schon länger geplant gewesen und der getrennte Aufbruch lediglich vorübergehend. Offenbar ging die Polizei davon aus, dass sich die Mädchen getroffen hatten und nicht in Lebensgefahr waren. Nur so lässt sich erklären, dass die beiden über die Medien lediglich aufgefordert wurden, sich zu Hause zu melden.

Seltsamerweise verließ auch Kaplan Grady kurz darauf die Gemeinde. Ein Zufall? Oder steckte mehr dahinter? Zumal sich von da an auch seine Spur verliert. Zumindest gibt es keinen Hinweis darauf, dass er danach jemals wieder in der Seelsorge tätig war. Aber selbst wenn er den Kirchendienst aufgegeben und sogar seinen Namen geändert hat (was vorkommt), bleibt doch die Frage nach dem Warum.

Denn damit nicht genug. Ein Jahr nach Merrys Flucht verschwinden auch ihre Mutter und ihr jüngerer Bruder praktisch über Nacht. Auch von ihnen fehlt seither jede Spur.

Heute, Jahre später, will niemand mehr in Chapel Croft über das Thema reden. Joys Mutter leidet an Demenz und glaubt immer noch, ihre Tochter könne jeden Tag zurückkehren. Wer wollte der alten Dame diese Illusion rauben?

Vielleicht haben Merry und Joy draußen in der Welt, weit weg von ihrem alten Dorf, das Glück gefunden, das sie suchten. Vielleicht war ihnen das Schicksal auch nicht ganz so gnädig, und sie wollten bloß keinen Kontakt mehr.

Doch gleich, ob ihre Geschichte nun gut oder schlecht ausging, man kann sich des Gefühls schwer erwehren, dass irgendwo jemand sitzt, der Auskunft geben kann über die beiden Ausreißerinnen, deren Namen bis heute unzertrennlich sind.

Einen Moment lang sitze ich da und weiß nicht, was ich von der Geschichte halten soll. Ein Gefühl zwischen Erschütterung über das Schicksal der beiden Mädchen und Empörung über die Art der Darstellung. Ich schaue nach dem Autorennamen. Irgendetwas macht klick, und ich blättere zurück zu den Zeitungsartikeln aus der Lokalpresse. Derselbe Verfasser. Dachte ich mir doch.

Einmal Reporter, immer Reporter. Vielmehr Reporterin.

J. Hartman. »J« steht für Joan.

27

»Also mit rund hundert Pfund müsstest du schon rechnen, allein für die Reparatur. Die Ersatzteile kosten noch mal extra.«

Der Mann im Fotoladen schaut sie mitfühlend an.

Flo seufzt. »Ja dann…«

»Nicht das, was du hören wolltest, habe ich recht?«

»Nein, aber ich habe mir schon so was gedacht.«

»Tut mir leid.«

»Auf jeden Fall danke erst mal.«

»Vielleicht, wenn du Mum oder Dad nett bittest.«

»Ja, vielleicht.«

Sie geht zur Tür.

»Moment, ich habe noch was für dich.«

Sie dreht sich um. Er hält ihr den unentwickelten Film hin. »Den konnte ich retten. Weiß aber nicht, ob er Licht abgekriegt hat.«

»Oh, danke.«

Sie steckt den Film ein. Immerhin sind die Bilder von dem verlassenen Haus noch da, was aber kein großer Trost ist. Ihr fehlen noch mehr als hundert Pfund.

Die Ladenglocke klingelt heiter, als sich die Tür hinter

ihr schließt, der blanke Hohn. *Dieser Spacko mit seiner Airgun!* Anfangs tat ihr das mit der gebrochenen Nase ja noch leid, ein bisschen jedenfalls, aber jetzt hofft sie, dass sie für immer schief bleibt. Und dass er für den Rest seines wertlosen Lebens Probleme mit den Nebenhöhlen hat, zur Strafe.

Sie weiß natürlich, was ihre Mutter dazu gesagt hätte. *Das sind ja fromme Wünsche!* Als hätte das fromme Wünschen bisher jemals etwas ausgerichtet. Klar, deswegen mussten sie auch aus ihrer alten Wohnung raus und sind in diesem Dreckloch gelandet. Die Liebe zu Gott zahlte sich immer aus.

Auf der anderen Straßenseite entdeckt sie ein Café. Sie muss unbedingt ins Internet und gucken, was Leon und Kayleigh machen, das ist nämlich langsam nicht mehr normal. Sie geht in das Café. Der Laden ist ziemlich voll, aber sie ergattert einen freien Tisch und markiert ihn, indem sie ihren Hoodie über die Stuhllehne wirft. Danach stellt sie sich in die Schlange, entscheidet sich kurz darauf für einen Mokka und einen Muffin und trägt beides an ihren Tisch.

Sie trinkt einen Schluck von ihrem Kaffee und verbindet sich mit dem freien WLAN. Volle fünf Balken, halleluja! Sie geht auf Snapchat, obwohl sie eigentlich keine Freundin von sozialen Medien ist. Zu viel Angeberei für ihren Geschmack. Alle tun ständig so, als hätten sie das geilste Leben von allen. Und ballern ihre Seite mit Selfies zu, die tausendmal durch irgendeinen Beauty-Filter gejagt wurden. Bis kein Gesicht mehr menschlich aussieht, alles nur Fake. Soweit es sie betrifft, mag sie schon die Kamerafunktion ihres Smartphones nicht, zieht in jedem Fall ihre Nikon vor. Aber daran ist auf absehbare Zeit wohl nicht zu denken. Egal, Kayleigh und Leon sind auf Snapchat, es ist die einzige Art, mit ihnen in Kontakt zu bleiben.

Es ist besser als gar nichts, auch wenn sie ihre Freunde lieber real treffen würde. Sie will sich von der Situation nicht herunterziehen lassen, aber es bleibt schwer. Nicht so schwer wie am Anfang, als zwischen ihr und ihrer Mutter die Fetzen flogen, aber verziehen hat sie ihr noch lange nicht. Dabei weiß Flo sehr gut, dass es zu dem Umzug keine Alternative gab. Die Anfeindungen kamen von allen Seiten, und ihre Mutter hielt das alles immer weniger aus.

Aber warum gerade hierhin, in dieses Kaff, und nicht in eine andere Gemeinde von Nottingham? Oder wenigstens einen Ort, der nicht Hunderte Meilen entfernt ist? Fürs Erste klammert sie sich an die Hoffnung, dass es nicht für lange ist. Mum ist nur die Vertretung, bis ein echter Nachfolger gefunden ist. Dann können sie zurück nach Nottingham – wo dann hoffentlich Gras über die alte Sache gewachsen ist.

Sie überfliegt die neuesten Posts von Leon und Kayleigh und lächelt über ihre Selfies. Weiter unten findet sie auch ihr eigenes Foto von den Reisigpuppen, das sie mit dem Kommentar versehen hat: »Guckt mal: Bauern-Barbies. Damit verschönern diese Deppen ihr Dorf. (Schrei-Emoji) Also haltet mich am Leben mit Nachrichten aus der Zivilisation.« Nippt, während sie auf die Antworten wartet, an ihrem Kaffee und blickt versonnen aus dem Fenster.

Dabei fällt ihr eine Gestalt an der Bushaltestelle ins Auge. Schlaksiger Junge ganz in Schwarz: schwarze Jeans, schwarzer Hoodie, lange schwarze Haare. Doch nicht etwa dieser Wrigley? Sie sieht genauer hin, kann aber wegen der Werbebeschriftung der Scheibe nicht viel erkennen. Sie würde aber wetten, es ist er. Irgendwas an der Art, wie er dasteht. Dasteht und guckt. Doch nicht etwa in ihre Richtung? Im selben Moment fährt der Bus vor und versperrt ihr die Sicht. Als der Bus wieder anfährt, ist der Junge verschwunden.

Das alles gefällt ihr ganz und gar nicht. Natürlich, es gibt keine Gewähr, dass es tatsächlich Wrigley war. Es dürfte in Sussex noch mehr Emo-Boys in schwarzer Kluft geben. Und außerdem: Warum sollte er nicht ebenfalls in Henfield sein? Es ist der einzige größere Ort im Umkreis, wo nicht alles tot ist. Also?

Sie wendet sich wieder ihrem Mokka zu. Doch wie zur Bestätigung ihres Anfangsverdachts legt sich ein Schatten über ihren Tisch, der sie aufblicken lässt.

»Nee, nicht wahr?«

Rosie vergibt ihr schönstes Lächeln: »Hi, Vampirina.«

Ein Lächeln, das von Flo nicht zurückgegeben wird: »Sag mal, läufst du mir nach?«

»Das hättest du wohl gern.«

»Und was machst du dann hier?«

»Ich treffe mich mit ein paar Freundinnen. Wir gehen

zusammen ins Nagelstudio – mit freundlicher Unterstützung von Mum.«

»Wow, da hat eine aber wieder mehr Glück als Verstand.«

»Auch nicht so. Die Hexe tut alles, um mich für ein paar Stunden los zu sein. Und du, was machst du hier?«

»Darüber nachdenken, wohin ich gehen muss, um dir mal *nicht* zu begegnen.«

»Tja, Pech gehabt, Vampirina. Das ist eine kleine Welt hier. Man entgeht sich nicht.«

»Ja, scheint mir auch so.« Flo kreuzt die Arme vor der Brust. »Was willst du von mir?«

»Eigentlich wollte ich mich bei dir entschuldigen.«

»Ach wirklich?«

»Ja, wirklich.«

»Oder hast du nur Angst, dass ich dich anzeige?«

»Hast du?«

»Noch nicht.«

Rosie wirft einen Blick auf die ramponierte Nikon. »Wenn du willst, zahle ich dir den Schaden.«

»Auf dein Geld kann ich verzichten.«

»Wie du willst.«

»War's das?«

»Gibt es irgendeinen Grund, warum wir keine Freunde sein können?«

»Oh, ich wüsste da so einige.«

»Also hängst du lieber mit Wackel-Wrigley ab? Findest du das nicht ein bisschen eklig, so mit diesen Zuckungen dauernd? Oder macht dich das an?«

»Fick dich.«

»Also stehst du auf ihn.«

»Wir sind uns gerade erst begegnet.««

»Willst du mal ein Bild von seinem Schwanz sehen?«

Flo ist überrumpelt, und Rosie lacht auf.

»Ich habe ihm mal einen geblasen, wegen einer Wette.«

»Glaube ich dir nicht.«

»Und wieso nicht? Du meinst, er wäre was Besonderes? Aber ich kann dir versichern, er ist genau wie jeder andere Junge. Ihm ist egal, wohin er seinen Schwanz steckt, Hauptsache, er kommt überhaupt irgendwo zum Schuss. Werd erwachsen.«

Achselzucken von Flo. Sie sagt: »Solche Sachen sind mir egal.« Obwohl das nicht stimmt. Jedenfalls nicht generell. Denn Wrigley *hatte* etwas. Dachte sie zumindest.

»Ich habe sogar ein Beweisfoto, hab es schon mit allen geteilt. Du bist wahrscheinlich die Einzige im Dorf, die es noch nicht kennt. Was soll ich sagen, er ist eher L bis XL.«

»Du bist widerlich.«

»Warum? Magst du keine Schwänze? Stehst du eher auf Muschis?«

»Ach, verschwinde.«

»Von mir aus. Eigentlich wollte ich dir auch nur einen gut gemeinten Rat geben.«

»Tatsache?«

»Ja. Hat Wrigley dir von seiner letzten Schule erzählt?«

»Wie ich schon sagte, wir sind uns gerade erst begegnet.«

»Er ist geflogen.«

»Na und?«

»Interessiert es dich nicht, weswegen?«

»Mich würde höchstens interessieren, warum ich dir überhaupt ein Wort glauben sollte.«

»Er hat versucht, die Schule abzufackeln – wobei fast ein Mädchen gestorben wäre.«

»Blödsinn.«

»Dann schau es doch nach. Es war die Ferndown Academy in Tunbridge Wells.«

»Mir doch egal.«

Rosie steht auf und sagt achselzuckend: »Na gut, ich hab's dir gesagt. Aber an deiner Stelle würde ich einen großen Bogen um Wrigley machen.« Augenzwinkern. »Wenn du weißt, was gut für dich ist.« Hoch erhobenen Hauptes stolziert sie davon, und so sehr es Flo auch herbeisehnt, schüttet ihr niemand versehentlich heißen Kaffee ins Gesicht. Sie wendet sich deshalb wieder ihrem Smartphone zu, wo Kayleigh ihr eine Nachricht geschickt hat. Sie will die Nachricht öffnen, ihr Daumen schwebt bereits über dem Button. Stattdessen öffnet sie ihren Browser und gibt in die Suchmaske »Ferndown Academy« ein.

28

»Sie waren früher einmal Reporterin bei der Lokalzeitung, nicht wahr?«

Mit zwei großen Kaffeebechern in ihren knotigen Händen balanciert Joan auf den Tisch zu. Obwohl es nicht so aussieht, schafft sie es, ohne einen Tropfen zu verschütten.

»Das stimmt.«

»Warum haben Sie mir das nicht früher gesagt?«

»Wer alles sofort ausplaudert, wird schnell uninteressant.«

»Aber ich hätte das, was Sie über Reverend Fletcher sagten, gleich viel ernster genommen.«

Sie tut überrascht. »Sie meinen, weil ich nicht mehr die Jüngste bin, habe ich nicht mehr alle Tassen im Schrank? Wäre ein bisschen lala im Kopf, ganz gleich, was ich im Leben geleistet habe?« Dann aber setzt sie augenzwinkernd hinzu: »Na ja, das Alter hat auch seine Vorteile. Ich muss schon seit Jahren meine Einkaufstüten nicht mehr selbst zum Auto schleppen.«

Sie versteht es, mich zum Schmunzeln zu bringen, aber ich lasse nicht locker. »Das Verschwinden der beiden Mädchen muss in der Redaktion eine große Sache gewesen sein.«

»Anfangs ja. Aber dann ließ das Interesse langsam nach.«

»Warum das?«

»Kleine Dörfer sind eine seltsame Welt. In vieler Hinsicht auch rückständig. Die Leute hören das zwar nicht gerne, aber es trifft wohl zu: Man wehrt sich dort gegen jede Veränderung. Die meisten Familien leben seit vielen Generationen hier und pflegen ihre Eigenarten.«

Ich trinke von meinem Kaffee.

»Außerdem kennt hier jeder jeden«, fährt sie fort. »Oder man glaubt es zumindest. Aber eigentlich weiß man nur, was man wissen will, und lässt nur das an sich ran, was sich mit den eigenen Ansichten vereinbaren lässt. Alles, was ihre Dorfgemeinschaft, ihre Bräuche oder ihre Kirche beschädigen könnte, wird instinktiv abgeschmettert. Zumindest darin sind sich alle einig.«

Sie hat recht, aber das gilt nicht nur für kleine Dörfer auf dem Land, sondern im Grunde für jede »Community«, wie man heute sagt. Also auch in Städten. Urbane Ghettos sind ein gutes Beispiel. Wir gegen die anderen, diese Wagenburgmentalität findet sich überall. Übrigens sogar ganz unabhängig davon, wie fragwürdig dieses Wir sein mag. Sobald die eigene Gemeinschaft angegriffen wird, machen sie die Schotten dicht.

»Also hat man Ihnen nahegelegt, nicht mehr über die Mädchen zu schreiben?«

»Nicht direkt. Aber unser Chefredakteur wollte definitiv keine Hintergrundrecherche. Er meinte, wir hätten einfach zu vielen Leuten auf die Füße getreten. Die Polizei wollte nicht als inkompetent dastehen, und jede Andeutung, dass Kirchenvertreter in die Sache verwickelt sein könnten, verbot sich von vornherein. Das wäre in der damaligen Zeit nachgerade Ketzerei gewesen.«

»Mit Kirchenvertretern meinen Sie den Kaplan, Benjamin Grady?«

»Ja.«

»Kannten Sie ihn?«

»Sagen wir so: Ich hatte von ihm gehört. Ich wohnte damals noch in Henfield. Direkt gesprochen habe ich ihn nur ein einziges Mal, nach dem Verschwinden von Joy.«

»Und wie war Ihr Eindruck?«

Sie zögert mit der Antwort.

»Mmh, mein Typ war er nicht …«

»Warum?«

»Ich weiß nicht, was es war, aber irgendetwas an ihm gefiel mir nicht. Im Gegensatz zu einigen anderen Mädchen im Dorf, die regelrecht verknallt in ihn waren.«

»Das kommt gar nicht so selten vor. Glücklicherweise können die meisten Kollegen damit umgehen und nutzen ihre Position nicht aus.«

Sie nickt. »Dieser Grady wusste jedenfalls, welche Wirkung er auf Mädchen hatte, und Joy war ziemlich attraktiv.«

»Also eine harmlose Schwärmerei«, sage ich, ohne weiter nachzufragen. »Er war eine Autoritätsperson im Dorf und sie gerade mal fünfzehn.«

Sie nickt. »Ja.«

»Und er zählte auch nie zum Kreis der Verdächtigen in diesem Fall?«

»Nicht ernsthaft. Natürlich wurde er vernommen, aber für den Zeitpunkt, an dem Joy zum letzten Mal von einer Zeugin gesehen wurde, hatte er ein Alibi. Angeblich hat er gemeinsam mit Reverend Marsh eine Messe vorbereitet.«

»Und diese Zeugin hat Joy auch ganz sicher erkannt?«

»Wenigstens was ihre Kleidung angeht, deckt sich ihre Beschreibung mit der Aussage der Mutter.«

»Und wer war diese Zeugin, ihr Name wird in den Zeitungsberichten nirgendwo erwähnt.«

»Clara Rushton.«

Ich starre sie ungläubig an.

»Sie meinen die Frau von Reverend Rushton?«

»Genau. Obwohl, damals hieß sie noch Clara Wilson. Sie war Lehrerin an der höheren Schule.«

»Ich weiß, sie erwähnte es.« Ich muss überlegen, denn jetzt wird es komplex. »Das heißt, sie kannte sowohl die beiden Mädchen als auch Grady?«

»Richtig. Clara und Grady kannten sich aus ihrer gemeinsamen Jugendzeit in Warblers Green. Grady zog dann zum Studium weg und besuchte eine theologische Hochschule. Bei seiner Rückkehr begegneten sich die beiden wieder, denn Clara hatte sich mittlerweile in der Gemeinde unentbehrlich gemacht. Reverend Marsh besaß keinen Führerschein, und Clara erledigte praktisch den gesamten Transport.«

»Sie haben ja wirklich den Hintergrund recherchiert.«

Sie gibt mir ein kryptisches Lächeln. »Oh, das mache ich immer.«

Irgendwas an dieser Antwort lässt mich aufhorchen. War es denkbar, dass sie das bei mir auch getan hat? Ich darf mir aber nichts anmerken lassen und schiebe schnell die nächste Frage hinterher: »Theoretisch wäre es somit möglich, dass sie Grady nur ein Alibi verschaffen wollte?«

»Ich will das nicht ausschließen. Aber eine vorsätzliche Falschaussage in einer solchen Sache, das passt eigentlich nicht zu ihr.«

»Vielleicht war sie ihm hörig.«

»Wie gesagt, möglich ist vieles. Und Grady wusste mit Sicherheit, wie er auf Frauen wirkt. Kann sein, dass Clara sich in ihn verguckt hatte. Aber damals war sie noch nicht so schlank wie heute – und das bei derselben Körpergröße. Für beides hat sie sich geschämt, ihr Selbstvertrauen dürfte also nicht allzu ausgeprägt gewesen sein. Ich glaube, ich habe sogar noch Bilder von ihr aus der Zeit.«

Mühevoll stemmt sie sich aus dem Sessel, und erst da merke ich wieder, wie betagt sie eigentlich ist. Nur ihr Verstand arbeitet noch absolut zuverlässig. Während sie sich umständlich in die Diele begibt, habe ich Muße, über die Metamorphose der Clara Wilson nachzudenken. Es scheint unglaublich, aber dieselbe Clara, die heute jeden Raum dominiert, war in jüngeren Jahren ein verklemmtes Pummelchen. Da sieht man mal wieder, wie sich der

Mensch verändern kann, zum Guten wie zum Schlechten.

Joan kehrt mit zwei Fotos ins Wohnzimmer zurück, hält sie mir hin. Ich nehme sie und sehe sie an. Auf dem ersten Foto ist sie wirklich sehr viel jünger. Dick, mit dunklen Haaren und mit Klamotten aus einer anderen Zeit, fast nicht wiedererkennbar. Es handelt sich offenbar um das offizielle Lehrerfoto, wie es damals am Schwarzen Brett ihrer Schule aushing: *Unsere Lehrerin Miss Wilson.*

Ich lege das Foto auf den Wohnzimmertisch und nehme mir das zweite Foto vor – das mir erst recht die Sprache verschlägt.

Grady im Sitzen und direkt von vorn. Er sitzt aufrecht mit den Händen im Schoß und lächelt beinahe ironisch in die Kamera. Faltenloses Gesicht, androgyne Züge mit hohen Wangenknochen und vollen geschwungenen Lippen, die blonden Haare glatt nach hinten gekämmt. Ein attraktiver Mann, keine Frage, und doch bekomme ich bei seinem Anblick eine Gänsehaut.

»Schauen Sie sich mal seinen Ring an«, sagt Joan.

Sie beugt sich vor und tippt mit knochigem Finger darauf. Ich tue ihr den Gefallen. Normalerweise ist Schmuck bei Geistlichen kein Thema, außer einem Kreuz vielleicht. Aber Grady trägt einen dicken silbernen Siegelring am Finger. Darauf ist eine Gestalt eingraviert und ein lateinischer Text. Mir schwant Böses.

»Ungewöhnlich, nicht? So was hat auch nicht jeder«, bemerkt Joan. »Bei dem lateinischen Teil handelt es sich übrigens um das Gebet zum Erzengel Michael. Ich musste damals eine Lupe nehmen, um das herauszukriegen. Kennen Sie das Michaelsgebet?«

Ich nicke. »*Sancte Michael Archangele, defende nos in proelio.* Heiliger Michael, steh uns bei im Kampf. Es ist ein Schutzgebet gegen die Mächte der Finsternis.«

Ich lege das Foto auf den Tisch zurück und bin versucht, mir die Hand an der Jeans abzuwischen.

Joan sieht mich neugierig an. »Alles in Ordnung mit Ihnen, meine Liebe?«

»Ja. Ich weiß bloß nicht, was ich jetzt tun soll. Ich bin Pfarrerin, nicht die Polizei. Und all das ist schon eine Ewigkeit her.«

»Da haben Sie recht. Aber vielleicht versuchen Sie mal herauszufinden, was Matthew von der Sache wusste.«

Ganz langsam lässt sie sich in ihren Sessel hinab, und ich kann förmlich spüren, welche Folter es für sie ist. Arthrose oder Osteoporose oder beides. Ich warte still, bis sie sich wieder auf etwas anderes konzentrieren kann als diese Schmerzen.

»Glauben Sie wirklich, er wurde umgebracht?«

Endlich sitzt sie halbwegs bequem und sagt: »Ich habe ihn noch wenige Tage vor seinem Tod gesehen und sage Ihnen, dieser Mann war alles andere als lebensmüde. Im Gegenteil, er wirkte sogar voller Tatendrang.«

»Selbstmordgefährdete Menschen können ihren Zustand gut verbergen.«

»Sie sagen das, als sprächen Sie aus Erfahrung?«

Ich zögere, ehe ich ihr gestehe: »Mein Mann Jonathan hat mehrmals versucht, sich umzubringen.«

»Oh, das tut mir leid, meine Liebe.«

»Er litt an Depressionen. Auch er hatte gute Tage, an denen man ihm nichts anmerkte. Aber die schwarzen Wolken waren nie weit.«

»Das war sicher schwer für Sie.«

Mir fallen die endlosen Stunden ein, in denen er nur stumpf vor dem Fernseher saß. Und seine Paranoia, die ihn einmal sogar dazu brachte, sein Handy mit einem Vorschlaghammer zu zerstören. Oder den Tag, an dem sie ihn barfuß neben einer Schnellstraße aufgriffen. Manche Erkrankungen sind für jedermann klar zu erkennen. Aber eine Depression ist ein degeneratives Geschehen, an dessen Ende man nicht mehr denselben Menschen vor sich hat, auch wenn er sich äußerlich kaum verändert hat.

»Als er starb, war ich jedenfalls kurz davor, mich scheiden zu lassen«, sage ich mit jenem Schuldgefühl, das mich seither nie ganz loslässt. »Selbst mit Gottes Hilfe war ich nicht in der Lage, dieses Kreuz mitzutragen. Nicht mit einem kleinen Kind, das wegen seiner Krankheit selber zunehmend in Gefahr geriet.«

»Und dann hat er sich das Leben genommen?«, fragt Joan einfühlsam.

»Nein«, sage ich mit einem bitteren Lächeln. »Er wurde von einem Eindringling in der Kirche ermordet. Was nicht einer gewissen Ironie entbehrt.«

»Ach du liebe Güte, wie furchtbar. Wurde der Schuldige wenigstens gefasst?«

»Ja, er bekam achtzehn Jahre.«

Sie legt ihre runzlige Hand auf meine. »Da haben Sie ja einiges durchgemacht.«

»Ich rede normalerweise nicht davon. Ich nehme an, ich will all das hinter mir lassen. Deswegen habe ich auch wieder meinen Mädchennamen angenommen.«

»Merken Sie was? Wir Reporter sind ganz gut darin, Leute zum Reden zu bringen.«

»Das stimmt.«

Und eine Sache zuzugeben ist ein probates Mittel, von einer anderen abzulenken.

Joan lehnt sich zurück und zieht ihre Strickjacke fester um sich. Das Reden muss sie angestrengt haben.

»Ich sollte langsam gehen. Sie sind müde.«

Sie winkt ab. »Ich bin fünfundachtzig, ich bin dauernd müde. Hat jemand Ihnen gegenüber Saffron Winter erwähnt?«

»Sie meinen die Schriftstellerin? Ja. Aaron meinte, sie und Reverend Fletcher wären befreundet gewesen.«

»Wenn Sie mehr über Matthew wissen wollen, sollten Sie mit ihr reden. Sie standen sich sehr nahe.«

»Wie darf ich das verstehen?«

»Ich weiß es nicht. Er hat sich nie dazu geäußert, aber ich hatte den Eindruck, dass es in seinem Leben jemanden gab, der ihm sehr wichtig war.«

Interessant. Aber im selben Moment meldet sich mein Handy. Ich will es schon klingeln lassen, schaue dann aber trotzdem nach. Es ist Durkin.

»Entschuldigung, aber macht es Ihnen etwas aus, wenn ich kurz diesen Anruf …«

»Nein, machen Sie nur. Sie werden feststellen, dass der Empfang hier drinnen besser ist als draußen.«

»Danke.«

Ich stehe auf und gehe durch die Küche hinaus in den Garten.

»Hallo.«

»Jack? Haben Sie meine Nachricht bekommen?«

»Sorry, aber ich habe meine Mailbox noch nicht abgehört.«

Durkin klingt angespannt, sein üblicher salbungsvoller Ton will ihm nicht ansatzweise gelingen. Für mich bedeutet das erst recht Alarmstufe Rot.

»Gibt es ein Problem?«

Tiefer Seufzer am anderen Ende. »In der Tat. Ich habe einige höchst beunruhigende Neuigkeiten und war der Meinung, dass Sie sie als Erste erfahren sollten.«

»Ich höre.«

»Sie kennen doch Reverend Bradley.«

»Natürlich. Mein Nachfolger in St. Anne's. Was ist mit ihm?«

»Es gab einen Anschlag auf ihn. In der Kirche.«

»Wie geht es ihm?«

Pause. Aber die Sorte Pause, die für gewöhnlich einer Katastrophenmeldung vorausgeht.

»Es tut mir leid, aber er ist tot.«

29

Er lehnt seinen Kopf gegen das Zugfenster. Das Schaukeln des Wagens beruhigt ihn, und das kühle Glas der Scheibe lindert den pochenden Schmerz in seinem Schädel.

Noch fast zwei Stunden bis London, wo er umsteigen muss nach Sussex. Von da an geht es entweder mit dem Bus weiter oder notfalls zu Fuß, man wird sehen.

Reines Glück, dass dieser fette Pfaffe so viel Cash in der Brieftasche hatte. Damit konnte er das Zugticket bezahlen, und es ist immer noch etwas übrig. Auch geschlafen hat er ganz ordentlich, und zwar gleich an Ort und Stelle, in der Kirche. Da war es sauber und nicht zu kalt. Sie hatten sogar ein kleines Bad, wo er sich das Blut abwaschen konnte.

Der Pfaffe hat nicht lang durchgehalten, sondern rückte ziemlich schnell mit der Sprache heraus und verriet ihm alles, was er wissen wollte. Und jetzt weiß er nicht mehr, warum er trotzdem nicht aufhören konnte, auf ihn einzuschlagen, vor allem so erbarmungslos einzuschlagen. Das war gar nicht nötig. Vielleicht lag es an der Art, wie dieser Fettsack ihn ansah. Und ihm, mit leiser

Stimme, sogar seine Sünden vergab. Vielleicht erinnerte ihn all das ein bisschen zu sehr an seine Mutter.

Daran siehst du, wie lieb ich dich habe.

»Die Fahrausweise, bitte.«

Er fährt hoch und reißt die Augen auf, ballt instinktiv die Fäuste. Die Entscheidung – Kampf oder Flucht – ist eigentlich keine, denn sein Organismus hat sie bereits getroffen. Auch das völlig unnötig natürlich, er hat einen Fahrschein, was soll passieren? Alles in Ordnung, es ist sein gutes Recht, sich in diesem Zug aufzuhalten. Was er aber wohl tun muss: nicht durchdrehen, sich einfach ganz normal verhalten. Und sich einmal mehr klarmachen, *warum* er in diesem Zug ist. Sonst war alles umsonst.

Der Fahrkartenkontrolleur kommt näher, und er setzt sich kerzengerade hin, das Ticket in der Hand. Allerdings, diese Hand zittert. Er muss das in den Griff kriegen, und zwar schnell.

»Guten Morgen, Sir.«

»Guten Morgen.«

Er reicht das Ticket nach oben. Der Fahrkartenkontrolleur stempelt es mit seiner Zange, will das Ticket zurückgeben – und stutzt.

Panik ergreift ihn. Warum sieht ihn der Mann so an? Hat er irgendwas Verbotenes getan? Steht ihm seine Tat ins Gesicht geschrieben? Hat er noch Blut an den Händen?

Doch dann gibt ihm der Kontrolleur lächelnd den Fahrschein zurück mit den Worten: »Angenehme Weiterfahrt, Reverend.«

Ach so. Ach deshalb.

Er entspannt sich etwas – und will sich gleichzeitig den weißen Rundkragen aufreißen, was nicht geht.

Spätestens als er sich ausziehen sollte, hatte der fette Pfaffe gewusst, was auf ihn zukommt. Die Angst in seinen weit aufgerissenen dunklen Augen war unübersehbar, ebenso wie die eingenässte Unterhose.

Der Anzug ist etwas zu groß, aber nicht so, dass er nicht als sein rechtmäßiger Besitzer durchgehen würde. Er lächelt zurück.

»Gott segne Sie, Sir.«

30

»Willst du nicht doch mitgehen?«

Aber Flo hat für ein solches Ansinnen nur Verachtung übrig. »Quizabend im Pub? Echt nicht.«

»Kommst du hier denn allein zurecht?«

»Nur wenn du mich in einen Laufstall sperrst.«

»Witzig.«

»Ich schaff das schon, okay?«

Das Gesamtbild spricht allerdings dagegen. Flo hat sich in ein Buch vergraben, aber sie liest nicht wirklich. Blass sieht sie aus und alles andere als ausgeglichen. Als ginge ihr dauernd etwas im Kopf herum.

Ich setze mich neben sie aufs Sofa. »Pass auf, ich gucke mal, ob ich nicht doch noch die paar Pfund für die Reparatur auftreiben kann. Oder ich beantrage endlich eine Kreditkarte.«

»Sagtest du nicht, Kreditkarten wären ein Werk des Teufels?«

»Es gibt so manches Teufelswerk in der Welt, und dennoch ist man hin und wieder genau darauf angewiesen.«

»Lass mal, Mum. Es geht doch gar nicht um die Kamera.«

»Worum dann?«

»Gar nichts.« Sie entfaltet ihre langen Beine und steht auf. »Ich gehe nach oben.«

»Willst du nicht zu Abend essen?«

»Ich mach mir später etwas.«

»Flo, was hast du denn?«

»Mum, lass mich einfach in Ruhe. Ich bin kein verirrtes Schäfchen aus deiner Gemeinde. Wenn du wissen willst, was gerade nicht stimmt, brauchst du dich nur umzublicken.«

Sie poltert die Treppe hoch, und kurz darauf knallt oben die Tür, dass das ganze Haus wackelt.

Nun ja, das war irgendwie vorauszusehen. Ich massiere mir die Stirn, hinter der sich gerade ein bösartiger Kopfschmerz zusammenballt. Das Letzte, wonach mir jetzt der Sinn steht, ist ein Quizabend. Andererseits könnte ich schon einen Drink gebrauchen. Ich denke an Reverend Bradley. Ermordet. Tot. Einfach so.

Durkin sagte, die Polizei vermutet den Täter im Obdachlosenmilieu. Nicht ausgeschlossen, dass die Tat sogar von einem Gast der Suppenküche begangen wurde. Bradleys Brieftasche sei verschwunden und alles, was er am Leib trug.

Mich beschleicht aber schnell das ungute Gefühle, dass der Mörder mich auf die eine oder andere Art mit gemeint hatte. St. Anne's war meine alte Kirche. Suchte er in Wahrheit nach mir? War Reverend Bradley nur ein Unbeteiligter, der zufällig im Weg stand?

Unsinn, hier konstruiere ich ein Bedrohungsszenario,

das nicht mehr existiert. Die Sache ist vierzehn Jahre her. Eine Entlassung käme nur in Frage, wenn er echte Reue gezeigt, quasi bewiesen hätte, dass er nicht mehr derselbe war wie damals. Und *wenn* er nicht mehr derselbe war, warum sollte er mir dann noch nach dem Leben trachten?

Ich weiß die Antwort. Ich habe ihn verlassen. Und bin nie zu ihm zurückgekehrt.

Ich stehe auf. Schluss jetzt, diese Grübelei führt zu nichts. Ich darf mich nicht verrückt machen. Dazu gehört zum einen, Flo mehr Freiheit zu lassen. Und, zweitens, ab und zu auch mir etwas zu gönnen. Und wenn es nur ein Abend im Pub ist, um mal runterzukommen. Ich gehe nach oben, dusche und ziehe mich um. Am Ende betrachte ich das Ergebnis in dem Ganzkörperspiegel, der an der Wand lehnt. Okay, was haben wir? Jeans, Kollarhemd, Stiefel von Doc Martens. Erst raffe ich mir die Haare zu einem Pferdeschwanz zusammen, dann überlegte ich es mir anders und stecke sie nur hinters Ohr. Noch schnell die Kapuzenjacke geschnappt, denn später wird es garantiert kalt.

Vorsichtig klopfe ich an Flos Tür. »Ich gehe jetzt weg«, sage ich.

Keine Antwort. Ich seufze. »Hab dich lieb.«

Die Antwort von drinnen kommt mit Verzögerung: »Aber bitte nicht sinnlos betrinken.«

Na also, der alte Teenager-Ton ist zurück. Ich bin erst einmal beruhigt. Alles nur eine Phase, sie wird sich schon eingewöhnen. Und was meine zweite Sorge angeht, auch dagegen kann man was tun. Ich gehe noch einmal in mein Zimmer und krame aus dem Kleiderschrank das zerschrammte Lederetui hervor, worin sich das Messer mit dem Knochengriff befindet, und schiebe es unter die Matratze.

Sollte er uns tatsächlich finden, bin ich vorbereitet.

Das *Barley Mow* ist hell erleuchtet. Ich bin schon länger nicht mehr in einem Pub gewesen, ich trinke ja auch kaum Alkohol. Hin und wieder ein Gläschen Wein, das war's. Als Pfarrerin steht man unter öffentlicher Beobachtung, und sich an der Bar reihenweise die Tequila-Shots reinpfeifen geht gar nicht. Außerdem mag ich selber nicht, wenn ich langsam die Kontrolle verliere und nicht mehr weiß, was ich sage.

Als ich das Haus verlasse, ist es 19:37 Uhr, und ich fasse mir noch einmal an den Rundkragen. Sozusagen meine typische Handbewegung, irgendwo zwischen Selbstvergewisserung und nervösem Tick. Laut den kirchlichen Bekleidungsvorschriften muss ich den Rundkragen nicht überall tragen, und in manchen Situationen lasse ich ihn tatsächlich weg. Aber er kann auch ein Schutz sein gegen allzu aufdringliche Blicke. Die Leute sehen nur diesen Kragen, du selbst bleibst unsichtbar.

Ich stoße die Tür auf. Sofort umfängt mich dieser typische Pub-Geruch, eine sensorische Mischung aus Getreidearomen, einfachen Mahlzeiten, altem Mobiliar und abgestandenem Schweiß. Gelächter und klingende Gläser, und hinten in der Küche brüllt jemand unverständliche Anweisungen. Wie immer versuche ich, mir mit einem

Blick ein Bild zu machen. Es ist eine Angewohnheit, so tief verankert wie mein Kontrollgriff an den Kragen. Zu wissen, wo Freund ist, wo Feind und wo der nächstgelegene Fluchtweg.

Die niedrigen Deckenbalken vermitteln eine höhlenartige Gemütlichkeit. Links befindet sich die Theke mit ein paar Tischen davor. Rechts ist ein großer offener Kamin, in dem gerade aber kein Feuer brennt, sowie der eigentliche Loungebereich mit weiteren Tischen und einer Reihe von abgewetzten Ledersofas. Die Backsteinwände sind unverputzt, aber behängt mit den üblichen launigen Blechschildern.

Geld allein macht zwar nicht glücklich, aber das nächste Bier kostet.
Alkohol löst keine Probleme, aber Wasser auch nicht.
Hunde willkommen, für Kinder gilt Maulkorbzwang.

Rund um den Kamin hängen alte Kupfertöpfe und antike Schürhaken, das Brennholzregal ist gut bestückt. Die meisten Gäste sind nicht mehr ganz jung, einige haben ihre Hunde mitgebracht. Gediegene Tümlichkeit.

Die jüngeren Leute hängen alle an der Bar links und unterhalten sich mit dem kleinen Dicken hinter der Theke, ein junger Kerl mit zerschlagener Visage. Er sieht bei meinem Eintritt kurz zu mir herüber und sagt etwas zu den anderen an der Theke. Alles lacht. Ich ignoriere die Blicke so gut wie möglich, aber ich merke auch, wie sich mein Kiefer anspannt.

»Jack, *hier* sind wir!«

Ich drehe mich in die Richtung, aus der Rushtons Stimme kommt. Er winkt mir von einem runden Tisch in der Ecke. Neben ihm Clara, aber keine Spur von Mike Sudduth. Ich dränge mich durch das Gewühl und muss achtgeben, nicht auf einen Hund zu treten. Rushton hat sich bereits ein großes Ale bestellt, Clara sitzt vor einem Glas Rotwein. Als ich ihren Tisch erreiche, steht Rushton auf und schließt mich in die Arme.

»Sie haben es tatsächlich geschafft. Sehr schön. Was darf ich Ihnen holen?«

Hmm, gute Frage. Normal wäre jetzt eine Cola Zero, aber dann denke ich: scheiß drauf. »Ein Glas Rotwein, bitte. Malbec oder Cabernet wären schön.«

»Kommt sofort.«

Er begibt sich zur Bar, und ich setze mich auf einen freien Stuhl Clara gegenüber. An diesem Abend trägt sie ihr Haar offen, ein eisgrauer Katarakt, der ihre Schultern umspielt. Der Gegensatz zu dem Foto aus Joans Archiv ist frappant, und ich frage mich: Wie passte dieses trutschige Landei zu einem Schönling wie Grady?

Hat sie womöglich für ihn gelogen?

»Und wie ist es Ihnen heute ergangen?«, fragt sie teilnahmsvoll.

»Prima.«

»Und wie lief das Ehegespräch?«

»Auch. Kann mich nicht beklagen. Das Einzige, was ich jetzt noch brauche, sind eine klitzekleine Geschlechtsumwandlung und ein falscher Bart.«

Sie lacht. »Ach, die kommen schon wieder. Manche Leute sind halt etwas kleinkariert.«

»Ich weiß. Ist auch nicht das erste Mal, dass ich so was erlebe.«

»Das denke ich mir.«

Rushton kommt mit dem Wein, in seinem Gefolge Mike Sudduth.

»Guckt mal, wen ich euch mitgebracht habe!«, strahlt er und setzt mit vollendeter Geste den Rotweinkelch vor mir ab.

»Bitte schön, ein Cabernet Sauf-ihn-jung! Wie ich hörte, brauche ich Ihnen Mike nicht mehr vorzustellen.«

»Nein«, sage ich höflich. »Was macht das Auto?«

»Läuft wieder auf vier Rädern. Danke für Ihre Hilfe.«

»Keine Ursache. Und was ich über Ihren Kirchenbesuch meinte ...«

»Schon gut, ist erledigt.« Er lässt sich mit seinem O-Saft neben mir nieder. »Sagen Sie mir lieber, was Ihr Spezialgebiet ist.«

Einen Moment lang starre ich ihn perplex an. »Ach, Sie meinen das Quiz.«

»Also, Clara macht Allgemeinwissen«, erklärt Rushton. »Ich bin Sport.«

»Und was machen Sie?«, frage ich Mike.

»Ich? Film und Fernsehen.«

»Na gut, dann ...« Ich nehme einen Schluck. »Also ich lese gern.«

»Wunderbar. Dann machen Sie Literatur.«

»Könnte aber sein, dass ich einiges vergessen habe.«

»Egal«, gluckst Rushton. »Ist doch nur Spaß.«

Mike und Clara blicken sich an, als kennen sie das schon.

»Was ist los? Hab ich was Falsches gesagt?«

»Lassen Sie sich nicht täuschen«, sagt Mike. »Diese Quizabende sind eine todernste Angelegenheit.«

»Jetzt machen Sie mir aber Angst.«

»Ach was«, sagt Clara. »Es geht maximal um Leben und ...«

Sie unterbricht sich, denn mit einem Schwall Kaltluft kommen zwei weitere Leute durch die Tür, Simon und Emma Harper. Ich sehe Mike an, auch er ist erstarrt und schaut mit geradezu schmerzvoller Miene auf seinen Punktezettel.

»Wie nennen wir uns eigentlich?«, fragt Rushton in die Runde. »Da wir jetzt vier sind, brauchen wir einen neuen Mannschaftsnamen.«

»Auf jeden Fall«, sagt Clara. »Die alten Zeiten sind vorbei, ab heute wird alles anders.«

Alle blicken mich erwartungsvoll an. Genau deshalb hasse ich solche Quizveranstaltungen.

»Ähm, dann nennen wir uns doch ...«

»Die vier Musketiere«, schlägt Rushton vor.

»Die heilige Trinität«, sagt Clara.

»Aber Trinität heißt Dreiheit«, gebe ich zu bedenken.

»Ach ja.«

»Wie wär's mit *Die vier apokalyptischen Reiter?*«, fragt Mike.

Pestilenz, Krieg, Hunger und Tod.

Ich muss grinsen. »Klingt gut.«

Am Ende verlieren wir erwartungsgemäß und auf ganzer Linie. Eine grämliche Herrenrunde in Barbour-Jacken und Gummistiefeln (mit dem Fremdschämnamen *Die lustigen Bauersleut*) räumt alles ab. Wozu allerdings auch eine verdächtig hohe Zahl an Technikfragen über Landmaschinen beigetragen haben mag.

Wider Erwarten ist der Abend dann doch ganz schön. Rushton und Clara sind eine angenehme Gesellschaft, und Mikes trockene Kommentare bringen sogar mich zum Schmunzeln. Ich merke, wie ich langsam auftaue, auch weil wir uns inzwischen alle duzen.

»Die nächste Runde geht auf mich«, sagt Mike.

»In diesem Fall ein großes Speckled Hen«, sagt Rushton als Starkbierkenner. Worauf Clara ihm einen von diesen Blicken zuwirft – und er zurückrudert. »Na gut, ein kleines.«

Mike sieht mich an: »Und für dich noch einmal dasselbe?«

Ich weiß nicht recht. Ich hatte schon ein großes Glas. Normalerweise ist jetzt alkoholfrei angesagt.

Doch ich höre mich sagen: »Ja, warum eigentlich nicht?«

Er nickt und begibt sich zur Theke, und auch ich muss mal kurz raus.

»Bin gleich wieder zurück«, sage ich und schäle mich aus meinem Stuhl.

Die Toiletten sind hinter der Bar. Ein schmaler Schlauch mit offener Dachschräge und zwei Kabinen, dazu ein winziges Handwaschbecken mit Spiegel. Als ich die Wasserspülung betätige, höre ich am Lärmpegel, wie die Tür zum Gastraum aufgeht, und als ich die Kabine verlasse, stehe ich unversehens Emma Harper gegenüber. Aus irgend-einem Grund habe ich gleich den Verdacht, dass dies kein Zufall ist, sondern dass sie mir gefolgt ist. Wir beide lächeln verlegen, denn solche Klobegegnungen sind ja immer etwas peinlich.

»Hallo.«

»Hi.«

Ich drehe den Wasserhahn auf, um mir die Hände zu waschen, und erwarte eigentlich, dass sie in einer Kabine verschwindet. Sie tut es nicht, sondern stellt sich direkt neben mich und zupft an ihren Haaren. Im erbarmungs-losen Neonlicht ist gut zu erkennen, unter welchem Zug ihre Haut steht. Hat sie sich schon einmal liften lassen? Oder ist diese vinylartige Glätte die Folge einer Filler-Behandlung? Auch das designte Ebenmaß ihrer Nase wirft für mich Fragen auf. Nicht falsch verstehen, mein eigenes erschlafftes Gesicht sieht in dieser Beleuchtung keinesfalls vitaler aus. Ich drehe den Hahn ab und greife nach dem Spender für die Papiertücher.

»Sie hätte ich hier am wenigsten erwartet«, sagt sie etwas schleppend.

»Clara hat zum Quizabend geladen.«

»Und? Hat's Spaß gemacht?«

»Ja.« Ich werfe das zusammengeknüllte Papiertuch in den Eimer. »Obwohl solche Belustigungen ja eher nicht mein Ding sind.«

»Finde ich auch, aber es ist eben Tradition im Dorf«,

sagt sie mit einem verunglückten Lächeln. »Simon hält viel von Tradition, wie eigentlich alle hier.«

»Sie sind nicht von hier?«

»Ich? Nein. Ich habe Simon an der Uni in Brighton kennengelernt. Eine Zeit lang wohnten wir auch da, aber nach der Heirat wechselten wir hierher.«

»Warum das?«

»Wegen der Farm. Sein Vater zog sich aufs Altenteil zurück, und Simon sollte den Betrieb übernehmen.«

»Verstehe. Und damit waren Sie einverstanden?«

»Na ja, ich hatte keine Wahl. Ich war gerade mit Rosie schwanger, und überhaupt: Was Simon sich in den Kopf gesetzt hat, das bekommt er auch.«

Die unterliegende Bitterkeit war schwer zu überhören. Alkohol, die große Wahrheitsdroge.

»Und was ist mit Ihnen?«, fragt sie weiter.

»Ach, ich gewöhne mich ein.«

Sie holt ihren Lippenstift hervor und zieht ihren Mund nach. »Es scheint, dass Sie gut mit Mike auskommen.«

»So wie mit allen anderen Gemeindemitgliedern«, erkläre ich ungerührt.

»Dann haben Sie sicher schon gehört, was mit seiner Tochter geschehen ist.«

»Ja, und das macht mich ganz besonders betroffen. Der Tod eines Kindes ist immer eine Tragödie, für *alle* Beteiligten.«

Sie blickt mich über den Spiegel an. Ihre Pupillen sind verengt, und die Hand mit dem Lippenstift zittert leicht.

Ich frage mich, was sie neben ein paar Drinks sonst noch eingeworfen hat. Tabletten?

»Es war nicht meine Schuld.«

»Ich weiß.«

»Wirklich?«

»Für mich hörte sich alles wie ein schrecklicher Unfall an.«

»Normalerweise hätte ich an diesem Nachmittag gar nicht auf sie aufpassen sollen, aber ich wollte Mike einen Gefallen tun. Er rief an und bat mich, sie von der Schule abzuholen.«

»Wieso?«

Von ihr kommt ein Lächeln, das sich irgendwo zwischen gequält und bösartig aufhält.

»Weil er sturzbetrunken war. Jedenfalls nicht mehr fahrtüchtig. Und es war auch nicht das erste Mal.«

Deshalb also sagte er mir, dass er keinen Alkohol mehr trinkt. Deshalb der Orangensaft. »Sieht so aus, als hätte er ein Alkoholproblem gehabt?«

»Das ist noch untertrieben. Er war richtiggehend Alkoholiker. Schon damals wollte sich Fiona von ihm scheiden lassen. Aber sie gab ihm noch eine letzte Chance. Wenn er die vermasselte, wollte sie endgültig weg – und Tara mitnehmen. Seine Tochter zu verlieren, das hätte er nicht ertragen.«

Ich beginne zu ahnen, wie sämtliche Ingredienzien einer Katastrophe zueinanderfanden. Welche fürchterliche Ironie.

»Deshalb haben Sie ihn gedeckt?«

»Ich wollte doch nur helfen. Vielleicht hätte ich Rosie nicht die Aufsicht überlassen sollen, aber es war ja nur für ein paar Minuten...«

»Sie sollten trotzdem nicht die ganze Schuld auf sich nehmen«, sage ich.

Natürlich war es fahrlässig, einfach einem anderen Kind die Verantwortung zu übertragen. Rosie kann nicht älter gewesen sein als dreizehn. Aber dann fällt mir ein, wie oft ich Flo allein gelassen habe, weil ich gerade zu beschäftigt oder abgelenkt war. Niemand ist perfekt. Und keiner denkt darüber nach, was dabei alles schiefgehen kann. Die schlimmen Sachen passieren eh immer nur anderen Leuten, denkt man.

Sie schüttelt den Kopf. »Dabei habe ich seit jeher alles getan, dass die Kinder sicher aufwachsen. Aber einmal nicht aufgepasst, und man muss erleben, wie sie einem genommen werden.«

»Aber was dann passierte, das konnten Sie doch nicht ahnen.«

»Hätte ich aber.« Dann sieht sie mir scharf ins Gesicht und fragt: »Glauben Sie an das Böse, Reverend?«

Ich zögere mit der Antwort. »Ich glaube an böse Werke. Böse Taten.«

»Sie glauben also nicht, dass jemand schon böse geboren wird?«

Erst will ich nein sagen. Möchte ihr sagen, dass wir gewissermaßen als weiße Leinwand geboren werden und erst durch unsere Umwelt, nicht aus irgendeinem dunklen Trieb zu Mördern, Vergewaltigern und Kinderschändern werden. Im Gefängnis bin ich so manchem Straftäter begegnet. Einige waren Opfer unfassbarer Verhältnisse und haben später, wie unter einem Wiederholungszwang, die erlebten Handlungsmuster gewissermaßen übernommen, allerdings mit vertauschten Rollen, wodurch sich sexueller Missbrauch etwa über Generationen hinweg fortsetzt. Bei anderen hingegen bin ich mir nicht so sicher. Leute, die eigentlich aus einem liebevollen Umfeld stammen und später dennoch zu bestialischen Gewalttaten fähig sind.

»Ich denke, in uns allen schlummert das Potenzial für Gut und Böse«, sage ich. »Nur dass bei einigen wenigen das Böse allbestimmend geworden ist.«

Sie nickt und beißt sich auf die Lippe, aber ich nehme meinen Blick nicht weg. Irgendetwas ist da, unter diesem glatten Botox-Finish, etwas, das sich selbst durch starke Tabletten nicht niederhalten lässt.

»Emma«, sage ich, »wenn es irgendetwas gibt, worüber Sie reden wollen, die Kirche steht Ihnen immer offen, und ich wäre nur zu …«

Im selben Augenblick geht die Tür auf, und eine ältere Dame aus der Tweed- und Gummistiefel-Fraktion kommt herein, nickt uns kurz zu und begibt sich in eine Kabine.

»Emma?«

Doch ihre Maske ist wieder an ihrem Platz und ihr Lächeln das alte, als sie mir versichert, wie sehr sie sich gefreut hat, mit mir zu plaudern. »Und auch die Mädchen«, sagt sie zum Abschied, »sollten sich unbedingt mal treffen. Bis dahin, man sieht sich.«

Und dann ist sie fort – in einer Wolke aus teurem Parfum und Schmerz. Zuweilen überrascht mich mein eigenes Gesicht. Die Tränensäcke, der wabbelige Kieferbereich, schön ist das nicht. Während Emma der Alterung mit Spritzen und Skalpell begegnet, habe ich praktisch das Gegenteil getan – und mich mutwillig gehen lassen. Um die junge Frau auszulöschen, die ich einmal war. Dass mein Gesicht aus dem Leim ging, war mir nur recht, denn hinter kraftlosem Bindegewebe und verloren gegangenen Konturen kann man sich wunderbar verstecken.

Mir fällt ihre Frage wieder ein: *Glauben Sie an das Böse?* Wird jemand böse geboren? Der alte Gegensatz. Was ist stärker, Natur oder Kultur? Weiter gefragt: Lässt sich die böse Natur verbessern, sprich kultivieren? Und wenn ja, nur um den Preis der Selbstaufgabe? Muss man sich unbedingt verbiegen lassen, nur um nicht böse aufzufallen, sondern ein funktionierendes Mitglied dieser Gesellschaft zu werden, ununterscheidbar von allen anderen? Ich weiß auf dieses Problem auch keine Antwort, aber mich würde interessieren, auf wen sich Emmas Frage bezog.

Ich gehe zurück an unseren Tisch, wo Mike mir das Weinglas zuschiebt.

»Hier, zum Wohl.«

»Danke.«

»Das hat aber gedauert.«

»Ich musste anstehen.«

Er nickt und hält sich wieder an seinem O-Saft fest. Jetzt ergibt auch sein Alkoholverzicht Sinn. Es ist seine

Buße für den Tod seiner Tochter, obwohl ihn letztlich keine Schuld trifft. Das, was passiert ist, war ja alles andere als absehbar, sondern eine Verkettung unglücklicher Umstände, wie die meisten menschlichen Tragödien. Das macht das Geschehen gerade so schwer erträglich. Die Erkenntnis, dass so vieles im Leben nur auf einem Zufall beruht – und manchmal eben auch auf einem grausamen. Wir versuchen dann immer, Verantwortung zuzuweisen, Schuldige zu finden. Wir können nicht akzeptieren, dass manche Dinge eben grundlos passieren und wir nicht alles unter Kontrolle haben. So machen wir uns zu kleinen Göttern in unserem Universum, wo für Gottes Gnade, Gottes Weisheit und seinem Erbarmen mit uns kein Raum mehr bleibt.

Und so erhebe ich mein Glas und trinke erst mal einen Schluck.

Aber Rushton kommt gleich mit der nächsten Frage. »Deine Meinung würde mich interessieren«, sagt er. »Wir stecken nämlich gerade mitten in einer bedeutsamen theologischen Disputation.«

»Ach wirklich?«

»Ja. Und zwar: Wen hältst du für den besten Teufel im Film? Al Pacino oder Jack Nicholson?«

Aber das kostet mich nur ein müdes Lächeln. »Wer sagt, dass der Teufel immer ein Mann sein muss?«

31

»An deiner Stelle würde ich einen großen Bogen um Wrigley machen. Wenn du weißt, was gut für dich ist.«

Rosie wieder, das durchtriebene Miststück. Sie war unberechenbar, aber log sie deshalb auch? Einerseits: immer. Rosie, da war sich Flo sicher, konnte lügen, dass dem kleinen Jesus die Tränen kamen. Doch als sie das mit Wrigley sagte, lag etwas in ihren Augen, das Flo erst recht nicht gefiel.

Flo hatte die alte Geschichte im Netz gefunden. In der Lokalzeitung war sie groß aufgemacht: Das Feuer in der Ferndown Academy ging auf Brandstiftung zurück. Dabei war zwar die Turnhalle der Schule weitgehend zerstört worden, die Flammen konnten jedoch gelöscht werden, ehe sie auf die Unterrichtsräume übergriffen. Glück im Unglück hatte auch eine Schülerin, die sich vor dem Rauch in einen Materialraum geflüchtet hatte. Sie wurde von der Feuerwehr in Sicherheit gebracht und wohlbehalten ihren Eltern übergeben.

Kurz darauf wurde ein tatverdächtiger Schüler festgenommen. Ob die Staatsanwaltschaft Anklage erhob, wurde von offizieller Seite ebenso wenig bekannt gegeben wie die Namen des mutmaßlichen Brandstifters oder des geretteten Mädchens. Gut möglich also, dass Wrigley gar nichts damit zu tun hatte. Und selbst wenn, offenbar reichten die Beweise nicht für eine Anklage. Vielleicht war die ganze Geschichte nichts weiter als ein Gerücht. Eine Schule ist dafür der ideale Nährboden.

Im schlimmsten Fall *hatte* er das Feuer gelegt. Aber das bedeutete noch nicht, dass er von dem Mädchen im Materialraum wusste. Das mit dem Mädchen konnte auch ein unglücklicher Zufall sein.

Andererseits, wie gut kannte sie ihn eigentlich?

»Wenn ich dich wirklich umbringen wollte, hätte ich dich seelenruhig in den Brunnen latschen lassen.«

Sie hat sich wahrlich alle Mühe gegeben, diesen kranken Scheiß aus dem Kopf zu kriegen, versenkte sich zu diesem Zweck sogar in den zerlesenen Sammelband von Clive Barker. Horror lenkte sie normalerweise zuverlässig ab, hier nicht. Der Gedanke an Wrigley quälte sie wie ein Ekzem, das sich desto mehr ausbreitet, je weniger sie daran kratzen wollte. Zu allem Unglück laberte ihre Mutter sie noch mit ihrem blöden Pub-Quiz zu. Das war wohl der Tropfen, der das Fass zum Überlaufen brachte. Und Flo rastete aus, aber komplett. Okay, das hätte sie nicht tun dürfen, ihre Mutter konnte ja nichts dafür. Nicht direkt jedenfalls.

Und jetzt liegt sie auf dem Bett und leidet. Dabei kommt die eigentliche Oberkacke erst noch, und die hat nicht einmal mit der vermeintlichen Brandstiftung zu tun, sondern direkt mit Wrigley selbst. Es geht um diese kleine toxische Injektion, die ihr diese Giftspritze quasi nebenbei verpasst hat und die langsam ihre Wirkung entfaltet. Nämlich dass Rosie ihm einen geblasen hat, angeblich. In Flos Augen wiegt das schwerer als die Tatsache, dass er um ein Haar ein anderes Mädchen umgebracht hätte. Na gut, sie war eifersüchtig, eigene Blödheit. Und das nach dem ersten Treffen. Wie lang kannte sie ihn eigentlich? Doch nur ein paar Stunden. Aber sie hatte ernsthaft gedacht, dieser Junge sei anders als die anderen. Außerdem der Einzige, mit dem sie sich in diesem Kaff überhaupt angefreundet hatte. Und jetzt entpuppt er sich als Brandstifter und genau die Sorte, die sich von einer wie Rosie einen blasen lässt.

Verhalten klopft es an ihrer Tür.

»Ich gehe jetzt.«

Flo antwortet nicht, ihr Zorn macht sie sprachlos.

»Hab dich lieb.«

Es ist nicht ihre Schuld.

»Aber bitte nicht sinnlos betrinken«, sagt Flo schließlich.

Und hört, wie Mum erst noch einmal in ihr Zimmer geht, bevor unten die Haustür ins Schloss fällt. Ganz plötzlich ist sie allein. Sie dreht sich auf die andere Seite und gibt Clive Barker noch eine Chance. Doch sogar bei offenem Fenster ist es zu heiß in dem Zimmer. Und zu still. Das Cottage bedrängt sie mit seinem Schweigen, und sie kann sich nicht konzentrieren. Obwohl sie allein ist, wartet sie ständig auf eine Unterbrechung der lastenden Stille. Preisfrage: Was ist das unheimlichste Geräusch? Antwort: Eine knarzende Stufe in einem leeren Haus. Trittschall der Gespenster. Lebenszeichen von Untoten wie dem kopflosen, armlosen brennenden Mägdelein.

Jetzt reicht's aber. Sie drückt sich die Kopfhörerstöpsel ins Ohr und wählt irgendwas, das Krach macht: Punk. Frank Carter & The Rattlesnakes. Das wird sie ablenken.

Sie hört ein komplettes Album und schafft so mehrere Kapitel, dann kriegt sie Hunger. Sie hat ihrer Mutter zwar gesagt, sie habe keinen Appetit, tatsächlich hängt sie regelrecht am Hungerast. Das Einzige, was sie an diesem Tag gegessen hat, war der halbe Muffin im Café. Sie geht nach unten. Wenngleich es draußen nicht einmal ganz dunkel ist, brennt in dem verwinkelten Haus schon überall Licht. Diese Hütte ist die reinste Twilight Zone. Es gibt einfach zu viele Ecken, in die nie ein Lichtstrahl dringt.

Trotz der Hitze ist ihr fröstelig. Es überrascht sie nicht, sie reagiert körperlich auf Gruselgeschichten. Als Nächstes sieht sie wahrscheinlich überall Horrorclowns. Sie geht in die Küche und sieht in den Kühlschrank. Keine Frage, Mum hat eingekauft, trotzdem wirkt der Kühlschrank noch immer halb leer. Kochen und Haushalt sind nicht gerade ihre Stärken. Zugegeben, sie bemüht sich, aber immer nur im Rahmen ihrer Möglichkeiten. Sie wird wohl nie zu diesen ultraeffizienten TV-Köchinnen gehören, die in zwanzig Minuten ein mehrgängiges Menü »zaubern« können.

Immerhin, Eier sind vorhanden, auch Käse und Paprika. Sie könnte sich eine Omelette machen. Sie nimmt sich, was sie braucht, knallt die Kühlschranktür zu und lädt alles auf dem Küchentisch ab. Dann geht sie zur Spüle und sucht im Abtropfständer nach einem Messer.

In diesem Moment huscht draußen vor dem Fenster etwas durch ihr peripheres Gesichtsfeld – etwas Weißes zwischen den Grabsteinen. Direkt sehen kann sie aus ihrer Position aber nur die Kirche und den Rand vom Friedhof. Sie kneift die Augen zusammen. Da, schon wieder! Eine Gestalt, ein Mädchen vielleicht? Ein Mädchen, das vom Friedhof zur Kirche rennt. Instinktiv sucht sie nach ihrer Kamera, ehe ihr einfällt, dass sie ja nicht funktioniert. Als sie erneut durchs Fenster sieht, ist das Mädchen weg. Falls es je da war.

Sie weiß nicht, was sie jetzt tun soll. Eigentlich müsste sie die Sache überprüfen. Also raus und in der Kirche nachsehen. Andererseits, im klassischen Horrorfilm enden solche Aktionen fast immer tödlich. Das Einzige, das in ihrem Fall noch fehlt, wären ein Push-up-BH und Hotpants, fertig ist das perfekte Opfer.

Dennoch, irgendwas an dem Mädchen (war doch ein Mädchen, oder?) zieht sie nach draußen. Sie greift sich ihr Handy und geht zur Tür. Dabei fällt ihr auf, dass sie das Messer vom Abtropfständer noch in der Hand hält, eines von diesen kleinen scharfen Gemüsemessern. Erst will sie es zurücklegen, überlegt es sich aber anders und steckt es in ihre Gesäßtasche. Nur für den Fall.

Draußen noch nichts von Abendkühle. Kein Lüftchen regt sich, und sie schlägt nach den Mücken, die sich sogleich auf sie stürzen. Gewitterboten, so nennt Mum diese Biester. In der Stadt gehen um diese Zeit die Straßenlaternen an, hier draußen jedoch kann einem nicht entgehen, wie das schimmernde Graublau der Dämmerung von der schwarzen Wolkenfront geschluckt wird.

Sie blickt zur Kirche hinüber, die in diesem Weltuntergangslicht ebenfalls nicht mehr aussieht wie Menschenwerk, sondern wie ein Geisterschiff aus dunkler Vergangenheit. Über den holprigen Pfad geht sie auf die Kirchentür zu – die halb offen steht. Hat Mum etwa nicht zugesperrt?

Flo ist unsicher. Sie könnte, müsste sogar ihre Mutter anrufen, aber die würde sich nur aufregen und sofort herkommen. Seit der Sache mit der Airgun ist sie ohnehin so hypernervös. Flo will ihr nicht noch einen Anlass liefern, sie wie ein Kind zu behandeln. Abgesehen davon sieht die Tür vollkommen unbeschädigt aus, keine Einbruchspuren zu erkennen. Und wer bricht in eine Kirche ein? Es gibt dort nichts zu holen außer ein paar staubigen Vorhängen und den Kunstblumen auf dem Altar. Wahrscheinlich hat Mum nur vergessen abzuschließen. Sie ist ja die ganzen letzten Tage schon neben der Spur, einfach nicht mehr dieselbe.

Flo drückt die Tür ein wenig weiter auf. Dahinter ist es noch düsterer als draußen. Sie bleibt im Vorraum stehen, damit sich ihre Augen an die Dunkelheit gewöhnen können, dann geht sie weiter in den Mittelgang und schaut sich um. Graue, staubige Lichtbalken dringen noch durch die hohen Fenster, aber die Bänke rechts und links des Altars sind nur noch schwarze Schemen. Die Versammlung der Schatten vor Gott. Aber mehr auch nicht. Soweit sie erkennen kann, sind die Bänke leer – wie auch anders? Und was oben ist, kann sie nicht sehen.

Sie macht noch ein paar Schritte, etwa bis in die Mitte der Kirche. Ihr Atem normalisiert sich. Plötzlich ein lautes Krachen hinter ihr und eine Erschütterung, die sich dem ganzen Gebäude mitteilt. Sie fährt herum. Die Kirchentür ist zu, und Staub liegt in der Luft. Blinzelnd starrt sie auf die neue Lage.

Und dann sieht sie *sie*. Es ist nicht dasselbe Mädchen wie auf dem Friedhof. Dieses hier besitzt noch Kopf und zwei Arme. Trotzdem sträuben sich die Haare auf Flos Armen, und ihr Puls schießt nach oben. Gleichzeitig tastet sie nach ihrem Handy. Denn diesmal *wird* sie ein Foto machen.

Das Mädchen kommt langsam auf sie zu. Es hält den Kopf gesenkt, und die langen Haarsträhnen hängen ihm wirr ins Gesicht. Es trägt ein schmutziges weißes Kittelkleid und nichts an den Füßen. Das Mädchen ist nicht groß, aber definitiv auch kein Kind mehr.

»Alles in Ordnung mit dir?«

Keine Antwort.

»Du brauchst keine Angst zu haben, ich tue dir nichts.«

Das Mädchen schweigt weiter.

»Ich bin Flo, und wie heißt du?«

Jetzt blickt das Mädchen auf.

Und Flo schreit los. Das Gesicht des Mädchens ist nur noch eine Maske aus verkohltem Fleisch, das bis auf die

Knochen und das nackte Zahnbein weggeschmolzen ist. Dort, wo die Augen hätten sein sollen, nur zwei leere dunkle Krater. Entsetzt weicht Flo zurück.

Nein, nein, nein. Das kann nicht real sein.

Und während sie noch schreckstarr das Mädchen ansieht, wird es plötzlich gleißend hell, und die Haare des Mädchens stehen in Flammen. Erst die Haare und danach sogar Arme und Beine, deren Haut erst schwarz anläuft, um sich dann abzupellen wie verkohltes Papier.

Das ist jetzt ein Traum, oder? Alles wirkt total echt, aber eigentlich braucht sie nur aufzuwachen, und alles ist wieder normal.

Doch dann, mit lodernd ausgestreckten Armen, kommt das Mädchen näher. Der Geruch von verbranntem Fleisch dringt ihr in die Nase. Mit einem Mal spürt sie auch die Höllenhitze, die von den brennenden Armen ausgeht. Unter der aufgeplatzten Haut findet das Feuer immer neue Nahrung. Es nährt sich vom Fettanteil im menschlichen Körper, und der ist eine Realität, der Flammpunkt abhängig von den physikalischen Eigenschaften. Das ganze Mädchen ist eine menschliche Fackel, der Vorgang nicht aufzuhalten.

Moment, das ist jetzt wirklich too much.

Sie weicht zurück, bis sie den Altar im Kreuz spürt, weiter geht es nicht. Das Mädchen aber, umhüllt von einer lodernden Feuersäule, bleibt nicht stehen. Flos Kopfhaut zieht sich zusammen, sie spürt, wie ihr unter den Achseln der Schweiß ausbricht. Das ist kein Traum mehr, sie muss unbedingt hier weg, sofort.

Blindlings stürzt sie nach links, wo sie gegen die Absperrung vor den schadhaften Platten knallt. Sie stolpert, taumelt, kann sich aber noch fangen, springt über die Barriere und bricht bei der Landung prompt durch den Boden.

Sie schreit auf, als der Schmerz ihr Bein hochschießt. Wobei ihr das Handy aus der Hand fliegt.

Auch das noch. Ihr Fuß hängt fest, genau dort, wo der Boden eingebrochen ist. Und sie bekommt den Fuß nicht mehr frei. In Todesangst sieht sie sich um, erhält aber nur ein diffuses Bild. Alles verschwimmt. Immerhin kriegt sie mit, dass die Hitze nicht mehr da ist, ebenso wie der Brandgeruch. Das brennende Mädchen ist weg – wie das? Sie ist plötzlich wieder allein.

Sie blickt nach unten, wo sie durch den Boden gekracht ist. Ihr linkes Knie klemmt zwischen den geborstenen Bodenfliesen. Beim Versuch, sich zu befreien, zuckt frischer Schmerz durch ihr Bein. Unglücklicherweise liegt ihr Handy außer Reichweite. Das war ja klar. Es würde ihr auch nichts nützen, denn sie hat hier sowieso keinen Empfang. Flo versucht trotzdem, an das Telefon zu gelangen, und streckt ihre Finger bis zum letzten verzweifelten Millimeter. Umsonst, sie kommt nicht einmal annähernd ran.

Jetzt bloß nicht anfangen zu heulen. Denn Mum kehrt frühestens in einer Stunde zurück. Was, wenn sie nicht mehr in ihrem Zimmer nachsieht? Wäre doch möglich nach ihrem Streit. Aber nein, das wird nicht passieren. Mum geht nicht ins Bett, ohne vorher Gute Nacht zu sagen, so nervig das manchmal auch ist. Und dann sucht sie bestimmt in der Kirche nach ihr, oder? Oder eher nicht? Was, wenn sie meint, Flo liege längst im Bett? *Hör endlich auf*, sagt sie sich. *Vor allem keine Panik. Irgendwer wird schon kommen. Moment, war da nicht was? Da war doch was?*

Auf jeden Fall hat sie etwas gehört? Die Kirchentür? Schritte. Ja, eindeutig Schritte. Sie versucht, sich trotz ihres eingeklemmten Beins nach hinten zu drehen, kann von ihrer Position aus aber nichts sehen. Trotzdem, das war bestimmt Mum. Wahrscheinlich ist sie früher heimgekommen. Flos Erleichterung ist riesig.

Sie will schon nach ihr rufen, als eine Gestalt aus dem Dunkel tritt. Das Wort »Mum« stirbt ihr auf der Zunge, nackte Angst schnürt ihr die Kehle zu.

»Flo!«

In ihrer Not greift sie nach dem Gemüsemesser in ihrer Gesäßtasche.

»Komm bloß nicht näher. Bleib, wo du bist.«

32

Mit sichtlichem Bedauern stellt Rushton sein Bierglas ab und erklärt das gemütliche Beisammensein für beendet: »Wir müssen jetzt wirklich.«

Clara steht sofort auf. »Ich bin so froh, dass du hier bist, Jack. Wir brauchen dringend frisches Blut.«

»Ja, ich denke auch, das war unsere bisher beste Mannschaftsleistung«, bestätigt Rushton und zieht seinen zerschlissenen blauen Anorak an.

Worauf ich sage: »Oh, du meinst, man kann noch deutlicher verlieren?«

Worauf Rushton sagt: »Das Thema möchte ich jetzt nicht vertiefen.«

»Also, *mir* hat's Spaß gemacht«, erwidere ich, und das ist sogar die Wahrheit. Der Abend war wirklich schön.

»Na, dann sollten wir es unbedingt wiederholen.«

Ich sehe zu, wie Rushton und Clara den Pub verlassen, und greife nach meiner Jacke.

»Wie, du willst auch schon gehen?«, fragt Mike.

Ich bin hin- und hergerissen. Eigentlich müsste ich. Zwei Gläser Wein sind mein absolutes Limit, außerdem wartet Flo auf mich. Andererseits ist es gerade mal halb zehn – und so gemütlich. Insofern spricht nichts gegen einen Absacker.

»Ich weiß nicht.«

»Ich fahre dich auch nach Hause.«

»Aber nur ein kleines Glas.«

»Klar.«

Ich hänge meine Kapuzenjacke wieder über den Stuhl, und Mike geht zur Bar. Mir fällt auf, dass Emma und Simon Harper ebenfalls schon weg sind. Eigenartige Unterhaltung, die wir da auf dem Damenklo hatten. Was zum Teil sicher auch daran lag, dass Emma schon ein paar Drinks intus hatte – und wer weiß was noch. Nicht dass ich sie dafür verurteile. Schuld hat große Ähnlichkeit mit Trauer. Beides ist so etwas wie der Krebs der Seele. Ein raumfordernder Prozess, der alles andere durchdringt. Aber während man mit Trauer noch halbwegs leben kann, breitet sich ein Schuldkomplex immer weiter aus. Irgendwann helfen wirklich nur noch Schmerzmittel.

Mit einem kleinen Glas Wein für mich und einem schwarzen Kaffee für sich selbst kehrt Mike von der Bar zurück.

»Der Cabernet war aus. Ich hoffe, Merlot geht auch.«

»Aber sicher«, sage ich. »Mag sein, ich hab keine Ahnung, aber ich finde, nach dem ersten Glas schmeckt jeder Wein mehr oder weniger gleich.«

Von ihm kommt ein schwaches Lächeln. »Es liegt bei mir ja schon eine Weile zurück, aber da könntest du recht haben.«

Ich erhebe mein Glas. »In diesem Sinne: auf unser Banausentum!«

Er prostet mir mit seiner Tasse zu. »Ich muss allerdings zugeben, dass aus mir inzwischen ein echter Kaffeesnob geworden ist. Das heißt, ich trinke längst nicht mehr alles.«

»Und wie ist der Kaffee hier?«

Er nimmt einen Schluck. »Gar nicht so verkehrt. Ein bisschen zu mild für meinen Geschmack, aber sie bemühen sich. Und dafür, dass er nicht frisch gemahlen ist...«

Ich lache, und wir trinken – und wissen plötzlich nicht weiter. Verlegenes Schweigen, das wir dann im selben Augenblick durchbrechen wollen.

»Also, ich...«

»Nach dir...«, sagt er.

»Nun ja, ich wollte mich noch für meine Bemerkung neulich entschuldigen. Ich benehme mich zuweilen wie die Axt im Walde.«

»Das dürfte nicht ganz unproblematisch sein, so als Seelsorgerin.«

»Ich verlasse mich eben auf mein Glück.«

»Tadaa!«, antwortet er und deutet mit den Händen einen Beckenschlag an. Trotzdem bleibt er neugierig. »Versteh das nicht falsch«, sagt er, »aber auf mich wirkst du ganz und gar nicht wie ein Pfarrer.«

»Vielleicht, weil ich eine Frau bin?«

»Quatsch«, sagt er und wird rot.

»War nur ein Witz.«

»Nein, ich meine, du bist nicht so … wie soll ich sagen, angestaubt.«

Ich muss schmunzeln. »Angestaubt? Also das habe ja noch nie gehört.«

»Na ja, normalerweise merkt man Pfarrern den Pfarrer immer an, selbst wenn sie in Zivil sind. Wie Reverend Rushton zum Beispiel. Aber du bist eher … normal, wenn ich das so sagen darf. O Gott, was rede ich da?« Er schlägt die Hände vors Gesicht.

»Nichts passiert«, antworte ich und trinke einen Schluck. »Ich kann mir denken, was du meinst.«

»Wirklich?«

»Ich begegne ja so einigen Amtskollegen – wobei es übrigens keine Rolle spielt, ob Mann oder Frau. Ich muss zugeben, die meisten sind tatsächlich etwas … angestaubt. Aber ist das ein Wunder? Sie kommen aus religiösen, überwiegend privilegierten Familien und haben nur eine sehr lückenhafte Vorstellung vom Leben außerhalb der Kirche. Dadurch scheinen sie oft etwas weltfremd.«

»Und du kommst nicht aus einer religiösen Familie?«

»Nein«, sage ich zögernd. »Ich hatte auch keine besonders tolle Kindheit. Meine Mutter würde man heute wohl als psychisch labil bezeichnen. Ein echtes Zuhause kannte ich im engeren Sinn nicht. Deshalb bin ich auch schon früh abgehauen und auf Trebe gegangen. Hab meistens draußen geschlafen und mich mit Schnorren über Wasser gehalten, das Übliche halt. Mit einer guten Chance, irgendwann als soundsovielte unbekannte Tote in der Gerichtsmedizin zu landen. Aber dann kam ein guter Mensch des Wegs, der mich gerettet hat, und dieser Mensch war zufällig ein Pfarrer. Er zeigte mir, was man im Auftrag des Herrn bewirken kann – für all diejenigen, die sonst so wenig Unterstützung bekommen. Obdachlose, Menschen, die jeden Halt verloren haben, Opfer von Gewalt, Missbrauch und Vernachlässigung.«

»Aber das alles kann man auch ohne Gott. Ich meine, es gibt Hunderte Hilfsorganisationen, dazu die vielen staatlichen Anlaufstellen.«

»Stimmt, aber für mich ging es auch um das Gefühl, irgendwo dazuzugehören, etwas, das ich vorher nie hatte. Gott brauchte mich. Aber wie sich zeigte, brauchte ich ihn ebenso.«

Er sieht mich an, bis ich die Augen abwende und noch mehr trinke. Warum erzähle ich ihm das überhaupt? Das mache ich doch sonst nicht. Und selbst das ist noch die bereinigte Version, ohne die unschönen Teile. *Wahrheit und Lüge unterscheiden sich oft nur dadurch, wie oft sie wiederholt werden.*

»Ich war früher mal Atheist«, sagt er.

»Echt?«

»Ja, und zwar einer von den ganz Harten. Es gibt keinen Gott, Religion ist die Wurzel allen Übels, der Mensch nichts weiter als ein Tier. Und nach dem Tod kommt gar nichts, Himmel und Hölle sind nur Wunschdenken und so weiter, den ganzen Katechismus runter.«

»Woher dann der Sinneswandel?«

Seine Miene verdüstert sich. »Ich hatte eine kleine Tochter ... die mir genommen wurde.«

»Das tut mir ja so leid für dich«, sage ich zum zweiten Mal.

»Schlagartig wurde mir klar, was für ein Bullshit alle diese Schlaumeier-Gewissheiten waren. Denn meine Tochter bestand ja nicht nur aus Fleisch und Blut, sondern noch aus so viel mehr. Ihre Lebendigkeit, ihr reines Herz, ihre Träume, ihre unglaubliche Energie, alles, was sie war und noch hätte werden können. All das konnte doch nicht einfach *weg* sein, als hätte es nie etwas bedeutet. Als hätte *sie* nie etwas bedeutet. Das konnte ich so nicht hinnehmen. Ich musste einen Weg finden, der ihr das Weiterleben ermöglicht. Ohne das hätte ich selbst nicht mehr ... leben wollen.«

Ihm versagt die Stimme, und jetzt guckt auch er weg. Instinktiv ergreife ich seinen Arm.

»Ihre Seele lebt auf jeden Fall weiter. Ich höre es schon daran, wie du über sie redest. Es ist ein Kraftfeld, das immer um uns ist. Und so lebt sie auch weiter, in *dir*.«

Er sieht hoch, unsere Blicke treffen sich, und in diesem Moment fühle ich mich nackt und vollkommen wehrlos. Dann ein kurzer Blinzler seinerseits, und alles ist wieder wie vorher.

»Danke.«

Allein seine Hand zittert noch, als er nach seiner Tasse greift.

»Entschuldigung, aber ich bin wohl immer noch nicht ...«

»Das verstehe ich.«

Und darüber hinwegkommen wird er wohl sein ganzes

Leben nicht. Vielleicht verliert der Schmerz mit der Zeit etwas von seiner Schärfe, aber er selbst wird dann schon nicht mehr wissen, wie sich ein Leben *ohne* Schmerz überhaupt anfühlt.

Jetzt versucht er, irgendwie die Kurve zu kriegen und sagt: »So, das war *meine* Geschichte. Und was ist mit dir?«

»Mit mir?«

»Mir ist nicht entgangen, dass du auf Journalisten nicht besonders gut zu sprechen bist.«

»Ach, das hat eigentlich nichts zu bedeuten.«

»Wirklich nicht?«

Pitsch-patsch. Meine Ruby kriegst du nicht.

Vielleicht liegt es an dem vielen Wein, vielleicht denke ich auch, ich schulde ihm etwas, jedenfalls höre ich mich sagen: »In meiner letzten Gemeinde ist etwas Furchtbares passiert. Ein kleines Mädchen kam zu Tode. Die Presse ging nicht gerade freundlich mit uns um.«

Diese Pfarrerin hat Blut an den Händen.

Er schlägt die Augen nieder, als er etwas linkisch bemerkt: »Ich weiß.«

Ich starre ihn an. »Wie, du weißt das?«

»Sorry, ich habe dich gegoogelt. Man muss ja nicht lange suchen, um auf diese Sache zu stoßen. Aber da ist noch etwas. Heute Morgen lag das hier in meinem Briefkasten.« Er holt ein zusammengefaltetes Blatt Papier aus der Jackentasche und legt es auf den Tisch. »Ich wollte nicht in Gegenwart der anderen davon anfangen.«

Ich falte das Blatt auseinander. Es ist eine Fotokopie des Zeitungsartikels, der sich schon an der Reisigpuppe in der Kirche befand. Diesmal steht sogar noch etwas darunter, ordentlich in Maschinenschrift:

Wer seine Sünden leugnet, dem wird's nicht gelingen; wer sie aber bekennt und lässt, der wird Barmherzigkeit erlangen. (Sprüche Salomos 28,13)

Der Wein in meinem Magen verwandelt sich in Essig.

»Hast du eine Ahnung, von wem so etwas kommen könnte?«

»Nein, aber irgendwas sagt mir, dass ich wahrscheinlich nicht der Einzige bin, der es erhalten hat.«

Ich muss schlucken. Na wunderbar.

»Ich würde diesen Schrieb gerne an die Polizei weiterleiten, wollte dir aber vorher Bescheid sagen.«

»Danke, aber mir wäre es lieber, wenn du die Polizei aus dem Spiel lässt.«

»Gut, wie du willst.«

»Ich meine, ich will einfach nicht, dass die ganze Geschichte wieder hochkocht. Meine Versetzung in dieses Dorf sollte ja gerade dazu dienen, mit der Sache in Nottingham abzuschließen.«

»Verstehe. Und das klappt auch so, wie ihr euch das gedacht habt?«

Mein Lächeln kommt wohl etwas gequält rüber. »Offenbar nicht.«

»Möchtest du darüber reden?«

Ich sehe ihn an und stelle überrascht fest, dass ich genau das will.

33

»Flo?«

Mit kalkweißem Gesicht bewegt sich Wrigley auf sie zu.

»Lass mich in Ruhe! Hau ab! Verschwinde!«

Verzweifelt versucht Flo wegzukommen, doch ihr Bein hängt in der Spalte fest.

»Easy, ey! Nicht bewegen, du tust dir noch was.«

»Was machst du hier?«

»Ich kam gerade vorbei und hab deine Stimme gehört.«

»Und was treibst du nachts auf dem Friedhof?«

»Ich treibe überhaupt nichts.«

»Warum bist du dann hier?«

»Ich wollte zu dir.«

»Kannst du vorher nicht anrufen?«

»Du hast mir nie deine Nummer gegeben.«

»Oh.«

»Und was soll eigentlich das Messer? Kennst du mich nicht mehr?«

»Ich hatte Angst.«

»Vor mir?«

Was hatte Rosie gesagt? *An deiner Stelle würde ich*

einen großen Bogen um Wrigley machen. Aber wem im Dorf kann sie überhaupt trauen?

Sie lässt das Messer sinken. »Nein.«

Er kniet sich neben sie. »Was ist denn passiert?«

»Ich dachte, da wäre jemand in der Kirche. Ich bin hingefallen, und plötzlich stecke ich mit dem Fuß in diesem Loch.«

»Ach du Scheiße.« Er ruckelt an einer Bodenplatte, die mittendurch gebrochen ist. »Offenbar ist da ein Hohlraum unter den Steinen. Deswegen haben sie den Bereich auch abgesperrt.«

Sie nickt und merkt dabei, dass sie Kopfschmerzen hat. Sie ist völlig fertig, und ihr wird langsam kalt. Jedenfalls beginnt sie zu zittern.

»Hier«, sagt Wrigley und zieht umständlich seinen Hoodie aus, den sie sogar annimmt.

»Danke.«

»Und jetzt gib mir das Messer!«

»Wozu brauchst du mein Messer?«

»Vielleicht kriege ich damit die anderen Platten los.«

Flo zögert, aber dann tut sie es doch.

»Was wolltest du eigentlich mit dem Messer in der Kirche?«

»Ich dachte, es wären Einbrecher da.«

»Und? Hast du welche gesehen?«

Er drückt das Messer in die Fuge zwischen zwei Platten und hebelt daran herum. Sie wiederum denkt nur an das brennende Mädchen mit den ausgestreckten Armen.

»Nein.«

Achselzucken seinerseits. »Früher hatte ich ständig ein Messer bei mir«, sagt er.

»Warum?«

»Zur Verteidigung natürlich.«

Eine Platte gibt nach und bewegt sich leicht. Sie beißt die Zähne zusammen, um nicht laut aufzuschreien.

»Verteidigung gegen wen?«

»Gegen die anderen Jugendlichen in der Schule.«

»Was, du hast ein Messer mit in die Schule gebracht?«

»Das war dumm, ich weiß. Aber du hast keine Ahnung, was da abging. Die Sachen, die da alle passiert sind.«

Das Messer kratzt weiter in der Fuge, ziemlich nah an ihrem Bein. Sie spürt, wie der Druck allmählich nachlässt.

»War das an deiner alten Schule?«

Die Frage scheint ihm nicht zu passen. »Wer hat dir davon erzählt?«

»Rosie.«

»Das war ja klar.«

»Sie sagt, du hättest fast ein Mädchen umgebracht.«

»Das ist gelogen.«

»Also hast du in der Schule gar kein Feuer gelegt?«

Schweigen. Nur das Geräusch von Stahl auf Stein ist noch zu hören. Okay, bis hierher erst mal, denkt Flo. Er wird es mir sowieso nicht sagen.

Dann ein tiefer Seufzer und ein Blick. »Doch. Das mit dem Feuer stimmt.« Und sein trauriges Lächeln dabei. »So, jetzt weißt du es. Ich bin eben ein Psycho.«

»Aber warum?«

»Vermutlich, weil ich schon so geboren wurde, denke ich mal.«

»Nein, ich meine, warum du die Schule abfackeln wolltest?«

Ihre Augen begegnen sich. So seltsame Augen, denkt Flo erneut. Diese silbrig-grünen Splitter in der Iris. Wie bei einem Kaleidoskop. Irgendwie hypnotisch.

»Na ja, weshalb macht man so was? Weil ich den Laden gehasst habe, und zwar alles daran. Die Lehrer, meine Mitschüler, die Gerüche, die vielen Verbote. Aber am meisten hasste ich, wie sie da jeden behandeln, der nicht ins Schema passt. Leute wie ich, meine ich. Sie behaupten zwar immer, sie wären total sensibilisiert, was Mobbing und so angeht, aber eigentlich ist ihnen das scheißegal. Das Einzige, was sie interessiert, ist, wie die Schule im landesweiten Vergleich dasteht. Und deshalb kümmern sie sich auch nur um die guten Schüler. Die anderen bringen ihnen nichts.

Einmal, auf dem Spielplatz, ist die ganze Gang über mich hergefallen. Ich musste mich ausziehen und vor ihnen im Schlamm kriechen. Am Schluss zwangen sie mich noch, Regenwürmer zu essen. Weißt du, wie die Lehrer reagiert haben, als ich später nackt und verdreckt in die Klasse zurückkam? Sie haben gelacht.«

»Schei-ße!«

»Selbst als sich meine Mum bei der Direktorin beschwerte, hat sich nichts geändert. Ich hatte keinen einzigen glücklichen Tag an dieser Schule, nicht einen. Nur solche, an denen man es nicht ganz so krass abbekam.«

»Das tut mir leid.«

»Irgendwann brennt bei jedem die Sicherung durch. Ich zumindest wollte diese Schule nur noch zerstören.«

»Und was war mit dem Mädchen?«

»Ich wusste doch gar nicht, dass sie noch da war.«

»Was genau ist dann passiert?«

»Na, was schon? Irgendwann rief jemand die Feuerwehr, und die hat sie rausgeholt. Und ich fühlte mich schrecklich. Ich wollte doch niemandem was tun.«

»Und was wurde aus dir?«

»Ich kam relativ glimpflich davon. Meine Mutter schickte mich zum Psychologen, was einen Haufen Geld gekostet hat, und ich bekam so eine Art Bewährungshelfer. Wir sind dann umgezogen, und ich musste auf eine andere Schule. Nicht dass dort irgendwas anders ist als bei der alten …« Er richtet seine Aufmerksamkeit wieder auf die Bodenplatte. »Gleich haben wir's.«

Dann bricht das letzte Stück weg, und mit einem Mal kommt ihr Bein frei. Es tut weh, aber wenigstens kann sie sich wieder bewegen. Erleichtert zieht sie ihr Bein aus dem Loch. Ihre Jeans ist zerrissen, und sie blutet durch den Stoff. Sie wackelt mit dem Fuß, um zu sehen, ob noch mehr kaputt ist. Bis auf die Schmerzen ist aber alles okay.

»Danke«, sagt sie zu Wrigley.

»Die Wunde sollte gereinigt werden.«

»Ich muss sowieso meine Mutter anrufen.« Er hebt das Handy auf, das ein paar Meter weiter auf dem Boden liegt. »Falls es noch funktioniert.«

Als er ihr das Telefon gibt, berühren sich ihre Finger. Erst da fällt ihr auf, wie nah sie sich die ganze Zeit waren. Abermals muss sie an Rosies Warnung denken.

»Wrigley, da ist noch etwas, das ich dich …«

Er aber scheint irgendwas entdeckt zu haben und hört gar nicht zu. »Shit, Mann, sieh dir das an.«

»Was ist denn?«, fragt sie.

»Das geht richtig tief runter. Du kannst froh sein, dass du hier nicht voll durchgekracht bist.«

Sie humpelt zu ihm, und gemeinsam blicken sie in das dunkle Loch im Boden. Sie kann nicht viel erkennen, aber auch sie hat das Gefühl, dass sich dort etwas aufgetan hat, das tiefer reicht als gedacht. Vielleicht ein alter Keller?

»Schalt mal dein Handylicht an«, sagt sie, »mein Telefon scheint kaputt zu sein.«

Als Wrigley das leuchtende Display in das Loch hält, lautet sein Kommentar nur: »Heilige Scheiße!«

Auch Flo findet zunächst keine Worte, sagt nur: »Sind das etwa …«

Sie blicken sich an und vergewissern sich noch mal.

Es sind Särge.

34

Meine erste Begegnung mit Ruby fand statt, als ihre Tante sie taufen lassen wollte, da war Ruby fünf Jahre alt. Ein puttenhaftes Wesen mit den größten braunen Augen, die ich je gesehen hatte. Über ihre Herkunft wusste ich damals nichts, aber wie das in homogenen Stadtteilgemeinden so ist, sprach sich die Wahrheit irgendwann auch bis zu mir durch. In dieser Hinsicht ist die Kirche wie ein kleines Dorf. Jeder kennt jeden, und die Leute reden.

Rubys Mutter jedenfalls starb an einer Überdosis, vom Vater keine Spur. Deshalb wuchs Ruby bei ihrer Tante Magdalene auf, einer korpulenten, stets heiteren Frau, die selber keine Kinder haben konnte. Magdalene (oder Lena, wie sie von allen genannt wurde) lebte seit Jahr und Tag mit ihrer Freundin Demi zusammen, die äußerlich ihr genaues Gegenteil war. Was Lena an Pfunden zu viel hatte, hatte Demi zu wenig.

Ich kann nicht behaupten, dass ich die beiden näher kannte. Ehe Lena die Mutterrolle übernahm, war sie bei einer anderen Gemeinde gewesen und entschied sich erst mit Ruby für uns. Ich sah die drei immer im Familiengottesdienst am Sonntag und Ruby ab und zu in der Malgruppe für Kinder am Donnerstagabend.

Lena war eindeutig die Kontaktfreudigere von den beiden Frauen. Immer offen, immer redselig, für jeden ein Lächeln. Demi dagegen hielt sich mehr im Hintergrund. Obwohl sie beide für Ruby einstanden, war das Kind, soweit ich das beurteilen kann, eindeutig eine Herzensangelegenheit von Lena. Aber was tut man in Ermangelung weiterer Alarmzeichen, die es, wie gesagt, zunächst ja nicht gab? Oder vielleicht gab es sie, und ich wollte sie einfach nicht wahrhaben? Ich meine, der Mensch ist, wie er ist. Was einem nicht passt, nimmt man nur ungern zur Kenntnis.

Ich weiß noch, wie Lena bei der Tauffeier meinte, wie erleichtert sie sei, dass wir »die Sache damit erledigt« hätten. Eine eigenartige Wortwahl, die mir schon damals auffiel. Deshalb fragte ich nach.

Sie sagte: »Ihre Mutter war eine gottlose Frau. Sie hätte das Kind ungetauft sterben lassen – und was dann? Dann hätte Ruby für alle Ewigkeit im Fegefeuer schmoren müssen.«

Als ich höflich einwandte, dass Gott bestimmt auch die ungetauften Kinder zu sich nähme, sah sie mich nur verständnislos an und meinte: »Nein, Reverend, ohne das Sakrament der Taufe sind die Kinder dazu verurteilt, ruhelos über die Erde zu wandern. Ich will, dass meine Ruby in den Himmel kommt.«

Ich maß dieser Äußerung kein besonderes Gewicht zu, das war ein Fehler. Ich hätte die feine Trennlinie beachten sollen zwischen Religiosität und religiösem Wahn. Ich tat es nicht, denn in unserer Gemeinde gab es viele solche Eiferer. Leute, die in jeder Hinsicht fundamentalistischer waren als ich. Ich versuchte zwar, deren alttestamentarische Vorstellungen behutsam upzudaten, damit sie endlich in der liberalen englischen Gesellschaft ankamen. Also mehr Liebe und Toleranz als Hölle und Verdammnis. Dass sie dies nicht immer voll unterschreiben konnten, machte sie aber längst nicht zu schlechten Menschen.

Aber ich hätte gewarnt sein sollen, als Ruby einmal mit einem dicken Bluterguss auf der Stirn zur Malgruppe erschien. Angeblich, weil sie *gestürzt* sei, wie Lena erklärte. Und kleine Kinder stürzen andauernd, wie ich bei Flo sehen konnte. In Rubys Alter hatte Flo ständig irgendwelche blauen Flecken. Ich weiß noch, wie sie einmal ins Wohnzimmer gerannt kam, auf dem Teppich stolperte und frontal gegen den Kamin knallte. Auch sie hatte nach wenigen Minuten ein imposantes Hörnchen. Und ich? Ich hatte keine Ahnung und raste mit ihr in die Notaufnahme. Diagnose dort: nichts passiert. Weil solche Sachen eben geschehen.

Nur bei Ruby ereignete sich im Lauf der Zeit immer mehr, und es blieb auch nicht bei blauen Flecken. Irgendwann die erste Platzwunde, ein gebrochener Arm. Laut Lena war sie im Garten vom Klettergerüst gestürzt. Nun gut, alles plausibel, zumal wenn es von jemand mit Lenas menschenfreundlichem Naturell geäußert wurde.

Ich wusste ja auch, wo sie wohnten. Lena hatte mich einmal zum Tee eingeladen. Kleine Reihenhaussiedlung mit Sozialbindung am Rand unseres Sprengels. Draußen wie drinnen alles sauber und ordentlich, selbst Rubys Spielsachen lagen nicht wild auf dem Boden herum, sondern hübsch verstaut in pinkfarbenen Plastikboxen. Deshalb war mein zweiter – unangekündigter – Besuch sicher so etwas wie eine Grenzüberschreitung. Aber Rubys ewiges Verletzungspech ließ mir keine Ruhe. Ich kaufte ein paar Süßigkeiten und wollte mich, indem ich kurz vorbeischaute, eigentlich nur selbst beruhigen.

Erst einmal schien niemand zu Hause zu sein. Und es sah auch nicht mehr so proper aus wie beim ersten Mal, sogar von außen nicht. Überall waren die Vorhänge zugezogen, und der Garten war völlig verwildert, wie ich durch den schadhaften Zaun erkennen konnte. Verrottende Spielsachen im Gras, überlaufende Mülltonnen und vor allem – dies beunruhigte mich am meisten – kein Klettergerüst.

Als ich den Fall bei Durkin zur Sprache brachte, lächelte er nur – huldvoll wie eh und je.

»Ein nicht gemähter Rasen ist nicht gleich ein Indiz für Kindesmisshandlung.«

»Und was ist mit dem Klettergerüst?«

»Vielleicht meinte sie den Spielplatz im Park.«

»Aber sie sagte ausdrücklich im Garten.«

»Dann hat sie sich eben vertan.«

»Es sind nicht nur diese permanenten Verletzungen. Ich habe auch das Gefühl, dass sie dünner geworden ist.«

»Wie immer bei einem Wachstumsschub. Das allein ist doch nicht unnormal.«

»Ich mache mir trotzdem Sorgen.«

»Jack, wenn irgendetwas nicht in Ordnung wäre, hätte man es wohl auch in der Schule gemerkt, meinen Sie nicht? Außerdem stehen Pflegekinder unter Aufsicht des Jugendamts, welches die häuslichen Verhältnisse regelmäßig überprüft.«

»Ja sicher, aber trotzdem…«

»Ich weiß, dass Ihnen die Kinder in Ihrer Gemeinde am Herzen liegen, und das bewundere ich, ehrlich. Aber selbst die besten Eltern sind nicht perfekt, nicht einmal Sie. Hat Flo sich noch nie wehgetan?«

Natürlich hatte sie, doch das beruhigte mich kein bisschen.

»Richtet nicht, damit ihr nicht gerichtet werdet«, sprach Durkin.

»Schon klar«, sagte ich.

Ach, geh zur Hölle, dachte ich.

Noch am selben Nachmittag bat ich um ein Gespräch mit ihrer Lehrerin, leider vergebens. Wie ich von der Direktorin erfuhr, war Ruby schon vor Wochen von der Schule genommen worden, da ihre Tanten sie künftig im Homeschooling unterrichten wollten. Komisch, davon hatte mir Lena nie etwas gesagt, auch Ruby nicht. Aber Ruby, hatte ich den Eindruck, war ohnehin so still geworden. Nicht mehr das unbeschwerte Kind, als das ich sie einmal kennengelernt hatte.

Endlich schrillten die Alarmglocken. Sie waren eigentlich unüberhörbar, und doch suchte ich weiter nach natürlichen Erklärungen für etwas, das längst bedrohliche

Züge annahm. Vielleicht waren Lena und Demi mit dem Kind überfordert, konnte ja sein. Einmal, nach einem Gottesdienst, nahm ich Lena beiseite, fragte sie direkt.

»Und Ruby geht's gut?«

Noch heute habe ich im Ohr, wie sie mir strahlend versicherte: »Aber ja. Und Sie müssen unbedingt mal wieder zum Tee vorbeikommen.«

»Gern«, erwiderte ich und wusste gleichzeitig, dass es das Letzte war, was jeder von uns wollte. Und nur um überhaupt noch etwas zu sagen, fragte ich noch: »Wie läuft's in der Schule?«

Worauf sich Lenas Miene schlagartig verdüsterte. »Reverend, ich muss gestehen, wir haben es an der nötigen Aufmerksamkeit fehlen lassen. Ruby wurde in ihrer Klasse gemobbt, und wir haben nichts gemerkt. Unter anderem wurde ihr auch regelmäßig das Pausenbrot gestohlen. Wir hätten schon viel früher etwas unternehmen müssen – und machen uns deshalb große Vorwürfe. Wenigstens unterrichten wir sie jetzt zu Hause, wo wir ein Auge auf sie haben können.«

Und wieder kam von ihr dieses breite, offenherzige Lächeln, das ihrer Geschichte erst die volle Glaubwürdigkeit verlieh. Innerlich hingegen war ich überzeugt, dass jedes Wort davon gelogen war.

Deshalb zeigte ich sie anonym beim Jugendamt an – und wartete erst einmal ab. Nichts geschah. Ruby erschien weiterhin jeden Sonntag in der Kirche und wurde immer dünner. Ansprechen konnte ich sie nicht, da stets Lena oder Demi in der Nähe waren. Allerdings fiel mir auf, dass sich Lena neu eingekleidet hatte und an Demis dürrem Hals plötzlich ein Goldcollier prangte.

Abermals verständigte ich das Jugendamt. Abermals wartete ich vergebens auf eine Reaktion. Dann, eines donnerstags, bot sich mir die unerwartete Chance, Ruby allein zu erwischen. Lena war auf die Toilette gegangen, ich zögerte keine Sekunde.

»Hallo, mein Schatz, lange nicht gesehen. Wie geht's dir denn so?«

Sie hielt ihren Blick starr auf ihr Bild gerichtet, einen Tornado aus Tapetenkleister und Glitzer, und sagte nur: »Gut.«

»Und zu Hause ist alles in Ordnung? Isst du auch genug?«

»Ja.«

»Bist du sicher?«

Auf einmal schaute sie auf, und in ihren großen braunen Augen schimmerte eine herzzerreißende Mischung aus Furcht und abgrundtiefer Verzweiflung.

»Ich bin ein böses Mädchen. Der Teufel wohnt in mir. Das Böse muss ausgetrieben werden.«

Dann brach sie in Tränen aus.

»Ruby…«

»He, was machen Sie da?«

Zu spät sehe ich im Augenwinkel die rot gekleidete Körpermasse, die geradewegs auf mich zugestürmt kommt und mich wie nichts beiseitestößt.

»Was haben Sie zu ihr gesagt? Sehen Sie nur, was Sie angerichtet haben.«

»Lena, ich bitte Sie, ich mache mir Sorgen um Ruby.«

Aber Lena hatte Ruby bereits vom Stuhl gezogen und sah mich hasserfüllt an. »Aha, dann waren Sie das, die uns diese Leute auf den Hals gehetzt haben. Ärger machen, das ist alles, was Sie können, Sie weiße Schlampe.«

Völlig perplex starrte ich sie an

»Nur damit Sie's wissen: Ich bin eine anständige Frau. Ich versuche nur, dieses Kind auf den rechten Pfad zu führen. Und Sie, was tun Sie? Sie stehen da und verbreiten nichts als Lügen über uns. Ich liebe dieses Kind. Und was ich tue, ist nur zu seinem Besten, haben Sie das verstanden?«

Ich versuchte, ruhig zu bleiben, jetzt, da alle Blicke auf uns lagen. »Ich habe sehr wohl verstanden«, sagte ich. »Aber das Kind sieht leider überhaupt nicht gut aus, Lena.«

»Und Sie meinen, Sie könnten das beurteilen? Wahrscheinlich meinen Sie auch, Leute wie *wir* könnten grundsätzlich keine Kinder erziehen. Natürlich, das können ja nur so perfekte Weiße wie Sie.«

»Nein, das meine ich ganz und gar nicht.«

»Wie können Sie es wagen? Aber das Eine sage ich Ihnen, meine Ruby kriegen Sie nicht, kapiert? Keiner nimmt mir meine Ruby.«

Mit diesen Worten und mit Ruby an der Hand, ihrem Mündel, ihrem Anhängsel, stürmte sie aus dem Saal.

Mea culpa. Ich hätte damals sofort zur Polizei gehen müssen. Ich hätte den Schlafmützen vom Jugendamt Beine machen müssen. Hätte den beiden nachlaufen, etwas *tun* müssen, irgendetwas. Ich unterließ es, weil ich Angst hatte. Angst vor den anderen Eltern, die bereits so komisch guckten. Angst auch davor, dass stimmen könnte, was Lena mir an den Kopf geworfen hatte. Nämlich dass ich Lena und Demi nur wegen ihrer Hautfarbe so streng beurteilte – und sei es unbewusst. Auf einmal war ich völlig verunsichert. Hatte ich einen Fehler gemacht?

In der folgenden Woche bekam ich Ruby nicht zu Gesicht. Ich fuhr an ihrem Haus vorbei, aber dort war alles verrammelt. Vielleicht wohnten sie gar nicht mehr da, waren umgezogen, und ich hatte Ruby verloren.

Dann der Sonntag. Wie üblich war ich früh in der Kirche, um alles für die Messe vorzubereiten. Ich liebe die Stille, bevor die Leute kommen. Es ist meine Zeit der Sammlung. Anfang Oktober ist es um acht Uhr morgens in Nottingham noch relativ dunkel. Aber schon beim Aufschließen merkte ich, dass etwas nicht stimmte.

Die Atmosphäre war irgendwie anders als sonst. Und zur Atmosphäre gehört auch: der Geruch. An jenem Sonntag ein süßlich-metallischer, auf jeden Fall übelkeiterregender Geruch. Ich schaltete das Licht ein und ging durch den Mittelgang nach vorn. Unterhalb des Altars sah ich etwas liegen. Ich hörte auch etwas. Ein Tropfgeräusch, langsam und gleichmäßig. *Pitsch-patsch, pitsch-patsch.*

Wie ferngesteuert ging ich auf den Altar zu. Ich wollte wissen, was da los war, auch wenn in jedem Nervenende bereits die Ahnung flirrte, dass ich das, was da los war, auf keinen Fall sehen wollte.

Sie lag vor dem Altar wie ein weggeworfenes Kleidungsstück. So nackt, so mager, so aus nichts mehr bestehend, dass sich die Rippen unter der Haut abzeichneten wie die Kiele eines Regenschirms. Und Beine dünn wie Fahrradspeichen, dass ich mich fragte, wie diese sie überhaupt hatten tragen können. Noch immer klammerte sie sich an ihren Plüschhasen. Ihre Augen waren weit aufgerissen und blickten mich klagend an, während der rote Schnitt an ihrem offenen Hals mir zugleich höhnisch entgegenlachte.

Pitsch-patsch. Meine Ruby kriegst du nicht.

Lena und Demi kamen nicht weit. Die Polizei nahm sie auf der M1 an der Raststation Toddington fest. Mit dem Pflegegeld für Ruby hatten sie sich ein schönes Leben machen wollen, mit Shopping und Urlaub, mit allem, was man heute so begehrt. Während sie das Kind erst vernachlässigten, dann misshandelten und schließlich opferten – was wohl wörtlich zu verstehen ist. Lena gab zu Protokoll, dass sie am Ende keinen anderen Ausweg mehr gewusst hätten.

Später, vor Gericht, behauptete sie, das Kind sei von Dämonen besessen gewesen. »Diese Dämonen musste ich austreiben. Jetzt kann ihre Seele in den Himmel aufsteigen.«

Bis heute weiß ich nicht, ob sie dieses abstruse Zeug wirklich glaubte oder nur für unzurechnungsfähig erklärt werden wollte. Wie auch immer, das Gericht überzeugte sie damit nicht. Sowohl sie als auch Demi wurden zu lebenslangen Haftstrafen verurteilt. Vorher hatten sich aber schon die Medien auf das Thema gestürzt, und Lenas Aussage lieferte ihnen endlich die Stichworte, die sich zu einer regelrechten Kampagne ausweiten ließen. Ganz vorne im Schussfeld die Kirche beziehungsweise die Gemeindepfarrerin, unter deren Augen sich die ganze Tragödie abspielen konnte. Die Pfarrerin galt schnell als die eigentliche Schuldige. Was in meinem Fall völlig unnötig war, denn genau so sah ich es ja auch. Vor meinem Gewissen war ich längst die »Pfarrerin mit Blut an den Händen«.

Mike sieht mich mitfühlend an.

»Aber das stimmt doch gar nicht. Du hast getan, was du konntest.«

»Ja, aber das war nicht genug.«

»Manchmal ist eben nichts gut genug.« Er blickt in seinen Kaffeesatz. »Ich nehme an, Simon und Clara haben dir gesagt, wie Tara starb.«

»Sie meinten, es sei ein Unfall gewesen.«

Er schüttelt den Kopf. »Richtig. Aber ein Unfall, der letztlich nur meinetwegen passiert ist. Ich hätte sie nur von der Schule abholen müssen, aber ich war betrunken und konnte nicht fahren. Nur deswegen bat ich Emma, auf Tara aufzupassen. Ohne mich wäre sie gar nicht bei den Harpers im Garten gewesen.«

»Es hätte genauso gut ein andermal passieren können. Dich trifft keine Schuld. Zu akzeptieren, dass es *keinen* Grund gibt und *keinen* Schuldigen, ist mit das Schwierigste, das es gibt. Doch wenn wir das nicht schaffen, können wir damit auch nicht abschließen.«

»Und du, hast du mit Rubys Tod abgeschlossen?«

»Noch nicht. Aber es ist ja auch nicht einfach.«

»Was, wenn du es *nie* schaffst?«

»Das Leben geht weiter. Und wir entscheiden, ob wir mitgehen oder für immer an einem Punkt verharren wollen.«

»Und wenn das nicht geht?«

»Mike ...«

Im selben Moment klingelt mein Handy. Unbekannter Anrufer. Das gefällt mir ganz und gar nicht, denn nur wenige Leute haben meine Nummer, und die stehen in meinen Kontakten. Und andere Anrufe bekomme ich normalerweise nicht.

Mike deutet mit dem Kopf auf das erleuchtete Display.

»Willst du nicht drangehen?«

Unentschlossen schwebt meine Hand über dem Knopf mit dem grünen Hörer, aber dann drücke ich ihn doch.

»Hallo?«

Am anderen Ende nur Atmen. Ich werde nervös.

»Mum?«

»Flo? Was ist da los? Von welchem Handy rufst du an?«

»Von Wrigleys.«

Ich möchte mir nichts anmerken zu lassen, aber auf den Namen Wrigley reagiere ich allergisch.

»Warum rufst du von Wrigleys Handy an?«

»Lange Geschichte. Pass auf, Mum, kannst du herkommen?«

»Warum? Was ist denn los? Alles in Ordnung?«

»Ja, mir geht's gut. Na ja, ich hab mich am Bein verletzt, aber mach dir keine Sorgen. Hier in der Kirche ist etwas, das du dir ansehen musst.«

Was bei mir gleich mal tausend Fragen auslöst. Wie genau will sie sich am Bein verletzt haben, aber ich soll mir keine Sorgen machen? Und warum ist dieser Wrigley wieder da? Und überhaupt, was treiben die Kinder nachts in der Kirche? Ich bemühe mich aber, ruhig zu bleiben, und sage nur: »Bin schon unterwegs.«

Mike sieht mich neugierig an, als ich mein Handy in die Tasche stecke.

»Ärger?«

»Meine Tochter. Ich muss nach Hause.«

»Ich fahre dich.«

»Danke.«

Erst beim Aufstehen merke ich, dass ich mich am Tisch abstützen muss, weil mir die Knie zittern. Denn als eben die fremde Nummer auf dem Display erschien, dachte ich für einen Moment, es wäre *er*. Dass er mich, trotz aller Vorsichtsmaßnahmen, gefunden hatte – so wie schon einmal.

Der Mörder meines Mannes.

Mein eigener Bruder. Jacob.

35

Er hat sein Haupt ins Stroh gelegt. Durch das löchrige Wellblechdach glimmen vereinzelte Sterne. Der Stall ist kalt und dreckig und riecht nach Kuhscheiße, aber er hat schon schlechter genächtigt. Außerdem ist er ihr bereits nahe. So nahe, dass er sie förmlich spüren kann.

Genau das aber macht seine gegenwärtige Lage so frustrierend. Sein Knöchel wird immer dicker und pocht. Zum Glück nur verstaucht, nicht gebrochen. Und doch ein Problem. Wie auch der schmutzige weiße Kragen und der zerrissene Anzug. Alles nicht gut. Zumal er auch kein Geld mehr hat. So nah er ihr auch schon ist, so wie er jetzt aussieht, bleibt sie für ihn unerreichbar, und das ärgert ihn zunehmend. Er hat es schon so weit geschafft, alles so gut geplant.

Sein Zug erreichte London St. Pancras auf die Minute pünktlich. Er war ausgestiegen und hatte sich ins Gewühl gestürzt. Nottingham war schon schlimm, aber in London fehlte nicht viel und er hätte sich wieder in den Waggon geflüchtet.

Nun sind auch Gefängnisse nicht unbedingt bekannt

für ihr großzügiges Platzangebot, doch die meiste Zeit verbringt man trotzdem allein in seiner Zelle. Jeglicher Körperkontakt ist beschränkt und führt überdies leicht zu Missverständnissen. Und als Folge davon noch leichter zu einer gebrochenen Nase oder Schlimmerem.

Doch St. Pancras mit seinen drängenden Menschenmassen war das Inferno. Überall rumpelnde Rollkoffer und babylonisches Stimmengewirr, übertönt allein von kreischenden Bremsen und dem Echo der Lautsprecherdurchsagen.

Er biss die Zähne zusammen und zwang sich, weiter auf die Ticketbarrieren zuzugehen. Denn jetzt war er verwirrt, in Nottingham waren die Sperren offen gewesen. Er hatte keine Ahnung, wie man diese Dinger bedient.

»Kann ich Ihnen behilflich sein, Sir?«

Er schrak zusammen. Eine kleine dunkelhaarige Frau in Eisenbahneruniform sah ihn an.

»Ähm, ja … Ich reise so selten mit der Bahn.«

»Haben Sie Ihren Fahrausweis?«, fragte sie freundlich.

Er zog seinen Fahrschein aus der Tasche und reichte ihn ihr. Sie warf einen kurzen Blick darauf und öffnete die Sperre von Hand. »Bitte schön, Reverend.«

»Ich danke Ihnen. Vergelt's Gott.«

Er reihte sich in die Schlange vor der Rolltreppe ein, ein Schild wies ihn an, rechts zu stehen, links zu gehen. Er gehorchte, denn in der Befolgung von Anweisungen war er gut.

Auch die Leute am Fahrkartenschalter waren ausgesprochen hilfsbereit. Natürlich waren sie das. Eine Uniform, *jede* Uniform verschafft ihrem Träger Respekt. Das weiße Halsband stand für Autorität. Wollte seine Schwester deshalb nicht mehr ohne sein? Oder war es die Anonymität? Mit dem Kragen war man ja eigentlich kein normaler Mensch mehr, sondern etwas Höheres, Pfarrer eben.

Er fragte sich, ob sie inzwischen den toten Geistlichen gefunden hatten.

Es war schon spät am Nachmittag, als er den Zug nach Sussex bestieg. Dieser Zug war viel kleiner als der erste und halb leer. Er entspannte sich wieder und verfolgte durchs Fenster, wie aus dem dicht bebauten London erst endlose Vorstadt wurde und aus der Vorstadt Umland und aus dem Umland irgendwann offenes Land. Das offene Land versetzte ihm einen Stich. Er wusste gar nicht, dass er sich danach gesehnt hatte. Es war so lang her, seit er zum letzten Mal Felder und Viehweiden gesehen hatte. Oder diesen unfassbar weiten Himmel.

Anderthalb Stunden später hielt der Zug in Beechgate. Die Station war kaum mehr als ein schmaler Bahnsteig mit überdachtem Wartebereich, und er war der Einzige, der dort ausstieg. Direkt neben den Gleisen weideten schon die Schafe. Hatte ihn der hektische Betrieb von London völlig desorientiert, so war die plötzlich Weite, die unerwartete Stille auf andere Art überwältigend. Er schaute sich um, sog die Landluft ein, starrte in den Himmel. Mein Gott, so viel Himmel.

Ein weißes Holzschild vor der Station gab die Entfernung nach Chapel Croft mit zehn Meilen an. Eine Bushaltestelle gab es nicht, er hatte ohnehin nur noch fünfzig Pence übrig. Er richtete seinen weißen Kragen und marschierte los.

Die Straße war schmal und kurvenreich. Da es keinen Gehweg gab, ging er auf dem Asphalt und wich auf den unbefestigten Randstreifen aus, sobald sich ein Auto näherte, was zum Glück nicht oft der Fall war. Auf dieser Straße fuhr praktisch niemand.

Nach einer Stunde zog die Dämmerung herauf. Er besaß keine Uhr, in der Haft brauchte er so etwas nicht, und sein Zeitgefühl war mit den Jahren immer besser geworden. Nach seiner Schätzung war es etwa acht Uhr, deshalb beschleunigte er seine Schritte. Er wollte nicht bei Dunkelheit noch auf der Straße sein. Er befand sich in einem unübersichtlichen Kurvenbereich, als er ein lautes Motorengeräusch vernahm, das schnell näher kam, viel schneller als bei den anderen Fahrzeugen. Er drehte sich um, aber da sah er schon den bösartigen Kühlergrill, hörte die quietschenden Bremsen, ehe der Wagen die Kurve schnitt. Bei dem Versuch, zur Seite zu springen, verdrehte er sich den Fuß und schlitterte geradewegs in den Entwässerungsgraben. Der allradgetriebene SUV machte keine Anstalten anzuhalten. Er war nicht einmal sicher, ob der Fahrer ihn überhaupt wahrgenommen hatte.

Einen Moment lang lag er in dem stinkenden Graben. Ihm tat der Hüftknochen weh, denn auf dem war er aufgeschlagen, aber schlimmer war sein Fuß. Dieser grelle, ausgeprägte Schmerz, der sofort da war, bedeutete nichts Gutes. Er setzte sich auf und schob sich rückwärts auf den Randstreifen zurück. Dort scheiterte der Versuch, wieder auf die Beine zu kommen, am wütenden Protest seines Sprunggelenks, sodass er schließlich geschlagen auf die Knie sank. Er konnte nicht mehr laufen, war praktisch bewegungsunfähig, was jetzt? Durch eine Lücke in der Hecke entdeckte er in einiger Entfernung ein Farmhaus. Näher jedoch, am Rand der nächsten Weide, lag eine verfallene Scheune. Das musste erst einmal reichen. Langsam und auf allen vieren kroch er auf die Scheune zu.

Er schließt die Augen und wünscht, er hätte wenigstens irgendwas gegen die Schmerzen. Vielleicht ist der Fuß ja doch gebrochen. Er richtet sich auf und zieht das Hosenbein hoch. Es sieht nicht gut aus. Die Schwellung hat weiter zugenommen. Unter der ballonartig gespannten Haut ein Farbenspiel aus Rot, Violett und Schwarz. Ächzend sinkt er auf das Stroh zurück.

Mit diesem Fuß wird er nicht weit kommen. Und so verdreckt, wie er ist, nimmt ihn auch keiner mit, Halsband hin oder her. Er muss sich waschen, er muss seine Kleidung reinigen, und er braucht dringend etwas gegen die Schmerzen. Durch ein Loch in der Wand späht er hinaus. Das Farmhaus liegt nur eine Weide weiter. Aus den Fenstern dringt warmes Licht.

Vergiss nicht, du trägst immer noch ein Kollar. Sag

ihnen, du hättest einen Unfall gehabt. Sie lassen dich
schon hinein.

Und dann was? Ich will keinem wehtun.

Aber sie haben garantiert irgendwelche Schmerztablet-
ten im Haus. Und Alkohol. Vielleicht auch Bargeld.

Nein, das tut er nicht. Wahrscheinlich haben sie Kinder. Kinder sind unschuldig. Er will keinem Unschuldigen wehtun.

Niemand ist vollkommen unschuldig.

Der Schmerz in seinem Sprunggelenk strahlt in alle
Richtungen. Er will ihn ignorieren, aber es geht nicht.
Er setzt sich auf, sieht noch einmal zu dem Farmhaus
hinüber. Schmerztabletten, Alkohol, nur das. Vielleicht
muss er nicht einmal Gewalt anwenden. Oder nur ein
wenig. Nur gerade so viel, um sie gefügig zu machen und
an die Sachen zu gelangen, die er braucht. Wie soll er
sonst an sie herankommen?

Er zwingt sich hoch.

36

Ich knie vor diesem Loch und leuchte mit der Taschenlampe hinein. Viel Platz ist da nicht, die Öffnung ist
kaum größer als ein Fußball. Aber darunter weitet sich
der Raum. Ich sehe eine Art unterirdisches Gewölbe. Anscheinend gab es einmal einen Zugang von oben, jedenfalls befinden sich auf der linken Seite steinerne Treppen-
stufen. Hauptsächlich aber erkenne ich Särge, drei an der
Zahl, die mehr recht als schlecht in einer Ecke überein-
andergeschichtet wurden. Das Holz wirkt verrottet. Ein
Sargdeckel ist sogar gesprungen, und aus dem Gehäuse
darunter grinst mich ein Totenschädel an.

»Darf ich auch mal?«, fragt Mike.

Mike ist nämlich immer noch da. Er wollte mich nicht
allein lassen, was mir anfangs eher missfiel. Ich brauche keinen Aufpasser. Flo und Wrighly mussten, nachdem wir das Bein meiner Tochter verarztet hatten, in der
Küche bleiben. Flo hat sich zum Glück nichts gebrochen,
aber ich dachte mir, solange die beiden mit Milch und
Haferkeksen ruhiggestellt sind, bringen sie sich wenigstens nicht selbst in Gefahr.

Flo behauptet, sie habe jemanden in die Kirche gehen

sehen, deswegen wollte sie nachgucken – wobei es dann passiert sei. Wrigley sagt, er sei zufällig vorbeigekommen (offenbar eine lokale Spezialität, das mit dem Zufällig-Vorbeikommen), habe ihre Rufe gehört und spontan geholfen. Seine Geschichte hat größere Löcher als der Boden dieser Kirche, aber ihn knöpfe ich mir später vor.

Ich gebe Mike die Taschenlampe. »Hier, bitte, nur zu.«

In Demutshaltung kraucht er vor dem Loch und hält den Lichtstrahl in die Öffnung. »Wow, wenn das keine Sensation ist! Wie alt, glaubst du, ist diese Gruft?«

Woher soll ich das wissen? »Rushton sagt, die ursprüngliche Kirche sei niedergebrannt, doch den neuen Bau hätten sie auf den alten Grundmauern errichtet. Offenbar hat man dabei den Eingang zum Kellergewölbe einfach überpflastert.«

Aber warum hätte man das tun sollen? Normalerweise werden solche archäologischen Entdeckungen eher präsentiert als versteckt. Das passt nicht nur besser zum Ewigkeitsanspruch der Kirche, sondern ein bisschen Themenpark, etwas zum Besichtigen bringt auch mehr Spenden ein.

Mittlerweile nimmt Mike die Steinfliesen in Augenschein. »Ich bin mir nicht sicher, aber diese Platten scheinen mir neueren Datums zu sein. Guck mal, die Fliese hier ist viel dünner als die anderen und hat auch nicht dieselbe Patina. Dasselbe gilt für den Fugenmörtel. Jede Wette, diese Platte wurde mal ausgetauscht.«

»Wusste gar nicht, dass du Fachmann für Naturstein-böden bist.«

»Ich bin ein Mann mit vielen Talenten.«

»Nur Bescheidenheit zählt wohl nicht dazu.«

Er grinst. »Nein, im Ernst, ich habe letztes Jahr mal eine Story über Kirchenrestaurierung geschrieben.«

Ich tue beeindruckt. »Ui, der rasende Reporter!«

»Autsch!«

Trotzdem gibt mir der Befund zu denken. Denn sollte Mike recht haben und die Platten wurden tatsächlich ausgewechselt, wie kann es dann sein, dass niemandem die Gruft darunter aufgefallen ist?

»Was willst du jetzt tun?«, fragt Mike.

Mein erster Impuls ist, mir ein Brecheisen zu schnappen und im wahrsten Sinne des Wortes Licht ins Dunkel zu bringen. Ich weiß aber nicht, ob das im Sinne meiner Vorgesetzten wäre – wobei ich jetzt nicht Gott meine.

»Wir bräuchten einen Steinmetz, der die Platten so schonend wie möglich abträgt, damit wir die Sache in Ruhe untersuchen können.«

»Ich wüsste da jemanden…«

Er zückt sein Handy. »Ich habe noch die Nummer von meiner damaligen Quelle…«

»Wie praktisch.«

»Na ja, wir haben uns nachher noch ein paarmal zum Bier getroffen.«

»Oh.«

Das überrascht mich jetzt nun doch. Weil er doch vorher verheiratet war. Jedenfalls hätte ich ihn nicht als schwul eingeschätzt.

»Sie versteht wirklich etwas von ihrem Metier«, fügt er hinzu.

»Mit Sicherheit.«

Aber so ist das mit unseren Sicherheiten, Jack. Du bist auch nicht schlauer als die anderen mit ihren vorgefertigten Bildern im Kopf.

»Hast du AirDrop?«

»Ähm. Müsste ich eigentlich.«

Ich habe mein Handy noch nicht herausgeholt, da ist Mikes Nachricht schon da. Ich drücke auf »Annehmen«.

»Danke.«

»Was glaubst du, ist da unten?«

»Na ja, üblicherweise eine Ehrengruft für die Honoratioren am Ort.«

»Das heißt eine Art private Premium-Grabstätte, weit weg vom gemeinen Volk auf dem Friedhof?«

»So kann man es ausdrücken.«

Um ganz sicherzugehen, sehen wir beide noch einmal nach.

»Dann wäre die Frage also weniger das Was als das Wer?«

Ich hocke mich zu Flo auf die Bettkante, etwas, das ich schon seit zehn Jahren nicht mehr getan habe. Sie sitzt aufrecht auf der Matratze, und ihr bandagiertes Bein schaut unter der Decke hervor. Meine Tochter sieht blass aus, ihre Augen sind dunkel umrändert.

»Bist du noch sauer auf mich?«, fragt sie.

»Nein, bin ich nicht. Nicht mehr jedenfalls. Ich mache

mir nur Sorgen um dich. Ich will doch nur, dass dir nichts passiert.«

»Ich weiß, Mum. Aber du kannst mich nicht vor allem beschützen. Das in der Kirche war einfach nur ein Unfall.«

»Ja«, sage ich, hake aber nach. »Und was ist mit der Gestalt, der du gefolgt bist?«

Sie antwortet nicht gleich, und ich weiß, da ist etwas, das sie mir verschweigt.

»Aber du musst mir versprechen, dass du mich nicht für verrückt erklärst.«

»Versprochen.«

»Mir kam es so vor, als hätte ich wieder ein Mädchen gesehen, so wie auf dem Friedhof.«

»Dasselbe Mädchen?«

»Nein, diesmal waren die Arme und Beine noch dran. Aber es brannte lichterloh, es war furchtbar.«

Ich starre sie an. Die brennenden Mägdelein.

»Hör mal, ich erfinde das doch nicht.«

»Ich weiß«, seufze ich. »Bist du sicher, dass dir vorher niemand von den brennenden Mägdelein erzählt hat, Wrigley zum Beispiel?«

»Wieso? Ist das wichtig? Du meinst, ich lasse mich von den alten Geschichten beeindrucken?«

»Ich suche nur nach einer rationalen Erklärung. Ich persönlich glaube nicht an Gespenster.«

»Ich auch nicht.«

»Mir scheint aber, dass du die Wahrheit sagst.«

Mit der Einschränkung, dass es sich dabei wohl um

ihre ganz persönliche Wahrheit handelt. Aber das sage ich ihr nicht. Die vergangenen Wochen waren schwierig genug, um nicht zu sagen traumatisch. Die Sache in Nottingham, unser überstürzter Umzug in dieses Dorf, das alles hat sie äußerlich bemerkenswert gut weggesteckt. Wie immer eigentlich. Flo ist kein labiles Kind. Aber Jonathon war auch immer gut darin, seine wahren Probleme zu überspielen. Und manche Psychologen meinen, dass sich beides vererbt, die seelischen Probleme ebenso wie die Art des Umgangs damit.

»Und was sollen wir jetzt tun?«, fragt Flo.

»Ich weiß es nicht.«

»Wie wär's mit Exorzismus? Ich meine, du hast doch jetzt diesen Geisterjäger-Notfallkoffer.«

Darüber kann ich nicht lachen. »Wenn auf dieser Welt noch verlorene Seelen herumlaufen, dann ist die Gewaltmethode bestimmt nicht die geeignete Therapie.«

»Glaub ich auch nicht.«

»Der Legende nach erscheinen die brennenden Mägdelein ausschließlich Menschen, die in Bedrängnis sind.«

»Du meinst, ich wäre in Bedrängnis?«

Ich schaue demonstrativ auf ihr verletztes Bein.

»Hallo, das war ein *Un-fall*«, sagt Flo erneut.

»Eben. Der zweite in zwei Tagen.«

»Nicht schon wieder. Und wahrscheinlich ist Wrigley an allem schuld.«

»Es ist immerhin auffällig, dass dir immer etwas zustößt, wenn du mit ihm zusammen bist.«

»Moment, heute hat er mich *gerettet*.«

»Und dafür danke ich ihm.«

»Aber?«

»Was, wenn *er* derjenige war, den du vor der Kirche gesehen hast?«

»Bestimmt nicht.«

»Was weißt du eigentlich von ihm?«

»Nur dass er etwas außerhalb wohnt, bei seiner Mum.«

»Und was noch?«

»Ich hab ihn nicht ausgefragt, wie du das vielleicht gerne hättest.«

»Ich würde seine Mutter gern mal kennenlernen.«

»Mum, wir haben nichts miteinander.«

Ich hebe ostentativ die Brauen.

»Es ist nicht so, wie du denkst.«

»Aber weiß *er* das auch?«

»Ja. Und überhaupt, du musst gerade reden mit deinem – wie heißt er? – Mike?«

»Das ist erst recht etwas anderes.«

»Und das hast du ihm auch schon ganz klar zu verstehen gegeben, nehme ich an.«

»Okay, Fräulein, jetzt reicht's. So nicht!« Ich stehe auf. »Wir reden morgen früh weiter.«

Flo greift nach dem Schalter ihres Nachttischlämpchens, lässt das Licht aber an. »Mum, wer liegt in der Gruft? Was glaubst du?«

»Ehrlich? Ich habe keine Ahnung. Wir müssen abwarten. Morgen wissen wir vielleicht schon mehr. Und jetzt schlaf. Meinst du, du kannst schlafen?«

Sie gähnt. »Diese Mägdelein gehen nur in der Kirche um, richtig?«

»Sieht so aus.«

»Dann ist ja alles gut.«

»Gute Nacht, Schatz. Lieb dich bis zum Mond und wieder zurück.«

Unser Spruch von früher, als sie noch klein war.

»Lieb dich bis zum Universum und zurück.«

»Lieb dich bis zur Unendlichkeit und zurück.«

»Lieb dich bis zum Big Bang und zurück.«

Mit einem Lächeln gehe ich ins Bad, wo ich mich wasche, die Zähne putze und mich bettfertig mache. Ich bin erschöpft und gleichzeitig extrem angespannt, als stünde irgendetwas auf der Kippe, worauf ich keinen Einfluss habe. Es ist wie ein permanentes Schwindelgefühl.

Das Böse kommt auf leisen Sohlen.

Ich berühre mein Silberkettchen, denn auch ich kann abergläubisch sein. Gehe dann ins Schlafzimmer, knie mich neben das Bett. Aber nicht um zu beten, sondern um unter der Matratze nachzufühlen. Ich spüre aber nur den Lattenrost, sonst nichts. Misstrauisch hebe ich die Matratze an und traue meinen Augen nicht.

Das Messer ist weg.

37

Man soll ja nicht aus selbstsüchtigen Motiven beten. Sagte jedenfalls mein alter Mentor Reverend Blake immer. Gott ist kein Hausmeister, dem du mit jeder kleinen Betriebsstörung kommen kannst. Anders gesagt, du kannst ihn um Rat und Leitung bitten, aber helfen musst du dir schon selber.

Ich habe stets versucht, mich an diesen Grundsatz zu halten. Zusammen mit einem weiteren seiner quasibiblischen Lehrsätze, der da lautet: In Zweifelsfällen eine Nacht darüber schlafen, am nächsten Morgen ein Kaffee und eine Zigarette. Dann müsste eigentlich alles klar sein.

Ich ziehe mich an, gehe nach unten, mache mir einen starken Kaffee und hole den Tabak. Beides nehme ich mit nach oben und setze mich auf die Fensterbank. Rauchen am offenen Fenster ist weder sicher noch gesundheitlich unbedenklich, aber ich muss nachdenken und ein paar Anrufe erledigen. Mein Schlafzimmerfenster ist der einzige Ort im Haus, wo beides auf einmal geht.

Ich drehe mir eine Zigarette und blicke hinaus auf die Wiesen und Felder. Der Morgentau glitzert noch im Gras, und am diesigen Himmel stellt sich die Sonne nur als silberne Scheibe dar. So ein schöner Morgen, doch das ändert nichts an meiner gedrückten Stimmung.

Das Messer ist weg. Ich habe beim Aufstehen gleich noch einmal nachgeschaut. Das Messer ist weder unter der Matratze noch im Kleiderschrank noch sonst wo. Wie kann das sein? Wer hat es weggenommen? Eigentlich waren gestern Abend nur zwei Leute allein im Haus, Flo und Wrigley.

Ob Flo es gefunden hat? Gefunden und dann versteckt, so wie sie es auch mit meinem Tabak macht? Natürlich nur, weil sie um mich besorgt ist. Aber wie findet man ein Messer unter einer Matratze? Wie kommt sie dazu, ausgerechnet dort nachzusehen?

Am liebsten hätte ich sie schon gestern Abend zur Rede gestellt. Aber dann dachte ich, was soll's, wir beide sind hundemüde, und es ist ziemlich spät. Und wenn sie es nicht war, hätten wir gleich die nächste unschöne Diskussion. Von wegen, warum ich überhaupt ein Messer unter der Matratze habe et cetera. Und außer Wrigley war ja auch niemand im Haus, der zumindest theoretisch Gelegenheit hatte, ein bisschen herumzuschnüffeln. Also Wrigley?

Was für eine Ironie! Der Umzug sollte eigentlich der Befreiungsschlag sein, der uns den Neuanfang ermöglicht. Doch alles, was ich seit meiner Ankunft erlebe, sind noch mehr Schwierigkeiten, noch mehr ungelöste Fragen. Als wäre ich arglos in eine Pfütze getreten, nur um festzustellen, dass es Treibsand ist, der mich desto tiefer hinabzieht, je mehr ich strample.

Die rätselhaften Vorgänge in der Kirche sind dabei nicht mein einziges Problem. Da ist die Mitteilung über die geplante Haftentlassung und der Mord an Reverend Bradley. Ich versuche, die zwei Dinge getrennt zu halten, aber der Verdacht, dass zwischen beidem ein Zusammenhang besteht, will einfach nicht weichen. Dann die mysteriösen Gegenstände, die hier praktisch vom ersten Tag an für mich ausgelegt werden, nicht zu vergessen der Zeitungsausschnitt. Wer steckt dahinter? Und was will der Betreffende damit erreichen?

Noch ein tiefer Zug an der Zigarette, dann hole ich mein Handy raus. Eins nach dem anderen. Ich muss diese Steinmetzfirma anrufen. Nur so finden wir heraus, was genau sich unter der Kirche befindet und warum davon niemand etwas gewusst haben will. Es ist kurz nach halb neun, vermutlich erreiche ich dort nur den Anrufbeantworter, aber einen Versuch ist es wert. Zu meiner Überraschung meldet sich sofort eine freundliche Frauenstimme.

»Hallo, hier TPK.«

»Oh, hallo. Hier ist Reverend Brooks aus Chapel Croft.«

»Hi.«

»Ich wollte fragen, ob Sie mal vorbeikommen könnten. Wir haben einen größeren Schaden an unserem Steinboden in der Kirche.«

»Sicher, das geht. Worum handelt es sich denn? Risse, Abplatzungen oder gebrochene Kanten?«

»Eher ein großes Loch. Ein Loch im Boden. Die Ursache dürfte ein verborgenes Kellergewölbe sein, das direkt darunter liegt.«

»Wow! Das klingt ja mal interessant. Zufällig hat mir gerade ein Kunde abgesagt. Ich könnte in einer halben Stunde da sein, wenn es für Sie passt.«

»Danke, das passt wunderbar.«

»Dann bis gleich.«

Ich lege das Handy weg. Eine Sache schon mal erledigt. Was noch? Richtig, unsere Anbindung an die Welt. Ich kann mich nicht für drei kümmerliche Balken jedes Mal so weit aus dem Fenster lehnen. Ich muss BT Mobile anrufen, damit sie endlich jemanden…«

»Hallo, Sie da oben!«

Ich fahre zusammen und hätte dabei fast das Gleichgewicht verloren.

Unten steht ein glatzköpfiger Mann, der von seiner Berufskleidung her verdächtig an einen Techniker von BT Mobile erinnert. Ich war so in Gedanken, dass ich den Van gar nicht kommen hörte.

»Ich suche einen Reverend Brooks? Sind Sie Mrs Brooks?«

Die Worte zaubern ein Lächeln auf mein Gesicht. Großer Gott, ich danke dir!

»Ohne Mrs! Ich *bin* der Reverend.«

»Oh. In diesem Falle: Ich bin Frank von BT Mobile.«

»Frank, Sie sind die Antwort auf meine Gebete.«

Während Frank am Verteilerkasten schraubt und Löcher in die Wohnzimmerwand bohrt, gehe ich duschen und kleide mich an. Gerade als ich wieder nach unten will, steckt Flo ihren zerzausten Kopf aus der Tür.

»Was ist denn das für ein Krach?«

»So klingt es, wenn du wieder an die Zivilisation angeschlossen wirst«, sage ich.

»Sag bloß, wir kriegen Internet?«

»Yep.«

»Halleluja!«

Mir aber geht das Messer nicht aus dem Sinn.

»Was macht dein Bein?«

»Tut noch weh, aber es wird schon.«

»Willst du einen Tee oder Kaffee?«

»Kaffee wäre gut.«

»Okay, ich bring dir einen nach oben.«

Auf einmal sieht sie mich misstrauisch an. »Sag mal, warum bist du denn plötzlich so nett?«

»Weil ich dich liebe.«

»Und warum noch?«

»Braucht man noch mehr Gründe?«, sage ich und klimpere sie lieb an.

»Du bist komisch«, sagt sie und zieht sich wieder in ihr Zimmer zurück.

Ich gehe nach unten und mache ihr einen Kaffee mit viel Milch und einem Stück Zucker. Dann sehe ich kurz nach, was Frank von BT Mobile macht.

»Wie läuft's?«

»Bin gleich fertig, junge Frau. Ich muss nur noch den Anschlusspunkt für Ihre Straße kontrollieren.«

Ich bemühe mich um ein höfliches Lächeln, muss

mich aber angesichts der »jungen Frau« sehr zurückhalten.

»Ich danke Ihnen. Ich kann Ihnen gar nicht sagen, wie froh wir sind, wieder Internet zu haben.«

»Also ehrlich, das hätte ich jetzt nicht gedacht. Man rechnet ja nicht damit, dass auch Pfarrer Internet nutzen.«

»Nun ja, Online-Bestellungen bei Sainsbury's funktionieren allein mit Beten nur bedingt.«

Erst guckt er mich verständnislos an, dann lacht er, aber eher versuchsweise. »Nee, ist klar. Guter Witz.« Er schaut im Zimmer umher. »Wissen Sie, ich erinnere mich nämlich noch an den Mann, der vorher hier gewohnt hat.«

Natürlich tut er das, das Dorf ist ja nicht groß. Und auch die Servicemitarbeiter von BT Mobile stammen aus der Umgebung.

»Sie meinen Reverend Fletcher?«

»Genauso hieß er. Netter Mensch. Wer hätte gedacht, dass er einmal so endet.«

»Ja, wirklich traurig.«

»Ich bin eigentlich davon ausgegangen, dass nach ihm endgültig Schluss ist.«

»Schluss womit?«

»Mit der Kirche hier im Dorf.«

»Wieso?«

»Die Kirche sollte doch verkauft werden, oder irre ich mich?«

Verkauft? Das ist mir neu. »Wirklich?«

»Klar. Nach der Pensionierung des letzten Pfarrers, diesem Marsh, stand sie über ein Jahr lang leer. Bis dann Reverend Rushton diese Kampagne für den Erhalt der Kirche startete. Eine Großspende hat letzten Endes dazu geführt, dass sie doch nicht geschlossen wurde.«

»Ein Glück für das Dorf. Weiß man was über den edlen Spender?«

»Jemand von hier, Simon Harper. Hätte ihn gar nicht so religiös eingeschätzt, aber irgendwie ging es auch um seine Familiengeschichte. Diese Leute sind halt hier verwurzelt.«

»Anzunehmen«, sage ich.

»Richtig«, sagt er. »Ich muss nur noch kurz zur Verteilerstation Ihrer Straße. Bin gleich wieder da.«

Ich trage Flos Kaffee nach oben, aber in meinem Kopf herrscht Aufruhr. Simon Harper hat also der Kirche diese großzügige Spende gemacht, Rushton erwähnte schon so etwas. Dass es aber um Sein oder Nichtsein ging, davon war nicht die Rede. Wobei ich mich natürlich frage, warum ein Mensch wie Harper den großen Wohltäter gibt. Aus reiner Nettigkeit wohl kaum.

Ich klopfe an Flos Tür.

»Komm rein.«

Flo liegt mit ihren Kopfhörern auf dem Bett, und ich stelle den Kaffee auf den Nachttisch.

Ich erhalte ein genuscheltes »Danke«.

Doch ich gehe nicht, sondern warte. Was auch sie irgendwann mitkriegt und die Kopfhörer abnimmt.

»Ist was?«

Ja, es ist was. Das Messer.

»Ich wollte dich noch etwas fragen, wegen gestern.«

»Okaay?«

»Als Wrigley da war, wart ihr da die ganze Zeit zusammen?«

»Ja, warum?«

Aber die Antwort kommt mir ein bisschen zu fix. Sie lügt mich an.

»Er ist auch nicht aufs Klo gegangen oder so etwas?«

»Möglich. Wieso fragst du?«

Ich zucke die Achseln. »Weil er den Toilettensitz nicht runtergeklappt hat.«

»Ist das ein Verbrechen?«

»In diesem Haus schon.«

Auf einmal bekommt sie diesen Katzenblick und sagt: »Jetzt red nicht dauernd um den heißen Brei. Worum geht es?«

Ich zögere. Ich will Wrigley nicht grundlos beschuldigen und erst recht keinen neuen Streit mit Flo. Zum Glück klopft es unten an der Tür, wahrscheinlich Frank.

»Ich sollte besser aufmachen.«

»Tu dir keinen Zwang an«, sagt sie und stülpt sich die Kopfhörer wieder über.

Mir reicht das als Antwort. Anscheinend muss ich mit diesem Lucas Wrigley mal ein ernstes Wort reden. Ich renne nach unten in der Erwartung, Franks Glatze vor der Tür zu sehen, doch es ist eine junge Frau mit Kurzhaarfrisur und Totenkopf-Tattoo am Arm, die mir irgendwie bekannt vorkommt.

»Ich glaube, wir sind uns schon begegnet«, sagt sie.

Dann fällt auch bei mir der Groschen. Die Kurzhaarfrau vom Offenen Treff, Kirsty oder so.

»Oh, hallo. Kann ich Ihnen helfen?«

»Ich dachte eigentlich, ich sollte *Ihnen* helfen«, antwortet sie und hebt ihren Werkzeugkoffer mit der Aufschrift *TPK Steinbildhauer & Steinmetzerei*. »Sie sagten, Sie hätten ein Problem mit einem geheimen Gewölbe?«

38

Sie sind kinderlos.

Was sie aber wohl haben, ist ein Hund. Einen kleinen braun-weißen Terrier, der offenbar mit der Situation überfordert ist. Einmal sitzt der Hund brav zu Füßen und schielt nach dem Schinkensandwich, das er gerade isst. Allerdings springt er auch immer wieder auf und kratzt aufgeregt an der Wohnzimmertür.

»Jetzt gib endlich Ruhe«, sagt der Mann und wirft ihm den Fettrand einer Schinkenscheibe zu.

Der Hund guckt immer noch winselnd zur Tür, doch dann kommt er her und frisst den Schinken.

So ist er, der beste Freund des Menschen, denkt der Mann. Seine Treue steht und fällt mit dem Fressen. Wobei man fairerweise sagen muss, dass diese Töle nicht mal ansatzweise begreift, dass Herrchen und Frauchen nie wieder mit ihr Gassi gehen werden.

Jetzt sieht auch er zur Wohnzimmertür hinüber. Das hatte er nicht gewollt, aber er sah auch keine andere Möglichkeit. Als er endlich die Farm erreichte, tat sein Knöchel so weh, dass er nicht einmal humpeln konnte. Selbst wenn es ihm gelungen wäre, die alten Leutchen so zu belabern, dass sie ihn ins Haus gelassen hätten, mit seinem Fuß wäre er ihnen in einer direkten Konfrontation unterlegen gewesen. Also half nur noch das Überraschungsmoment. In einem kleinen Schuppen mit Kaminholz fand er eine Axt. Sie steckte in einem Scheit. Eine ganze Weile beobachtete er die Bewohner des Hauses durch die Terrassentüren. Das Haus war nicht einmal abgeschlossen. Diese alten Leute vom Land waren eben zu vertrauensselig. Keine Vorstellung von den Schrecken, die im Dunkel auf sie lauern könnten. Ja, selbst hier mitten in der Pampa.

Am Ende ging alles ziemlich schnell. Es war eine ganz schöne Sauerei, zugegeben, aber es dauerte auch nicht lang. Die beiden saßen vor dem Fernseher, mit dem Rücken zu ihm. Die Frau erwischte es als Erstes. Ein einziger Hieb mit der Axt trennte ihr schütteres Greisenhaupt beinahe vollständig ab. Ihr ebenfalls ergrauter Ehemann wollte noch aufstehen, aber da steckte das Axtblatt bereits in seinem Brustkorb. Ein dritter, letzter Schlag spaltete seinen Schädel praktisch in zwei Hälften. Nur der Terrier machte noch Radau und jaulte in einem fort. Aber nur, bis er mit der blutigen Axt auf ihn zuging. Da rannte er einfach weg und versteckte sich in seinem Korb.

Er besah sich sein Werk. Nein, das war wirklich kein schöner Anblick, diese hingemetzelte Gebrechlichkeit auf dem zerschlissenen Teppich. Die ganze Aktion hatte nicht einmal eine Minute gedauert. Eine Minute vom Leben zum Tod. Aber was soll's? Sie waren alt, sagte er

sich. Sie hatten ihr Leben gehabt. Er war ihrem natürlichen Ende nur ein, zwei Jahre zuvorgekommen. Kein
Grund, sich deswegen zu quälen. Ging halt nicht anders.

Dann war er ins Obergeschoss gegangen und hatte
das Bad nach Schmerztabletten durchwühlt. Auch so ein
Vorteil von alten Leuten: In ihrem Spiegelschrank lagert
massenweise verschreibungspflichtiges Zeug. Er hatte
an Ort und Stelle gleich mal vier Codeintabletten eingeworfen. Dann ging er wieder nach unten und suchte den
Alkohol dazu. In einem Küchenschrank stieß er auf zwei
Flaschen Sherry und einen ganz ordentlichen Brandy,
von dem er mehr als nur einen guten Schluck kippte. So
gestärkt legte er sich auf das große Ehebett und schloss
die Augen.

Er träumte. Von früher und von einem Haus. Und von
seiner großen Schwester und wie sie ihn, wenn er im Bett
weinte, in den Arm nahm und von morgen sang. *Tomorrow, tomorrow…* Bis zu der Nacht, in der sie ihn verließ,
um niemals zurückzukehren.

Er isst sein Sandwich zu Ende, will es mit dem Rest Tee
herunterspülen, überlegt es sich aber anders und greift
nach der Flasche Sherry, die er bereits aufgemacht hat.
Er nimmt einen großen Schluck und lässt sich die brennende Süße durch die Kehle rinnen.

Sein Fuß ist dicker als je zuvor, die Schwellung
irgendwas zwischen Tiefrot und Schwarz und so ausgeprägt, dass an einigen Stellen bereits die Haut eingerissen
ist. Er glaubt auch nicht mehr an eine Zerrung oder der-

gleichen. Dieser Fuß ist gebrochen. Doch mit den vielen Tabletten und dem Alkohol obendrauf merkt er davon nicht viel.

Er merkt aber, wie er stinkt. Er muss dringend duschen. Danach will er mit dem Toyota des Ehepaars nach Chapel Croft und sich dort etwas umsehen. Der Autoschlüssel liegt bereits auf dem Tisch. Er ist lange nicht mehr Auto gefahren, aber es ist ein neuer Wagen. Einer, bei dem man kaum noch etwas falsch machen kann, womöglich sogar Automatik, so seine Hoffnung. Alte Leute fahren doch Automatik, oder?

Abermals greift er nach dem Sherry ... und stutzt. Er meint, etwas gehört zu haben: ein Fahrzeug, Reifen auf dem Kies der Auffahrt. Der Terrier läuft in die Diele und kläfft. Auch er steht auf und folgt dem Hund. Neben der Tür befindet sich ein kleines Fenster. Er sieht hindurch.

In der Auffahrt steht ein silberfarbener Nissan mit einem Firmennamen an der Seite: *Cathy's Reinigungsservice*. Was jetzt? Er kann, wenn es klingelt, nicht einfach an die Tür gehen. Sehr wahrscheinlich hat die Frau ohnehin einen Schlüssel. Dazu der Radau von dem Scheißköter. *Fuck*, das hat ihm noch gefehlt.

Aus dem Wagen steigt eine dunkelblonde, schlanke Frau Mitte dreißig. Er blickt zum Wohnzimmer hinüber. Die Axt steckt noch in der Schädelkalotte des alten Mannes. Er humpelt in die Küche, wühlt in der Besteckschublade, bis er ein scharfes Brotmesser gefunden hat, und geht damit zur Haustür. Auf einmal galoppiert sein Herz.

Abermals späht er durch das Fensterchen neben der Tür. Die Frau öffnet die Heckklappe des Nissan und holt einen kulleräugigen Henry-Staubsauger heraus sowie eine Kunststoffbox mit Putzmitteln. Die Box trägt sie schon einmal zur Haustür. Seine Hand umklammert das Messer jetzt fester. Die Frau stellt die Kunststoffbox an der Eingangstreppe ab und kehrt zu ihrem Fahrzeug zurück. Sie schließt die Heckklappe und greift nach ihrem Staubsauger. Aber dann hält sie inne, wahrscheinlich, weil sie etwas vergessen hat. Noch einmal öffnet sie den Kofferraum und entnimmt ihm einen violetten Firmenkasack, den sie über ihr T-Shirt zieht. Plötzlich weiten sich seine Augen. Auf der Rückbank des Wagens sieht er einen Kindersitz.

Sie schließt den Nissan ab und geht knirschenden Schritts zur Haustür. Er blickt auf sein Brotmesser, dann auf die Tür. Dabei bemerkt er, dass neben der Tür eine Sicherheitskette hängt. In letzter Sekunde legt er sie vor und weicht zurück. Da klingelt es schon, und der Terrier scharrt kläffend an der Tür. Er hört die Stimme der Frau.

»Hey, Candy, alles in Ordnung bei euch?«

Sie klingelt erneut, und er zieht sich so weit auf die Treppe zurück, dass sie ihn beim Hereinkommen nicht sehen kann. Er hört, wie ein Schlüssel ins Schloss gesteckt wird, wie sie versucht, die Tür zu öffnen. Die Tür geht einen Spaltbreit auf, die Sicherheitskette strafft sich – und es bleibt bei dem Versuch.

»Rosa? Geoff? Hört ihr mich? Ich komme nicht rein, ihr habt die Kette vorgelegt.«

Der Terrier steckt seine Pfote durch die Ritze.

»Schon gut, Candy. Ist nur der Cathy-Service.«

Die Frau rüttelt noch einmal an der Tür und sagt: »Ts-ts.« Sie hat es wohl kapiert, aber warum haut sie nicht ab? Was macht sie denn so lange? Die Antwort gibt ihm ein Handy, das irgendwo im Haus liegt. Es klingelt volle fünf Mal, dann hört er die Stimme von draußen.

»Hallo, Cathy-Service hier. Ich stehe vor dem Haus und komme nicht rein. Euer Auto ist aber da. Ich hoffe, alles ist gut. Bitte ruft mich doch so bald wie möglich an. Ich fahre jetzt weiter, kann aber später noch einmal kommen. Das war's von mir, bis dann.«

Er wartet.

»So, Candy, zieh die Schnauze ein.«

Sie schließt die Tür, und er hört, wie sich ihre Schritte auf dem Kies entfernen. Ein paar Sekunden später startet der Wagen und fährt weg. Aufatmen.

Er geht in die Küche, nimmt sich den Schlüssel von dem Toyota und verlässt das Haus über den Seiteneingang, nachdem er sich vergewissert hat, dass die Luft rein ist.

Du kannst den Toyota nicht nehmen.

Wieso nicht?

Weil die Polizei sofort nach dem Wagen fahndet, sobald die Leichen gefunden werden.

Mit einem Mal ist seine ganz Zuversicht dahin. Na klar. Bislang weiß niemand, wie er aussieht. Aber wenn er den Wagen nimmt, haben sie etwas, wonach sie suchen können. Autos sind nicht so leicht zu verstecken. Und los wird man sie auch nur schwer, selbst wenn man sie abfackelt.

Er blickt umher und hat eine Erleuchtung. An der Wand des Schuppens steht ein Fahrrad, die Lösung. Sofort schwingt er sich auf den Sattel. Zwar kann er mit seinem Fuß kaum in die Pedale treten, trotzdem steht ihm die Welt wieder offen. Nur der Scheißterrier jault in einem fort, sodass selbst die Dohlen auf dem Dach krächzend die Flucht ergreifen. Dumm, dass er den Hund nicht gleich mit erledigt hat.

Noch einmal blickt er zurück auf das Haus, dann setzt er sich über den Kies mühevoll in Bewegung. Das Heulen des Hundes schallt ihm noch länger nach.

39

»Ich habe Sie für eine Bedienung in der Cafeteria gehalten.«

Wir gehen über den kleinen Pfad vom Cottage zur Kirche. Zuvor habe ich Flo gesagt, wo wir zu finden sind, falls Frank ein Problem hat.

»Das habe ich auch schon gemacht«, sagt Kirsty. »Natürlich rein ehrenamtlich. Meine Großmutter, als sie noch lebte, war immer gerne beim Offenen Treff, also dachte ich, ich gebe mal etwas zurück. Dasselbe mit der Jugendgruppe, die mir früher viel bedeutet hat.«

»Das freut mich. Und beruflich arbeiten Sie in dem Steinmetzbetrieb?«

»Überwiegend. Wir sind ein Familienbetrieb, mein Vater und mein Bruder sind auch noch da. Manchmal sind wir Tag und Nacht auf der Baustelle. Aber es gibt auch Zeiten, da drehen wir nur Däumchen.«

»Na, da bin ich ja froh, dass ich Sie gerade beim Däumchendrehen erwischt habe.«

Ich schließe die Kirchentür auf, und wir gehen hinein.

Kirsty lässt den Blick schweifen. »Also, ich fand diese Kirche ja immer ein bisschen unheimlich.« Sie blickt mich kurz von der Seite an. »Sorry, nicht gegen Sie gerichtet.«

»Nein, das ist schon in Ordnung«, sage ich. »Zumal es ja auch stimmt.«

Wir gehen durch den Mittelgang nach vorn, bis wir vor dem Loch stehen. Kirsty zieht hörbar die Luft ein.

»Wow … das sieht nicht gut aus.«

»Da sagen Sie was.«

»Ich meine nicht nur das Loch im Boden, das ist offensichtlich. Aber auch die Verlegung! Wer liefert so einen Murks ab?«

Sie zieht einen Meißel aus ihrem Werkzeugkoffer und klopft auf allen vieren gegen den bröseligen Stein. »Wie ich dachte: alles Ramsch. Vor allem nicht historisch. Das ist modernes Material. Solche primitiven Platten kriegen Sie in jedem Baustoffhandel. Außerdem haben sie den falschen Fugenmörtel verwendet.« Auf ihrer Miene die ganze Verachtung der Fachfrau. »Keine Ahnung, was die sich dabei gedacht haben. Als Erstes hätte man mal die Ursache des instabilen Untergrunds ermitteln müssen. Mir scheint nämlich, die Tragbalken darunter sind verfault. Das lässt sich natürlich nicht dadurch lösen, dass man die Schwachstelle einfach überpflastert. Das, was jetzt passiert ist, wird immer wieder passieren. Sie können von Glück reden, dass nicht jemand komplett durchgebrochen ist. Das ist gewissermaßen ein Fahrstuhl zur Hölle.«

»*Ich* wäre beinahe durchgekracht.«

Wir beide drehen uns um. Flo steht hinten in der

Kirche und hinkt langsam auf uns zu. »Plötzlich war mein Fuß weg.«

»Übel«, sagt Kirsty. »Hast du dir was getan?«

»Nur ein Kratzer.«

»Da bist du aber wirklich noch mal davongekommen. Genauso gut hätte der ganze Bereich hier einstürzen können.«

Flo setzt sich in die erste Bank.

»Ist Frank weg?«, frage ich Flo.

»Ja. Er schätzt, in spätestens einer Stunde müsste alles laufen.«

»Okay. Gut.«

Kirsty geht wieder in die Hocke. »Als Erstes müssen wir diese billigen Platten abtragen.«

»Meinen Sie, wir könnten dann nach unten? Ich würde mir gerne die alten Särge ansehen.«

»Wenn wir alles gesichert haben, wäre das möglich. Der Bereich hier ist akut einsturzgefährdet.« Sie leuchtet mit der Taschenlampe in das Loch. »Auf der linken Seite sehe ich eine Treppe, dort vermute ich auch den ehemaligen Eingang. Mir ist nur schleierhaft, warum man das Kellergewölbe überhaupt zugemacht hat.«

»Geht mir genauso«, sage ich. »Seit wann, meinen Sie, ist das schon so?«

»Höchstens ein paar Monate, schätze ich.«

Also noch zu Fletchers Zeit! Mir fällt der Grundriss in dem Karton ein. Hat Fletcher den Keller entdeckt? War er vielleicht da unten gewesen? Und warum hat er alles gleich wieder unter Stein verschwinden lassen?

»Gut, dann wollen wir mal«, sagt Kirsty. Sie holt einen Fäustel und einen weiteren Meißel aus ihrer Werkzeugtasche sowie Schutzbrille und eine Staubschutzmaske. »Treten Sie mal ein Stück zurück, bitte, denn jetzt wird's dreckig.«

Das Echo der Hammerschläge in der leeren Kirche ist markerschütternd. Ich blicke zu Flo hinüber, die sich die Ohren zuhält.

Kirsty arbeitet sich weiter die Fuge entlang, und plötzlich bricht eine ganze Platte ab und fällt mit allem Schutt direkt nach unten. Das gerade noch kleine Loch ist auf einmal riesengroß.

Kirsty zieht sich die Maske vom Gesicht und betrachtet ihr Werk. »Na also. Wenn wir jetzt noch diese alte Platte entfernen, müssten wir an den historischen Treppenabgang kommen.«

Sie bückt sich, um die Platte anzuheben. Ich will helfen.

»Vorsicht«, sagt sie. »Wir sollten das gute Stück nicht beschädigen.«

Gemeinsam ruckeln wir so lange, bis sich die Platte von ihrem Untergrund gelöst hat.

»Auf drei«, sagt Kirsty. »Eins, zwei … drei!«

Mein Rücken protestiert, aber am Ende kriegen wir sie tatsächlich zur Seite gewuchtet.

»Wow«, sagt Flo und kommt näher.

Wir trauen unseren Augen nicht. Wir haben die Treppe in die Unterwelt freigelegt.

Kirsty legt sich flach auf den Boden und leuchtet

mit der Taschenlampe in das Loch. »Die Decke scheint okay zu sein. Offenbar war das nur eine einzelne Fäulnisstelle.«

Auch ich hole jetzt meine Taschenlampe hervor. »Gut, dann gehe ich als Erste. Flo, du bleibst hier.«

»Auf keinen Fall.« Sie kreuzt die Arme vor der Brust. »Wir gehen zusammen.«

Ich kenne diesen Blick, denn den hat sie direkt von mir. Er besagt: Diskussion zwecklos.

»Na gut, dann soll es wohl so sein.«

Ich schalte meine Taschenlampe ein und gehe vor. Was nicht so einfach ist, da die Trittfläche so kurz ist, dass man keinen ganzen Fuß auf sie setzen kann. Und außer der feuchten, leicht gewölbten Wand gibt es nichts, das Halt bietet. Irgendwo hier muss sich früher eine Falltür befunden haben.

»Passt auf, wo ihr hintretet«, sage ich zu Flo und Kirsty, die dicht hinter mir sind.

Das Licht der Taschenlampe erhellt nur wenige Stufen, und die Wand schabt an meiner Schulter. Erst als ich ganz unten bin, sehe ich, was uns wirklich erwartet. In gewisser Weise eine Enttäuschung, denn es ist nur ein schmales Gelass mit gewölbter Decke. Kirsty pfeift trotzdem anerkennend. Auf einer Seite stapeln sich die drei Särge, die ich bereits gesehen habe.

»Das ist ja wie bei Bram Stoker«, murmelt Flo.

Ihr Eindruck überträgt sich sofort auf mich. Was eigentlich lächerlich ist, für mich als Pfarrerin. Särge gehören zu unserem Geschäft. Sie sind, obwohl es in England keine

Sargpflicht gibt, die übliche Umverpackung für einen Verstorbenen. Und doch, hier in den finsteren Katakomben lässt ihr Anblick unwillkürlich an Untote denken.

»Aha, eine Krypta«, sagt Kirsty.

»Oder auch Unterkirche genannt«, erkläre ich. »Ursprünglich der Ort für Reliquienschreine, später auch für alle möglichen Honoratioren. Wer halt wichtig war in so einem Dorf.«

Trotzdem bin ich natürlich neugierig und leuchte gleich die Särge an. Sie sind alle leicht angeschimmelt, doch nur der oberste hat die Zeit nicht unbeschadet überstanden und gibt nun den Blick auf den Bewohner frei.

Oder hat der Tote noch versucht, seinem Sarg zu entkommen?

Solche Gedanken sind natürlich sehr hilfreich. Ich sollte mich lieber aufs Wesentliche konzentrieren. Okay, was haben wir? Drei Särge, jeder mit einer Messingplakette versehen. Beschriftung ist schon mal gut.

Da steht: *James Oswald Harper, 1531–1569. Isabel Harper, 1531–1570.* Und zu guter Letzt: *Andrew John Harper, 1533–1575.*

Die Familiengruft der Harpers, so weit, so pietätvoll. Und trotzdem befallen mich Zweifel, auch wenn ich dafür keinen Grund angeben kann.

»Irgendetwas ist hier oberfaul«, sage ich.

»Wieso das denn?«, fragt Flo. »Gerade sagtest du noch, das wäre normal, dass Reiche in so einer Krypta liegen.«

»Ja, aber angeblich wurden die Harpers doch als Ketzer auf dem Scheiterhaufen verbrannt.«

»Das stimmt«, sagt Kristy. »Dieselben Namen stehen auch oben auf dem Denkmal. Ich weiß das, weil wir es erst letztes Jahr restauriert haben. Aber wenn sie verbrannt wurden, was machen sie dann hier unten?«

»Wann genau fanden die Hinrichtungen in Chapel Croft statt?« Es steht auf dem Denkmal, ich habe das Datum nur gerade vergessen.

»Das war am Abend des 17. September 1556«, sagt Kirsty.

Ich deute auf die Messingplaketten der Särge. »Und warum sind hier Todesjahre angegeben, die zehn bis zwanzig Jahre später liegen?«

Wir alle starren jetzt auf die Särge.

»Du meinst, sie starben gar nicht auf dem Scheiterhaufen?«, fragt Flo.

»Sieht jedenfalls nicht so aus.«

Es scheint vielmehr, als hätte jemand die Geschichte ein bisschen umgeschrieben. Was relativ leicht zu bewerkstelligen war, denn im sechzehnten Jahrhundert gab es noch kein Personenstandsregister. Und sagte Rushton nicht, dass bei dem Feuer damals auch ein Großteil der alten Kirchenbücher vernichtet worden sei?

Die Geschichte wird eben von den ruchlosen Siegern geschrieben.

»Aber es ist allgemein bekannt, dass die Harpers zu den Märtyrern von Sussex gehörten«, sagt Kirsty. »Es ist Teil der Identität hier. Und wenn jetzt rauskommt, dass das alles nicht stimmt … Puh!«

Vor allem wäre der Ruf der Familie Harper dahin.

Nicht ausgeschlossen sogar, dass die Harpers es waren, die, um ihr eigenes Leben zu retten, die beiden Mädchen an die Schergen verrieten. Und das dürfte das Dorf gehörig durchrütteln. Die Frage ist also: Weiß Simon Harper, dass das Ansehen der Familie auf einer Lüge beruht? Erklärt das vielleicht die großzügige Spende an die Kirche? Weil er die Angelegenheit schön unterm Deckel halten wollte? Allerdings würde das wiederum bedeuten, dass er einen Komplizen in der Kirchenleitung hatte.

Durch die Risse im Holz sehe ich den Schädel von James Oswald Harper. Dafür, dass er schon so lange hier ruht, ist er erstaunlich gut erhalten. Misstrauisch und aus verschiedenen Winkeln leuchte ich weiter nach. Holla, was ist denn das?

»Kirsty, gibst du mir mal etwas Licht?«

»Klar.«

»Was ist denn da?«, fragt Flo.

Ich antworte nicht, sondern reiße, mit der Taschenlampe im Mund, an den schadhaften Sargbrettern.

»Mum, was tust du?«

Ich antworte nicht, sondern zerre ächzend weiter, denn ich will es jetzt wissen. Dann, mit einem brutalen Krachen, das in dem kleinen Gewölbe widerhallt, habe ich plötzlich den Sargdeckel in der Hand. Der ganze Sarg gerät nun ins Rutschen – und kippt uns seinen Inhalt vor die Füße. Ich taumle zurück.

Flo kreischt auf, und selbst die coole Kirsty sagt: »Ach du Scheiße!«

Ich starre auf die menschlichen Überreste am Boden.

Der Sarg ist damit aber nicht leer, denn es kommt ein zweites, offenbar sehr viel älteres und dunkleres Gerippe zum Vorschein. Es war dieser braune Schädel, den ich zuerst sah, nicht der gut erhaltene.

»Warum … warum liegen denn da zwei drin?« Kirsty schaut mich an.

Gute Frage. Ich knie mich neben das neuere Exemplar. Es trägt eine schwarze Soutane mit weißem Kragen. Dem Schädel haften noch Reste von blondem Haupthaar an. Und schließlich fällt mir noch etwas ins Auge.

An einem Knochenfinger befindet sich ein protziger Siegelring.

Den will ich mir genauer ansehen und hebe dafür den Finger leicht an. Auf der Ringplatte die Gravur eines Heiligen, der ein Kreuz und ein Schwert in der Hand hält. Um das Bild die kreisförmige Inschrift:

Sancte Michael Archangele, defende nos in proelio.

Heiliger Michael, steh uns bei im Kampf.

Vor mir dreht sich alles, und ich lass mich auf die Knie zurücksinken.

»Mum?« Flos Stimme scheint von weither zu kommen. »Alles okay mit dir? Was ist denn da?«

Ich nicke abwesend.

Ich glaube nämlich, wir haben soeben den verlorenen Sohn der Kirche, Kaplan Benjamin Grady, wiedergefunden.

Ein Geräusch am Fenster. Knochenfinger, die an der Scheibe kratzen.

Merry schrak hoch und starrte mit schlafverklebten Augen in die Dunkelheit. Da der Mond noch nicht in ihr Zimmerchen leuchtete, hatten die schwarzen Schatten freies Spiel.

Raschel-raschel. Klick. Raschel-raschel. Klick.

Das waren keine Totenfinger, sondern Kiesel. Kleine Kieselsteinchen.

Sie tappte zum Fenster, zog den Vorhang zur Seite und schaute nach draußen. Unten vor dem Haus stand eine Gestalt. Joy. Sie öffnete das Fenster.

»Was machst du hier?«

»Ich muss mit dir reden.«

»Mitten in der Nacht?«

»Es ging nicht anders. Bitte!«

Sie war unschlüssig, nickte aber dann.

»Warte da.«

Sie schnappte sich ihren Bademantel und schlich vorsichtig aus ihrem Zimmer. Nebenan hörte sie ihre Mutter schnarchen. Mum hatte nach dem Abendessen zwei

Flaschen Wein geleert und war wohl fürs Erste ausgeschaltet. Trotzdem hielt Merry den Atem an, während sie wie ein Geist über die Treppe nach unten und zur Hintertür schwebte. In der dünnen Pyjamahose war die Nachtluft sofort spürbar.

»Was ist denn los?«

Ohne Vorwarnung brach Joy in Tränen aus.

»Entschuldige, dass ich dich hab hängen lassen«, schluchzte sie.

Nervös blickte Merry am Haus hoch. »Jetzt weine doch nicht. Komm mit.«

»Ich war ja so blöd«, weinte sie. »Ich habe ihn für einen anständigen Menschen gehalten. Aber er ist der Teufel, das sage ich dir.«

»Wer? Wen meinst du?«

Aber Joy redete einfach weiter. »Weißt du noch, worüber wir neulich gesprochen haben? Dass wir abhauen wollten und so?«

Merry erinnerte sich. Aber sie hatten schon eine ganze Weile kein Wort mehr gewechselt, geschweige denn sich getroffen.

»Ich dachte, du wolltest nicht mehr.«

»Nein. Und du? Willst du immer noch gehen?«

Sie dachte an ihre Mutter. Mit Mum wurde es immer schlimmer. Erst vor ein paar Tagen meinte sie, Joy hätte den Teufel im Leib, und den müsse man austreiben, gleich wie. Als sie zu diesem Zweck die Badewanne mit eiskaltem Wasser füllte, war Joy weggerannt und hatte sich im Wald versteckt.

»*Auf jeden Fall*«, sagte sie.

»*Wann?*«

Sie überlegte. »*Morgen Abend. Pack deine Sachen. Wir treffen uns hier.*«

»*Und was ist mit Geld?*«

»*Ich weiß, wo Mum noch etwas versteckt hat.*«

»*Und wohin sollen wir gehen?*«

Merry konnte über eine so nachgeordnete Frage nur lächeln. »*Scheißegal. Irgendwohin, wo sie uns nicht finden.*«

40

Die Straße nach Chapel Croft scheint kein Ende zu nehmen, auch wenn das verwitterte weiße Hinweisschild behauptete, es seien nur fünf Meilen.

Ihm hämmert der Schädel von dem Sherry (oder vielmehr dem Ausbleiben von mehr), und der Schmerz und das Hitzegefühl in seinem Fuß haben sich als dauerhafte Begleiter etabliert. Er rechnet mit nichts anderem mehr, egal wie oft er anhält und die glühende Haut massiert. Der Anblick der viel zu engen Socke im geschwollenen Fleisch erinnert an eine alte Großmutter mit Wasser in den Beinen. Scheiß drauf, er muss weiter.

Einmal hält er an einem Zaunübertritt und entdeckt eine Tränke für die Weideschafe. Er humpelt zu der Tränke, steckt seinen Kopf ins Wasser, säuft. Das Wasser ist braun und sauer, aber halbwegs kühl. Damit löscht er fürs Erste seinen Durst.

Dann, nach einer lang gestreckten Kurve, erblickt er endlich die weiße Kirche. Dort muss es sein. Seine Erregung steigt. Er ist fast am Ziel. Jedoch stehen Polizeifahrzeuge vor der Kirche. Es sind viele. Dazu Polizisten in Uniform, Flatterband.

*Was ist da los? Was wollen die Bullen hier? Ihr wird
doch wohl nichts zugestoßen sein?*

Er zieht den Kopf ein und radelt einfach vorbei. Etwas
weiter, in sicherer Entfernung, hält er an, klappt den
Fahrradständer aus und tut so, als sei etwas mit seiner
Kette – während er verstohlen die Lage peilt.

Und dann sieht er *sie*. Zum ersten Mal seit vierzehn
Jahren. Gemeinsam mit einer alten Frau, einem hoch-
gewachsenen Mann und einem Mädchen im Teenager-
alter geht sie auf das Cottage zu. *Das Mädchen muss ihre
Tochter sein.* Er erschrickt fast über die Ähnlichkeit. Die
Tochter sieht aus wie *sie*, als sie jung war. Alles in allem
aber ist er erleichtert: Ihr fehlt nichts. Nur für das große
Polizeiaufgebot hat er keine Erklärung.

Es kann auch unmöglich mit der Sache in dem Farmhaus zusammenhängen. Sehr wahrscheinlich hat man die
Leichen noch gar nicht gefunden. Trotzdem beschleicht
ihn angesichts dieser Aktion ein mulmiges Gefühl. Er
hätte das nicht tun dürfen. Er hätte schön in der Scheune
bleiben und allen Leuten aus dem Weg gehen müssen. So
wäre auch niemandem etwas passiert. Das einzig Positive
an der Sache ist, dass bisher niemand weiß, wer er ist und
wie er aussieht. Aber das wird nicht so bleiben, zumal er
mittlerweile so dreckig und abgerissen ist, dass er auffällt, von dem Fuß gar nicht zu reden. Er muss irgendwo
untertauchen, wo er sich wiederherstellen und die weiteren Schritte planen kann.

*Andererseits, wenn sie dich wirklich liebt, ist ihr egal,
wie du aussiehst. Wovor hast du Angst?*

Eigentlich vor gar nichts. Er hat keine Angst. Er will nur jetzt keinen Fehler machen. Denn wenn er jetzt einen Fehler macht…

… *dann könnte es sein, dass sie dich abermals zurückweist. Und abermals allein lässt.*

Okay, ganz so war es nicht. Er hat etwas Böses getan. Er hat einen Fehler begangen. Aber sie hatte unterdessen genug Zeit. Zeit, ihm zu verzeihen. Genau wie er *ihr* verziehen hat.

Er steigt wieder aufs Rad und fährt weiter. Und hält erst an, als das Dorf hinter ihm liegt. Die Straße ist leer, weit und breit nur Felder und Kühe. Auf der linken Seite ist ein rostiges, mit einem Vorhängeschloss gesichertes Eisentor. Dahinter ein verwilderter ehemaliger Feldweg, der in verbuschtes Gelände übergeht. Und dahinter, durch den Wildwuchs kaum zu erkennen, sieht er den First eines verwitterten Dachs.

Er fährt bis ans Tor, überlegt kurz, wuchtet schließlich erst das Fahrrad über das Eisengatter und dann sich selbst.

Jede Stadt, jede noch so kleine Ortschaft hat ihre leer stehenden Gebäude. Er weiß das aus seiner Zeit auf Trebe. Häuser, in denen aus irgendeinem Grund keiner wohnt. Oder besser gesagt: keiner wohnen will.

Selbst in den besten Gegenden gibt es diesen mysteriösen Leerstand. Objekte, die praktisch unverkäuflich sind, vielleicht wegen ungeklärter Eigentumsverhältnisse oder absurder Vorschriften. Vielleicht *wollen* manche Häuser aber auch gar nicht bewohnt werden. Mauern, die zu viel gehört, zu viel gesehen haben, als dass dieses Elend nicht immer wieder unter dem neuen Anstrich hindurchschiene. Kein Riss in der Wand, kein verzogenes Bodenbrett, aus dem nicht täglich das Verhängnis sickerte, das sich hier abgespielt hat. Unheimelige Behausungen, die, wenn man ehrlich ist, jedem Interessenten unmissverständlich zu verstehen geben: Halt, keinen Schritt weiter. Du bist hier unerwünscht.

Wie bei dem Haus mit dem verwitterten Dach.

Ihn jedoch kann nichts davon schrecken, weder der böse Blick der dunklen Fenster noch die durchhängende Dachlinie, die aussieht wie eine zürnende Braue. Und auch nicht die klaffende Tür, die ihm ihren lautlosen Schrei entgegenschleudert.

Ungerührt geht er durch das hohe Gras auf die Tür zu, linst vorsichtig über die Schwelle, geht hinein. Drinnen ist es düster. Nicht einmal an einem Sommertag wie diesem dringt das Licht bis in die hinteren Räume. Wie auch? Selbst in den besten Zeiten war hier die Dunkelheit daheim.

Aber das kümmert ihn nicht. Ebenso wenig wie der infernalische Gestank oder die Getränkedosen und Kippen, mit denen der Fußboden übersät ist. Und die bedrohlichen Graffiti im Obergeschoss? Lassen einen Mann wie ihn vollkommen kalt.

Er lächelt vielmehr.

Er ist zu Hause.

41

»Allem Anschein nach handelt es sich um ein und denselben Ring. Gewissheit haben wir aber erst nach der kriminaltechnischen Untersuchung.«

Der Zivilbeamte, DI Derek, legt das Foto auf den Küchentisch zurück und nimmt seine Brille ab. Er ist ein freundlicher, großgewachsener Herr Ende fünfzig, der wirkt, als sei er im Vorstand eines Kleingartenvereins besser aufgehoben als bei der Mordkommission.

»Also ist es Grady?«, sagt Joan.

Ich hatte Joan direkt nach der Polizei angerufen, und sie setzte sich sofort ins Auto und kam her. »Das ist die aufregendste Sache, seit mir jemand mit seiner Pferdekutsche ins Wohnzimmer gefahren ist.«

Derek blickt Joan mit überlegenem Lächeln an. »Nun ja, falls sich dieser Ring noch in Gradys Besitz befand. Vielleicht hat er ihn ja verschenkt, oder er wurde gestohlen oder…«

Joan schnaubt verächtlich, und ich kann ein Lachen nur mit Mühe unterdrücken. Manchmal träume ich davon, endlich so alt zu sein, dass ich auf jede Höflichkeit pfeifen kann.

Allerdings muss auch DI Derek einräumen: »Beim jetzigen Stand ist es jedoch sehr wahrscheinlich, dass es sich um den besagten Benjamin Grady handelt. Eine eindeutige Zuordnung kann aber erst die Forensik nach Analyse der Knochen und der Kleidungsstücke vornehmen.«

Ich schaue aus dem Fenster. Ein Polizist in Uniform steht vor der Kirchentür, ein anderer bewacht den Eingang zum Friedhof. Der gesamte Einsatzort ist mit Flatterband abgesperrt. Im Augenblick ist noch die Spurensicherung in der Kirche, eine ganze Mannschaft, die mit ihrer eigenen Lichttechnik anrückte. Ich stelle mir vor, wie sie vor dem Altar ihre knatschgelben Nummerntafeln, Spurenpyramiden und Referenzskalen auslegen und dann alles abfotografieren. Wahrscheinlich gab es seit den Tagen der Märtyrer keinen solchen Auftrieb mehr in unserem muffigen Tempel. Flo steht auf dem Friedhof und würde die Szene ebenfalls gern fotografieren, was aber nicht geht, weil sie mittlerweile nicht einmal mehr ein funktionierendes Handy besitzt.

Joan ist aber noch nicht fertig. »Grady verschwand vor genau dreißig Jahren«, sagt sie zu DI Derek. »Im Mai 1990. Und zwar unmittelbar nachdem zwei Mädchen aus dem Dorf, Merry und Joy, ebenfalls nicht mehr nach Hause kamen. Wissen Sie das?«

»Der Fall ist mir bekannt.«

»Suchen Sie dann noch nach weiteren menschlichen Überresten in der Kirche?«

»Die anderen Skelette scheinen historischen Ursprungs zu sein.«

»Werden die Ermittlungen in dem alten Fall denn wieder aufgenommen?«, fragt Joan weiter.

»Nur wenn wir neue Erkenntnisse haben...«

»Nun, Sie haben einen toten Kaplan in einer Gruft. Wie viele neue Erkenntnisse brauchen Sie noch?«

Die Bemerkung kommt mit einer Trockenheit, dass ich mich an meinem Kaffee verschlucke. Habe ich richtig gehört? Will die alte Dame gerade diesem verschnarchten Beamten Dampf machen?

Derek reagiert etwas gequält. »Solche Spekulationen sind im Augenblick nicht hilfreich«, sagt er. »Wir benötigen erst einmal die Namen von allen, die in den vergangenen dreißig Jahren hier tätig waren oder Zutritt zur Kirche hatten.«

»Sämtliche Akten befinden sich im Pfarrbüro«, antworte ich. »Ich weiß aber nicht, ob sie so lange zurückreichen.«

»Bis vor fünf Jahren war Reverend Marsh Pfarrer in dieser Gemeinde«, sagt Joan. »Er hat Morbus Huntington, könnte aber noch über weitere Unterlagen aus der Zeit verfügen.«

»Aaron, der Sohn, ist der Kirchenälteste«, füge ich hinzu. »Auch er kann vielleicht noch Angaben machen.« Ich zögere einen Moment, ehe ich sage: »Und natürlich Reverend Rushton. Er ist seit fast drei Jahrzehnten Pfarrer der Nachbargemeinde Warblers Green.«

DI Derek notiert sich alles. »Danke, wir kommen auf Sie zurück«, sagt er und klappt sein Notizbuch zu. »Die ganze Sache war sicher ein Schock für Sie.«

»So kann man es ausdrücken.«

»Und noch dazu in Ihrer allerersten Woche.«

»Es waren, wie soll ich sagen, ereignisreiche Tage.«

»Für den Fall, dass Ihnen noch etwas einfällt: Hier steht meine Nummer.«

Er reicht mir seine Visitenkarte. Ich stecke sie ein. »Danke.«

Ich begleite ihn nach draußen und schaue ihm nach, während er zur Kirche geht. Ich werfe auch einen Blick zum Friedhof hinüber. Der wachhabende Polizist am Eingang wird mittlerweile von mehreren neugierigen Dorfbewohnern belagert, und hinter der Kolonne von Polizeifahrzeugen parkt ein älterer MG. Dessen Fahrer läuft auf dem Bürgersteig herum und macht eifrig Fotos vom »Tatort«.

Ich gehe auf Mike Sudduth zu. Er winkt mir zu, aber ich fahre ihn an: »Was machst du denn hier?«

Sein Lächeln versiegt. »Ähm, meinen Job? In der Gruft haben sie eine Leiche gefunden. Darüber müssen wir natürlich berichten.«

»Und von wem weißt du das?«, frage ich. »Nein, lass mich raten. Kirsty?«

Er besitzt immerhin den Anstand, Kirstys Anteil herunterzuspielen. »Kann sein, dass sie so was gesagt hat. Sie wusste nicht, dass die Information eigentlich geheim ist.«

»Klar, was sonst?«

Er sieht mich neugierig an. »Was ist denn los?«

»Du meinst abgesehen von diesem Zirkus hier?« Ich deute auf die Polizeiabsperrung.

»Entschuldigung, blöde Frage.«

Ich muss zugeben, das war nicht fair. Er geht wirklich nur seiner Arbeit nach. Aber das ganze Spektakel weckt in mir eben böse Erinnerungen.

»Mir wird das hier nur langsam ein bisschen zu viel.«

»Kann ich mir denken. Weiß man denn schon, wer der Tote ist?«

»Nein.«

»Also ist es nicht dieser ehemalige Kaplan, Benjamin Grady?«

Ich starre ihn nur hilflos an. »Kein Kommentar.«

»Also doch Grady?«

»Was soll das werden, ein Interview?«

»Nein. Ich dachte nur ...«

Ich verschränke die Arme vor der Brust. »Ich weiß gar nichts, okay? Mach von mir aus deine Fotos, und dann hau ab.«

Jetzt geht auch er auf Distanz. »Wie du meinst.«

Ich wende mich um und marschiere zum Cottage zurück. Na wunderbar, wieder alles versaut. Warum kann ich in solchen Situationen nicht souveräner reagieren? Allerdings ist mir das im Augenblick herzlich egal.

Als ich in die Küche komme, fragt Joan: »Alles in Ordnung?«

»Ja, alles bestens«, sage ich und kriege ein Lächeln hin. »Noch einen Kaffee?«

Sie schüttelt den Kopf. »Nein, ich sollte jetzt lieber gehen. Du hast auch so genug am Hals.«

»Du kannst gerne bleiben, wenn du willst.«

»Ach, wenn ich in fünfundachtzig Jahren eines gelernt habe, dann die Freundlichkeit der Menschen nicht zu strapazieren.« Sie erhebt sich mühsam und blickt nachdenklich aus dem Fenster. »Außerdem lag ich komplett daneben, was Grady anging.«

»Inwiefern?«

»Ich dachte immer, dass er etwas mit dem Verschwinden der Mädchen zu tun hat. Aber wenn er tot ist, ist er wohl aus dem Schneider.«

»Sieht so aus.«

Ihre Miene spiegelt ihre ganze Verwirrung. »Irgendwer muss gewusst haben, dass Grady da unten liegt, und ich wette, es war jemand aus dem inneren Kreis der Kirche.« Sie ergreift mich mit ihrer knochigen Hand. »Sei bloß vorsichtig, Jack.«

»Was, meinst du, ist mit ihm passiert?«

Flo blickt mich über ihre Spaghetti an. Es ist kurz nach sieben, Polizei und Spurensicherung haben vor einer Stunde ihre Arbeit beendet. Die Kirchentür ist aber immer noch abgesperrt, und man sagte mir, dass dies auch erst einmal so bleiben soll.

»Mit wem?«, frage ich zurück und spieße ein Brokkoliröschen auf.

Augenrollen von ihrer Seite. »Mit der verstorbenen Person in der Gruft, Grady.«

Ich benötige etwas Zeit für die Antwort. »Das herauszufinden ist Aufgabe der Polizei.«

»Und du bist kein bisschen neugierig?«

»Sicher bin ich das.«

»Meinst du, er wurde ermordet?«

»Da er kaum von selbst in die Kiste gestiegen ist…«

»Ich meine, wer ermordet denn einen *Kaplan*?«, fragt sie und merkt zu spät, was sie da eigentlich sagt. Erschrocken sieht sie mich an. »Entschuldige, Mum, das wollte ich so nicht…«

»Schon gut. Und um deine Frage zu beantworten: Die Leute bringen sich aus allen möglichen Gründen um. Manche sind nachvollziehbar, andere nicht.«

Danach erst einmal Schweigen. Flo stochert in ihren Nudeln rum. »Wenn jemand etwas Böses tut, heißt das, er ist grundsätzlich böse, also immer?«

»Na ja, genau diese Logik stellt Jesus infrage, wenn er von uns verlangt, unseren Schuldigern zu vergeben.«

»Ich wollte nicht wissen, was Jesus von uns verlangt, sondern was du persönlich denkst.«

Ich lege die Gabel nieder. »Etwas Böses zu *tun* ist grundsätzlich etwas anderes, als böse zu *sein*. Eine bestimmte Handlung, in diesem Falle eine böse Handlung, ist eine völlig andere Kategorie als ein bestimmtes *Sein*. Ich glaube, wir alle sind in der Lage, etwas Böses zu tun. Oft hängt es sogar nur von den äußeren Umständen ab, ob wir etwas Böses tun oder unterlassen. Ich meine, man kann jeden Menschen zum Äußersten treiben. Am Ende entscheidet nur eine einzige Frage über sein Gut- beziehungsweise Bösesein: Bereut er, was er getan hat, sucht er Vergebung oder Erlösung von seiner Schuld? Tut er das, kann er kein ganz schlechter Mensch sein. Wir alle sollten die Gelegenheit bekommen, uns zu ändern und unsere Missetaten wiedergutzumachen.«

»Auch der Mann, der Dad ermordet hat?«

Wir haben bisher nur ein einziges Mal über das gesprochen, was Jonathon widerfahren ist. Flo war sieben damals, und die Mutter einer Schulfreundin war gerade an Krebs gestorben. Flo wollte wissen, ob Dad auch so krank gewesen und deshalb gestorben sei. Ich muss zugeben, ich war versucht, Flo mit dieser Erklärung abzuspeisen und einfach ja zu sagen. Ich tat es nicht, sondern erklärte ihr so gut es ging, wie er ums Leben kam – womit erst einmal alles erledigt schien. Flo war bei Jonathons Tod noch so klein, dass sie keine Erinnerung an ihn hat. Das Thema berührte sie praktisch nicht. Und doch fürchtete ich insgeheim den Tag, an dem sie mehr Fragen stellen würde.

Deshalb sage ich jetzt nur mit großer Vorsicht: »Ja, auch dieser Mann.«

»Hast du ihn deshalb im Gefängnis besucht? Um ihm zu vergeben?«

Ich zögere mit der Antwort. »Für all das gibt es eine Voraussetzung: Man muss die Vergebung dessen, dem man etwas Böses angetan hat, auch wollen. Und aktiv an einer Veränderung arbeiten. Der Mann, der Dad ermordet hat, war dazu nicht in der Lage.«

»Du sagtest, er war drogenabhängig?«

»Ja.«

»Das heißt, ohne die Drogen könnte er sich geändert haben.«

»Möglich. Warum fragst du? Was beschäftigt dich?«

»Ach, nichts …«

»Du kannst mit mir reden, weißt du?«

»Ich weiß.«

»Geht es wieder um diesen Wrigley?«

Augenblicklich macht sie die Schotten dicht. »Warum sagst du das?«

»Nur so ein Gedanke.«

»Nur weil du ihn nicht magst.«

»Ich habe mir noch kein abschließendes Urteil gebildet.«

»Ist es wegen seines Tremors?«

»Nein.«

»Aber du meinst, er ist nicht normal? Und nicht gut für mich?«

»Nein, das ist es überhaupt nicht. Und leg mir nicht irgendwelche Worte in den Mund.«

»Er hat mich gestern Abend gerettet.«

Genau. Und zwar, weil er mit durchschaubarer Absicht um die Kirche herumschlich. Aber das sage ich nicht. Ich denke in erster Linie an das Messer.

»Flo, ich war bisher nicht sicher, ob ich das dir gegenüber erwähnen soll. Aber gestern ist etwas aus meinem Zimmer verschwunden.«

»Was?«

»Das Messer aus dem Exorzistenkoffer. Du und Wrigley wart die Einzigen, die gestern allein im Haus waren.«

Sie reißt empört die Augen auf. »Und jetzt glaubst du, Wrigley hätte das Messer gestohlen?«

»Tja, so ist das. Da ich nicht davon ausgehe, dass du das Messer genommen hast...«

»Nein, natürlich nicht. Aber das bedeutet nicht automatisch, dass er es war. Du warst gestern den ganzen Abend weg. Und ich hing in der Kirche fest. Das Haus war nicht abgeschlossen, jeder hätte einfach so hineingehen können.«

Punkt für sie, wenn auch kein überzeugender. »Warum sollte das jemand tun?«

»Warum sollte Wrigley so etwas tun?«

»Ich weiß es nicht.«

Sie starrt mich voller Erbitterung an, was mir wehtut. Aber mit fünfzehn hat man es auch nicht leicht. Du denkst, die Welt teilt sich auf in Schwarz und Weiß. Erst später merkst du, dass der überwiegende Teil der Menschheit sich in einem diffusen Graubereich aufhält und irgendwie versucht, über die Runden zu kommen.

»Flo, hör mal zu...«

»Er hat das Messer nicht genommen, okay? Er hält nichts von Messern und will auch keines bei sich tragen. Klar?«

Nein, nicht klar. Aber ich kann es nicht beweisen. Noch nicht.

»Du hast gar nicht aufgegessen.«

»Mir ist der Appetit vergangen.«

Hilflos muss ich mitansehen, wie sie aus der Küche marschiert und sich türenknallend in ihrem Zimmer verbarrikadiert. Na, das ist ja super gelaufen. Jetzt sitze ich hier und raufe mir die Haare, weil ich nicht weiß, was hier abgeht. Normalerweise kommt es zwischen uns nicht zu solchen Streitigkeiten, aber seit unserer Ankunft in diesem Dorf bricht alles auseinander. Mir bleibt nichts weiter zu tun, als den Tisch abzuräumen und die ungegessenen Nudeln in den Abfalleimer zu kratzen.

Ich brauche dringend eine Zigarette. Ich hole den Tabak, drehe mir eine und gehe zur Hintertür – wo mich fast der Schlag trifft.

Da liegt etwas vor der Türschwelle. Zwei weitere Reisigpuppen. Größer als die anderen und diesmal in einer sitzenden Position. Und noch etwas ist anders: Die beiden Püppchen haben sich mit ihren dürren Ärmchen untergehakt, und es sind Haare eingearbeitet, einmal blond und einmal dunkel. Aber das Erschreckendste ist, dass sie zu leben scheinen. Jedenfalls bewegen sie sich leicht hin und her, als könnten sie nicht still sitzen.

Das ist doch nicht wahr, oder?

Mit rasendem Herzschlag will ich eine Puppe aufheben, da fällt etwas Weißes aus ihrem Torso und klatscht mit einem ekligen Geräusch auf den Boden.

»Shi-it!«

Angewidert lasse ich die Puppe fallen und wische mir die Hand an der Jeans ab.

Die Puppen sind voller Maden.

42

Im Schlafzimmer steht die Luft. Ich liege nackt auf dem bloßen Laken. Schweiß rinnt mir vom Hals zwischen die Brüste. Ich will mich zur Seite drehen, um wenigstens auf einer kühleren Stelle zu liegen, aber es geht nicht. Ich bin mit Händen und Füßen an die Bettpfosten gefesselt. Ich bin gefangen. Eine Gefangene.

Dann kommen sie.

Ich kann die Schritte auf der Treppe hören. Sie haben es nicht eilig, aber sie kommen immer näher. Panik ergreift mich. Ich reiße an den Handfesseln, aber das bringt nichts. Ich kann sehen, wie sich die Klinke senkt und die Tür aufgeht. Unter den Männern ist eine schwarz gekleidete Gestalt mit etwas Weißem am Hals, die etwas Scharfes, Silbernes in der Hand hält. Ein Messer.

Ich höre sie flüstern: »*Sancte Michael Archangele, defende nos in proelio.*«

Heiliger Michael, steh uns bei im Kampf.

Flehend sehe ich die Männer an. *Bitte, nein! Bitte lasst mich gehen.* Sie beugen sich über mich, aber ihre Gesichter bleiben im Dunkel. Dann merke ich, dass da gar keine Gesichter sind, sondern nur wimmelnde Maden …

»Aahhh!«

Ich schrecke hoch und spüre meine durchgeschwitzte Bettdecke. Aber erst als ich mich zur Seite wälze, kehrt die Orientierung zurück. Der Wecker sagt 05:33. Ich ziehe mir die Jogginghose an und gehe nach unten. Doch statt Tabak und Drehmaschine nehme ich mir den schweren Kirchenschlüssel und gehe über den kurzen Pfad zur Kirche. Noch ist die Sonne nur eine blasse Scheibe im Morgendunst, die Luft hingegen ist schon warm und streichelt meine nackten Arme. Ich kann die Hyazinthen riechen, das trockene Gras, vermischt mit den schärferen Aromen des Komposthaufens. Dieser einzigartige Geruch versetzt mich zurück an einen ganz anderen Morgen – als ich allein am Straßenrand stand und nicht wusste, wohin.

Laut Polizei ist der Zutritt der Allgemeinheit zur Kirche bis auf Weiteres nicht gestattet. Sie sagten nicht, ob dies auch für die amtierende Pfarrerin gilt. Ich meine nein und verschaffe mir also Zutritt. In der Kirche ist es angenehm kühl, und ich setze mich in eine der vorderen Bänke. Von dort ist der Eingang in die Unterwelt gut zu sehen. Noch ist alles mit Flatterband abgesperrt. Ein eigenartiger Anblick, wenn man bedenkt, dass dies die letzte Ruhestätte von Kaplan Grady sein soll. Wie ist er bloß dort gelandet? Und wer wusste davon?

Wer seine Sünden leugnet, dem wird's nicht gelingen; wer sie aber bekennt und lässt, der wird Barmherzigkeit erlangen.

Ich senke den Kopf vor dem Altar und bete.

Nach einer Weile fühle ich mich besser, die Bibel würde sagen »erquickt«. Immerhin. Der Glaube ist nämlich keine unendliche Ressource, auch er kann sich erschöpfen, sodass selbst Pfarrer von Zeit zu Zeit ihre Batterien aufladen müssen. Dann stehe ich auf, bekreuzige mich und gehe hinaus.

Ich weiß jetzt, was ich zu tun habe.

Für Cottages wie das der Rushtons wurde einst das Wort »Bullerbü-Haus« erfunden. Mit seinem frischen Strohdach, den roten Backsteinwänden, den Kletterpflanzen und bleiverglasten Fensterchen liegt es idyllisch zwischen Kirche und Dorfbach. Auch zum Pub von Warblers Green, dem *Black Duck*, hat man es nicht weit.

Ich verstehe sogleich, warum die Rushtons gerne hier leben. Und warum sie alles unternehmen würden, dass sich daran nichts ändert.

Als er mir die Tür aufmacht, ist seine normalerweise so joviale Miene ernst, sogar seine lustigen kurzen Locken wirken irgendwie verschwitzt und geplättet. Es überrascht ihn auch nicht, mich zu sehen.

»Komm rein. Clara ist gerade spazieren gegangen.«

Er führt mich in eine sonnendurchflutete Küche auf der Gartenseite des Hauses. Wegen der Brise, die durch die offenen Terrassentüren hereinweht, ist es nach der Gluthitze auf der Straße aber mehr als auszuhalten.

»Kaffee?«

»Nein danke.«

Er setzt sich zu mir an den Tisch und lächelt betroffen. »Bevor du fragst, ich habe bereits mit der Polizei gesprochen. Ich glaube, ich schulde dir eine Erklärung.«

»Das heißt, du wusstest von dem alten Gewölbe?«

»Ja. Aber wie ich der Polizei schon sagte, von dem Leichnam da unten hatte ich keine Ahnung. Das war auch für mich...«, er schüttelt den Kopf, »...ein echter Schock.«

»Wie lange wusstest du davon?«

Er seufzt schwer. »Ach, seit langer Zeit. Reverend Marsh sagte es mir, als ich gerade meine Pfarrstelle angetreten hatte. Er meinte, sie hätten das Gewölbe schon im Jahr zuvor bei Reparaturarbeiten entdeckt, wollten damit aber nicht an die Öffentlichkeit, weil es dem Ansehen der Harpers geschadet hätte.«

»Demnach waren die Vorfahren der Harpers gar keine Märtyrer?«

Er nickt. »Es mag dir komisch vorkommen, aber in Chapel Croft zählt das nicht wenig, sogar heute noch. Ohne nicht mindestens einen Ahnen auf dem Scheiterhaufen zu haben, gehörst du nicht wirklich dazu.«

»Ja, aber die Wahrheit wird euch freimachen, heißt es, oder? Ist das nicht wichtiger als das überzogene Selbstbild einer Familie?«

»Absolut. Ich glaube, ich habe damals mehr oder weniger dasselbe gesagt. Aber dann fragte mich Marsh, ob ich auch wüsste, wer die Sanierung des Kirchendachs bezahlt hätte oder das Gemeindefest oder die Ausstattung des Kinderclubs.«

»Die Harpers.«

»Richtig. Jedes Jahr, das Gott werden lässt, stiften die Harpers einen substanziellen Betrag zur Erhaltung unserer Tradition als Märtyrerdorf.«

»Und deshalb warst auch du mit der Vertuschungsaktion einverstanden?«

Ein weiterer schwerer Seufzer. »Sagen wir mal so: Ich war dafür, die Sache nicht gleich an die große Glocke zu hängen.«

Was allerdings auf dasselbe hinausläuft. Gleichzeitig frage ich mich, wer ich bin, um andere für diese, nun ja, Güterabwägung zu verurteilen.

»Wer weiß denn noch davon?«, frage ich.

»Bis vor Kurzem nur ich, Aaron und Simon Harper.« Er legt eine Pause ein. »Aber dann fing Reverend Fletcher an, sich mit der Historie dieser Kirche zu befassen.«

»Wobei er auf den alten Grundriss stieß?«

»So ist es. Er war ganz aus dem Häuschen deswegen. Man stelle sich vor, eine geheime Gruft unter der Kirche, was für eine Sensation! Und Fletcher ging sogar noch weiter. Eines Morgens kommt Aaron in die Kirche und muss feststellen, dass er den halben Boden aufgerissen und tatsächlich den Eingang zu einer Gruft freigelegt hat.«

»Und du? Was hast du getan?«

»Ich riet ihm dringend, die Sache erst einmal für sich zu behalten. Er war aber der Meinung, die Gruft mit den Särgen sei ein bedeutender archäologischer Fund. Also bat ich Simon Harper, ein ernstes Wort mit ihm zu reden.

Ich weiß nicht, wie Harper es geschafft hat, aber Tatsache ist, dass Fletcher das Projekt danach nicht weiterverfolgte. Kurze Zeit später beantragte er seine Versetzung in den Ruhestand.«

»Einfach so?«

»Ja. Ich beauftragte einen mir bekannten Fliesenleger, die Schäden am Boden zu reparieren, und hielt die Sache damit für erledigt.«

»Aber dann beging Fletcher Selbstmord?«

»Bedauerlicherweise, ja.«

»Glaubst du immer noch, es war Selbstmord?«

»Ja, das glaube ich in der Tat.« Es klingt beinahe gereizt. »Dass jemand ihm wegen dieser Gruft nach dem Leben trachten sollte, ist doch absurd.«

»Nicht wenn allein die Täter wussten, welchen Sprengstoff die Särge enthielten. Vielleicht war Fletcher einfach schon zu nah dran.«

Rushton schüttelt den Kopf. »Ich kenne dieses Dorf wie kein zweites. Niemand hier wäre imstande, einen Mord zu begehen.«

»Gradys Leiche in der Gruft lässt mich anderes vermuten.« Ehe er antworten kann, frage ich: »Glaubst du, Reverend Marsh wusste, wer da unten lag?«

»Die Polizei hat mir damals dieselbe Frage gestellt. Aber darauf kann ich immer wieder nur sagen: Reverend Marsh war ein ehrenwerter Mann und tiefgläubig. Warum sollte er einen Mord decken?«

Richtig, warum sollte er? Um diese Frage zu beantworten, muss man sich die Chronologie vergegenwärtigen.

Reverend Marsh muss die Gruft etwa zur selben Zeit entdeckt haben, in der drei Menschen plötzlich nicht mehr da waren: Merry, Joy und als Letzter Grady. Irgendwann zwischen der ersten Entdeckung der Gruft und ihrer Versiegelung hat jemand Grady dort entsorgt. Das ergibt ein enges Zeitfenster und einen noch engeren Kreis von Verdächtigen, wenn man voraussetzt, dass praktisch nur der innere Zirkel der Kirche von der Gruft wusste.

»Joan berichtete mir von zwei Mädchen, die praktisch zur selben Zeit verschwanden wie Grady – auch wenn wir mittlerweile wissen, dass Grady nie weit weg war, sozusagen. Aber könnte es nicht sein, dass die beiden Sachen zusammenhängen?«

»Ich wüsste nicht, wie. Nach allem, was bekannt ist, sind die Mädchen von zu Haus durchgebrannt.«

»Genau das ist die Frage. Sind sie wirklich durchgebrannt?«

»Jack, bitte, das geht zu weit«, sagt er scharf, und sein Gesicht läuft kupferrot an. »Mach nicht denselben Fehler wie Matthew. Wir haben alle gesehen, was Joans Verschwörungstheorien anrichten können. Und wohin sie – wie bei Matthew – führen können.«

Wenn ich Rushton so ansehe, frage ich mich, ob das eine versteckte Drohung sein soll.

Dann seufzt er und lächelt bemüht, aber den leutseligen Pfarrer kaufe ich ihm nicht mehr ab. Auch nicht, als er sagt: »Ich verstehe ja, dass du Fragen hast. Aber die Verbrechensaufklärung überlassen wir besser der Polizei. Wir hingegen, vor allem in diesen schwierigen

Zeiten, sollten lieber zusammenhalten. Damit dienen wir der Kirche und dem Dorf am besten.«

»Und den Harpers.«

»Und ja, auch den Harpers. Denn ob es dir passt oder nicht, Dörfer wie Chapel Croft brauchen Familien wie die Harpers. Sie geben nicht nur vielen Menschen Arbeit, sondern machen auch so manches soziale Projekt erst möglich.«

»Ich habe nichts dagegen. Es ist aber sehr die Frage, ob man deshalb bei der Vertuschung einer Straftat behilflich sein muss.«

Wenn es denn bei *einer* Straftat bleibt!

Plötzlich sieht mich Rushton mit einer Härte an, die ich ihm gar nicht zugetraut hätte. »Und du, Jack? Hast du nie mal fünfe gerade sein lassen, nur um dir oder anderen das Leben ein bisschen leichter zu machen? Das, Jack, ist die Unzulänglichkeit der Welt.«

»Um mich geht es hier aber nicht«, sage ich und stehe auf. »Ich mache mich wohl besser auf den Weg.«

Auch er hat sich erhoben.

»Du brauchst mich nicht zu begleiten«, sage ich. »Ich finde allein hinaus.«

Draußen erwartet mich eine kochende Dorfstraße. Zwar habe ich den Wagen im Schatten geparkt, aber im Innern herrschen trotzdem Backofentemperaturen. Ich lasse die Seitenscheibe herunter, was keine Kühle bringt, und bin erschöpft und aufgebracht zugleich. Ich fühle mich verraten, denn bis dahin mochte ich Rushton, vertraute ihm – und wurde nun eines Besseren belehrt.

Gerade als ich losfahren will, kommt mir auf der Straße Clara entgegen. Sie trägt ein klassisches Freizeit-Outfit, Shorts und Wanderschuhe, und hat sich eine von diesen Jute-statt-Plastik-Einkaufsbeuteln umgehängt. Vor dem Gartentor bleibt sie stehen, und nicht nur an der Art, wie sich ihr Brustkorb hebt, sehe ich, dass sie geweint hat. Ihre Augen sind rot und verschwollen. Eigentlich möchte ich jetzt aussteigen und sie trösten, aber irgendetwas hält mich davon ab. Sie wartet wohl nicht zufällig vor dem Tor, bevor sie ins Haus geht. Sie will nicht, dass ihr Mann sie so sieht.

Für ihren Zustand kann es natürlich tausend Gründe geben, aber mir fällt spontan nur einer ein: Grady. Und wegen eines Todesfalls in der weiteren Bekanntschaft geht man auch nicht zum Heulen in den Wald.

Gespannt beobachte ich, wie sie sich die Augen trocknet, ihre schneeweißen Haare richtet und schließlich das Tor aufdrückt. Dabei rutscht ihr der Jutebeutel von der Schulter und gibt seinen Inhalt preis.

Lauter Reisig. Die Frau ist eine Reisigsammlerin.

43

Flo verdunkelt das Badezimmer mit Pappe von den Umzugskartons. Mum ist gerade nicht da, weswegen sie beschlossen hat, die zweite Rolle Film zu entwickeln.

Sie dachte, es lenkt sie ein wenig ab, aber die Rechnung geht nicht auf. Was nach den Ereignissen des letzten Tages auch nicht verwunderlich ist. Sie hat einen brennenden Geist gesehen, wäre beinah vom Erdboden verschluckt worden und war mit etlichen Gerippen plus der Leiche des ermordeten Kaplans konfrontiert. Das hätte locker für eine Fortsetzung von *Der Name der Rose* gereicht.

Sie steigt vom Badewannenrand herunter (ihr linkes Bein ist immer noch etwas steif) und verteilt ihre Entwicklungsschalen, Messbecher und Chemikalien auf dem Klodeckel sowie dem Boden. Das große Problem bei diesem Provisorium ist die mangelnde Ordnung. Nie findet man das, was man gerade sucht. Vor allem dann nicht, wenn man dauernd anderes im Kopf hat.

Und so wünscht sich ein Teil von ihr weit weg nach Nottingham, wo die Welt noch halbwegs normal ist, während ein anderer längst angefixt ist von den fragwürdigen Geschehnissen hier am Ort. Zumindest sind Skelette in einer Gruft eine ganz andere Kategorie als gebrauchte Spritzen an der Kirchenmauer. Nicht zu vergessen jener weitere Grund, der im Pfarrhaus mittlerweile mit einem Tabu belegt ist. Ein Grund mit grünen Augen, der auf den Namen Wrigley hört.

Also: Sie mag ihn. Sie ist zwar keine Jungfrau in Nöten, aber gestern hat er sie ganz klar gerettet. Bleibt die verstörende Tatsache, dass er in seiner letzten Schule Feuer gelegt hat, was schon heftig ist. Und wie war das mit dem Messer, das Mum vermisst? Sie hat zwar Stein und Bein geschworen, dass Wrigley nichts damit zu tun hat, aber weiß man's? Ein Rest von Zweifel bleibt, und das irritiert sie. Vielleicht ist sie deswegen vor Mum auch so ausgerastet. Der Verdacht, dass sie womöglich recht haben könnte, ließ sich einfach nicht beiseiteschieben.

Deshalb erst einmal Waffenstillstand, der auch am Morgen danach noch hielt. Zumal Flo auffiel, wie sehr ihre Mutter unter der Situation leidet, und das will sie ja auch nicht. Flo ist durchaus an einem entspannten Verhältnis interessiert – wenn Mum bloß nicht so verklemmt wäre, was Wrigley angeht. Oder wäre das bei jedem Jungen so, den Flo gut findet? Vermutlich steckt sogar noch etwas ganz anderes dahinter, etwas, das nur hier in diesem Dorf so ist, wer weiß?

Flo wünschte, sie hätte jemanden zum Reden. Kurz dachte sie an Kayleigh, verwarf den Gedanken aber wieder. Selbst wenn sie noch ein Handy hätte, wie sollte sie Kayleigh schildern, was hier abging, und dann auch noch auf Snapchat? Alles war so anders als in Nottingham, dass Kayleigh wohl kein Wort verstanden hätte. Als lebten sie mittlerweile in zwei verschiedenen Welten.

Schon neulich, im Coffeeshop von Henfield, hatte sie das Gefühl, dass sie das, worüber ihre Freunde auf Snapchat so erregt diskutierten, höchstens noch am Rande betraf. Weil es Kinderkram war, uninteressant, banal. Genauso wie umgekehrt Flos Dorfgeschichten für sie. Vor allem Leon tat nicht mal so, als seien ihre Berichte aus der neuen Welt in irgendeiner Weise relevant, im Gegensatz zu seinem Schul-Gossip. Dort war in der Tat Bedeutsames vorgefallen: Ein Mädchen aus der elften Klasse war schwanger; ihr Chemielehrer wurde im Park beim Kiffen erwischt; und zwei Mädchen, die Flo nur vom Sehen kannte, lebten jetzt in einer gleichgeschlechtlichen Beziehung. Am Ende fragte sie sich, warum sie sich überhaupt die Mühe machte, irgendetwas zu posten, wenn sie sich ihren Freunden dadurch nicht näher fühlte, sondern ferner.

Sie hat ihr Equipment noch nicht einmal ganz aufgebaut, als sie von unten ein Geräusch hört. Hat es etwa geklopft? Jetzt, schon wieder. Da ist jemand an der Haustür.

Herrgott, können sie einen nicht einmal ein paar Minuten in Ruhe lassen?

Sie steigt über die aufgereihten Messbecher und geht nach unten und weiter auf Zehenspitzen ins Wohnzimmer, wo sie durch die Gardinen lugt. Ein schlaksiger Junge in gruftigen Klamotten hampelt nervös vor der

Tür. Einen Moment lang ist sie uneins mit sich selbst, dann geht sie nach vorn zur Haustür und macht auf.

»Langsam denke ich, ich brauche bloß in den Spiegel zu gucken und dreimal deinen Namen zu sagen, und schon bist du da.«

Wrigley grinst sie an. »Echt lustig.«

»Was willst du denn hier?«

»Ich wollte nur wissen, wie es dir geht. Ich dachte, vielleicht kannst du das hier brauchen. Ich leihe es dir, wenn du willst.« Er hält ihr ein altes iPhone hin. »Es ist mein Ersatzhandy, du musst nur deine SIM-Karte einlegen.«

»Oh, danke.«

»Kein Angst, es ist nichts drauf. Ich habe es gestern Abend auf Werkseinstellungen zurückgesetzt.«

»Keine jugendgefährdenden Inhalte?«

»Eigentlich ist es das alte Handy meiner Mutter, aber ...«

»Und sie hat nichts dagegen, dass du es einfach so verleihst?«

»Kann sein, dass ich ihr nichts gesagt habe, aber sie merkt das sowieso nicht. Es liegt schon ewig in einer Schublade herum.« Er zuckt und wischt sich eine schwarze Haarsträhne aus dem Gesicht. »Und sonst so?«

»Sonst geht es mir gut, danke der Nachfrage.«

»Okay dann. Wenn weiter nichts ist ...«

Sie zögert. Mum kriegt die Krise, wenn sie wüsste, dass sie Wrigley in ihrer Abwesenheit ins Haus lässt. Aber man darf nicht vergessen, er hat ihr ein Handy mitgebracht, da wäre es schon krass unhöflich, ihn draußen stehen zu lassen. Außerdem weiß das Mum nicht, denn sie ist gar nicht da.

»Willst du nicht kurz hereinkommen?«

»Klar. Ich kann aber nicht lange bleiben.«

Sie macht Platz und geht ihm in die Diele voraus. Verlegen blicken sie sich an.

»Ich entwickle gerade ein paar Fotos«, sagt sie.

»Oh, na dann…«

»Willst du vielleicht zugucken?«

»Ja, das wäre cool.«

Er folgt ihr die Treppe hinauf. Oben angekommen sagt sie: »Aber nichts anfassen, okay?«

»Okay.«

Sie geht ins Bad voraus und schaltet das Rotlicht ein.

»Das ist also deine Dunkelkammer?«, fragt Wrigley.

»Ja, aber nur provisorisch. Auf die Dauer brauche ich was Richtiges.«

»Nein, ich meine, ich bin beeindruckt«, sagt Wrigley nach einem Blick auf die zahlreichen Laborutensilien.

Sie nimmt die Filmpatrone in die Hand, die der Inhaber des Fotoladens für sie gerettet hat, und zieht den Film ein kleines Stück heraus.

»Muss es dazu nicht ganz dunkel sein?«

»Genau. Dafür nehmen wir gleich den Dunkelsack.«

»Wusste gar nicht, dass es noch Leute gibt, die Bilder auf diese altmodische Art entwickeln.«

Er tritt näher an sie heran, und sie schaltet auch das Rotlicht aus. Ihre Hand tastet nach der Negativspirale, die sie auf dem Waschbecken abgelegt hat.

»Ja, mag sein. Irgendwie eine sterbende Kunst. Alle wollen alles sofort haben. Warum dieser Aufwand, wenn man Bilder auch mit dem Handy machen kann? Und wenn die Bilder langweilig sind, knallen wir eben ein Art-Filter drauf und fertig.«

»Warum machst du es dann?«

Sie beginnt, den Negativstreifen vorsichtig auf die Spirale zu schieben. »Ich muss eben die Ergebnisse nicht um jeden Preis sofort haben. Es ist spannend, zwischen Aufnahme und Entwicklung etwas Zeit vergehen zu lassen. Und dann zuzusehen, wie im Entwicklerbad langsam ein Bild entsteht. Kein Vergleich mit bloß am Computer sitzen und durch Hunderte von Pics zu klicken, die einem alle nichts bedeuten.«

Ihr Film befindet sich nun auf der Spirale, und sie greift nach der Entwicklungsdose, die ebenfalls auf dem Waschbecken liegen müsste. Ihre Hand stößt aber gegen Wrigley, der nicht von ihrer Seite gewichen ist – und ihr, für ihr Gefühl, fast ein bisschen zu nah auf den Leib rückt.

»Nee, schon klar«, beeilt sich Wrigley zu sagen. »Wir sind eben eine typische Wegwerfgesellschaft. Es gibt keine Achtung mehr für die wichtigen… die bleibenden… Dinge und so. Wir wollen alles auf einmal und das sofort.«

Sie blickt ihn an. Sie umgibt nichts als Dunkelheit, aber sie ist Vampirina, sie kann die warmblütige Aura sehen, das elektrische Erregungsfeld, das von seinen jettschwarzen Haaren ausgeht, den blitzenden grünen Augen, die sie vom ersten Moment an angezogen haben. So ein Mist, denkt sie noch, soll das heißen, das wir uns jetzt…? Und dann geschieht genau das. Seine Lippen sind plötzlich auf ihren, und es fühlt sich gut an und seltsam zugleich, vor allem aber überwältigend. Er drückt sie gegen die Wand, ihre Hände finden zueinander und sind plötzlich, wie zum Zeichen ihrer Kapitulation, hoch über ihrem Kopf – wo sie mit der Armbanduhr an etwas hängen bleibt. Zu spät wird ihr klar, dass dies nur der Zugschalter für die Deckenlampe sein kann. Schon im nächsten Moment hört sie das teuflische Klickgeräusch.

»Shit!«

Hartes Neonlicht flutet den kleinen Raum. Nein, nein, nein! Sie fährt herum und zieht abermals an der Strippe. Nur ein paar Sekunden, aber…

»Die Negative!«

Sie stößt Wrigley zur Seite und knallt die Negativspirale in die Entwicklungsdose, schraubt sie zu und macht dann, resigniert, die Lampe wieder an.

»Das wollte ich nicht«, stammelt Wrigley und blinzelt in das unfreundliche Licht. »Meinst du, die Bilder werden noch was?«

«Nein, die sind hin.«

»Tut mir echt leid, das hätte ich nicht tun sollen.«

»Egal. Du kannst nichts dafür.«

Dabei ist nichts davon egal. Weder dass die Negative ruiniert sind, noch dass ihr großer Moment so enden musste.

»Ich glaube, ich sollte besser gehen.«

»Gut.«

Er wendet sich zur Tür.

»Nur noch ganz kurz«, sagt Flo. »Es ist nicht so, dass ich dich nicht mag oder so was.«

»Schon klar.« Plötzlich sind auch seine Zuckungen wieder da. »Aber dann lass es mich wenigsten wiedergutmachen.«

»Wie das?«

»Wir treffen uns heute Abend.«

»Wo?«

»An dem Haus im Wald.«

»Ich weiß nicht …«

»Wieso nicht?«

»Und was soll ich Mum sagen?«

»Sag ihr, du gehst ins Jugendzentrum.«

Sie ringt noch mit sich, als Wrigleys Handy brummt. Er sieht kurz aufs Display.

»Das ist zur Abwechslung mal *meine* Mutter. Ich muss los.«

»Okay.«

»Also sehen wir uns heute Abend?«

»Ich denke ja.«

»Sieben Uhr.«

»Geht klar.«

»Du traust mir doch, oder?«

»Ja-ha. Aber was, wenn wir von Zombies angegriffen werden?«

Er grinst. »Ich bring eine Schaufel mit.«

Wie sich herausstellt, sind nicht alle Negative verloren. Die in der Mitte der Rolle sind durchaus noch brauchbar. Auf den Papierabzügen wirken die Lichtlecks wie geisterhafte Traktorstrahlen, und das kommt sogar ganz cool rüber. Jedenfalls passt es zum Thema Ruine. Ein Haus der Gespenster. Manchmal sind die zufälligen Fehler ja das Schönste von allem.

An deiner Stelle würde ich einen großen Bogen um Wrigley machen.

Aber genau das kann sie nicht. Was ihn betrifft, hat sie keine Wahl mehr.

Als sie fertig ist, geht sie nach unten in die Küche und will sich am Hahn der Spüle ein Glas Wasser holen, sie hat nämlich Durst. Plötzlich stößt sie einen Schrei aus, und ihr Puls schießt nach oben.

Dort hinter dem Küchenfenster steht ein Mann und starrt hinein.

Offenbar ein Landstreicher, abgerissen und verdreckt, mit tiefen Ringen unter den Augen. Sobald er Flo bemerkt, macht er kehrt und hinkt davon.

Flo lässt sofort das Glas stehen und rennt, ohne nachzudenken, zur Tür, schließt auf und guckt. Doch der Mann hat sich bereits davongemacht. Sie blinzelt in die Sonne und sieht gerade noch, wie er zwischen den Grabsteinen des Friedhofs verschwindet.

»Hey!«

Sie läuft ihm nach, trotz seines Vorsprungs. Er erklimmt die Anhöhe im hinteren Teil des Gräberfelds, kommt jedoch nicht gut voran, irgendwas ist mit seinem

Bein. Und was noch seltsamer ist, er trägt einen schwarzen Anzug – wie ein Pfarrer.

Sie bleibt dran und holt sogar auf. Bis sie über ein tückisches Hindernis am Boden stolpert und der Länge nach hinschlägt, dass ihr die Luft wegbleibt. Sofort ist auch der bekannte Schmerz in ihrem Bein wieder da.

»Auuu! Shit.«

Einen Moment lang liegt sie reglos da und versucht, wieder zu Atem zu kommen. Als sie sich hochrappelt, ist der Landstreicher in Schwarz längst hinter der Friedhofsmauer. Keine Chance, ihn jetzt noch zu erwischen. Und selbst wenn, was will sie denn tun? Die Polizei rufen? Sie hat ihr Handy nicht dabei. Also was? Fest steht nur, dass sie die Sache nicht auf sich beruhen lassen kann, so wie er sie durchs Fenster angestarrt hat.

Erst einmal will sie wissen, worüber sie eigentlich gestolpert ist. Es ist derselbe umgestürzte Grabstein, halb verborgen im wuchernden Gras, an dem sie sich schon einmal gestoßen hat, als ihr das Mädchen ohne Kopf und Arme erschien.

Und während sie den Grabstein ansieht, der ihr mittlerweile vorkommt wie eine absichtlich platzierte Falle, bemerkt sie zwischen dem Unkraut noch etwas anderes. Sie nimmt es in die Hand. Es ist ein gerahmtes Foto von einem halbwüchsigen Mädchen und einem kleinen Jungen. Irgendwas an den beiden kommt ihr bekannt vor, auch wenn sie nicht weiß, woher. Doch dann erinnert sie sich. War das nicht das Bild, auf das sie in dem Spukhaus versehentlich getreten ist? Hat der Landstreicher das Bild hier verloren? Hat er es aus dem Haus gestohlen? Wollte er auch das Pfarrhaus auskundschaften?

Sie muss das Bild immer wieder anschauen. Da ist etwas mit dem Mädchen und dem kleinen Jungen, irgendetwas unter der Oberfläche, das ihr eine Gänsehaut macht.

Das Mädchen auf dem Bild sieht beinahe aus wie sie.

44

Emma Harper ist über mein Kommen nicht erfreut. Ich habe das Gefühl, sie bereut unsere kurze Begegnung auf dem Damenklo zutiefst. Sie weiß zwar nicht mehr, *was* sie bei der Gelegenheit nicht hätte sagen sollen (dazu war sie zu voll), aber *dass* sie sich verplappert hat, das ahnt sie.

Eigentlich sollte ich gar nicht hier sein. Es ist auch nicht gerade die Art Zusammenhalt, den Rushton mir gegenüber beschwor. Doch auf der Rückfahrt von Warblers Green ließ mir ein bestimmter Gedanke keine Ruhe: Obwohl Fletcher schon so lange zur Geschichte der Kirche und dem Rätsel der verschwundenen Mädchen forschte, warf er auf ein Wort von Simon Harper hin das Handtuch und gab sogar sein Amt auf. Da frage ich mich doch, wie dieses Wort beschaffen war, das er von Harper zu hören bekam.

»Tut mir leid, wenn ich Sie noch einmal behelligen muss«, sage ich.

Sie sieht nicht so aus, als wollte sie die Tür weiter öffnen. »Es passt gerade leider überhaupt nicht, ich habe zu tun ...«

»Tatsächlich wollte ich Ihren Mann sprechen.«

»Simon? Oh, der ist auf der Farm unterwegs.«

»Und wo finde ich ihn?«

»Vielleicht kann ich Ihnen helfen. Worum geht es denn?«

»Es betrifft die Familiengruft unter der Kirche.«

Sie blickt mich verständnislos an. Offenbar hat Simon nie mit ihr darüber gesprochen.

»Ach so. Über diesen Kirchenkram reden Sie besser nur mit ihm. Ich muss mal sehen, wo er steckt.« Sie blickt umher, als suche sie etwas. »Ich glaube, mein Handy liegt oben. Kommen Sie doch rein.«

Sie rennt im Laufschritt die Treppe hoch, und ich betrete wieder diese überdimensionierte Eingangshalle. Durch die halb offene Flügeltür zur Linken sehe ich Poppy mit ihren Puppen spielen. Sie selbst ignoriert mich komplett. Einmal mehr fällt mir der kindliche Ernst auf, mit dem sie sich in ihre Spielwelt versenkt. Doch spätestens mit zehn wird sie die Puppen gegen ein iPad eintauschen.

Ich gehe zu ihr und hocke mich daneben.

»Hallo, du.«

Sie blickt nicht einmal auf.

»Was spielst du denn da?«

Kaum wahrnehmbares Achselzucken.

»Sind das deine Lieblingspuppen?«

Immerhin, sie nickt.

»Wie heißen sie denn?«

»Poppy und Tara.«

Tara. Das Mädchen, das im Garten der Harpers ums Leben kam.

»Poppy und Tara sind wohl Freundinnen?«

»Beste Freundinnen.«

»Das ist aber schön. Spielen sie viel miteinander?«

»Immer.«

»Hast du noch andere Freundinnen?«

»Nein. Mit mir spielt keiner.«

»Warum nicht?«

»Weil sie Angst haben, dass sie dann sterben. So wie Tara.«

Eine Antwort, bei der mir fröstelig wird.

Dann höre ich, wie Emma in der Diele nach mir ruft. Sie sagt: »Simon ist noch im Schafstall. Sie können hier warten oder kurz rübergehen.«

»Ich gehe. Der Stall ist das Gebäude direkt hinterm Haus, richtig?«

»Ja.«

»Danke.«

Auf dem Weg zur Haustür stutze ich. Neben dem Schirmständer lehnt ein Luftgewehr an der Wand.

»Ist das eine Airgun?«

»Oh, das? Ja, sie gehört Tom.«

»Tom?«

»Rosies Cousin. Sie sind oben und spielen Xbox, glaube ich.«

»Er ballert wohl gerne in der Gegend herum?«

»Die Jagd hat Tradition hier.«

Mein Lächeln darauf ist äußerst schwach. »Anscheinend.«

Direkt am Haupthaus vorbei führt eine schlammige Fahrspur zu den Ställen. Ich bin außer mir über die Airgun. Könnte natürlich Zufall sein, aber das glaube ich nicht. Nicht in so einem kleinen Dorf. Also hat dieser Tom auf Flo geschossen. Die Frage ist nur, ob versehentlich oder mit Absicht. Bei dieser Familie halte ich mittlerweile nichts mehr für ausgeschlossen. Ich denke an Poppy, die immer noch traumatisiert ist vom Tod ihrer besten Freundin. Doch da ist zudem etwas anderes, das diese Familie belastet. Es ist nur ein Gefühl, aber mit kaputten Familien kenne ich mich aus.

Der Stall kommt in Sicht, eine angejahrte Fertigbauhalle, wo es intensiv nach Gülle und verrottendem Grünzeug riecht. Ich betrete die Stallgasse mit Schafboxen zu beiden Seiten. Simon Harper, angetan mit Barbourjacke und Gummistiefeln, streut gerade frisch ein.

»Hallo?«, rufe ich.

Er stellt die Heugabel weg und wischt sich die Hände an der Jacke ab.

»Reverend Brooks! Was verschafft mir das Vergnügen?«

»Ich wollte mit Ihnen über unsere Kirche reden.«

»Was ist damit?«

»Wir haben unter dem Gebäude eine versteckte Gruft entdeckt.«

»Na so eine Überraschung!« Er ergreift die Strohgabel und macht sich wieder an die Arbeit. »Dann betonieren Sie sie zu.«

»Verzeihung?«

»Sie haben mich verstanden. Machen Sie sie zu, und dann schicken Sie mir die Rechnung. Von mir aus auch für einen neuen Boden oder was sonst gemacht werden muss.«

»Aber das geht nicht.«

»Doch, das geht. Die Gruft gehört nämlich uns. Meine Vorfahren liegen da unten.«

»Das stimmt so nicht. Sobald die Toten unter der Erde sind, werden sie Eigentum der Kirche.«

Abermals dreht er sich zu mir. »Und uns gehört das Gebäude, jedenfalls zum größten Teil. Also machen Sie kein Theater und tun Sie, was ich Ihnen gesagt habe.«

»Bedaure, aber das werde ich nicht.«

Er rammt die Heugabel in einen Strohballen. »Sagen Sie, was haben Sie eigentlich für ein Problem?«

»Ich habe das Problem, dass wir in der Gruft eine Leiche gefunden haben, aber nicht von einem Harper, sondern von einem gewissen Benjamin Grady, der vor dreißig Jahren Kaplan in dieser Gemeinde war und seither als vermisst gilt.«

Simon Harper fährt herum. »Was?«

»Haben Sie das nicht gewusst?«

»Natürlich nicht, Herrgott! Wie soll ich das gewusst haben?« Er fährt sich mit der Hand durch die Haare. »Heißt das, er wurde ermordet?«

»Sieht ganz so aus.«

»Na toll. Und morgen steht alles in der Zeitung.«

»Damit ist zu rechnen«, sage ich, wobei ich zugeben muss, dass auch ich diese Kleinigkeit nicht bedacht habe.

»Meinen Sie, Sie schaffen das, unsere Familie aus dieser blöden Geschichte rauszuhalten?«

Ich blicke ihn einigermaßen perplex an. »Ist das alles, was Ihnen dazu einfällt? In Ihrer Gruft wird eine Mordleiche gefunden, und alles, was Sie interessiert, ist das Ansehen Ihrer Familie. Aufschlussreich, wo Ihre Prioritäten liegen.«

»Sie haben vollkommen recht, die Familie und der Hof sind meine Prioritäten. Denn diese blöde Geschichte könnte beides zerstören.«

»Was ist denn so wichtig daran, dass Ihre Vorfahren Märtyrer waren? Diese Ereignisse liegen mehrere hundert Jahre zurück.«

Ein bitteres Lächeln. »Sie können Fragen stellen! Als Märtyrer sind sie Teil der Geschichte. Als Feiglinge, die ihrem Glauben abschworen, sind sie nichts, und auch der Name Harper würde nichts mehr bedeuten. Wissen Sie eigentlich, wie schwer es ist, hier auf dem Land einen Betrieb zu führen, Reverend?«

»Nein.«

»Verdammt schwer. Unser Erfolg beruht zu einem nicht unerheblichen Teil auf unserer Reputation. Die Harpers sind seit vielen Generationen hier ansässig. Die Leute vertrauen uns.«

»Und dann nicht mehr?«

»Reverend, Sie verstehen nicht, wie so eine Dorfgemeinschaft funktioniert, und das werden Sie auch nie verstehen.«

»Sie kennen mich doch gar nicht.«

»Aber ich kenne Ihre Sorte Mensch.«

»Meine Sorte?«

»Wichtigtuer, die ihre Nase in Angelegenheiten stecken, die sie nichts angehen.« Er kommt näher. »Ich weiß zum Beispiel, was in Ihrer letzten Gemeinde passiert ist. Die Sache mit dem kleinen schwarzen Mädchen.«

Mir fällt das redundante Adjektiv auf. »Haben Sie auch den Zeitungsausschnitt bekommen?«

»So ist es«, sagt er mit hämischem Grinsen. »Anscheinend geht Ihre Art der Weltverbesserung nicht immer gut aus.«

Ich habe Mühe, mich zurückzuhalten. »Haben Sie Reverend Fletcher auch so bedroht? Hat er deswegen über die Gruft geschwiegen?«

Er schüttelt den Kopf. »Unsinn. Mir war Matthew sogar sympathisch. Ein grundanständiger Kerl. Aber leider ein sturer Bock. Ich habe ihn lediglich darauf hingewiesen, dass auch er das eine oder andere kleine Geheimnis hat, das er nicht publik gemacht haben will.«

»Zum Beispiel?«

»Zum Beispiel eine private Beziehung, die im Dorf mit Sicherheit nicht gut ankäme.«

Ich denke an das, was Joan mir über diese Schriftstellerin sagte.

»Sie meinen Saffron Winter?«

Sein höhnisches Lachen ist gleich in mehrfacher Hinsicht unangenehm. »Diesen Eindruck hätte er gerne erweckt.«

»Ich kann Ihnen nicht folgen.«

»Saffron Winter war schon in der falschen *Herde*, wenn Sie verstehen, was ich meine.«

Ich verstehe gar nichts. Irgendwie ist das zu hoch für mich. Und so sehr ich es hasse, ihn um Aufklärung zu bitten, es muss sein.

»Was wäre denn die richtige Herde gewesen?«

45

Das alte viktorianische Haus liegt nur etwa eine Meile von der Kirche entfernt und war sicher einmal ein Schmuckstück. Inzwischen aber ist der Garten verwildert, die Fensterrahmen sind verrottet, und der schiefe Kamin sieht aus, als würde er den nächsten Herbststurm nicht überstehen.

Wir sitzen im Esszimmer auf der Rückseite, ein dunkler, vollgestellter, vollgemüllter Raum. Auf der Kommode und im Bücherregal stapeln sich Bücher, Zeitschriften, Dosennahrung, und auf dem ehemaligen Familientisch liegt griffbereit und in Großpackungen alles, was für die häusliche Pflege benötigt wird. Und so riecht es auch, streng, stickig. Die Atmosphäre eine Mischung aus Schulkantine und Krankenhaus. Abgestandenes Essen, Urin, menschliche Exkremente.

Es fällt schwer, Aaron nicht zu bemitleiden.

»Wenn Sie wünschen, dass ich mein Amt als Kirchenvorstand niederlege«, sagt er steif, »so hätte ich dafür Verständnis.«

»Das möchte ich keineswegs, Aaron. Auch wenn ich mir gewünscht hätte, dass Sie mich eher über diese Gruft informiert hätten.«

»Das tut mir leid. Ich war der Meinung, es sei zum Besten der Kirche.«

»Haben Sie deshalb auch Ihre Beziehung zu Reverend Fletcher geheim gehalten?«

Er starrt mich wortlos an, aber ich sehe, wie sein Adamsapfel arbeitet.

»Ihr Sexualleben geht mich nichts an«, sage ich. »Was mich aber sehr wohl etwas angeht, ist die Tatsache, dass Simon Harper meinen Vorgänger erpresst hat, damit die Wahrheit über die Gruft nicht bekannt wird.«

»*Was?*«

»Simon Harper hat irgendwie von Ihrem Verhältnis zu Matthew erfahren. Das war auch der Grund für seinen Rücktritt. Harper hat gedroht, Sie beide auffliegen zu lassen.«

Seine Oberlippe beginnt zu zittern, und er schlägt die Augen nieder. »Das… wusste ich nicht.«

»Ich glaube, Matthew wollte Sie schützen. Obwohl es an einer gleichgeschlechtlichen Beziehung natürlich nichts gibt, wofür Sie sich schämen müssten.«

»Es ist eine Sünde.«

»Jesus sagt nirgendwo, dass Homosexualität eine Sünde ist.«

»Aber im Alten Testament steht…«

»Das Alte Testament ist Quatsch. Es strotzt vor Frauenfeindlichkeit, Folter und inneren Widersprüchen. Jesus predigte Liebe – ohne Ansehen der Person.«

Er lächelt seltsam zweideutig. »Und was, wenn ich Ihnen sage, dass es bei uns gar nicht um Liebe ging, Reverend, sondern allein um Sex? Hat Jesus dazu auch etwas zu sagen?«

»Ich glaube nicht, dass Gott oder Jesus das Thema so hoch hängen würden.«

»Aber die Leute im Dorf schon.«

»Die Leute sind oft viel aufgeschlossener, als man denkt.«

Wobei mir selbstverständlich klar ist, dass die Dinge in einem Dorf wie Chapel Croft noch einmal anders liegen.

Aaron schüttelt den Kopf. »Nach dem Tod meiner Mutter hat mich mein Vater ganz allein aufgezogen. Und er war immer ein guter Vater: freundlich und geduldig ohne Ende, wenn auch sehr traditionsbewusst. Einen homosexuellen Sohn würde er nicht akzeptieren. Trotzdem kann ich ihn jetzt nicht im Stich lassen, er hat schon alles verloren. Soll ich ihm jetzt noch den Stolz auf seinen Sohn nehmen?«

Ich seufze, denn die Argumentation leuchtet mir ein. Die Menschen sollen sich wegen ihres »Doppellebens« schuldig fühlen, aber man zeige mir auch nur einen Einzigen, der seinen Angehörigen die ganze, die ungeschminkte Wahrheit präsentiert. Und alles, weil wir sie nicht verletzen wollen, weil wir ihre Enttäuschung über uns nicht ertragen könnten. Wir reden dauernd von bedingungsloser Liebe, aber niemand hat den Mut, diese von anderen einzufordern.

»Aaron«, sage ich vorsichtig. »Es tut mir leid, wenn ich Sie das fragen muss. Aber glauben Sie, Ihr Vater könnte von der Leiche in der Gruft gewusst haben?«

Er zögert mit der Antwort, ich sehe, wie er mit sich ringt. Dann sagt er: »Wenn ich Ihnen *das* sage, muss aber ein für allemal Schluss sein mit dem Thema.«

»Sie haben mein Wort.«

»Vor langer Zeit – ich selbst war vielleicht vier Jahre alt – kam mein Vater einmal spät in der Nacht nach Hause zurück.«

»Woher? Wo ist er gewesen?«

»Das weiß ich nicht. Mein Vater ging abends nie weg, er würde mich nicht allein lassen. Schon das war also ungewöhnlich. Ich schlich mich nach unten und sah ihn in der Küche. Und was noch ungewöhnlicher war: Er hatte seine Kleidung abgelegt, und ich hatte ihn noch nie ohne seine Soutane gesehen. All das stopfte er in die Waschmaschine. Und er weinte. Das war vielleicht das Ungewöhnlichste: Er weinte.«

»War das um die Zeit, in der die beiden Mädchen und Grady aus dem Dorf verschwanden?«

»Das kann ich nicht mit Sicherheit sagen.«

»Haben Sie der Polizei davon erzählt?«

Wieder schüttelt er den Kopf. »Nein. Ich *kenne* meinen Vater, er könnte nie jemandem etwas zuleide tun. Seine ganze Sorge galt immer der Kirche, seiner Gemeinde und der Familie. Warum sollte er das alles aufs Spiel setzen? Um einen Mord zu decken?«

Eine berechtigte Frage. Ich habe ebenfalls keine Antwort darauf.

Stattdessen frage ich: »Könnte ich ihn sehen?«

Er blickt mich unsicher an und nickt dann. Das Zimmer des Vaters liegt im vorderen Teil des Hauses, die Tür steht halb offen, und der Krankenhausgeruch ist dort sogar noch intensiver.

»Ich habe sein Zimmer schon vor Jahren nach unten ins Wohnzimmer verlegt«, sagt Aaron und geht vor.

Dann befinde ich mich in dem Krankenzimmer.

Wenigstens ist Platz dort. An einer Wand stehen seine Bücherregale, an der anderen hängt ein großes Kruzifix. Dazwischen liegt Reverend Marsh in einem speziellen Bett mit Wechseldruckmatratze. Ich höre das leise Zischen des elektrischen Kompressors, der den Druck in den Luftkammern neu verteilt, um ein Wundliegen zu verhindern. Und trotz Urinbeutel und Toilettensitz herrscht auch hier derselbe Krankenhausgeruch wie in dem Raum, in dem wir zuvor gewesen waren.

Reverend Marsh ist nur noch ein Schatten seiner selbst, abgemagert, totenblass und mit Haaren, die so weiß und dünn sind wie Zuckerwatte. Unter der bleichen Haut kann man jede Vene sehen, und seine papierdünnen Augenlider zittern im Schlaf.

»Mittlerweile halten sie ihn dauerhaft sediert«, sagt Aaron leise. »Er schläft die meiste Zeit. Gott sei Dank, muss man sagen. So hat er wenigstens seinen Frieden.«

»Was ist mit Schmerzen?«

»Das ist nicht das Hauptproblem, eher das Gefühl der absoluten Hilflosigkeit, das ihm Angst macht. Denn er kriegt ja mit, was mit ihm passiert. Dass er in seinem eigenen Körper gefangen ist und nichts mehr dagegen tun kann.«

Nebenan klingelt ein Telefon. Aaron verbeugt sich vor mir und sagt: »Entschuldigen Sie, das ist wahrscheinlich das Krankenhaus.«

Ich nicke und trete näher an das Krankenlager heran. Beim Anblick von Reverend Marsh wird mir einmal mehr klar, wie wenig wir auf Alter und Siechtum vorbereitet sind. Wie die Lemminge laufen wir auf diese Klippe zu und können es einfach nicht fassen, wenn sich der Abgrund auftut. Dieselben Wesen, die wir zu Beginn ihres Daseins so süß und herzig fanden, werden an ihrem Ende zu unserem Schreckbild.

»Es tut mir ja so leid für dich, Bruder«, flüstere ich. »Ich wünschte, es wäre anders gekommen.«

Da schlägt er plötzlich die Augen auf, und ich erschaure. Die Augen weiten sich sogar, als unsere Blicke sich treffen. Er hebt eine knochige Hand, als wollte er mit dem Finger auf etwas zeigen.

»Schon gut«, sage ich. Ich …«

Mir antwortet ein gurgelndes Geräusch, das von tief unten kommt. Es ist klar, dass er mir etwas sagen will, aber es klingt wie ein Anfall von Atemnot.

»Meh … Meeehhh.«

Ich weiche zurück und bekomme weiche Knie. Aber schon im nächsten Moment springt mir Aaron zur Seite.

»Was ist los?«

»Tut mir leid, das wollte ich nicht«, sage ich. »Aber er ist plötzlich aufgewacht und hat geschrien.«

»Das liegt daran, dass er normalerweise keine neuen Gesichter zu sehen bekommt. Er hat sich erschrocken.«

Er geht zu seinem Vater und ergreift seinen Arm. »Alles gut, Dad, alles gut. Das ist nur Reverend Brooks, die neue Pfarrerin.«

Marsh will seinen Arm zurückziehen. »Meh, meh.«

»Vielleicht warte ich besser draußen«, sage ich und gehe in die Diele, wo ich mich erst einmal fangen muss. Ich weiß schon jetzt, dass mich dieser Blick aus seinen Augen und der halb erstickte Schrei verfolgen wird. Einige Minuten später kommt auch Aaron heraus und schließt die Tür hinter sich.

»Er hat sich wieder beruhigt.«

»Gott sei Dank. Das war wirklich nicht meine Absicht.«

»Es ist nicht Ihre Schuld«, sagt er und räuspert sich. »Jedenfalls danke ich Ihnen für Ihren Besuch.«

Betretenes Lächeln beiderseits.

»Gut, dann gehe ich jetzt«, sage ich.

Aaron begleitet mich zur Tür. Ich will eigentlich nur weg. Der Geruch, das Elend, die Erinnerungen sind einfach zu viel. Aber dann will Aaron doch noch etwas loswerden.

»Reverend Brooks?«

Ich sehe ihn fragend an.

»Für mich gibt es eigentlich nur einen Grund, warum mein Vater eine Leiche verstecken würde. Und zwar, wenn er damit jemanden schützen könnte.«

»Aber wen?«

Unsere Blicke treffen sich. »Das ist die große Frage, nicht wahr?«

46

Welche Netze wir doch spinnen, wenn erst mal wir auf Täuschung sinnen, heißt es in einem geflügelten Wort. Das Problem ist nur, dass es nicht stimmt. Wir spinnen keineswegs an komplizierten Netzen, sondern sind eher wie Fliegen, die an der erstbesten Leimfalle kleben bleiben.

Ich parke vor der Kirche, gehe über den holprigen Pfad zum Cottage – und bleibe kurz vor der Tür stehen. Ich habe auf einmal dieses Ameisengefühl im Nacken – als würde ich beobachtet. Ich drehe mich um und scanne die hundertachtzig Grad in meinem Rücken. Da ist die Straße, da sind die Felder, aber weiter ist nichts. Keine Autos, keine Menschen, nur das ferne Brummen von Landmaschinen.

Vielleicht bin ich einfach nur zu durchgedreht. Mein Nervenkostüm zeigt die ersten Ermüdungsrisse. Andauernd stehe ich vor einer gänzlich neuen Lage. Auf den äußeren Anschein, vor allem bei den Menschen hier, kann man nämlich nichts geben. Einzige Ausnahme: Simon Harper. Der war von Anfang an ein Arschloch – und ist sich treu geblieben. Bei allen anderen weiß ich das nicht, nicht einmal bei mir selber. Ich habe das Gefühl, auf Antworten zuzusteuern, die ich so nie haben wollte.

Noch ein kurzer Rundblick, dann trete ich ins Haus.

»Hallo?«

Keine Antwort. Ich schaue im Wohnzimmer nach. Flo fläzt sich auf dem Sofa, die Beine über der Seitenlehne, und ist mit dem Handy beschäftigt. »Hi.«

»Hast du mich vermisst?«

»Nicht wirklich.«

»Schön zu hören.«

Sie schwingt ihre Beine von der Lehne. »Mum, tut mir leid wegen gestern Abend.«

»Mir auch.«

Ich setze mich neben sie. »Hör mal, ich will doch keine Glucke sein, die dich keine Sekunde aus den Augen lässt, als wärst du noch ein kleines Kind.«

»Bist du ja auch nicht. Meistens jedenfalls. Aber manchmal schon.«

Ich muss lächeln. »Ich bin eben eine Mutter, daran kannst du nichts ändern. Und ich bin älter als du, verfüge also über eine gewisse Erfahrung. Und ob du es glaubst oder nicht, als ich in deinem Alter war, habe ich unfassbar dumme Sachen gemacht.«

»Zum Beispiel?«

»Ach, ich will dich nicht auf Ideen bringen.«

Jetzt muss auch sie grinsen.

»Aber als deine Mutter ist es nun mal meine Aufgabe, dich vor dem Schlimmsten zu bewahren.«

»Ach, mir passiert nichts. Ich weiß, du meinst es gut,

aber ein klitzekleines bisschen musst du mir auch vertrauen.«

»Ich vertraue dir. Aber manchmal reicht es schon, sich mit den falschen Leuten einzulassen.«

Sie ahnt, worauf ich hinauswill. »Die Sache gestern hatte nicht das Geringste mit Wrigley zu tun. Im Gegenteil, er hat mir geholfen.«

»Mag sein.«

»Mum, es *war* so. Ich will mich nicht immer wieder darüber streiten.«

Ich auch nicht. Doch ich kann ihr nicht sagen, wie sehr mich der Gedanke ängstigt, Flo könne einmal an den Falschen geraten. Es laufen genügend kranke Typen herum, die ihre körperliche Überlegenheit einsetzen, um Mädchen gefügig zu machen. Da kannst du noch so freundlich und clever und wortgewandt sein, es wird dich nicht davor bewahren, zum Opfer zu werden.

»Ist ja schon gut«, sage ich. »Geben wir Wrigley also eine Chance.«

Sie wird plötzlich lebendig. »Prima. Er hat mich nämlich gefragt, ob ich heute Abend mit ins Jugendzentrum gehe.«

Jetzt habe ich den Salat. Als hätte ich nie etwas gesagt.

»Ins Jugendzentrum?«

»Ja.«

»Mit Wrigley?«

»Ja.«

»*Wann* hat er dich gefragt?«

»Vorhin. Er kam kurz vorbei.«

»Er hat *was* getan?«

»Er war kurz da, um mir ein Ersatzhandy zu bringen. Ist doch nett von ihm.«

Es ändert aber nichts an der Tatsache, dass er in meiner Abwesenheit da war. Ich fasse es nicht.

»Und wo ist dieses Jugendzentrum?«

»In Henfield.«

»Und wie willst du da hinkommen?«

»Bus.«

»Also, ich weiß nicht.«

»Mum! Bitte!«

Ich will nicht, dass sie jetzt noch ausgeht. Aber ich will auch nicht gleich den nächsten Streit provozieren.

»Na gut«, sage ich. »Unter einer Bedingung.«

»Die wäre?«

»Ich will das vorher mit seiner Mutter abklären.«

»Ich dachte, du wolltest mich nicht mehr wie ein kleines Kind behandeln.«

»Bis du sechzehn bist, *bist* du offiziell ein Kind.«

Sie sendet mir einen Blick, der Stahl zerschneiden könnte, doch ich bleibe hart. »Frag Wrigley nach ihrer Nummer.«

»Menno!«

Notgedrungen hackt sie eine WhatsApp an Wrigley raus.

Ich gehe in die Diele, ziehe mir die Schuhe aus und höre, wie im Wohnzimmer die Antwort eingeht.

»Ich schick dir die Nummer«, ruft Flo.

Ich hole mein Handy und öffne den WhatsApp-Link.

Das winzige Profilbild neben der Nummer zeigt eine Frau mit Sonnenhut, die irgendeine Art Cocktail in der Hand hält. Ihr Gesicht kann man nicht erkennen.

Flo schaut lieb und sagt: »Jetzt zufrieden?«

Nein, aber es ist ein Anfang. Ich schreibe der Frau mit dem Sonnenhut: »Hallo, ich bin Jack Brooks, die Mutter von Florence. Da sich Flo und Lucas offenbar angefreundet haben, dachte ich, es wäre an der Zeit, dass auch wir uns kennenlernen. Vielleicht treffen wir uns mal auf einen Kaffee? Bei dieser Gelegenheit möchte ich fragen, ob Sie einverstanden sind, dass die beiden heute Abend ins Jugendzentrum gehen.«

Die Antwort kommt postwendend.

»Hallo, Jack. Danke für Ihre Nachricht. Auch ich würde Sie gern mal kennenlernen. Was den Jugendclub angeht, hat Lucas bereits mit mir gesprochen. Von meiner Seite keine Einwände. Noch eine Frage: Soll ich die beiden später abholen?«

Das Angebot nimmt mir zumindest einen Teil meiner Bedenken.

Ich tippe zurück: »Wenn Sie das tun wollen, wäre das sehr nett.«

»Kein Problem. LG«

»Und?«, fragt Flo genervt.

»Wrigleys Mutter will euch später abholen.«

»Also darf ich?«

»Sieht so aus.«

Ihre Miene hellt sich schlagartig auf, und ich schmelze dahin. »Danke, Mum.«

»Ich meine, wenn ihr wollt, kann ich euch auch hin-
fahren.«

»Nee, das geht schon. Lass dir doch später ein Bad ein.
Chill.«

Genau. Tolle Idee.

»Mach ich.«

»Ach, bevor ich es vergesse«, sagt Flo. »Heute Nachmittag ist was Komisches passiert …«

»Wie komisch?«

»Hier war ein Mann vor dem Haus.«

Ich starre sie an. »Ein Mann? Was für ein Mann?«

»So eine Art Landstreicher.«

»Wie sah er aus?«

»Na ja, wie ein Landstreicher eben. Dreckig. Mit dunklen Haaren.«

Meine Nerven spielen verrückt. War das etwa Jacob?
Nach Flos Beschreibung hätte es auch jeder andere sein
können. Aber vor allem: Wie hat er mich gefunden?

»Hat er was gesagt?«

»Nein. Er stand nur auf dem Friedhof rum und war
irgendwann wieder weg.«

Beim letzten Mal hat er mich auch gefunden.

»Hast du den Mann schon einmal gesehen?«

»Nein!«

Ich gebe mir alle Mühe, nicht durchzudrehen.

»Ich mag nicht, dass fremde Männer ums Haus strei-
chen.«

»Vielleicht wollte er in die Kirche, aber es war abgeschlossen.«

»Vielleicht.«

Sie sieht mich besorgt an. »Ich kann aber trotzdem heute Abend gehen, oder? Oder gilt das jetzt nicht mehr, weil du wieder Panik schiebst?«

Sagen wir es so: Es passt mir ganz und gar nicht. Aber jetzt einen Rückzieher zu machen wäre ebenfalls unfair.

»Geh in Gottes Namen. Aber sei bitte vorsichtig.«

Die Erleichterung steht ihr ins Gesicht geschrieben. »Versprochen. Danke, Mum.«

Ich stehe auf. »Ich brauche erst mal einen Kaffee, danach mache ich uns was zu essen. Ist Chili okay?«

»Ist okay.«

Ich gehe in die Küche und hole zwei Kaffeebecher aus dem Schrank, als wäre nichts. Dabei rast das Adrenalin durch meinen Körper. Ein fremder Mann vor unserem Haus? Das kann nichts Gutes bedeuten. Und dann rutscht mir auch noch eine Tasse aus der Hand und zerschellt auf dem abgewetzten Linoleum.

»He, ist was passiert?«, ruft Flo aus dem Wohnzimmer.

»Nein, mir ist nur eine Tasse kaputtgegangen.«

Keuchend starre ich auf die Trümmer und habe den aberwitzigen Gedanken, auf den rasiermesserscharfen Teilen herumzutrampeln – barfuß. Dann schnappe ich mir Handfeger und Schaufel und kehre die Scherben auf. *Chill, Alte.*

Kurze Zeit später bricht Flo auf. Wie unbeschwert sie ist! Und wie schön in ihren Skinny Jeans, den lila Boots und dem weiten Tanktop. Aber in ihrem Alter kann man alles tragen, es sieht immer klasse aus. Und genau das versetzt mir einen Stich. Denn Wrigley ist definitiv nicht gut genug für sie. Niemand ist gut genug, am wenigsten ich selbst.

Langsam schließe ich die Tür hinter ihr, auch wenn ich ihr am liebsten nachliefe, um sicherzugehen, dass sie wohlbehalten zur Bushaltestelle kommt. Denn der Mann, den sie gesehen hat, bereitet mir ernsthafte Sorgen. Selbst wenn es sich nicht um Jacob handeln sollte, Männer stellen generell eine Gefahr dar. Ich versuche mich damit zu beruhigen, dass es draußen noch hell ist und die Haltestelle in bewohntem Gebiet und dass sie spätestens bis zehn wieder zurück ist. Und dass sie bloß in ein Jugendzentrum geht, nicht in einen Nachtclub oder Pub, und dass sie sich notfalls zu verteidigen weiß. Aber was hilft das?

Das böse Gefühl in der Magengrube bleibt. Warum wollte sie partout nicht, dass ich sie fahre? Oder bin ich zu misstrauisch? Zumindest ist sie im Jugendzentrum unter Leuten, Jugendlichen wie Erwachsenen. Und Wrigleys Mutter will sie später abholen, hat sie gesagt. Aber hat sie es wirklich? Ich habe sie nicht gesprochen, die WhatsApp könnte von Gott weiß wem sein.

Jetzt mal halblang, Jack. Du siehst Gespenster.

Nein, ich sehe es, wie es ist. Pubertierende Teenager sind wie Sand. Je mehr man sie festzuhalten versucht, desto leichter flutschen sie einem durch die Finger. Also lass ihr die Freiheit, die sie braucht. Dazu gehört, sich ihre Freunde und Freundinnen und, ja, auch den festen Freund selbst auszusuchen. *Aber muss es gerade Wrigley sein?*

Ich gehe wieder in die Küche und nehme mir die Flasche Rotwein, die seit meinem Einkauf im Supermarkt auf der Anrichte steht. Ich trinke zu Hause normalerweise keinen Alkohol, aber heute muss es sein, wenigstens ein halbes Glas.

Außerdem sagt mir meine Vernunft, dass die Sommerferien nicht mehr ewig währen. Sobald Flo auf der neuen Schule ist, wird sie auch neue Leute kennenlernen. Vielleicht ist Wrigley dann bald abgemeldet. Leider kenne ich meine Tochter. Sie ist unheimlich treu. Sie lässt so schnell niemanden fallen und steht, genau wie ich, auf die Underdogs.

Bei diesem Thema kommt mir Aaron in den Sinn. Hat sein Vater nun Gradys Leiche verschwinden lassen oder nicht? Viel spricht dafür. Reverend Marsh wusste von der Gruft, und er hatte den Zugang. Und wenn es jemanden zu schützen galt, hatte er auch ein Motiv. Außerdem konnte er als Gradys Vorgesetzter sein plötzliches Verschwinden noch am besten erklären. Und dennoch passt irgendetwas an diesem Szenario nicht. Nur was?

Etwa Fletcher. Welche Rolle spielt er in der Geschichte? Fletcher, in mehr als einer Hinsicht eine zerrissene Persönlichkeit. Ein Pfarrer mit einer schwulen Sexbeziehung, der innerlich von seinem Gewissen geplagt wird und äußerlich von jemandem wie Harper. In seiner Haut hätte ich nicht stecken wollen. Vielleicht hatte sein Tod gar nichts mit der fremden Leiche in der Gruft zu tun. Er hatte auch so schon genug Probleme.

Ich setze mich mit meinem Glas an den Küchentisch. Bleibt eigentlich nur eine Person aus Fletchers Kreis, mit der ich noch nicht gesprochen habe: Saffron Winter, die große Unsichtbare. Ich würde mich sehr wundern, wenn sie nicht etwas wüsste.

Ich klappe mein betagtes Notebook auf. Neuerdings haben wir ja Internet, wenn auch alles andere als Highspeed. Aber einem lahmen Gaul schaut man nicht ins Maul, besonders hier nicht, »in der Fläche«, wie Politiker es nennen. Ich google also Saffron Winter, Fletchers angebliche Vertraute. Viel mehr als das weiß ich nicht über sie. Die Autorin lebt sehr zurückgezogen.

Auf ihrer Webseite finde ich dasselbe Foto wie auf dem Umschlag ihrer Bücher, dazu eine bemerkenswert nichtssagende Kurzbio, Links zu ihrer Buchreihe über die Hexenschule und unter »Kontakt« eine E-Mail-Adresse. Letztere nutze ich für eine kurze Gesprächsanfrage und suche anschließend noch bei Twitter, auf Facebook und Instagram, falls sie dort aktiv ist. Sie ist aber nirgendwo in den sozialen Medien, was für eine Autorin mit jugendlicher Fanbase heutzutage extrem ungewöhnlich ist.

Danach starre ich gedankenverloren auf mein Notebook. Falls ich keine Antwort kriege, frage ich Joan. Ich bin sicher, Joan weiß, wo sie wohnt, und hier im Dorf ist es durchaus üblich, auch mal unangekündigt vorbeizukommen. Zwar respektiere ich die Privatsphäre anderer

Leute, aber wozu zieht sie aufs Land, wenn sie das nicht erträgt?

Nur in Büchern und Filmen verstecken sich die Leute in irgendeinem gottverlassenen Kaff. In der Realität funktioniert das überhaupt nicht. Weil jeder in dem Kaff nämlich sofort seine Nase in deine Angelegenheiten steckt. Wer anonym sein will, der zieht in die Stadt. Nur dort kann man wirklich »den Staub von den Füßen schütteln«, wie die Bibel sagt. Einschließlich aller anderen Anhaftungen eines früheren Daseins. Ändere deinen Namen, ändere deinen Kleidungsstil, werde zu einer gänzlich anderen Person.

Ich klappe mein Notebook zu. Was jetzt? Fernsehen? Vielleicht einen Film gucken? Oder doch lieber Flos Rat beherzigen und ein gemütliches Bad nehmen, etwas, das ich schon gar nicht mehr kenne, seit wir hier sind? Ich gehe nach oben ins Badezimmer.

Dort hat sich wenig getan, seit ich vor dem Abendessen auf dem Klo war und erst einmal Flos Fotokram aus dem Weg schaffen musste. Sie hat ein bisschen aufgeräumt, das stimmt, aber eben nur ein bisschen. All die Sachen, die sich vorher auf dem Boden befanden, sind jetzt in der Badewanne, und auf dem Spülkasten liegen in zwei Stapeln die Abzüge, die sie heute gemacht hat.

Neugierig gehe ich die Fotos durch. Im ersten Stapel sind nur Bilder von der Kirche und vom Friedhof. Auf keinem ist ein brennendes Mädchen zu sehen. Als ich mir daraufhin den zweiten Stapel ansehe, bleibt mir fast das Herz stehen.

Was ist das für ein Haus – oder besser gesagt: was für eine Ruine? Hinter den dunklen Fenstern, unter dem schadhaften Dach wohnt garantiert keiner mehr. Abgesehen davon verströmt der ganze Anblick etwas Unseliges, so als läge ein Fluch darauf. Wann hat Flo diese Bilder gemacht? Etwa als sie mit Wrigley im Wald war, wie sie sagt?

Die weiteren Bilder stammen vermutlich aus den verwüsteten Innenräumen. Auch hier derselbe unheilige Befund, nur sehr viel konkreter als bei der Außenansicht. Überall sind die Wände beschmiert mit okkulten Symbolen wie Pentagramm, Henkelkreuz oder dem bösen Blick. Was findet da statt? Schwarze Messen?

Ich setze mich auf den geschlossenen Klodeckel. Was hat sich Flo dabei gedacht? Was wollte sie an diesem düsteren Ort? Mir ist bewusst, dass eine solche Umgebung auf Teenager einen gewissen Reiz ausübt, aber ich bin trotzdem sauer. Einmal auf Flo, aber auch auf mich selbst. Ich habe sie hierher verpflanzt. Was bedeutet, dass ich an dieser Entwicklung nicht ganz unschuldig bin.

Ich sehe mir alle Bilder an. Die unteren sind allesamt an den Rändern ausgefressen, so als sei Licht drangekommen. Das letzte im Stapel, ein Blick aus einem der oberen Fenster, wirkt dadurch beinahe abstrakt. Der Wald ein dunkler Tintenklecks vor dem grauen Pastell der Felder. Doch davor, vor dem Wald, erkenne ich einen kleinen weißen Strich, den ich verdächtig finde – obwohl ich nicht genau erkennen kann, was er darstellen soll.

Ich trage das Foto ins Schlafzimmer und setze die

Lesebrille auf, die immer auf meinem Nachtkästchen liegt. Wie ich vermutete, ist der weiße Strich kein Bildfehler, sondern eine Gestalt. Geisterhaft schwebt sie zwischen dem Wald und den Resten einer ehemaligen Gartenmauer, doch sie ist alles andere als ein Geist, sondern höchst real.

Mehr noch, ich kenne sie.

47

Der Himmel ist grau wie Pauspapier, aber dunkel wird es erst in zwei Stunden. Allein unter dem dichten Blätterdach des Waldes ist die Nacht schon angebrochen. Flo muss die Handy-Taschenlampe einschalten, um auf dem schmalen Pfad noch etwas zu sehen, und fragt sich einmal mehr, ob ihr Vorhaben wirklich so eine kluge Idee war.

Klar, rein statistisch ist ein Spaziergang durch Nottinghams Innenstadtbezirke allemal gefährlicher als hier im Wald. Potenzielle Vergewaltiger, Mörder und Straßengangster finden sich eher dort, wo etwas los ist. Und doch bedeutet eine malerische Umgebung keineswegs, dass das Verbrechen nicht auch hier zuschlagen kann.

Sie denkt an den Mann vor dem Fenster. Könnte er noch in der Nähe sein? Quatsch, das war nur ein reisender Gelegenheitsdieb, der sehen wollte, ob er irgendwo was abgreifen kann. Und das Foto in dem Bilderrahmen? Sie hat es nicht einmal mitgenommen, weil sie die Ähnlichkeit mit dem Mädchen darauf nur für einen dummen Zufall hielt. Das ist jetzt anders, aber das liegt hauptsächlich an der unheimlichen Szenerie. In diesem

Scheißwald erscheint plötzlich alles mysteriös und bedrohlich.

Sie gelangt an eine Holzbrücke, die über einen Bach führt. Auf dem Übertritt hält sie inne, weil sie glaubt, etwas gehört zu haben. Vor ihr im Wald raschelt etwas. Unmittelbar darauf bricht ein Reh aus dem Unterholz und bleibt erschrocken vor ihr stehen.

»Na, du Hübsche.«

Das Reh starrt sie mit geweiteten Augen an, der Schwanz zuckt, aber schon in der nächsten Sekunde ist es weg und flieht mit weiten Sprüngen über das angrenzende Feld. Es ist auch nicht das einzige. Flo braucht nicht lange zu warten, da folgt der Rest der Gruppe, insgesamt drei, vier Tiere. Ihre Hufe scheinen kaum den Boden zu berühren.

Flo fragt sich, was sie aufgeschreckt hat. Aber das war sie vermutlich selbst. Komisch, wie sich die Rollen ändern können. In der einen Minute ist man Jäger und schon in der nächsten die Beute. Der Unterschied in der Perspektive könnte nicht größer sein.

Dann schwingt sie auch das andere Bein über den Balken und blickt umher. Kein lebendes Wesen weit und breit, und doch fühlt sie sich beobachtet. In dem Dickicht verbergen sich immer irgendwelche Tiere, das dichte Grün hat tausend Augen.

Sie bereut, dass sie nicht wenigstens ihren Hoodie angezogen hat, statt nur dieses dünne Top. Kleidung bietet Schutz. Trotzdem stakst sie weiter durch das hohe Gras auf das Haus zu, immer im Blick der leeren Fensterhöhlen, die sich nichts anmerken lassen – außer einer. Dort flackern Lichter, weswegen sie jetzt ihre Schritte beschleunigt. Sie springt über die Reste der Gartenmauer und leuchtet mit der Handy-Taschenlampe voran, bis sie den alten Brunnen findet – wie könnte sie ihn vergessen? Kurz darauf läuft sie die Treppe hoch und steht vor dem ehemaligen Elternschlafzimmer.

»Wrigley?«

Durch die halb geöffnete Tür sieht sie den Widerschein von Flammen an den Wänden. *O Gott, sag, dass das nicht wahr ist!*

Sie stößt die Tür auf und … erstarrt.

Überall im Zimmer stehen Kerzen, teils in Flaschen, teils in alten Getränkedosen. Und mittendrin, auf einer Decke, sitzt Wrigley und hat eine Art Picknick vorbereitet, mit Chips, Schokolade, einer Flasche Wein und zwei Plastikbechern.

Er breitet die Arme aus, und sie spürt, wie schwer es ihm fällt, diese ruhig zu halten.

»Willkommen in meinem Palast!«

»Wow, welche Teenie-Romanze hast du denn gesehen?«

»Freut mich, dass es dir gefällt.

»Gefällt? Na ja …«

»Oder findest du das übertrieben?«

»Vielleicht ein bisschen.«

»Okay, schon verstanden.«

Er senkt den Kopf.

Deshalb beeilt sie sich zu sagen: »Das heißt aber nicht,

dass es mir nicht gefällt. Ich meine, für mich hat noch niemand ein Haus abgefackelt...« Sie hat den Satz noch nicht beendet, als sie sich abermals berichtigen muss. »Oh, sorry, das wollte ich so nicht sagen...«

»Schon gut.«

Sie setzt sich neben ihn auf die Decke. »Willst du mir nichts zu trinken anbieten?«

Er gießt Wein in einen Becher und gibt ihn ihr.

Der Wein ist warm und bitter, aber sie merkt sofort, wie eine angenehme Glut durch ihre Adern rinnt. Sie nimmt einen weiteren Schluck.

»Nicht sauer sein.«

Sie wischt sich den Mund ab. »Ich bin nicht sauer.«

Er gießt auch sich ein und trinkt ebenfalls etwas, verzieht aber sofort das Gesicht. »Keine Ahnung, warum die Leute dieses Zeug in sich reinschütten.«

»Um sich die Kante zu geben, normalerweise.«

»Ja, was sonst?«, sagt er, und die silbrigen Splitter in seiner Iris glitzern im Kerzenschein. Doch als er erneut seinen Becher hebt, erfasst ihn ein Krampf im Arm. Der führt dazu, dass er den ganzen Wein über sein Kinn und seine Kapuzenjacke schüttet.

»Ach Scheiße!«, sagt er und verreibt alles mit dem Ärmel. »Nicht mal jetzt, nicht mal für eine Minute ist Ruhe. Das ist echt nur noch ein Witz.«

»Hey, das macht doch nichts.«

»Macht wohl was. Da will man einmal alles richtig machen, und dann...«

Weiter kommt er nicht, denn sie drückt einen Kuss auf

seine Lippen. Wrigley schmeckt nach Salz und saurem Wein und reagiert erst gar nicht, doch dann umso hungriger. Legt die Hand um ihrem Hals, greift in ihr Haar, und alles fühlt sich völlig anders an als noch im Bad. Anders auch als mit den anderen Jungs, mit denen sie auf Partys geknutscht hat, wo alles nur nach Wodka schmeckte und Bier und fremder Spucke. Das, was jetzt geschieht, geschieht hyperreal und ist wie ein Sog, der von ihr selbst ausgeht. Zum ersten Mal in ihrem Leben empfindet sie statt milder Abscheu echtes Verlangen.

Und lässt es auch zu, dass er sie auf die Decke drückt. Sie hat gerade noch Zeit zu denken, dass ihre Mutter sie umbringen würde, wenn sie das jetzt sähe, nicht zuletzt, weil völlig ungeklärt ist, ob und wie er verhütet. Seine Hände sind bereits unter ihrem Top, und ihre Hände fummeln an seinem Jeansknopf, als sie unten ein Geräusch hört. Sie fährt hoch und stößt ihn weg.

»Was war das?«

»Was?«

Abermals das Geräusch. Ein dumpfes Kratzen, als würde eine schiefe Tür geöffnet. Sie blicken sich an.

»Sag mal, ist noch jemand hier?«

»Keine Ahnung. Warte.«

Er steht auf und streicht sich die Haare aus dem Gesicht. »Ich seh mal nach.«

»Ich komme mit.«

»Nein, du bleibst hier.«

Sie will einwenden, dass sie diejenige mit Kampfsporterfahrung ist und ihn schon einmal ausgeschaltet hat, aber sie mag ihn nicht demütigen. Lass ihn gehen, sie kann immer noch nachkommen. Es ist wahrscheinlich sowieso nur falscher Alarm. Der Wind. Vögel. Irgendwelche Tiere.

Wrigley blickt im Zimmer umher und zieht eine brennende Kerze aus einer leeren Weinflasche, bläst sie aus und fasst die Flasche am Hals. »Nur für den Fall.«

Sie nickt und blickt ihm nach, als er zum oberen Treppenabsatz schleicht. Angestrengt hört sie auf jeden Laut. Was knirscht denn da? Oder war das eine Stimme? Sie steht auf und wird zunehmend nervös. Nicht dass sie wirklich glaubt, draußen lauere ein Kettensägen-Killer oder jemand mit *Scream*-Maske sei hinter ihnen her. Überhaupt, man kann sich auch selbst verrückt machen.

Deshalb ruft sie jetzt: »Wrigley?«

Ihr antwortet nur klirrendes Glas. Sie fährt zusammen.

»Wrigley?«

Mit Riesenschritten, immer zwei Stufen auf einmal, poltert sie die Treppe hinunter. Unten schaltet sie ihr Handylicht ein und versucht, sich einen Überblick zu verschaffen. Wrigley ist wie vom Erdboden verschluckt. Und dann sieht sie gar nichts mehr, denn jemand packt sie von hinten und stülpt ihr einen Sack über den Kopf.

48

»Ich hoffe, ich komme nicht ungelegen.«

Aber Joan stellt bereits zwei Tassen Kaffee auf den Küchentisch.

»Wobei sollten Sie mich stören? Bei einem weiteren spannenden Fernsehabend mit *Coronation Street*? Nein, meine Liebe, Sie kommen nicht ungelegen.«

Ich greife nach meiner Tasse. »Danke.«

Ich war nicht sicher, ob ich noch zu Joan fahren sollte, aber als sie mir aufmachte, sah es fast so aus, als hätte sie mit mir gerechnet.

»Nun? Irgendwas Neues über die Leiche im Keller?«

»Wie man's nimmt. Reverend Rushton wusste zwar von der Existenz der Gruft, aber nichts von der Leiche. Und er hat Spendengeld genommen gegen die Zusicherung, die Wahrheit über den Harper-Clan unterm Deckel zu halten.«

Joan kräuselt künstlich pikiert die Lippen. »Warum überrascht mich das eigentlich so wenig?«

»Ja, warum?«

»Reverend Rushton will Ruhe in seinem Sprengel, das ist offensichtlich. Sein oberstes Ziel ist der Erhalt der bestehenden Zustände, und dazu gehört ganz wesentlich auch das eigene Wohlergehen.«

Ich trinke meinen Kaffee. »So, wie ich das sehe, wusste Marsh von der Gruft und hat die Leiche womöglich eigenhändig dort deponiert.«

»Verstehe.«

»Empört Sie das nicht?«

»Tja, allzu viel Auswahl bei den Beteiligten haben wir nicht. Für mich lautet die entscheidende Frage eher, warum ein frommer Kirchenmann so weit geht, eine Leiche verschwinden zu lassen. Und natürlich, wer Grady ermordet hat.«

Eigentlich ist dies die letzte Frage, auf die ich noch keine Antwort habe.

»Noch etwas?«, fragt Joan.

»Ach ja, das hier wollte ich Ihnen zeigen.«

Ich hole Flos Fotos von der Hausruine aus der Tasche und breite sie auf dem Tisch aus.

Joan wird bleich.

»Wer hat die Bilder aufgenommen?«

»Meine Tochter Flo.«

»Das ist das alte Haus der Familie Lane, dort hat Merry gewohnt. Ihre Tochter sollte sich da nicht herum-treiben, sagen Sie ihr das.«

»Mich wundert, dass es später nie verkauft wurde.«

»Rein rechtlich ist Merrys Mutter noch die Eigen-tümerin. Aber soweit ich weiß, lassen sich ungenutzte Immobilien nach einer Frist *mobilisieren*, wie es genannt wird. Mike Sudduth und seine Frau waren interessiert, aber durch den Tod ihrer Tochter kam es nicht dazu. Neuerdings will Simon Harper das Grundstück haben.«

»Ach, tatsächlich?«

»Er lässt keine Gelegenheit aus, sein Vermögen zu mehren. Das Haus hat eine erstklassige Lage mit viel Land drum herum. Ich könnte mir vorstellen, dass ein Investor an der Stelle eine ganze Siedlung aus dem Boden stampft. Das alte Haus käme natürlich weg. Und, ehrlich gesagt, wäre es nicht einmal das Schlechteste für das Dorf.«

Ich schiebe die Fotos beiseite und lege ihr das Bild mit der mysteriösen Gestalt vor, die sich vor dem Wald abzeichnet.

»Kommt Ihnen das bekannt vor?«, frage ich und klopfe mit dem Finger auf das Foto.

Umständlich nimmt sie das Bild in Augenschein, schließlich heben sich ihre dünnen weißen Brauen. »Das ist interessant. Das Lane-Haus liegt nämlich ziemlich abgelegen. Und Simon Harper hat das Gelände einzäunen lassen, zumindest an der Straße, um die Jugendlichen fernzuhalten. Der einzige reguläre Weg führt durch den Wald hinter der Kirche, und den benutzt keiner zufällig.«

Auch ich schaue mir wieder das Foto an. Es ist ganz, wie ich dachte. Doch auch wenn es legitime Gründe für die Anwesenheit der ominösen Gestalt geben mag (manche Leute interessieren sich eben für Abbruchhäuser), irgendwas daran gefällt mir nicht.

»Was denken Sie?«, fragt Joan.

»Ich weiß es auch nicht. Ich habe den Eindruck, ich lese in einem fort Krümel auf, in der Hoffnung, dass daraus irgendwann mal ein Brot wird.«

»Und wird es?«

»Zurzeit mache ich mich eher zum Deppen.«

»Haben Sie schon mit Saffron gesprochen?«

Ich schüttle den Kopf. »Nein. Auf meine Mail hat sie nicht reagiert.«

»Ja, sie lebt sehr für sich und will es auch so.«

»Haben Sie sie in letzter Zeit gesehen?«

»Nein. Sie war auch nicht auf Matthews Beerdigung. Wohl weil es sie zu sehr mitgenommen hätte. Das dachte ich zumindest damals. Aber nichts Genaues weiß man nicht.«

Ich trinke meinen Kaffee aus. Ich glaube zwar nicht, dass Saffron mich weiterbringt, aber sprechen muss ich mit ihr. So bin ich wenigstens auch dieser Krümelspur nachgegangen – und kann guten Gewissens den Kram hinschmeißen. Vielleicht eh besser so.

Ich sehe Joan an. »Sie wissen nicht zufällig, wo sie wohnt?«

Wieder diese hintergründige Joan-Lächeln. »*Sie* können Fragen stellen.«

49

Sie kann nicht mehr atmen. Das Sackleinen ist grob, stinkt nach vergammeltem Heu und Tiermist und ist zudem am Hals fest verschnürt. Sie kam gar nicht dazu, sich zu wehren, so schnell hatte ihr jemand die Arme nach hinten gebogen und mit einem Kabelbinder gefesselt. Als sie begreift, was passiert ist, steigt Panik in ihr auf. Sie versucht, sich die Verhaltensregeln ins Gedächtnis zu rufen, die in den Selbstverteidigungskursen gelehrt wurden. Aber in den Kursen ging man immer von der eigenen Handlungsfähigkeit aus, dies hier ist anders. Wer bereits überwältigt ist, hat jegliche Macht über den eigenen Körper verloren.

Jemand schiebt sie unsanft weiter, wie ein willenloses Objekt. Aber nur Tiere lassen sich mit dieser Art Reizreduktion beruhigen. Menschen ahnen, was kommt.

»Lasst mich raus!«, schreit sie unter ihrem Sack, aber ihre Stimme versagt. Sie kriegt einfach keine Luft.

Sie versucht trotzdem, ruhig zu bleiben. Nur jetzt nicht durchdrehen, sagt sie sich. Wenn du in einer aussichtslosen Position bist, sammle wenigstens Informationen. Jedes Wissen über den Angreifer und deine Umgebung kann dir später bei der Flucht nützen. Begreife, was gespielt wird und was die andere Seite antreibt.

Vorerst wird sie nur aus dem Haus gebracht. Immerhin. Es könnte bedeuten, dass sie nicht vergewaltigt wird. Alles andere ist jedoch weiter unklar. Vor allem: Wo ist Wrigley?

»Jetzt mach schon, beweg dich!«, zischt eine Stimme. Kennt sie die Stimme? Vielleicht. Mit dem Sack über dem Kopf lässt sich das schwer sagen, alles klingt so gedämpft.

Ein Schlag in den Rücken lässt sie vorwärtsstolpern.

»Was soll das? Was habt ihr vor?«, keucht sie. Sie will den Angreifer zum Sprechen bringen, denn wer selber redet, lässt womöglich mit sich reden. Zumindest offenbart er sich und seine eventuellen Schwachstellen.

»Wirst du schon sehen.«

Es folgt ein Stoß, der sie auf dem grasigen Untergrund ins Straucheln bringt.

»Wrigley!«, schreit sie durch ihren Sack. »Wo bist du?«

»Flo!«, antwortet ihr eine erstickte Stimme irgendwo auf der rechten Seite. »Ich bin hier!«

»Halt die Fresse!«, blafft eine zweite, eindeutig weibliche Stimme, und mehr hat Flo nicht gebraucht. Sie weiß jetzt, wer die anderen sind: Rosie und Tom. Was sie nicht weiß, ist, ob dies eine gute Nachricht ist oder eine schlechte.

»Bitte«, ruft sie, will aber nicht zu ängstlich klingen. »Das reicht jetzt. Ihr habt euren Spaß gehabt, lasst uns gehen.«

»Keine Sorge, gehen wirst du. *Aber in den Brunnen.*«

O Gott, nein! Das können sie doch nicht ernst meinen. Ihr bricht der Schweiß aus. »Seid ihr wahnsinnig geworden?«

»Na, du hast doch nicht etwa Angst, Vampirina?«, sagt Rosie in unmittelbarer Nähe.

»Bitte, das könnt ihr nicht machen.«

»Verabschiede dich von deinem Freund.«

Sie hört Geräusche eines Handgemenges, dann einen entsetzten, beinahe entmenschlichten Schrei, der einen Moment später von einer gespenstischen Stille abgelöst wird.

»WRIGLEY!«

»Den Ersten hätten wir«, feixt Tom.

Verzweifelt stemmt sie sich gegen den massigen Körper, der sie weiterschiebt, aber dann greifen zwei weitere Hände nach ihr, und sie weiß, dass sie verloren hat. Als sie die Ummauerung des Brunnens unter ihren Sohlen spürt, kann sie nur die Augen zumachen und sich auf das Unvermeidliche einstellen.

»HÖRT AUF!«

Zwei Wörter, die eher wie Tierlaute an ihr Ohr dringen. Das animalische Gebrüll scheint aus dem Nichts zu kommen. Dazu das Trittgeräusch schwerer, klumpiger Füße.

»*Eyh, ich glaub, mein...*«

»*Lauf!*«

Sie wird brutal zur Seite gestoßen, stolpert, fällt und schlägt hart mit dem Kopf auf, da sie ihre Hände nicht ausstrecken kann. Benommen liegt sie im Gras und atmet schwer. Sie hat keine Vorstellung mehr davon, was gerade um sie passiert.

Sind die Angreifer weg? Sie hört gar nichts mehr von Tom und Rosie und versucht, sich aufzurichten, als sich fremde Schritte nähern. Das Knirschen im dürren Gras wird immer lauter. Jeder Muskel von ihr spannt sich an, als jemand neben ihr niederkniet, der einen ekelhaften Geruch verströmt, eine durchdringende Mischung aus Schweiß, Alkohol und Faulschlamm. O Gott, welchem Waldmonster hat man sie ausgeliefert? Fast wünscht sie sich Tom und Rosie zurück.

»Nicht bewegen.«

Eine Männerstimme, schroff, mit nordenglischem Einschlag. Sie spürt, wie etwas ihre Hände packt, kurz darauf springen die Kabelbinder auf, mit denen sie gefesselt war.

»Du bleibst hier und zählst bis zehn. Dann kannst du von mir aus den Sack abnehmen.«

Sie zählt bis dreißig, allein um ihr Glück nicht herauszufordern, und zieht sich den Sack vom Kopf. Die Erleichterung kommt als totale Ermattung über sie. Ihr ist schwindlig, und ihr ist übel. Einen Moment sieht es so aus, als müsse sie sich übergeben, aber dann blickt sie doch umher. Der Garten ist menschenleer. Weder von der Harper-Brut noch von ihrem Retter ist etwas zu sehen.

Ihr Herz jedoch klopft weiter, als sei die Gefahr noch nicht vorüber. Sie wäre nicht überrascht, wenn sie sich vor Angst in die Hose gemacht hätte, etwas, das sie so nicht kennt und das nicht einmal im Angesicht der brennenden Mädchen passiert ist. Aber sie hatte fest damit gerechnet, dass sie in dem Brunnen landen würde, was ein Mensch nicht überlebt. Wie Wrigley.

Sie kriecht auf den offenen Schlund zu und schreit nach unten: »Wrigley!!«

Ihr antwortet nur das eigene Echo. Ist er überhaupt da unten?

Sie kramt in ihrer Tasche nach dem Handy und schaltet das Licht ein. Natürlich reicht der kümmerliche Strahl nicht bis auf den Grund, aber sie glaubt, einen Schatten zu sehen.

Endlich hört sie auch seine Stimme, nicht laut, aber unverkennbar: »Flo?«

»Wrigley! Gott sei Dank. Bist du verletzt?«

»Nur mein Fuß. Aber sonst ist nichts passiert.«

Wenn das kein Wunder ist!

»Mann, du hättest dir den Hals brechen können. Diese verdammten Psychos.«

»Ich weiß. Aber wo sind sie hin? Ich höre gar nichts mehr.«

»Weiß auch nicht. Da war ein Mann und … hat sie vertrieben. Vielleicht ein Landstreicher oder so was.«

»Shit, ist das zu glauben?«

»Pass auf, ich hole Hilfe, okay? Bleib, wo du bist.«

»Keine Sorge, ich laufe schon nicht weg.«

Trotz ihrer Angst muss sie lächeln.

»Flo?«

»Ja?«

»Da ist noch etwas.«

»Was denn?«

»Hier unten ist etwas.«

»Was meinst du? Spinnen oder Ratten oder was?«

»Nein. Ich glaube, es ist eine Leiche.«

50

Am besten, so fasste es mal eine Bekannte zusammen, am besten, du schaffst dir erst gar keine Kinder an. Jedenfalls dann nicht, wenn du deine Ruhe haben, ungestört eine Netflix-Serie schauen und nachts durchschlafen willst.

Anders als vielfach behauptet, sind es auch nicht die ersten Lebensmonate, die so belastend sind. Oder das Kleinkindalter, wo du nur einmal nicht aufpassen musst, und schon turnen sie in der fünften Etage am offenen Fenster herum. Nicht mal die Grundschulzeit mit ihren diversen Freund- und Liebschaften ist wirklich schlimm.

Das ändert sich, sobald sie in die Pubertät kommen. Die Samstage, an denen du nur beten kannst, dass sie wohlbehalten nach Hause zurückkehren, gehen an die Substanz. Einerseits weißt du, dass sie ihre Freiheit brauchen, andererseits fordert ihre Freiheit von dir ein Maß an Selbstverleugnung, das schmerzt. Dir ist klar, dass du sie nur deshalb nicht erreichst, weil sie (ohne dich) gerade die Zeit ihres Lebens haben – und nicht etwa, weil sie tot im Straßengraben liegen. Und dennoch lauert neben der Kränkung auch *diese* Angst ständig im Hintergrund: Eines Tages so einen Anruf zu erhalten…

Mein Handy klingelt in der Hosentasche. Ich bin an diesem Abend dann doch nicht mehr zu Saffron Winter gefahren, sondern direkt nach Hause, habe den Autoschlüssel noch in der Hand. Ich sehe auf das Display. Unbekannter Anrufer. Schon wieder? Ich drücke auf »Annehmen«.

»Hallo?«

»Guten Abend, spreche ich mit Reverend Brooks?«

Junge Männerstimme, beamtenmäßige Höflichkeit. Jede Wette, das ist die Polizei. Ich bekomme weiche Knie.

»Mein Name ist PC Ackroyd…«

»Was ist passiert? Ist was mit meiner Tochter? Geht es um Flo?«

»Ich kann Sie beruhigen, Ma'am.«

»Mir egal, was Sie sonst noch können. Ich möchte, dass Sie meine Frage beantworten.«

»Ihrer Tochter geht es gut, aber es hat einen Unfall gegeben.«

»Was für einen Unfall?«

»Ihre Tochter und ihr Freund wurden überfallen.«

»Überfallen? Du liebe Güte. Ist sie verletzt oder…«

»Nein, sie ist unverletzt, vielleicht ein bisschen verängstigt. Aber wenn Sie sie abholen wollen…«

»Sicher. Im Jugendzentrum von Henfield…?«

»Nein, wieso?«, fragt PC Ackroyd verwirrt. »Ihre Tochter ist in dem alten Lane-Haus an der Merkle Road. Wissen Sie, wo das ist?«

Das Lane-Haus! Meine Hand zerquetscht fast das Handy. »Ja, kenn ich. Ich bin gleich da.«

Ich prügle meinen Wagen über einen alten Wirtschaftsweg, der wohl seit Jahren nicht mehr benutzt wird, und komme mit staubenden Reifen erst vor dem Geisterhaus zum Stehen. Das Tor steht offen, das Vorhängeschloss wurde durchtrennt, auf dem ganzen Gelände herrscht hektische Aktivität.

Vor dem Gebäude stehen zwei Polizeiautos sowie ein Rettungswagen. Blitzende Blaulichter erhellen die Nacht. Ich erkenne Leute in Uniform und einmal mehr die Truppe in weißen Schutzanzügen, die hinter dem Haus ihre Scheinwerfer aufbaut. Reichlich viel Aufwand für einen Überfall, der angeblich glimpflich verlaufen ist. Meine Angst schaltet einen Gang höher.

Ein Streifenpolizist kommt auf mich zu. »Entschuldigen Sie, Ma'am, Sie können hier nicht durch.«

»Ich bin Reverend Jack Brooks. Ich suche meine Tochter Flo.«

»Ah, richtig. Ich bin PC Ackroyd. Sie ist da hinten.«

Er führt mich an dem Rettungswagen vorbei zu einem Polizeifahrzeug, dessen Hintertür offen steht. Und dort, halb draußen, halb im Wagen, eingepackt in eine silberne Rettungsdecke, sitzt Flo und sieht nicht so aus, als hätte sie eine Superzeit gehabt.

»O mein Gott, Flo!«

Ich laufe zu ihr, sie steht auf und fällt mir heulend um den Hals. »Entschuldigung, das wollte ich doch nicht.«

Ich streiche ihr über die Haare. »Ich bin nur froh, dass du in Sicherheit bist. Was ist passiert?«

Sie senkt den Blick, denn sie weiß, dass sie Mist gebaut hat.

»Wrigley und ich, wir wollten uns in dem alten Haus treffen.«

Wrigley, aha! Hätte ich mir eigentlich denken können. Ich bringe ihn um.

»Ihr wart also gar nicht im Jugendzentrum?«

»Nein, sorry.«

Aber jetzt ist keine Zeit für eine Standpauke. »Darüber unterhalten wir uns noch. Und was war dann?«

»Na ja, wir waren in dem Haus, in einem der oberen Zimmer, als wir unten ein Geräusch hörten. Wrigley ging runter, um nachzusehen, kam aber nicht mehr zurück, deshalb ging ich ihm nach. Unten zog mir jemand einen Sack über den Kopf und hat mir die Hände gefesselt.«

»O Gott.« Mir wird ganz anders. »Und wer es war, hast du nicht gesehen?«

Sie schüttelt den Kopf.

»Und mehr ist wirklich nicht passiert?«

»Nein, Mum, wirklich nicht. Sie schubsten mich nur nach draußen.«

»Und wo war Wrigley die ganze Zeit?«

»Sie müssen ihn als Ersten geschnappt haben. Ich habe ihn schreien gehört, als er in den Brunnen geworfen wurde. Dasselbe wollten sie auch mit mir machen, aber dann tauchte dieser Mann auf. Woher er so plötzlich kam, weiß ich nicht, aber sie liefen sofort weg. Dann band er mich los, und als ich den Sack abnahm, war er weg.«

»Du hast also weder die gesehen, die dich überfallen haben, noch den anderen Mann?«

»Genau.«

»Und was ist mit Wrigley?«

»Der hat auch niemanden erkannt.«

»Wo ist er eigentlich?«

»Die Sanitäter haben ihn untersucht, aber da nichts gebrochen war, haben sie ihn nach Hause gefahren.«

Schade eigentlich. Ich hätte ihm gern den Hals umgedreht.

»Und du hast auch keinen Verdacht, wer euch das angetan hat?«

Ich merke, wie sie zögert und ihr Top in die Länge zieht.

»Flo«, sage ich. »Wenn irgendwer, den du kennst, als Täter in Frage kommt, musst du es der Polizei sagen. Ihr hättet beide sterben können.«

»Das weiß ich doch. Und ich habe ihnen ja auch alles gesagt, aber …« Ich sehe, wie sie mit sich ringt. »Ich weiß eben nicht sicher, ob sie es waren.«

»Wer?«

»Rosie und Tom.«

»Rosie *Harper*?«

»Ja.«

Plötzlich ergreift mich eine Wut, die ich kaum noch kontrollieren kann und die meine mühsam errichtete klerikale Fassade einzureißen droht. Unwillkürlich balle ich die Faust.

»Ich bring sie um«, sage ich.

»Was ist mit deiner christlichen Vergebung?«

»Ich vergebe ihr. Aber danach bringe ich sie um.«

»Mum, es tut mir leid. Echt.«

»Ich weiß.«

»Und du bist nicht mehr sauer?«

»Doch, natürlich bin ich sauer. Darüber, dass du mich angelogen hast. Darüber, dass du dir heimlich etwas herausgenommen hast, das ich dir nie erlaubt hätte.« Aber dann stoße ich einen tiefen Seufzer aus. »Hauptsache, du bist gesund. Ich weiß, es gibt Dinge, die du von mir nicht hören willst. Alles über Sex zum Beispiel. Weil du es megapeinlich findest. Und das nicht nur, weil ich deine Mutter bin, sondern völlig unnötigerweise auch noch Pfarrerin ...«

»Und darum kriege ich auch gleich die nächste Predigt zu hören?«

»Ach Quatsch! Ich will dir doch nur sagen, dass ich für dich da bin, selbst dann, wenn du *nicht* mit mir reden willst. Und dass ich dich nie verurteilen würde für das, was du ...«

»Schon kapiert, Mum. Aber nur fürs Protokoll: *Deswegen* waren wir gar nicht hier. Das hier war nur ein ganz normales Date.«

»Ein *Date*?«

»Ein Date.«

»Und warum hattet ihr euer *Date* nicht in einem Café oder Kino oder – oh, ich vergaß – im Jugendzentrum von Henfield, so wie jeder andere normale Mensch?«

Sie blickt mich giftig an. »Hast du je darüber nachgedacht, dass das, was normale Menschen tun, wie du sagst, dass das für Wrigley nicht ganz so einfach ist?«

»Okay, mag schon sein, aber deswegen muss es nicht gleich ein Abbruchhaus im finsteren Wald sein. Du hast wohl nie *Tanz der Teufel* gesehen?«

»Nein.«

»Na gut, dann hätte ich eine Idee für unseren nächsten Videoabend.«

»Wir wollten doch nur mal ungestört sein.«

»Ich habe es vernommen.«

»Aber genau das willst du nicht. Du willst, dass wir uns überhaupt nicht mehr treffen.«

»Das stimmt so nicht. Ich will nur, dass du ehrlich zu mir bist. Schluss mit der Heimlichtuerei.«

Sie starrt mich an, und eine Sekunde lang rechne ich fest damit, dass sie jetzt dasselbe von mir verlangt – und damit die Büchse der Pandora öffnet.

»Gut«, sagt sie mit einem Nicken.

»Gut«, sage ich und nehme sie in den Arm. »Ich wünschte bloß, du hättest mir das mit Rosie und Tom früher gesagt.«

»Ich dachte, ich regle das allein.«

»Deswegen kümmert sich jetzt die Polizei um die beiden.«

»Entschuldigen Sie, wenn ich Sie unterbrechen muss …«

Ich wende mich um, und vor mir steht derselbe Zivilbeamte wie neulich, DI Derek. »Reverend Brooks?«

»DI Derek«, sage ich und gebe ihm die Hand.

»Alles gut bei Ihnen?«

»Ja. Flo hat mir gerade erzählt, was passiert ist.«

»Nun, das ist ja schön. Wir haben ihre Aussage bereits aufgenommen. Sie möge sich aber zu unserer Verfügung halten, falls wir noch weitere Fragen haben. Fürs Erste können Sie sie mitnehmen.«

»Danke.«

Mit Blick auf Flo sagt er: »Ihr beiden seid heute noch einmal mit dem Schrecken davongekommen. Wie ihr seht, ist der Aufenthalt in so alten Häusern nicht ungefährlich.«

»Moment mal«, sage ich gereizt. »Wollen Sie damit sagen, dass meine Tochter selber schuld ist, wenn sie hier überfallen wird?«

»Nein, ganz und gar nicht. Ich will damit nur sagen, dass dies kein geeigneter Aufenthaltsort für Jugendliche ist. Was sich im Übrigen auch schnell herumsprechen dürfte – nach dem, was Ihre Tochter und ihr Freund hier gefunden haben.«

Wie kommt er überhaupt dazu, Wrigley als ihren Freund zu bezeichnen?

»Also ist er echt?«, fragt Flo.

»Die Spurensicherung meint ja«, sagt Derek und lächelt aus irgendeinem Grund. »Es ist daher möglich, dass wir dich und deinen jugendlichen Begleiter dazu noch weiter befragen müssen. Zwei Leichen innerhalb von zwei Tagen, das ist für diesen Landkreis Rekord.«

Habe ich richtig gehört? »Leichen? Wovon reden Sie?«

»Nun ja, als der Freund Ihrer Tochter …«

»Sie meinen Wrigley?«

»Richtig. Als Wrigley in den Brunnen fiel, ist er da unten auf etwas gestoßen.«

»Und was?«

»Einen menschlichen Schädel. Die restlichen Skelettteile bergen wir soeben.«

Anfangs wartete sie noch auf der alten Gartenmauer, später lief sie nur noch nervös hin und her. Sie hatten sich für acht Uhr abends verabredet, wollten dann den Bus nach Henfield nehmen und von da aus weiter nach Brighton. Vom Bahnhof in Brighton kam man in die ganze Welt.

Abermals sah sie auf ihre Uhr. Beinahe Viertel nach acht. Wolken jagten über den dunkler werdenden Himmel und zeigten ihr, wie schnell die Zeit verging. Wo blieb sie bloß?

Irgendwann zerrann auch die letzte Hoffnung, und sie musste sich eingestehen, dass sie wohl nicht mehr kam.

Mit Tränen in den Augen nahm sie ihren kleinen Rucksack und wollte sich schweren Herzens auf den Heimweg machen. Irgendwo schrie eine Eule und übertönte das leise Rascheln im Gras, das immer näher kam.

Dann griff jemand von hinten in ihre Haare und zerrte sie fort.

51

Ich träume von Mädchen. Immer sind es Mädchen. Verstümmelte Mädchen. Missbrauchte Mädchen. Gefolterte Mädchen. Ermordete Mädchen. Ich sehe ihre Gesichter, ihre unendlich traurigen, gebrochenen Körper. Warum eigentlich hassen wir unsere Mädchen so sehr, dass die Menschheitsgeschichte von ihren Schreien widerhallt und der Boden durchsetzt ist von namenlosen Gräbern?

Ich sehe, wie sie mir über das feuchte Gras des Friedhofs entgegenkommen. Nein, anders: wie sie vorrücken. Ruby mit ihrem breiten blutroten Lächeln. Dann die brennenden Mägdelein mit ihren Feuergewändern über verkohlter Haut. Und auch Merry und Joy sind mit dabei, sie halten sich an der Hand, und die Freundschaftskettchen blitzen an ihrem Hals. *M & J. Best friends forever.*

Ich selbst stehe vor der Kirche und versuche, für sie zu beten. Ich flehe um die Gnade Gottes. Dass Gott ihnen Seine Gnade schenke. Aber sie hören mich gar nicht, und irgendwann wird mir klar, sie sehen in mir nicht die Pastorin, sondern nur einen weiteren Teufel. Und auch Gott hat keine Bedeutung für sie, denn Gott hat sie lange verlassen. Also wende ich mich von ihnen ab und flüchte mich in meine Kirche. Und lege den Riegel vor, denn die Mädchen, sie erheben jetzt ein Geschrei und legen Hand an das Tor und schlagen gegen das Holz.

Dunn, dunn, dunn!

Ich reiße die verklebten Augen auf, aber sie fallen sofort wieder zu.

Dunn, dunn, dunn!

Nächster Versuch, die Augen aufzumachen, diesmal mit Unterstützung der Hand. Der Traum fällt langsam von mir ab, die Gesichter der Mädchen zerstieben wie Asche im Wind. Ich werfe einen tranigen Blick auf den Digitalwecker: 08:30. Das ist keine unchristliche Zeit, aber auch keine gute. Gähnend quäle ich mich aus dem Bett.

»Immer mit der Ruhe, ich komme ja«, rufe ich, während ich mir ein paar Sachen überwerfe und mich nach unten schleppe.

Aber es dauert, und ich muss erst den Schlüssel drehen, ehe ich aufmachen kann.

Vor der Tür: Simon Harper. Rot im Gesicht, mit wirrem Haar und übler Alkoholfahne. Sein schwieliger Finger schießt ohne Vorwarnung auf mich zu.

»Hoffentlich sind Sie jetzt zufrieden!«

»Das sage ich Ihnen, wenn ich wach bin. Das Pfarrbüro ist ab zehn Uhr geöffnet.«

Ich will ihm die Tür vor der Nase zuschlagen, aber sein dreckiger Gummistiefel ist schneller.

»Würden Sie bitte Ihren Fuß aus meiner Tür nehmen, Mr Harper?«

»Aber vorher hören Sie mich an!«

Ich kreuze die Arme vor der Brust. »Dann sagen Sie, was Sie zu sagen haben.«

»Wir hatten gestern Abend die Polizei im Haus.«

»Ach wirklich?«

»Ihre Tochter hat meine Tochter Rosie angezeigt.«

»Jemand hat meiner Tochter einen Sack über den Kopf gestülpt, ihre Hände gefesselt und ihren Freund in einen Brunnen gestoßen.«

»Aber nicht meine Rosie.«

»Das sagen *Sie*! Für mich sieht es eher so aus, als seien Ihre Tochter und ihr Cousin Wiederholungstäter.«

»Wie bitte? Sagen Sie das noch mal.«

»Sie haben mich genau verstanden. Erst neulich hat jemand mit einer Airgun auf Flo geschossen. Tom besitzt doch eine Airgun, oder?«

»Meine Tochter war gestern den ganzen Abend zu Hause, das habe ich bereits der Polizei gesagt.«

»Offenbar gehört Lügen gleichfalls zu Ihrer Familientradition.«

Er kommt mir bedrohlich nah und sagt: »Lassen Sie meine Familie in Frieden, kapiert?«

»Mit dem größten Vergnügen. Und jetzt entfernen Sie Ihren Fuß von meiner Schwelle, sonst war die Polizei nicht zum letzten Mal bei Ihnen.«

Er weicht tatsächlich etwas zurück. »Aber eines verspreche ich Ihnen: Die Kirche kriegt von mir keinen müden Penny mehr. Wollen doch mal sehen, wie lange Sie Ihren Laden hier noch halten können.«

»Das lassen Sie getrost unsere Sorge sein. Mit der neu entdeckten Gruft steigt auch das Interesse an der Kirche. Die Leute lieben Verschwörungsgeschichten aus der Vergangenheit.«

Erneut steigt ihm die Röte ins Gesicht, es folgt ein fieses Grinsen, das nichts Gutes verheißt. »Ich weiß, mit wem Ihre Tochter gestern Abend zusammen war. Mit dieser verkrüppelten Missgeburt Lucas Wrigley. An Ihrer Stelle würde ich eher ein Auge auf *ihn* haben statt auf meine Tochter.«

»Wenn Sie mir auch noch sagen könnten, warum ich das tun soll...«

»Lucas Wrigley wurde von seiner letzten Schule geschasst.«

»Na und?«

»Na und? Das kann ich Ihnen sagen: Er hat einen Brandanschlag verübt, wobei fast ein Mädchen ums Leben gekommen wäre.«

Es ist eine Wendung, die mich völlig aus dem Konzept bringt. Ich versuche trotzdem, mir nichts anmerken zu lassen.

»Warum sollte ich ausgerechnet Ihnen glauben?«

Er scheint die Frage erwartet zu haben, greift in die Tasche und hält mir einen zerknitterten Zettel hin.

»Was ist das?«

»Die Nummer von Inez Harrington, der ehemaligen Direktorin. Sie wird es Ihnen bestätigen.«

Ich weigere mich, den Zettel entgegenzunehmen, und halte die Arme geschlossen.

»Wie Sie wollen«, sagt er und lässt den Zettel zu Boden segeln. »Aber wenn ich Sie wäre, würde mich schon interessieren, mit wem meine Tochter vögelt.«

Mit diesen Worten dreht er sich um und stiefelt zurück zu seinem Range Rover. Ich muss mich sehr beherrschen, ihm nicht nachzurennen und seinen stupiden Bauernschädel zu Brei zu schlagen. Stattdessen verfolge ich sprachlos, wie er seinen Motor aufheulen lässt und davonbrettert. Erst als er weg ist, hebe ich den Zettel vom Boden auf. Meine Hände beben, denn ich weiß nicht, was ich jetzt damit machen soll. Zerreißen? Zerreißen und wegwerfen. Besser noch: verbrennen.

Aber das bringe ich nicht fertig, sondern stecke ihn ein und hole meine Drehmaschine mit dem Tabak.

Ich bin bei der zweiten Zigarette, als eine gut ausgeschlafene Flo in die Küche kommt und mich sogleich vorwurfsvoll ansieht.

»Du rauchst ja!«

»Ist mir bekannt.«

»Und das auch noch vor mir.«

»Sieht so aus«, sage ich und fixiere sie aus übernächtigten Augen. »Und du wolltest gestern mit Wrigley schlafen und, richtig… hättest das um ein Haar nicht überlebt.«

Sie schaltet sofort um, schenkt mir das herzigste Lächeln und fragt: »Kaffee?«

»Schwarz.«

Ich erlaube mir einen letzten Zug und drücke den Rest

der Zigarette an der Außenwand aus. Dann gehe ich in die Küche zurück und schließe die Tür. Der Zettel mit der Telefonnummer knistert in meiner Tasche. Ich lasse mich am Tisch nieder. Flo setzt Wasser auf.

»Wie geht's dir heute Morgen?«, frage ich.

»Eigentlich gut. Es fühlt sich an, als hätte ich das alles nur geträumt.«

»Soll vorkommen.«

»Glaubst du, Wrigley ist okay?«

»Ich bin sicher, es geht ihm gut.«

»Oder ich schicke ihm eine SMS.«

»Vielleicht solltest du mal eine Weile Abstand halten.«

»Wieso denn das?«

»Das fragst du noch?«

Sie sieht mich gekränkt an und nimmt ihren Kaffeebecher. »Na gut. Ich bin in meinem Zimmer.«

Sie verschwindet nach oben, und ich lasse mich auf meinem Stuhl zurückfallen. Der Zettel mit der Telefonnummer brennt allmählich ein Loch in meine Tasche. Am liebsten würde ich jetzt Inez Harrington anrufen und mich mit ihr verabreden. Wenn es klappt, habe ich aber gleich das nächste Problem, denn ich will Flo nicht allein lassen. Keine Mutter gibt gerne zu, dass sie ihrer Tochter misstraut, aber nach dem gestrigen Abend bleibt mir wohl nichts anderes übrig. Nein, ich traue ihr nicht mehr. Meiner eigenen Tochter ist nicht zu trauen, Punkt. Ich trinke meinen Kaffee und sitze erst mal nur dumm da, als das Handy klingelt. Mike Sudduth.

»Hallo.«

Am anderen Ende Rauschen.

»Hi. Ich war krrrrrrr.«

»Bleib mal kurz dran.«

Ich gehe mit dem Handy nach oben und stecke den Kopf aus dem Fenster.

»Hallo, jetzt besser?«

»Viel besser. Wie geht's dir?«

»Gut. Tut mir leid wegen neulich. Ich war ziemlich unfreundlich zu dir.«

»Schon gut, das verstehe ich. War eben kein günstiger Zeitpunkt.«

»Und wird auch nicht besser, so wie ich das sehe.«

»Tja«, sagt er und legt eine Pause ein. »Ich habe gehört, was gestern Abend passiert ist.«

»Schon? Das ging aber schnell.«

»Mag sein, wir haben hier beschissenes Breitband, aber die Buschtrommeln funktionieren tadellos.«

Kommt hinzu, dass er bei einer Zeitung arbeitet.

»Mit Flo alles okay?«, fragt er.

»Ihr geht's gut. Ich nehme an, dann weißt du auch schon, was sie in dem Brunnen entdeckt haben?«

»Du meinst die Skelette? Das ist ein Ding, was?«

Die Mehrzahl erwischt mich kalt. »Was soll das heißen, *die* Skelette? Ich dachte, es wäre nur eins?«

»Weißt du, genau deswegen kriege ich normalerweise nur die Schnarchgeschichten wie Dorffeste oder Spanferkelgrillen. Ich kann einfach meine Klappe nicht halten.«

»Das heißt, sie haben noch mehr gefunden als nur dieses eine Skelett?«

»Zwei, um genau zu sein.«

»Weiß die Polizei schon, um wen es sich handelt?«

»Das wird noch untersucht. Aber sie gehen davon aus, dass es die beiden Mädchen sind, die in den Neunzigern verschwunden sind, Merry und Joy.«

»Ja«, sage ich nachdenklich. »Davon muss man wohl ausgehen.«

»Sollte sich das bewahrheiten, werden nicht nur die Ermittlungen wiederaufgenommen. Heutzutage interessieren sich auch die Überregionalen für solche Fälle.«

Daran hatte ich noch gar nicht gedacht. Dass ganze Heerscharen von Journalisten in das Dorf einfallen und jede Menge Staub aufwirbeln würden.

»Jack, bist du noch dran?«

»Ach, ich muss nur gerade darüber nachdenken, wie furchtbar das alles ist.«

»Und es kommt noch schlimmer, sollten die beiden wirklich ermordet worden sein, was ich für wahrscheinlich halte. Denn es bedeutet fast zwingend, dass jemand im Dorf wusste, was mit den beiden geschehen ist.«

»Das glaube ich auch.«

Und das wiederum bedeutet, dass mehr als einer hier gelogen hat. Was die Wahrheit angeht, läuft mir also langsam die Zeit davon. Ich blicke zur Treppe hinüber.

»Mike, würdest du mir einen Gefallen tun?«

»Klar, ich schulde dir noch was für den Reifen.«

»Kannst du dir ein paar Stunden freinehmen?«

52

Wir wollen uns, so haben wir es vereinbart, in einem Café mit angeschlossener Rösterei auf der Einkaufsstraße von Lewes treffen. Da wohnt Inez Harrington nämlich.

Alles in Lewes wirkt so achtsam und nachhaltig und retro aufgehübscht, dass man denken könnte, die industrielle Revolution habe nie stattgefunden. Selbst die gestressten Mütter laufen dort in ländlichem Blumenprint und überteuerten Gummistiefeln herum wie direkt aus dem *British-Shop*-Katalog, und die Kinder heißen, passend dazu, Apollo, Benedictine oder Amaretto.

Ich bestelle einen schwarzen Kaffee, setze mich an einen Tisch in der Ecke und komme mir im Vergleich reichlich schäbig vor, selbst mit meiner weißen Halsbinde. Ich wusste nämlich nicht, ob ich sie tragen soll, entschied mich aber dafür, da ich einer Lehrerin entgegentrete. So ist die Augenhöhe gewahrt, auch wenn die alten Psychomechanismen nach wie vor wirksam sind. Die kleine Jacqueline kann ihre unregelmäßigen Verben immer noch nicht. Oder hat wieder geflunkert. Irgendwie komisch, wenn ich meinen eigenen Beruf dagegenhalte.

Ich habe Inez Harrington vorher gegoogelt, damit ich weiß, nach wem ich Ausschau halten muss. Das Profilfoto zeigt eine Mittfünfzigerin mit breitem Gesicht und fast ebenso breitem Lächeln. Eine Physiognomie, die mit dem Wort »resolut« gut beschrieben ist. Mit diesem Suchbild im Kopf scanne ich die Leute, die nach mir das Café betreten. Ich bin ein paar Minuten zu früh, aber ich muss nicht lange warten. Die aktuelle Inez sieht etwas älter aus als auf dem Bild und noch etwas breiter und steuert direkt auf mich zu.

»Reverend Brooks?«

»Nennen Sie mich Jack.«

Sie streckt mir die Hand entgegen. »Inez.«

Ihr Händedruck ist warm, trocken und fest.

»Danke, dass Sie gekommen sind.«

Sie lächelt und sagt wie selbstverständlich: *»You're welcome.«* Was sie gleich um Jahre jünger macht.

Eine Kellnerin erscheint und fragt: »Was darf ich Ihnen bringen?«

»Einen Latte, bitte.«

Dann wendet sie sich wieder zu mir und sagt mit einer Bestimmtheit, die mich nicht verwundern dürfte: »Sie sollten wissen, dass ich nicht mit jedem über ehemalige Schülerinnen und Schüler rede.«

»Das verstehe ich.«

»Für Sie mache ich eine Ausnahme, weil Simon Harper mich darum gebeten hat.«

»Ist Simon Harper ein Freund von Ihnen?«

»Nein. Aber ich habe seiner Tochter Rosie einmal

Nachhilfe in Englisch gegeben. Befreundet bin ich mit Emma Harper.«

»Ach so.«

»Wie ich höre, ist Ihre Tochter Flo im selben Alter wie Rosie?«

»Ja.«

»Dann wissen Sie ja, wo die Probleme liegen.«

»Das stimmt wohl.«

»Für die Kinder ist das alles nicht einfach. Die Hormone spielen verrückt, und sehr häufig, denke ich, wissen sie nicht einmal selbst, warum sie so viel Unfug anstellen.«

Die Kellnerin kommt mit der Latte.

»Ich danke Ihnen.«

»Ich weiß, was Sie meinen. Lehrerin der Sekundarstufe ist sicher kein leichter Job.«

»Aber auch lohnend, wenn Sie es richtig anfangen. Ich habe echte Rabauken gehabt, die später im Leben die freundlichsten Menschen überhaupt wurden. Und umgekehrt, absolute Musterschüler, die kurz darauf auf die schiefe Bahn gerieten. Man erlebt da alles. In der Pubertät ist die Persönlichkeitsentwicklung eben noch nicht abgeschlossen. Wie wir in den Flegeljahren sind, so bleiben wir nicht.«

»Da stimme ich Ihnen zu. Ich bin auch nicht mehr dieselbe wie als Teenager.«

»Dann verstehen Sie es ja.«

Zugleich habe ich das Gefühl, dass noch eine Einschränkung kommt.

»Hin und wieder jedoch begegnet man einem Jugendlichen, der einen vor ein Rätsel stellt, um es vorsichtig auszudrücken.«

»Sie meinen Lucas Wrigley?«

Sie nickt und führt ihr Glas zum Mund, wobei mir ein leichtes Handzittern auffällt.

»Erzählen Sie.«

»Anfangs hatte ich überwiegend Mitleid mit ihm. Er war schon früh Vollwaise und wurde mit neun Jahren adoptiert. Nicht dass ich dies für den entscheidenden Faktor halte. Ich erwähne es nur, um deutlich zu machen, dass er nicht den leichtesten Start ins Leben hatte. Und natürlich seine Dystonie.«

»Das ist eine Nervenkrankheit?«

Sie nickt. »Es war unvermeidlich, dass ihn seine Erkrankung zur Zielscheibe von allerhand Spott und Schikane machte. Wie Sie wissen, ist der Konformitätsdruck in diesem Alter enorm. Auch wenn sich viele aufmüpfig geben, so will doch niemand wirklich anders sein als die anderen.«

Ich stoße mich an der Bezeichnung »unvermeidlich« in Bezug auf willkürliche Übergriffe. Sie sind vielmehr das Resultat eines Werturteils, das den Kindern zuvor von Eltern und der Gesellschaft vermittelt wurde. Doch ich lasse sie reden. Ich bin gekommen, um zuzuhören.

»Natürlich hat die Schule alles unternommen, ihn vor Schaden zu bewahren. Ich habe mir persönlich die Übeltäter vorgenommen, aber manche Kinder machen es einem auch nicht leicht.«

»Wie meinen Sie das?«

»Mir schien, dass Lucas die Schläger eher provoziert, statt ihnen aus dem Weg zu gehen. Er *suchte* den Ärger geradezu.«

»Es fällt mir schwer zu glauben, dass ein Kind geschlagen werden *will*.«

»Sollte man denken, ja.«

»Und wie war das mit dem Brand in der Schule?«

»Lucas freundete sich mit einem Mädchen namens Evie an. Sie war ebenfalls eine Art Außenseiterin. Sehr in sich gekehrt, sehr schüchtern. Man sah sie oft zusammen, und ich dachte: Na endlich haben sich zwei gefunden.«

»Und dann?«

»Dann beendete sie die Freundschaft, denn es war ihr gelungen, in einer der Mädchencliquen Aufnahme zu finden. Von da an kannte sie Lucas Wrigley nicht mehr, Sie wissen ja, wie Mädchen dieses Alters sind.«

Ehrlich gesagt weiß ich das überhaupt nicht. Flo zog es nie in solche Lästerkreise, und ihren Freunden gegenüber ist sie loyal bis in den Untergang. Genauso wie ich früher.

»Lucas war natürlich außer sich«, fährt Inez fort. »Sein Verhalten wurde unberechenbar. Es gab immer mehr Fehlzeiten, und er leistete sich ein paar Sachen, die ich für bedenklich halte. Zum Beispiel fing er an, Evie zu stalken, folgte ihr bis nach Hause und dergleichen mehr.«

»Und was hat das mit dem Feuer zu tun?«

»Das kann ich Ihnen sagen: Das Mädchen, das bei dem Brand beinahe umgekommen wäre, war Evie.«

Das hatte ich nicht erwartet.

»Es war an einem Mittwoch, letzte Stunde, nach dem Sportunterricht. Evie sollte noch mithelfen, ein paar Matten wegzuräumen. Dabei hat sie jemand im Geräteraum eingesperrt.«

»Wo war eigentlich der Lehrer?«

»Die Lehrerin hat von der ganzen Sache gar nichts mitbekommen. Sie ging davon aus, dass sämtliche Schülerinnen und Schüler die Sporthalle verlassen hätten.«

»Das war fahrlässig.«

»Das kann man so sehen. Aber wir alle machen Fehler. Später kehrte Lucas zurück und hat in der Sporthalle Feuer gelegt.«

»Und das wissen Sie genau? Ich meine, dass es Wrigley war?«

»Jemand aus dem Kollegium sah ihn wegrennen, schöpfte Verdacht und schaute nach. Glücklicherweise war der Geräteraum noch nicht betroffen. Außerdem hörte man auch Evies Hilferufe.«

»Gab es forensische Beweise für die Tat wie Streichhölzer oder Benzinreste auf seiner Kleidung?«

»Er wurde erst später vernommen, als er schon zu Hause war. Er hatte reichlich Zeit gehabt, sich umzuziehen und seine Sachen in die Waschmaschine zu stecken.«

»Also keine Beweise?«

»Nur Evie, die ihn beschuldigte, sie eingesperrt zu haben. Angeblich hat er sie schon Tage zuvor auf dem Pausenhof bedroht und seine Tat förmlich angekündigt. Er sagte, für ihren Verrat werde sie brennen.«

»Jugendliche sagen viel, wenn der Tag lang ist.«

»Ja, aber manche sind von Natur aus bösartig.«

Ich starre sie ungläubig an. »Sagten Sie nicht eben noch, die Persönlichkeitsentwicklung sei in dieser Zeit noch nicht abgeschlossen?«

»In der Regel stimmt das auch. Aber manchmal begegnet man der berühmten Ausnahme, die die Regel bestätigt. Jugendliche, die nicht einfach eine schwierige Phase durchlaufen, sondern von Grund auf fehlkonstruiert sind – übrigens unabhängig von der Erziehung oder dem sozialen Hintergrund. Jugendliche, die man einfach nicht mehr hinkriegt, weil sie durch und durch verdorben sind. Kurz gesagt, Lucas Wrigley war so einer. So etwas festzustellen ist beängstigend, das kann ich Ihnen sagen. Ich habe mich mehr als einmal gefragt, was er wohl als Nächstes macht.«

»Und das war der Grund für den Schulverweis?«

»Lucas wurde nicht der Schule verwiesen, zumindest nicht offiziell. Diesen Eindruck wollten wir auf jeden Fall vermeiden. Nach Absprache mit Lucas' Mutter und den Eltern von Evie kamen wir überein, dass er freiwillig auf eine andere Schule wechseln sollte.«

»Und Evie?«

»Sie blieb natürlich. Aber ihre Leistungen nahmen danach kontinuierlich ab, und sie zog sich immer mehr in sich selbst zurück. Eines Morgens fand ihre Mutter Evies Zimmer leer vor. Sie entdeckte sie schließlich in einem kleinen Gehölz am Rand des Gartens. Evie hatte sich erhängt.«

»O Gott, wie tragisch!«

»Die ganze Angelegenheit wurde äußerst diskret behandelt, und kurze Zeit später zog die Familie auch weg.«

»Und trotzdem haben Sie Emma Harper davon erzählt. Warum?«

»Es war in Henfield, wo ich eine Bekannte besuchen wollte. Dort sah ich Rosie zusammen mit einem Jungen.«

»Lucas Wrigley?«

»Genau. Und ich hatte den Eindruck, dass die beiden – wie soll ich sagen? – irgendwas miteinander haben.«

Was mir eher unwahrscheinlich vorkommt. Ein Alphaweibchen wie Rosie gibt sich mit einem gehemmten Underdog wie Wrigley ab? Das ergibt keinen Sinn. Hatte ihn Rosie nicht (mit tatkräftiger Hilfe von Tom) gerade noch in einen Brunnen geworfen?

»Wann war das?«

»Kurz nach seinem Wechsel zur Schule in Warblers Green, denke ich.«

»Sie hatten Angst, was Wrigley eines Tages mit Rosie machen könnte?«

Sie lacht. »Aber nein.«

»Wie bitte?«

»Klares Nein. Rosie Harper kann gut auf sich selbst aufpassen. Ich hatte eher Angst, was die beiden *zusammen* anstellen würden.«

Ein völlig neuer Aspekt. »Und wie hat Emma reagiert?«

»Ich glaube, sie hat Rosie den Umgang mit Wrigley untersagt.«

»Und das klappte auch problemlos?«

Kurzes Achselzucken. »Jedenfalls sah ich die beiden nie wieder zusammen. Was nichts heißen muss. Jugendliche sind ziemlich ausgefuchst, was das angeht.«

Womit ich ihr nur recht geben kann.

»Wie verhielt sich eigentlich Wrigleys Mutter in der ganzen Angelegenheit?«

»So wie die meisten Mütter. Sie gab den anderen die Schuld. In ihren Augen war Wrigley das reine Unschuldslamm. Aber mir schien, sie war mehr mit ihren Romanen über diese Hexenschule beschäftigt. Für ihren Sohn hatte sie kaum Zeit.«

Klonk! In diesem Moment fällt bei mir der Groschen, und plötzlich fügt sich eines zum anderen.

»Entschuldigung, sagen Sie das noch mal: Sie ist Autorin?«

»Ja. Sie schreibt diese Hexenromane. Ich weiß, dass die Serie auch an unserer Schule etliche Fans hatte.«

»Wie heißt sie?«

»Annette Wrigley. Aber besser bekannt ist sie unter ihrem Pseudonym Saffron Winter.«

53

Das Schild neben der Haustür wirkt schon mal einladend: *Keine Zeitschriftenwerber, keine Vertreter, kein unangemeldeter Besuch.* Über den Sinn dieses Hinweises kann man streiten, denn die Adresse liegt so abgelegen, dass sich bestimmt nicht einmal die Zeugen Jehovas in diese Wüstenei verirren.

Das Haus ist von der Straße aus nicht zu sehen, und außer einem zerbeulten Briefkasten deutet nichts darauf hin, dass an dieser Stelle Menschen leben. Allerdings parkt ein staubiger roter Volvo am Straßenrand, es ist also jemand da.

Als eindeutig unangemeldeter Besuch klingle ich an der Tür. Drinnen rührt sich nichts. Aber wem gehört dann das Auto? Ein zweiter Blick enthüllt jedoch, dass das Fahrzeug schon längere Zeit nicht mehr bewegt wurde. Außerdem sind die Reifen nahezu platt. Na gut, dann hat sie eben den Wagen stehen lassen und den Bus genommen oder was auch immer. Alles ein bisschen sonderbar, aber noch nicht verdächtig.

Das Haus jedenfalls macht einen gepflegten Eindruck. Der Rasen ist gemäht, die Vorhänge sind offen. Trotzdem wirkt der Ort eigentümlich unbewohnt, fast wie eine Filmkulisse. Überzeugend aus der Distanz, bei näherem Hinsehen nicht mehr so. Abermals drücke ich die Klingel, klopfe sogar dreimal und mit Nachdruck. Nichts.

Ich trete von der Tür zurück und suche in den Fenstern nach einem Gesicht oder einem Vorhang, der sich bewegt. Vielleicht ist tatsächlich niemand da. Aber ein ungutes Gefühl bleibt, und es betrifft nicht nur Saffron Winter, sondern auch Wrigley und alles, was mit ihm zu tun hat. Wenn sie meine E-Mail über Reverend Fletcher bekommen hat, dann weiß sie auch, wer ich bin. Aber warum antwortet sie nicht? Warum setzt sie sich nicht wenigstens nach den Ereignissen von gestern Abend mit mir in Verbindung? Warum wurde sie seit Fletchers Beerdigung nicht mehr gesehen? Die Beisetzung war vor über einem Monat.

Jetzt will ich es genau wissen und gehe über einen schmalen Pfad um das Haus herum. Es gibt einen Gartenzaun, aber der ist nicht abgeschlossen. Was mir sofort auffällt: vorne hui, hinten pfui. Auf der Rückseite präsentiert sich das Haus nicht annähernd so proper. Hier hat man das Gras einfach stehen lassen, und die kleine Terrasse ist übersät mit Zigarettenkippen. Aha, Saffron raucht also. Vielleicht geht sie abends gern noch vor die Tür und gönnt sich ein, zwei Zigaretten – genau wie ich. Vielleicht hätten wir uns sogar angefreundet, wer weiß. Wobei ich mich frage, warum ich diesen Gedanken nur in der Vergangenheitsform denken kann – so, als gäbe es sie nicht mehr.

Ich probiere die Hintertür. Abgeschlossen, natürlich. Dass die Leute die Hintertür offen lassen, ist ein Mythos und geschieht fast nur in Büchern oder Filmen. Ganz bestimmt aber nicht bei einer wie Saffron Winter, wo alles auf Abwehr eingestellt ist.

Ich spähe durchs Küchenfenster. Mag sein, ich bin nicht der ordentlichste Mensch auf der Welt, aber das Bild, das sich mir hier bietet, schlägt alles, was in unserem Weiberhaushalt denkbar wäre. Stapel von schmutzigen Tellern in der Spüle, Konservendosen und aufgerissene Packungen auf jeder freien Fläche, dazu Pizzakartons und Fast-Food-Behälter aller Art.

Der Anblick trägt nicht gerade zu meiner Beruhigung bei, und so betrachte ich auch die Kippen auf dem Boden. Alles kein gutes Zeichen. Wie die Vordertür verfügt auch die Hintertür über ein Sicherheitsschloss. In Nottingham hatten wir so etwas auch, und ich musste schmerzlich erfahren, wie leicht man sich bei Systemen mit Schnapper aussperrt – etwa, wenn man mal kurz rauswill, um eine zu rauchen, und den Schlüssel nicht abzieht. Wer dann die Mörderkohle für den Schlüsseldienst aus eigener Tasche bezahlen muss, wünscht sich eine Versicherung gegen solche Fälle.

Vielleicht lohnt sich aber auch die gute alte Schusselvorsorge. Wo würde ich einen Ersatzschlüssel verstecken? Mein Blick fällt auf den umgedrehten Blumentopf. Ich schaue nach. *Nada*. Wäre auch zu leicht gewesen. Ich gehe zurück auf Anfang und sehe unter der hinteren Stoßstange des Volvos nach, genauer gesagt im Auspuff.

Bingo, wer sagt's denn? Ich fische die Schlüssel heraus, es sind zwei, einer für vorne, einer für hinten. Wieder an der Haustür kommen mir Bedenken. Vielleicht besser noch einmal klopfen. Andererseits, da ich im Besitz der Schlüssel bin, handelt es sich im juristischen Sinn nicht um Einbruch. Ich verschaffe mir lediglich »Zutritt«, eine Form des unangemeldeten Besuchs. Gibt es in der Bibel auch.

Trotzdem, einen letzten Versuch mache ich noch. Ich klopfe.

»Hallo? Saffron? Ich bin Jack Brooks, die neue Pfarrerin. Ich würde gerne mit Ihnen reden.«

Keine Antwort bis auf ein kaum wahrnehmbares Faltenspiel an einer der weißen Stores im Obergeschoss. Was nun? Kurzerhand stecke in den Schlüssel ins Schloss und lasse mich selber ein.

»Hallo? Jemand zu Hause?«, rufe ich laut.

Stille. Vorsichtig betrete ich die Diele, halte mir die Hand vor die Nase. Guter Gott, der Gestank ist atemberaubend. Das ganze Haus riecht wie ein Müllcontainer, der wochenlang nicht geleert wurde. Trotzdem dringe ich weiter vor.

»Saffron? Mein Name ist … Shiiit!«

Von der halben Treppe schießt ein schwarzer Schatten auf mich zu und flitzt durch meine Beine zur Tür. Was war das? Entwarnung: nur eine schwarze Katze. Und ich habe sie nach draußen gelassen.

Also erst mal in die Küche, wo ich hoffentlich irgendein Leckerli finde, mit dem ich sie wieder ins Haus locken kann. Aber die Küche sieht aus wie aus einer Zeit nach den Menschen, dystopisch. Das schmutzige Geschirr ist nicht nur schmutzig, sondern hat neues Leben hervorgebracht. Alles in der Spüle ist mit pelzigem Schimmel überzogen. Den Müll hält es schon lange nicht mehr im Mülleimer, und das Katzenklo starrt vor versteinertem schwarzem Kot.

Himmel, der Anblick erinnert eher an eine Messie-Sendung im Fernsehen und nicht an das kleine Reich einer erwachsenen Frau und Mutter. Hier kann man nur noch abhauen.

Das Wohnzimmer gleich nebenan sieht etwas besser aus, aber auch dort muss man achtgeben, wohin man tritt. Kein Quadratmeter Parkett ohne Pizzaschachtel, Aludose oder gebrauchtes Einweggeschirr. In einer Ecke häuft sich nichts als Kleidung, und auf dem Sofa befindet sich ein Schlafsack. Was ins Auge fällt, sind die vielen Zeichnungen, sie belegen praktisch jeden freien Quadratzoll auf dem Boden, auf den Stühlen, sogar an der Wand. Technisch sind sie nicht einmal schlecht, wären da nicht die Motive, explizite Szenen von Folter, Mord und Vergewaltigung, dekoriert mit satanischen Symbolen wie Pentagramm oder Leviathankreuz, Teufeln und Dämonen. Mir läuft ein Schauer über den Rücken.

Wo bin ich hier gelandet? Ist das etwa Wrigleys Zimmer? Schläft er hier? Es riecht jedenfalls so, die Luft ist gesättigt von Schweiß und flüchtigen Hormonen. Wie kann Saffon so etwas zulassen, vorausgesetzt, sie ist überhaupt noch da und hat ihn nicht sich selbst überlassen?

Ich gehe zurück in die Diele, blicke die Treppe hoch. Meine Hand liegt bereits auf dem Geländer, aber ich zögere, während meine Beklommenheit weiter zunimmt. Der üble Geruch, der mehr ist als simple Verwahrlosung, kommt nämlich von oben. Es hilft nichts, ich muss da hoch, auch wenn der Gestank nur noch auszuhalten ist, indem ich meine Nase mit der Armbeuge abdichte. Oben sehe ich drei Türen. Die eine, gleich links, führt ins Badezimmer, rechts ist das Jugendzimmer, nehme ich an. Jetzt verstehe ich auch, warum Wrigley unten schläft. Es liegt an dem dritten Zimmer, dem Zimmer mit der geschlossenen Tür, von dem alles auszugehen scheint.

Ich sage mir, dass dies jetzt nicht mehr sein muss. Dass ich diesen Schritt den Fachleuten überlassen sollte, die dafür ausgebildet wurden. Ich muss diese Tür nicht mehr aufmachen, es reicht doch längst für einen Anruf bei der Polizei. Und vor allem: *Will* ich überhaupt wissen, was sich hinter der Tür verbirgt? Aber ich wappne mich – und wünschte, ich könnte sagen, mit welcher Stärke. Ich halte also die Luft an und stoße die Tür auf.

»Allmächtiger!«

Ich drehe mich weg und erbreche mich ohne Vorbereitung. Ein reiner Reflex, der aber minutenlang anhält, Welle um Welle, bis nur noch der Speichel lange Fäden zieht und meine Entsetzensschreie verstummen.

Erst dann bin ich bereit, mich einem Anblick auszusetzen, der im Prinzip nicht schwer zu beschreiben ist. Ein menschlicher Körper liegt auf einem Doppelbett. Oder vielmehr das, was von ihm noch übrig ist. Denn viel von diesem menschlichen Körper ist mittlerweile in die Matratze gesickert – und noch weiter. Bis auf den Boden ist getropft, was in dem Menschen war, und hat den Rest in eine amorphe Masse aus verwesendem Fleisch und Kunstfaser umgewandelt, vermutlich ein Pyjama. Allein die schwarzen Dreadlocks haben diesem Prozess bis jetzt widerstehen können.

Hier liegt Saffron Winter.

Und allem Anschein nach schon seit Monaten. Wie sie zu Tode kam, darüber lassen die Blutspritzer an der Wand keinen Zweifel. Selbst das blutige Messer auf dem Boden liegt vermutlich noch genau dort, wo es ihr Mörder fallen ließ.

Er muss sie im Schlaf getötet haben, denke ich. *Regelrecht abgeschlachtet. Wie viele Male hat er zugestochen?*

Auf jeden Fall muss ich hier raus. Raus und die Polizei verständigen, sofort… Aber dann knackt hinter mir eine Diele. Das ist jetzt nicht wahr, oder? Ich drehe mich um, einen Lidschlag zu spät. Was ich dann spüre: Etwas kracht auf meinen Kopf, aber so schwer und hart, dass meine Knie nachgeben. Einen Sekundenbruchteil bin ich wie geblendet von diesem gleißenden Schmerz – und der Erkenntnis, dass ich wohl in großen Schwierigkeiten stecke. Dann wird es Nacht.

54

Das hat ihr noch gefehlt, ein Babysitter! Flo ist echt angepisst. Sie liegt auf dem Bett und gibt sich die Nine Inch Nails auf die Ohren. Unten hält Mike Sudduth Wache, glaubt sie jedenfalls. Denn sie hat ihr Zimmer nicht einmal verlassen, um ihm Guten Tag zu sagen. Warum auch? Weder hat sie ihn herbestellt noch braucht sie ihn, egal was Mum dazu meint.

Sie weiß natürlich, dass sie ihre Mutter enttäuscht hat, doch an ihrer Erbitterung ändert das nichts. Soll das ganze verdammte Dorf doch verrecken und Rosie samt ihrem inzestösen Cousin gleich mit. Also schönen Dank, Mum, und schönen Dank, Gott, dafür, dass ihr mich hergebracht habt, ohne mich zu fragen. Ihr könnt mich alle!

Sie hat mehrmals versucht, Wrigley per WhatsApp zu erreichen, aber keine Antwort erhalten. Das stinkt ihr auch. Ghostet er sie etwa, oder schämt er sich bloß? Vielleicht hat ihm seine Mutter ein Handyverbot auferlegt. Wer's glaubt. Wahrscheinlich ist er nicht anders als andere Jungen, die nichts mehr von sich hören lassen, sobald sie bekommen haben, was sie wollen. Obwohl er das streng genommen nicht einmal bekommen hat. Aber sie *wollte*, und vermutlich reicht das als Trophäe. Scheiß-kerle.

Sie überlegt, ob sie Kayleigh auf Snapchat mit dem ganzen Drama volllabern soll, aber das würde bedeuten zuzugeben, wie scheiße ihr Leben gerade ist. Denn das ist das Problem mit den sozialen Medien, sie eignen sich nicht für die weniger schönen Seiten. Alle geben immer nur an, wie toll sie sind und wie aufregend ihr Leben, selbst wenn kein Foto ohne Beauty-Filter auskommt und alles mehr oder weniger Fake ist. Im Ernst, was machst du, wenn dein Leben in diesem Contest nicht mithalten kann und du dich nur beschissen fühlst, weil du unaufhaltsam in einem schwarzen Loch versinkst, aus dem es kein Entrinnen gibt? Ein Kotz-Smiley? Ein Tränenflut-Smiley?

Aber dann meldet ein kurzer Summton den Eingang einer Nachricht, und sie hechtet nach ihrem Handy. Wrigley. Na also, die Welt ist doch nicht so schlecht.

»Wie steht es?«

Mit einem seligen Lächeln schreibt sie zurück: »Okay. Was macht der Fuß?«

»Besser.«

»Gut.«

»Hast du Hausarrest?«

»Nein, aber Mum meint, du bringst Unglück.«

»Vielleicht hat sie recht.«

»Es war doch nicht deine Schuld.«

»Hab trotzdem ein schlechtes Gewissen. Hätte dich da nicht hinbringen sollen.«

»Aber ich wollte doch selbst.«

»Ich mag dich wirklich.«

»Ich dich auch.«

»Ist deine Mum zu Hause?«

»Nein, aber ihr Freund, damit ich nichts anstelle.«

»Hat sie einen Freund?«

»Nicht wirklich, eher ein Bekannter.«

»Okay, dann halt durch. Man sieht sich.«

Er meldet sich mit zwei schwarzen Herzchen ab, und sie, von warmen Gefühlen durchflutet, blickt noch lange darauf und fühlt sich schon bedeutend besser. Vielleicht wird ja doch noch alles gut. Sie merkt plötzlich, dass sie Hunger hat, denn aus Protest hat sie sowohl am Morgen als auch zu Mittag jede Nahrung verweigert, und jetzt ist es bald fünf.

Sie schaltet ihre Musik aus, steht auf und tappt nach unten. Sie hört Mike in der Küche telefonieren.

»Wie, noch zwei Leichen in einem anderen Dorf? Herrje, das entwickelt sich. Hör zu, das ist eigentlich nicht mein Gebiet, ich meine ... Klar verstehe ich das, ich bin auch ganz in der Nähe, aber ich komme hier vorerst nicht weg. Außerdem schreibe ich gerade noch an der Geschichte über den Leichenfund in dem Brunnen.«

Sie betritt die Küche. Er sitzt am Küchentisch, seinen Laptop vor sich und eine dampfende Kaffeetasse griffbereit daneben. Fühl dich nur wie zu Hause, denkt Flo.

Er blickt hoch, als sie hereinkommt. »Du, ich ruf dich gleich zurück«, sagt er, legt das Handy hin und lächelt sie gewinnend an. »Na, wie geht's dir?«

Sie starrt ihn nur an. So vom Äußeren her könnte es Mum schlechter treffen. Mit seinen markanten Zügen und dem Dreitagebart sieht er auf altmodische Weise sogar gut aus. Sicher, die Haare sind zu lang, und deshalb erkennt man auch das Grau darin so, aber die verwitterten Falten rund um die blassblauen Augen haben etwas.

»Mir geht's gut«, sagt sie und marschiert gleichgültig zum Kühlschrank. »Übrigens, ich brauche keinen Babysitter.«

»Sicher nicht. Aber deine Mutter hat mich darum gebeten, und ich schulde ihr noch was.«

Sie bemerkt, dass er immer wieder auf sein Handy schielt.

»Ich will Sie um Gottes willen nicht von der Arbeit abhalten.«

»Tust du nicht.«

»Ich habe gerade mitgehört: irgendwas von neuen Leichen.«

»Du hast gelauscht.«

»Was quatschen Sie auch so laut?«

»Na gut, die Redaktion will, dass ich über die Sache berichte.«

»Ein Mord?«

»Ja. Ein Rentnerehepaar, nur ein Dorf weiter.«

»Wow, und ich dachte, in diesem Kuhkaff möchte man nicht mal tot überm Zaun hängen. Ich hab mich wohl getäuscht, hier ist ja richtig was los.«

»Seit ein unbekannter Täter auf der Landwirtschaftsschau von Chapel Croft dem Siegerkürbis den Schädel spaltete, hat es hier nicht mehr so viel Mord und Totschlag gegeben.«

Darüber muss sie sogar grinsen. »Dann fahren Sie doch einfach.«

»Aber ich habe es deiner Mutter versprochen.«

»Mir passiert schon nichts.«

»Sicher nicht?«

»Wie wär's, wenn Sie ihr eine SMS schreiben und fragen?«

»Ich weiß nicht.«

Sie holt ihr Handy hervor. »Soll ich es tun?«

»Nein, das kann ich gerade noch selbst. Es ist auch nicht so, dass ich Angst vor deiner Mutter hätte.«

»Wirklich nicht?«

»Vielleicht ein bisschen.« Aber dann tippt er doch eine SMS ins Handy.

Flo holt inzwischen Käse, Tomaten und Butter aus dem Kühlschrank, um sich ein Sandwich zu machen. Der Nachrichtenton auf Mikes Handy lässt nicht lange auf sich warten.

»Was schreibt sie?«

»Sie ist auf dem Rückweg und in zehn Minuten hier. Sie meint, ich brauche nicht auf sie zu warten.«

»Was habe ich gesagt?« Aber aus dem Augenwinkel sieht sie, dass er immer noch mit sich hadert. »Zehn Minuten! In dieser Zeit werde ich nicht gleich sterben.«

»Okay.« Er klappt den Laptop zu und verstaut ihn in seinem Rucksack. »Aber du musst mir versprechen, dass du niemandem die Tür aufmachst.«

»Ich bin doch nicht blöd.«

»Das ist es ja gerade.« Er wirft sich den Rucksack über die Schulter und nimmt seine Jacke. »Sag deiner Mutter, ich rufe sie später an, okay?«

»Okay.«

»Und schließ ab, wenn ich weg bin. Tust du das?«

»Ja-ha.«

»Gut.«

Sie begleitet ihn noch zur Tür und schließt ab. Gütiger Gott, wie war der denn drauf? Sie geht zurück in die Küche, gießt sich ein Glas Orangensaft ein und trägt es zusammen mit dem Sandwich an den Tisch. Aber noch vor dem ersten Bissen klopft es an der Haustür. Das ist jetzt ein Witz, oder? Sie legt ihr Sandwich weg. Wahrscheinlich Mike, der etwas vergessen hat. Dennoch lieber nachsehen.

Sie geht ins Wohnzimmer und späht seitlich aus dem Fenster. Ihre erstaunten Brauen, als sie sieht, wer es ist. Echt jetzt?

Sie geht zur Haustür.

Du darfst keinem Fremden die Tür öffnen, hörst du?

Sie schließt aber auf und tut genau das.

»Was machst du denn hier?«

55

Mein Lieblingsbuch als Kind hieß *Die kleine Eule*.

Immer wenn Mum mich bestrafte, betete ich mir die zentralen Lektionen in diesem Buch vor: *Dunkelheit ist aufregend, Dunkelheit macht Spaß, Dunkelheit ist wunderschön, Dunkelheit ist gütig.*

Erst als ich größer wurde, durchschaute ich die Lüge dahinter.

Die Dunkelheit macht natürlich nur einer Eule Spaß, denn Eulen sind nachtaktive Räuber.

Für ein einsames, hilfloses Beutetier bedeutet Dunkelheit den Tod.

Mühsam mache ich die Augen auf. Um mich herum ist alles schwarz. Ich liege auf der Seite, ich liege hart, und davon tut meine Schulter weh. Eine Gesichtshälfte drückt auf ein Material, das sich anfühlt wie kratzige Auslegeware. Die Fasern jucken in der Nase und stechen am Hals. Ich muss niesen, wodurch der diffuse Schmerz unter der Schädeldecke geradezu explodiert. Irgendwas am Übergang zwischen Ohr und Hals fühlt sich klebrig an, aber ich komme nicht ran. Meine Hände sind am Rücken gefesselt, ebenso wie meine Füße, die aber längst taub sind. Es handelt sich also um eine reine Vermutung. Offenbar bin ich zwecks leichteren Transports verschnürt wie ein Tier.

Ich versuche, die aufkommende Panik unter Kontrolle zu halten. Aber mein Bewegungsspielraum ist so eng, dass ich sofort an Metall stoße, als ich mich vortaste. Und sofort ist auch wieder der Schmerz da. Trotzdem drehe ich mich auf die andere Seite. Aber dort ist es dasselbe. Raues Material an meiner Nase und kein Platz für die Beine, nirgends.

Ich stecke in einem Sarg, ich bin lebendig begraben, meine Angst sprengt alles Dagewesene. Dennoch, ich darf ihr nicht so viel Raum geben, gerade *weil* mein Raum so begrenzt ist. Nur wie, ist die Frage, ich habe ja kaum Luft zum Atmen. Allerdings spüre ich einen leisen Luftzug, gesättigt mit dem Geruch von Motoröl und Sprit. Wo bin ich?

Ich horche in die Dunkelheit. Geräusche von draußen dringen zu mir. Ich höre Vögel. Ihr Abendlied. Anscheinend bin ich noch nicht unter der Erde, sondern darüber. Wenn das ein Trost sein soll, akzeptiert. Immer noch besser als lebendig begraben. Am Ende ist die Erkenntnis banal: Ich stecke in einem Kofferraum, sehr wahrscheinlich in dem von Saffrons Volvo. Langsam kehrt auch mein Kurzzeitgedächtnis zurück. Was weiß ich noch von jenem letzten Moment vor der Nacht? Richtig, ihre Leiche auf dem Doppelbett. Und dann dieses Geräusch hinter mir, nach dem ich mich umdrehe. Als Letztes sehe ich seine Augen, silbergrüne Augen. Danach nur noch Schwärze.

Wrigley hat seine eigene Mutter ermordet. Nur dass

sie für die Außenwelt weiterleben muss. Die SMS von Saffron kamen in Wahrheit von Wrigley. Mein Magen revoltiert nicht nur gegen die Vorstellung, dass dieser Junge mit einer verwesenden Leiche unter einem Dach lebt. Am schlimmsten ist der Gedanke, dass dieser erbärmliche Psychopath mit denselben Händen meine Tochter antatscht. O Gott, Flo! Ich muss Flo warnen.

Dann neue Laute von außen. Schritte über Kies, die näher kommen. Das Geräusch von Metall auf Metall an meinem Blechhimmel. Ich blinzle in grelles Licht, vor dem sich langsam eine schlanke Gestalt abzeichnet. Erstaunlich, wie viel Zeit menschliche Augen für so etwas brauchen.

Denn es dauert, bis ich den Fremden als den erkenne, der er ist. Ich bin eben nicht in der besten Verfassung. Angst und Schmerz sind wie ein Nebel, der alles verschleiert. Außerdem hat er sich die Haare raspelkurz geschoren, wodurch er älter wirkt. Der übergroße Hoodie ist verschwunden, jetzt trägt er ein schwarzes T-Shirt über seinem durchtrainierten Oberkörper.

»Gott zum Gruße, Reverend.«

»Wrigley?«, sage ich. Meine Zunge fühlt sich an wie trockenes Leder.

Als er lächelt, fällt mir auch ein weiterer Unterschied auf. Seine krankheitsbedingten Zuckungen sind wundersamerweise verschwunden. Aufrecht und vollkommen gelassen steht er vor mir.

»Was ist denn mit dir passiert?«, frage ich.

»Nicht wahr? War doch überzeugend, oder?«

Wobei er zur Demonstration kurz in den alten Modus zurückfällt und lacht.

»Für die schauspielerische Leistung sollte ich einen Preis bekommen. Ja, ja, der arme Wackel-Wrigley, nun gibt es ihn nicht mehr.« Er setzt sich auf die Kante des Kofferraums. »Reverend, haben Sie je *Die üblichen Verdächtigen* gesehen? Großartiger Film.« Und wie im Vertrauen flüstert er mir zu: »Der größte Trick, den der Teufel je gebracht hat, war, die Welt glauben zu lassen, es gebe ihn nicht.«

Er steht wieder auf. »Bei Krüppeln gucken die Leute gerne weg. Es ist ihnen peinlich, und außer ihrem beschissenen Mitleid haben sie ja auch nichts beizutragen.« Er zwinkert mir zu. »Aber auf diese Weise kommt man mit fast allem durch.«

Hilflos starre ich ihn an. »Was willst du denn tun?«

»Ich warte, bis es dunkel ist, und dann machen wir eine kleine Spritztour, Sie und ich. Vorher muss ich aber noch etwas holen.«

Plötzlich ist er weg, aber er lässt zum Glück die Kofferraumklappe offen. Ich werfe mich hin und her und zerre an meinen Fesseln, ohne Erfolg. Und rufen bringt auch nichts, denn wer würde mich hören außer Wrigley? Es wäre ein Fehler, ihn zu provozieren. Ohnehin ist er bald wieder da. Ich höre, wie er vor sich hin pfeift. Er humpelt leicht, also hat er sich in dem Brunnen tatsächlich verletzt. Doch er hat auch schwer zu schleppen an dem langen, in Laken gewickelten Paket, mit dem er sich jetzt dem Wagen nähert.

Mir dreht sich der Magen um, und blankes Entsetzen ergreift von mir Besitz.

»Neiiin!«

Er grinst nur. »Bedaure, Reverend, es könnte ein bisschen eng werden da hinten.«

Dann senkt er Saffrons verwesenden Leichnam in den Kofferraum und schlägt die Klappe zu.

56

Sie hat die Haare zu einem Pferdeschwanz zurückgebunden und ist nicht annähernd so cool wie sonst. Eine weite Kapuzenjacke verhüllt, was sie sonst so offensiv präsentiert. Die Hände sind tief in den Taschen vergraben, und auf ihrem Gesicht liegt die Blässe der demütigen Büßerin.

Ungläubig starrt Flo auf Rosie. »Was du jetzt tust, kann man als Einschüchterung einer Zeugin sehen.«

»Aber deswegen bin ich nicht hier, ehrlich. Ich will nur mit dir reden.«

»Warum?«

»Ich … ich möchte mich bei dir entschuldigen.«

»Gut. Du hast es gesagt, und jetzt Auf Wiedersehen.«

»Warte!«

Wider besseres Wissen lässt Flo die Tür offen, wenn auch nur einen Spaltbreit. »Wieso?«

»Hör mal, dass es so weit kommt, wollte ich doch nicht. Echt. Und es war auch nicht meine Idee.«

»Ich glaube kaum, dass jemand wie Tom *jemals* eigene Ideen hat.«

»Von Tom rede ich nicht.«

»Von wem dann?«

»Kann ich reinkommen?«

»Wieso? Du kannst mir alles hier sagen.«

»Bitte! Ich habe dir auch etwas mitgebracht.«

Rosie hält ihr das Jack-Skellington-Sweatshirt hin, das Flo Poppy geliehen hat.

Flo überlegt. In der direkten Auseinandersetzung dürfte sie Rosie überlegen sein, deshalb sagt sie: »Na gut.« Sie reißt das Sweatshirt an sich und lässt Rosie herein. »Aber fass dich kurz, meine Mutter kann jeden Moment zurückkommen. Und wenn sie dich hier sieht, macht sie Hackfleisch aus dir.«

Sie gehen in die Küche und stehen verlegen herum.

»Okay, was ist jetzt?«

»Ich weiß, dass du mich jetzt hasst.«

»Ich wüsste nicht, warum. Nur weil ihr auf mich geschossen habt? Oder Wrigley in einen Brunnen geworfen habt?«

»Ich war das doch nicht.«

»Nee, klar. Das war allein Tom.«

»Nein, das stimmt nicht.«

»Stimmt nicht?«

»Keiner hat Wrigley in einen Brunnen geworfen.«

»Red keinen Mist.«

»Tue ich nicht, wirklich. Hast du *gesehen*, wie jemand ihn in den Brunnen gestoßen hat?«

»Das nicht, aber …«

»Hast du dich nicht gewundert, dass er sich gar nichts getan hat?«

»Glück, würde ich sagen.«

»Wessen Idee war es denn, sich in dem alten Haus zu treffen? Das war Wrigley, richtig?«

Flo starrt sie an, und ihr Mund wird mit einem Mal ganz trocken. »Ja, das war seine.«

»Es war von Anfang an ein abgekartetes Spiel. Der Sack über deinem Kopf, der Überfall. Wir haben ihn an einem Seil in den Brunnen gelassen. Es war alles eine einzige Verarsche.«

»Nein.«

»Doch.«

»Aber warum? Warum solltest du so etwas tun? Oder Tom?«

»Weil du ihm die Nase gebrochen hast.«

»Aber du hasst Wrigley.«

»Ach, Herzchen, du bist ja so blöd.«

Sie kommt näher, und Flo weicht zurück.

»Es ging die ganze Zeit nur um Wrigley und mich. Wir sind nämlich zusammen. Wir sind Seelenverwandte.« Sie lächelt böse. »Aber falls es dich tröstet, er mochte dich schon. Irgendwie. Ein bisschen. Aber das konnte ich ihm natürlich nicht durchgehen lassen. Deshalb sollte er dich auch ficken.«

»Ich glaub dir kein Wort.«

»Ich bin übrigens nur hier, weil er es mir gesagt hat.«

»Ich sagte bereits, dass meine Mutter jederzeit zurückkommen kann.«

»Nein, da muss ich dich enttäuschen, das halte ich für ausgeschlossen.«

Im selben Moment zieht Rosie die Hand aus der Tasche und richtet ein Messer auf sie. Es ist das vermisste Sägemesser aus dem Exorzistenkoffer. Dasselbe Messer, das Wrigley nicht gestohlen haben konnte, wie Flo damals beteuerte. Und sie weiß, dass jetzt alles passieren kann. Alles.

»Ich wette, wir werden eine Menge Spaß zusammen haben, Vampirina.«

57

Er liegt bäuchlings im hohen Gras hinter einem Grabstein und observiert die Kirche. Näher traut er sich nicht heran. Noch nicht jedenfalls. Nicht, bis es dunkel ist. Nicht, nachdem ihre Tochter ihn gestern gesehen hat.

Er kann sich nämlich keine weiteren Patzer erlauben. Was die Sache nicht unbedingt leichter macht. Die Schmerzen lassen einfach nicht nach, außerdem ist er zum Umfallen müde und kann nicht mehr klar denken. Die Gedanken in seinem Kopf bewegen sich mittlerweile so träge wie sein Körper. Nicht mehr lange, und alles bleibt stehen.

Am frühen Nachmittag war ein Polizeihubschrauber zu hören, der über der Gegend seine Kreise zog und irgendwas suchte. Wahrscheinlich hatten sie die Leichen der beiden Alten gefunden. Aber *ihn* noch nicht. Nur kann er sich nicht ewig verstecken. Doch mit seinen dreckigen Klamotten, dem kaputten Fuß und so, wie er riecht, fällt er überall sofort auf. Was also tun?

Immerhin ist er seinem Ziel schon sehr nah.

Er muss sie sehen, muss mit ihr sprechen. Mehr will er nicht.

Beim letzten Mal hat er alles vermasselt, und zwar auf ganzer Linie, das darf ihm nicht noch einmal passieren. Dabei hatte er jahrelang nach ihr gesucht. Sein einziger Anhaltspunkt damals: ein verblichener Poststempel. Dass er sie überhaupt aufstöbern konnte, war reiner Zufall. Er stand mit den anderen Obdachlosen in der Schlange vor einer Suppenküche – und da war sie auf einmal. Total happy mit ihrem weißen Halskragen, dass er erst seinen Augen nicht traute. Aber Blut ist eben dicker als Wasser, und seine Schwester würde er überall wiedererkennen.

Nur sie anzusprechen, das hatte er nicht gewagt. Sondern abgewartet und überlegt, wie er sich ihr am besten nähern sollte. So wie immer eigentlich. Er war einer, der nie sofort explodierte, es sei denn, man reizte ihn. Mum zum Beispiel, sie ging eines Tages diesen winzigen Schritt zu weit – und er schlug zum ersten Mal zurück. Erst später fiel ihm auf, dass er dabei ein Brotmesser in der Hand hatte.

Das Gleiche an dem Abend in der Kirche, mit ihrem Mann. Bedauerlich, denn das war gar nicht geplant. Na ja, ein bisschen vielleicht. Aber er war auch selbst schuld, so wie er seine Schwester behandelte. Wie er sie anschrie. Und schlagen geht schon mal gar nicht. Sagen wir mal so: Er hatte die Strafe verdient. Nur ob *diese* Strafe, ist eine andere Frage. Er will gerne zugeben, dass er bei solchen Sachen schnell überreagiert.

Bei ihrem Besuch im Gefängnis sagte sie, dass sie ihm vergab. Allerdings unter der Bedingung, dass er niemandem verriet, dass sie Bruder und Schwester waren. Er hatte eingewilligt, weil er wusste, dass er Scheiße gebaut hatte. Nur hatte sie versprochen, dass sie wiederkommen wolle, was sie nicht tat. Aber das vergab er *ihr*, denn unter Geschwistern trägt man sich nichts nach.

Im Augenblick ist sie nicht da, nur die Tochter. Gerade ist ein anderes Mädchen bei ihr. Er ist sich nicht sicher, aber es könnte die von vergangener Nacht sein.

Als der Junge in der alten Bruchbude auftauchte, hatte er sich im Keller versteckt. Dann hatte er Stimmen gehört und einen Schrei. Da konnte er nicht unten auf seinem Hintern sitzen bleiben, sondern ging nach oben, verjagte die Angreifer und befreite das Mädchen. Als er begriff, wem er da geholfen hatte, befand er sich längst wieder in seinem Versteck. Sie hatte ihn nicht zu sehen bekommen, aber das würde sich ändern.

Was ihn wundert, ist, dass die Tochter ihre Angreiferin ins Haus lässt. Er weiß nicht, ob er dazwischengehen soll. Fürs Erste beobachtet er nur das Geschehen. Witzig, denkt er, das ist *seine* Nichte, *seine* Familie. Da muss selbst er lächeln – und gähnt. Bald ist sie daheim. Und sie sind alle wieder vereint. Endlich.

58

Ich weiß nicht, wie lange ich schon bei der verwesenden Saffron liege wie … o Gott, ja wie eigentlich? In der verklemmten Sprache der Bibel ist »bei jemandem liegen« gleichbedeutend mit Sex. Aber *das* hier, das mit Saffron, hat Gott bestimmt nicht gewollt. Ich merke, wie ich eine Nervenbahn nach der anderen an den Wahnsinn verliere. Bislang bin ich Teil der Oberwelt, aber wie lange noch?

Allein mein Langzeitgedächtnis funktioniert einwandfrei und ruft ältestes Zeug ab. Abgelagerte Erfahrung aus dem Schlamm der Zeiten: *Hey, sag bloß, du kennst das nicht? Du hast so etwas schon einmal durchgemacht, weißt du noch? Und trotzdem überlebt. Also lebe, allein um deiner Tochter willen, lebe!*

Ich darf jetzt vor allen Dingen nicht durchdrehen. Muss mich auf etwas anderes konzentrieren als den infernalischen Gestank, diese feuchte Wärme, diese Angst vor der lebenden Toten unter ihrem Leichentuch. Habe ich nicht gerade einen Seufzer gehört? Die Knochenfinger gespürt, die sich unter dem Laken regen, um zu ertasten, wer da bei ihr liegt?

Hör auf damit! Du darfst so nicht denken!

Saffron ist tot, aber ich muss am Leben blieben. Für meine Tochter. Ich nehme an, Mike ist noch bei ihr. Wahrscheinlich versuchen sie gerade, mich zu erreichen, machen sich Sorgen, überlegen sogar, ob sie die Polizei verständigen sollen. Oder warten sie ab?

Das Problem ist die Zeit. Wie lange liege ich schon hier? Langsam, eines nach dem anderen. Ich war um vier Uhr an ihrem Haus. Allerdings, auf mein Zeitgefühl ist kein Verlass mehr. Im Dunkeln, unter Angst und Schmerz, vergeht die Zeit viel langsamer als sonst. Trotzdem, es müssen Stunden vergangen sein, wir haben mindestens acht oder neun Uhr. Draußen bricht jetzt die Dämmerung herein. Wrigley sagte, er wolle warten, bis es dunkel ist.

Dann machen wir eine kleine Spritztour.

Hat er überhaupt einen Führerschein? Muss wohl. Auf dem Land ist das nichts Besonderes. Die Leute hier haben privaten Grund ohne Ende und lassen ihre Kinder frühzeitig ans Steuer. Aber wohin fahren wir? Was hat er vor?

Jeder Muskel spannt sich an, als sich über den Kies Schritte nähern. Eine Wagentür geht auf, etwas wird auf die Rückbank geschoben, und die Tür schlägt wieder zu. Dann merke ich, wie die Stoßdämpfer eine Last aufnehmen: Jemand steigt vorne ein. Der Motor springt an. Wir fahren los. Ich werde durchgerumpelt wie ein vergessener Penny in einer Waschtrommel, und wegen der ziemlich platten Reifen haut jedes Schlagloch empfindlich durch. Durch die Vibration verteilen sich auch die Flüssigkeiten im Kofferraum gleichmäßig, meine Kleidung zieht Leichenwasser. Dann, ganz plötzlich, wird es still. Wir stehen. Ich liege im Finsteren und horche nach draußen. Wrigley steigt aus. Er nimmt etwas aus dem Fond des Wagens. Im nächsten Moment geht der Kofferraum auf, frische Luft stürzt herein. Ich kann wieder atmen.

Als Erstes zerrt Wrigley Saffrons Leiche heraus. Draußen ist es noch nicht ganz dunkel, aber meine Augen haben Schwierigkeiten, alles scharf zu sehen. Wrigley legt die Leiche in eine Schubkarre, wirft eine Decke darüber. Wo sind wir? Ich sehe den nächtlichen Himmel und ein paar Sterne. Rechts von mir ein Zaun. Und ein Tor – das ich wiedererkenne. Wir sind vor meiner eigenen Kirche.

Spätestens jetzt müsste ich schreien, um Hilfe rufen. Meine Zunge fühlt sich nicht mehr so ledern an. Irgendwer muss mich doch hören. Als könne er Gedanken lesen, tritt Wrigley an mich heran, reißt mich an den Haaren hoch und stopft mir einen schmutzigen Lappen in den Mund.

»Bin gleich wieder da.«

Der Kofferraum knallt zu. Ich schreie die Wut über meine Niederlage in den Knebel. Obwohl Saffrons Leiche nicht mehr da ist, bleibt dieser brechreizerregende süßliche Geruch. Ich versuche, meine Lage zu verändern, um den Krampf in Armen und Beinen zu mildern. Warum hat er uns ausgerechnet hierhin gefahren? Was kommt als Nächstes? Und was ist mit Flo und Mike? Die Angst um sie bringt mich fast um.

Einige Minuten später geht erneut der Kofferraum auf.

»Auf geht's, du bist dran.«

Er ist erstaunlich kräftig und legt auch mich in die Schubkarre. So wie ich verschnürt bin, ist an Gegenwehr nicht zu denken. Wenigstens kann ich jetzt etwas sehen. Wir sind in der kleinen Auffahrt vor der Kirche, aber er hat rückwärts eingeparkt. Selbst wenn Leute vorbeikommen, dürften sie kaum mitkriegen, was sich hier abspielt. Jemand, der etwas in einer Schubkarre transportiert, erregt auf dem Dorf keine Aufmerksamkeit. Und mittlerweile ist es auch nahezu dunkel. Außer der dünnen Mondsichel kein Lichtlein weit und breit. Meine Verzweiflung wächst.

Wrigley fährt mich bis unmittelbar vor die Kirche. Abermals werde ich durchgeschüttelt. Ich sehe hinüber zum Cottage, dort ist Licht. Aber ist auch jemand da?

»Bis jetzt hat alles wunderbar geklappt«, sagt Wrigley, als wäre nichts dabei. »Ich habe mich schon länger gefragt, wohin mit Mums Leiche. Eure Gruft kommt da wie gerufen. Wo wäre eine Tote besser aufgehoben als in einer Totenkammer? Eigentlich logisch, oder?«

Die Kirchentür steht offen. Er muss meinen Schlüssel an sich genommen haben. Mit Anlauf treibt er die Schubkarre über die Schwelle und rollt mich in den Mittelgang.

»Zu Hause ist es doch noch immer am schönsten«, sagt er.

Schwer fällt hinter mir die Kirchentür ins Schloss, und ich höre, wie der altertümliche Schlüssel umgedreht wird.

Ich blicke umher und traue meinen Augen nicht. Überall brennen Kerzen, auf den Bänken, auf dem Altar, sogar auf dem Boden. Mein freudloses Gotteshaus leuchtet wie eine Wallfahrtskapelle, es riecht nach Wachs. Aber auch nach etwas anderem, Chemischen, das nicht hierhin gehört.

Doch nicht dadurch verliere ich die Kontrolle über meine Blase.

Es ist dieser Plastikstuhl vor dem Altar. Und ein Strick mit einer Schlinge, der von der Seitengalerie herunterbaumelt.

Wrigley zieht mir den Knebel aus dem Mund.

»Wenn du vorher noch etwas beten willst, jetzt ist die Gelegenheit dazu.«

Die Schlinge lässt keinen Zweifel daran, was mir bevorsteht.

»*Du* warst es. Du hast Reverend Fletcher umgebracht.«

»Wenn du es so ausdrücken willst. Eigentlich hat er sich selber umgebracht. Bei dir wird es gleich genauso sein.«

Er zieht ein kleines Springmesser aus der Tasche und durchschneidet damit den Kabelbinder, mit dem meine Füße gefesselt sind. »Steh auf.«

»Nein.«

Er kippt die Schubkarre zur Seite, und wenn ich nicht noch schnell den Kopf weggedreht hätte, wäre ich mit dem Gesicht voran in eine der aufgestellten Kerzen gefallen. So lande ich auf der Seite und spüre die heiße Flamme nur hinten an meinem Handgelenk.

»Aber wie hast du ihn dazu gebracht, es wirklich zu tun?«

Wrigley grinst, steckt zwei Finger in den Mund und pfeift. Rosie Harper tritt aus der Sakristei, als hätte sie schon länger auf ihren Auftritt gewartet. Was zum Teufel wird hier gespielt? Sie stellt sich an Wrigleys Seite. Er greift um sie herum, als wolle er sie umarmen, aber dann verändert sich alles, denn er nimmt ihren Kopf in den Schwitzkasten und hält ihr die Klinge an die Kehle.

»Hör mir zu: Stell dich auf den Stuhl hier und leg dir die Schlinge um den Hals – oder ich töte sie.«

»Bitte, bitte, tu mir nichts«, jammert Rosie mit Tränen in den Augen.

»Tu es!«, bellt Wrigley. »Sonst mache ich es extra langsam.«

Entsetzt starre ich die beiden an. Aber dann hebt Wrigley den Arm und führt Rosie geradezu tanzschulenmäßig in eine Drehung, an dessen Ende sich die beiden küssen, lang und leidenschaftlich. Dieses Schauspiel raubt mir die letzte Energie. Sie finden es witzig und lachen.

»Wie die guckt!«, ruft Rosie.

Ernst sagt Wrigley zu mir: »Es war also nicht schwer, den alten Sack dazu zu bringen, sich aufzuhängen. Aber du hättest sein Gesicht sehen sollen, als er merkte, dass er verarscht wurde.«

Ich habe mich mittlerweile in eine sitzende Position gebracht, aber meine Handgelenke sind der heißen Flamme noch immer verdammt nah.

»Aber warum?«

»Warum, warum? Weil ich im Kinderheim von einem Priester missbraucht wurde. Irgend so eine Jammergeschichte willst du doch jetzt hören, oder? Eine Beichte mit allgemein anerkannten Gründen wie im Film. Na gut, wenn's dir hilft! Hilft es dir?«

»Vielleicht.«

»Sollst du haben. Also: Fletcher war eine alte Schwuchtel und ein Heuchler. Bevor er kam, gab es nur mich und Mum. Aber dann drängte er sich dazwischen. Er war dauernd bei uns im Haus und laberte meine Mutter voll mit seinem Bücherscheiß und seiner Kirchengeschichte und was weiß ich. Tat immer so, als wäre er an ihr interessiert.«

»Du warst eifersüchtig!«

»Nein. Er hat sie doch nur benutzt. Sie war ihm völlig egal, aber das kriegte sie gar nicht mit, das dumme Luder. Einmal war sie nicht da, und ich war im Garten und hab meine Liegestütze gemacht. Fletcher kam einfach so ins Haus und sah mich dabei.«

»Das heißt, er entdeckte, dass deine Behinderung nur gespielt war?«

»Ja. Er meinte, er würde es meiner Mutter sagen, wenn ich es nicht tun würde.«

»Und deine Mutter hat gar nichts gemerkt?«

»Wie denn? Sie interessierte sich doch nur für ihre Kinderbücher. Ich meine, mir hätte ein zweiter Kopf wachsen können, und sie hätte nichts mitgekommen. Außerdem gefiel ihr die Vorstellung, ein ›Sorgenkind‹ adoptiert zu haben. Ist was Besonderes. Ideal zum Angeben. Ich kann ihr das nicht mal verdenken, ich selbst hatte ja die Idee, um mich von den anderen im Heim abzusetzen. Aber jetzt wollte Fletcher das alles kaputtmachen.«

»Und deshalb musste er sterben?«

»Ich habe ihn gewarnt…«

»Daher also die brennenden Mägdelein an seiner Tür und der Brand in der Kirche?«

»Genau. Aber der Schwachkopf wollte es nicht kapieren.«

»Aber warum Saffron? Was hat sie dir getan?«

»Tja, diese scheinheilige Schwuchtel hat es ihr trotzdem erzählt. Und als er dann *so* abtrat, konnte sie sich ausrechnen, dass an dem Selbstmord etwas faul war. Jedenfalls hörte sie gar nicht mehr auf zu fragen. Echt, das ging mir auf die Nerven …«

Ich spüre die Hitze an meinem Handgelenk. Ich weiß nicht, wie lange meine Haut das noch aushält, aber ich merke auch, dass der Kabelbinder allmählich weich wird.

»Und du glaubst, ich steige ebenfalls auf diesen Stuhl? So einfach mache ich es euch nicht.«

»Wetten, dass …«

Er schickt Rosie mit einer Kopfbewegung zurück in die Sakristei, aus der sie kurz darauf mit einer schmalen und blassen Geisel zurückkehrt.

In diesem Moment weiß ich, dass er recht behalten wird. Im Grunde hat er die Wette schon gewonnen.

Er muss eingeschlafen sein oder hat für einige Zeit sogar das Bewusstsein verloren. Jedenfalls ist es dunkel, als er die Augen wieder aufmacht. Er zittert vor Kälte, gleichzeitig fühlen sich alle Knochen steif an. Bis auf seinen Fuß, der immer noch glüht wie geschmolzene Lava.

Diese Symptome müssten ihn eigentlich beunruhigen. Hitzegefühl, gepaart mit Schüttelfrost und Schläfrigkeit, das deutet auf eine Blutvergiftung hin.

Aber damit kann er sich jetzt nicht abgeben. Er setzt sich auf und guckt, wo er eigentlich ist.

Der Friedhof, richtig. Von hier aus wollte er sie beobachten. Ist sie mittlerweile zu Hause? In dem Cottage brennt jedenfalls kein Licht. Dafür ist die Kirche erleuchtet. Das heißt, das normale Licht scheint gar nicht an zu sein. Dafür brennen dort Dutzende Kerzen, scheint ihm. Alles flackert.

Aber warum? Ist denn schon Weihnachten? Ihm kommt das merkwürdig vor. Irgendetwas geht da drin vor, für solche Dinge hat er ein Gespür.

Den Schmerzen und der Müdigkeit zum Trotz rappelt er sich hoch und humpelt langsam über den Friedhof.

»Mum!«

Plötzlich sehe ich nur noch meine Tochter. »Mach dir keine Sorgen, Schatz. Geht's dir gut?«

Auch ihr haben sie die Hände hinten gefesselt. Dazu drückt Rosie ein Messer gegen ihren Rücken. Es ist das Sägemesser aus dem Exorzistenkoffer.

»Du hattest recht, Mum, schon die ganze Zeit.«

Ich kann ihr nur ein betrübtes Lächeln zuwerfen. »Hättest du mal auf mich gehört…«

»Ach, wie rührend«, sagt Wrigley.

Rosie schubst Flo zu ihm. Er legt den Arm um den Hals meiner Tochter und streckt seine freie Hand aus.

»Honey, ich glaube, hierfür brauche ich ein größeres Messer.«

Lächelnd nimmt sie ihm das kleine Messer ab und reicht ihm das große. Er hält die Messerspitze an Flos Auge. Diesmal, das weiß ich, geht es ums Ganze. Es ist definitiv kein Theater mehr.

»Und jetzt stell dich auf den Stuhl.«

»Mum, tu das nicht«, wimmert Flo. »Er bringt mich so oder so um.«

»Aber ich kann es immer noch schnell oder langsam tun, es liegt an dir. Wenn du zusehen willst, wie ich deine Tochter in Stücke schneide, bitte.«

»Und du meinst, dass du die Leute in diesem Ort davon überzeugen kannst, dass ich erst meine eigene Tochter umgebracht, dann die Kirche in Brand gesetzt und mir schließlich das Leben genommen habe?«

»Reverend, Sie sind hier doch noch gar nicht angekommen. Kein Mensch kennt Sie hier. Und bei Ihrer Vergangenheit… und Ihrem Schuldkomplex… sind autodestruktive Tendenzen nicht ausgeschlossen. Dass Sie sich am Ende selber richten, war eigentlich unvermeidlich, tut mir leid.« Er zuckt die Achseln. »Wissen Sie, was ich an Feuer so schätze? Es zerstört erst einmal jeden Beweis. Mag sein, dass die Polizei irgendwann Spuren findet, die nicht zu diesem Hergang passen, aber dann sind wir längst über alle Berge.«

»So als Bonnie und Clyde von Sussex?«, frage ich und sehe Rosie dabei an. »Glaubst du im Ernst, du kommst auf die Dauer davon? Jemand, der zu so etwas fähig ist, wird auch dich irgendwann beseitigen, das garantiere ich dir.«

»Halt die Fresse und steig auf den Stuhl«, befiehlt sie.

Langsam, aber sicher verschmort die Flamme hinter meinem Rücken mein Handgelenk. Ich könnte schreien, doch zum Glück gibt die Plastikfessel eher nach als ich. Meine Hände sind plötzlich frei, auch wenn ich so tue, als könne ich mich immer noch nicht bewegen. Mühsam stelle ich mich auf die Füße und trete an den Stuhl heran.

Wrigley lächelt zufrieden. »Siehst du? Ich sagte doch, ich kriege dich so weit.«

Ich wende mich zu ihm um. Doch anstatt auf den Stuhl zu steigen, packe ich ihn an der Lehne und schleudere ihn Wrigley gegen den Kopf.

Er reagiert erwartungsgemäß, instinktiv. Das heißt, er hebt die Hand, um sich zu schützen. Als der Stuhl gegen seinen Unterarm knallt, fliegt ihm das Messer aus der Hand. Diesen kleinen Moment der Unachtsamkeit kann Flo für sich nutzen. Sie tritt ihm hart auf den Fuß und entzieht sich seinem Griff, während der Stuhl mehrere brennende Kerzen umwirft. Plötzlich steht der halbe Chorraum in Flammen, und jetzt fällt mir auch wieder ein, was vorhin so chemisch gerochen hat: Brandbeschleuniger.

»Lauf!«, schreie ich meiner Tochter zu.

Sie zögert keinen Moment und rennt zum Ausgang, gefolgt von Rosie, die Flo am Arm festhält. Ein Kopfstoß von Flo streckt sie zu Boden. Flo wirft sich sofort auf sie und drückt ihr mit dem Schienbein die Kehle zu, bis sie den Schlüssel rausrückt. Ihr Widerstand ist lachhaft. Braves Mädchen. Einen Moment später entkommt Flo in die Dunkelheit.

Meine eigene Lage hat sich jedoch nur kurzfristig verbessert, denn Wrigley versperrt mir den Weg und attackiert mich direkt. Ich weiche zurück, wobei eine weitere Kerze umfällt. Dann gleich sein nächster Schwinger und der nächste. Dem ersten kann ich noch ausweichen, der zweite trifft mich mitten ins Gesicht. Ich taumle und falle

mit dem Hinterkopf auf den harten Stein. Ein Funken-
regen vor meinen Augen, dann ist Wrigley auf mir und
würgt mich.

»Jetzt bist du dran, Bitch.«

Ich bäume mich auf, um ihn abzuwerfen. Noch mehr
Kerzen kippen um und werden zur Fackel. Aber sein
Griff ist erbarmungslos, und mir geht langsam die Luft
aus. Ich versuche verzweifelt, wenigstens seine Finger
nach hinten zu biegen, während ringsum das Inferno
ausbricht. Letztlich habe ich nur einen Vorteil und nur
eine Chance: Wrigley ist ein Leichtgewicht, und ich
bin in den letzten Jahren schwer geworden. Ich wuchte
meine gesamte Körpermasse nach rechts, wodurch er in
eines der vielen kleinen Feuer gerissen wird, von denen
wir mittlerweile umgeben sind. Sein T-Shirt fängt Feuer,
er brüllt laut auf …

Und lässt endlich meinen Hals los. Ich richte mich auf
und ringe nach Luft. Panikartig schlägt Wrigley auf sein
brennendes T-Shirt ein und rollt sich über den Boden,
um die Flammen zu ersticken. Das gibt mir wertvolle
Zeit, um mich aus dem Chorraum zu bewegen. Hinten,
zwischen den Bänken, sehe ich etwas Metallisches blitzen, da muss ich hin. Doch eine Hand reißt mich an den
Haaren zurück.

Plötzlich ist sein heißer Atem ganz nah an meinem
Ohr. »So nicht, Bitch. Du wirst doch nicht abhauen,
jetzt, wo es lustig wird.«

Meine Finger berühren bereits den Griff aus Tierkno-
chen und … umschließen ihn dann so fest, dass man mir

schon die Hand abhacken müsste, um mir das Messer abzunehmen.

»Zu spät ...«

Ich fahre herum und steche wahllos zu, und es ist wohl eher Zufall als zielgerichtete Aktion, dass die Klinge schon beim ersten Stoß den Weg in sein muskulöses Fleisch findet. Mit Verzögerung stöhnt er auf, und seine Augen weiten sich beinahe verwundert, als er sich an die blutende Bauchwunde fasst und zu Boden sinkt.

Ich springe auf die Füße, denn das Feuer frisst sich mittlerweile in die erste Bankreihe. Das trockene alte Holz ist eine ideale Nahrung. Rosie ist verschwunden, und auch ich sollte zusehen, dass ich aus der Kirche herauskomme – allein um meine Tochter zu finden.

»Bitte!«, wimmert Wrigley hinter mir. »Hilf mir.«

Ich blicke zurück in den Chorraum. Zusammengekrümmt liegt er auf dem Boden und hält sich den Bauch. Sein schwarzes, verkohltes T-Shirt, das teilweise mit seinen Brandwunden verschmolzen ist, glänzt feucht. Jetzt, da er verblutet, wirkt er wieder wie ein kleiner verängstigter Junge.

»Du kannst mich hier nicht verrecken lassen, du bist Pfarrerin.«

Womit er recht hat. Ich knie mich neben ihn und lege ihm die Hand auf, als wollte ich ihn segnen. Ich bin Pfarrerin. Eine Frau Gottes.

Zugleich bin ich aber auch Mutter.

»Sorry, das geht nicht«, sage ich.

Und hebe das Messer und ramme es ihm immer wieder

in den Bauch. Ich kann zusehen, wie die Finsternis von ihm Besitz ergreift.

Dann stehe ich auf, aber meine Beine wollen mich nicht mehr tragen. Ich taumle auf eine Bank zu, die Halt verspricht, aber sie steht längst in Flammen. Der ganze Kirchenraum hat sich mit Rauch gefüllt, und meine Kehle zieht sich langsam zu. Ich fühle eine große Müdigkeit über mich kommen, und die Tür ist noch so weit weg.

Schon nach einem Schritt geben meine Knie nach, ich sinke auf die Knie und starre auf das Höllenfeuer ringsum. Meine Augen brennen und füllen sich mit Tränen.

Und plötzlich stehen diese beiden Mädchen vor mir. *Immer nur Mädchen, die brennen.* Mit lohenden Gewändern und Heiligenscheinen aus Feuerflammen. Sie strecken die Arme nach mir aus und heißen mich willkommen. Und ich, ich will mich ihnen in die Arme werfen und merke gar nicht, wie ihre Glut meine Finger versengt.

Sie wollten Flo warnen, denke ich noch. Genau wie sie Reverend Fletcher warnen wollten.

Die brennenden Mägdelein erscheinen ausschließlich Menschen, die in Bedrängnis sind.

»Danke«, murmle ich. »Danke, dass ihr gekommen seid.«

Jetzt, denke ich, kann ich beruhigt die Augen schließen. Nur dass sich eine größere und düstere Gestalt zwischen die Mädchen drängt. Ein schwarzer Rachedämon, der den Fäulnisgeruch der Hölle mit sich trägt und nun über mich kommt.

Ich sehe in sein Gesicht, ich kenne ihn gut.

Noch ehe mein Kopf zu Boden sinkt, hebt er mich auf und trägt mich aus dem Feuerofen.

62

Eine Erinnerung aus seiner Kindheit. Er steht zusammen mit seiner Mutter und seiner Schwester auf dem Kirchplatz. Seine Schwester hält ihn an der Hand. Der Abend ist kühl, und beißender Qualm liegt in der Luft.

Vor dem Denkmal haben sie einen Scheiterhaufen errichtet, und das ganze Dorf ist da. Eine Stimmung wie auf dem Jahrmarkt, alle unterhalten sich und lachen, während die Flammen in den Nachthimmel greifen und die Gesichter der Leute durch die tanzenden Schatten zu roten, lüsternen Teufelsfratzen werden.

Auf einem Klapptisch stehen große Kannen mit betörend duftendem heißem Cidre, der aus dickwandigen Kaffeebechern getrunken wird. Beim Glockenschlag zur vollen Stunde tritt der Pfarrer vor das Tor und blickt ernst und streng auf den Menschenhaufen.

»Ich danke allen, die sich auch in diesem Jahr zu unserer Andacht für die brennenden Mägdelein eingefunden haben. Damit feiern wir unsere Ahnen, die an dieser Stelle ihr Leben hingaben für den Glauben, und beten für die Errettung ihrer unsterblichen Seele. Und so, wie unsere Märtyrer einst den Scheiterhaufen bestiegen, so wollen auch wir im Gedenken an sie dem Feuer ein Opfer darbringen und singen gemeinsam das Lied, das uns alle vereint.«

Und alle zusammen sangen sie: »Die durch Flammen sind geschritten, sollen unsre Führer sein. Bis auch wir die Kron erstritten und in Dein Reich gehen ein.«

»Und nun bitte ich euch, eure Mägdelein dem Feuer zu übergeben.«

Und so geschah es. Einer nach dem anderen hielt seine kleine Reisigpuppe in die Höhe und warf sie feierlich in das prasselnde Feuer. Seine Mutter stieß ihn an, als er an der Reihe war. Er holte seine nicht sonderlich gelungene Kreation aus der Tasche und wollte sich trotzdem nicht von ihr trennen. Schon gar nicht sollte sie brennen. Irgendwann wurde es seiner Mutter zu viel, sie riss ihm die Puppe aus der Hand und schleuderte sie auf den Scheiterhaufen.

Der winzige Reisigkörper krümmte sich, ehe er erst schwarz wurde und dann zu weißer Asche verglühte. Die Flammen waren unersättlich.

Ihm war, als spürte er die ungeheure Hitze am eigenen Leib. Er schloss die Augen, und eine Träne kullerte ihm über die Wange.

63

(Zwei Wochen später)

»Pommes?«

Flo pflanzt sich neben mich auf die Bank und nötigt mir eine Schale mit fettigen Fritten auf. Sofort steigt mir die typische Essignote in die Nase.

»Lecker«, sage ich, obwohl ich keinen Hunger habe.

Mit einem kleinen Holzspieß voller durchweichter Pommes in der Hand schaue ich aufs Meer hinaus. Der Tag ist eher durchwachsen. Ein verwaschener grauer Himmel über der kabbeligen See, die nichts Blaues mehr hat, sondern nur aufgewühlter Schlick ist. Wenn man halb die Augen schließt, könnte man meinen, der Strand erstreckte sich bis zum Horizont, so braun ist das Wasser.

Wir wohnen zurzeit in einem abgeranzten Bed & Breakfast am Rand von Eastbourne. Also weder exklusiv noch in irgendeiner Weise gemütlich, aber mehr waren wir der Kirche nicht wert. Zumindest bewahrt es uns vor der Pressemeute in Chapel Croft. Wenn ich meine Tochter schon nicht vor Wrigley schützen konnte, so soll sie wenigstens nicht unter den Folgen leiden.

Mike hält uns über alles auf dem Laufenden. Allerdings weiß auch er nicht, wo wir uns befinden. Ich habe ihm immer noch nicht ganz verziehen, dass er Flo allein gelassen und dadurch diesem Psychopathen ausgeliefert hat. Auch wenn ich begreife, dass er ebenfalls nur auf Wrigleys gefakte Nachrichten hereingefallen ist, genau wie ich und noch einige andere im Dorf, die nicht wissen konnten, dass er das Handy seiner toten Mutter benutzte.

Offenbar ist es in diesen digitalen Zeiten, wo sogenannte Realkontakte der Vergangenheit angehören, unheimlich, ja gespenstisch leicht in die Rolle eines anderen zu schlüpfen. Wir verlassen uns auf E-Mails und Textnachrichten und fragen gar nicht mehr, ob dahinter wirklich der steht, der er zu sein vorgibt. Passwörter lassen sich oft problemlos erschließen. Und Wrigley brauchte, als ich bewusstlos war, nur meinen Daumenabdruck, um mein Handy zu entsperren. Aber Wrigley hätte auch jeden von Angesicht zu Angesicht übertölpelt.

Der größte Trick, den der Teufel je gebracht hat, war, die Welt glauben zu lassen, es gebe ihn nicht.

Rosie hat später alles gestanden, aber natürlich die ganze Schuld auf Wrigley geschoben. Sicher ist, dass sie Angst vor ihm hatte. Wrigley kontrollierte und manipulierte sie praktisch nach Belieben. So gesehen war sie selbst mehr Opfer als Täter. Zugleich war sie eine Meisterin darin, sich als naives Landei zu präsentieren, und sorgte dadurch für die unverfängliche Fassade. Ich hoffe sehr, sie erhält eine angemessene Strafe. Ob es dazu kommt, ist allerdings fraglich, ihre schauspielerischen

Fähigkeiten darf man nicht unterschätzen, und Papa Harper hat genug Geld für die besten Strafverteidiger des Landes. Insofern hat sie gute Aussichten, mit einem blauen Auge davonzukommen. Unser Rechtssystem garantiert eben nur ein gerechtes Verfahren, die endgültige Gerechtigkeit überlässt sie Gott.

Rosies Cousin stritt rundweg ab, irgendetwas gewusst zu haben – bis auf die Sache mit Flo, die er als »Prank« abtut. Scheinhinrichtung trifft es wohl eher. Trotzdem glaube ich ihm. Er ist ein primitiver Prolet, aber kein Killer.

Natürlich wurde auch ich von der Polizei vernommen, aber an meinem Recht zur Selbstverteidigung gab es zu keinem Zeitpunkt etwas zu deuteln. Wie Wrigley schon sagte: Das Schöne an einem Feuer ist, dass es Beweise zerstört.

Aber nicht alles konnte bis jetzt aufgeklärt werden. Der Mord an dem alten Ehepaar ist immer noch ungelöst. Daneben gibt es eine ganze Reihe offener Fragen, was die Motive der beteiligten Personen betrifft. Wrigley zum Beispiel hatte niemand auf dem Schirm, auch wenn ihn der Psychologische Dienst des Jugendamts als verhaltensauffällig einstufte.

Jugendliche, die man einfach nicht mehr hinkriegt, weil sie durch und durch verdorben sind.

Ich sehe Flo an. Ich hoffe, zumindest sie kriege ich wieder hin. Sie spricht so gut wie gar nicht über das Geschehene. Äußerlich hat die Sache kaum Spuren hinterlassen. Ein bisschen still ist sie geworden, das ist alles. Aber ich sehe an ihren Augen, wie sehr sie unter allem leidet, und kann nur hoffen, dass auch das irgendwann vorübergeht. Sie ist ja noch jung, sie wird es verarbeiten. Aber eben nicht mehr. Echte Traumata verschwinden nicht einfach, aber unsere Psyche hat einige Übung darin, Verletzungen zu reparieren und mit neuen Erfahrungen abzudichten, unsere Haut kann das ja auch. Allerdings bleibt eine Narbe. Sie ist nicht so auffällig, nicht so schmerzhaft wie die alte Wunde, aber immer da.

Flo sagt: »Willst du deine Pommes nicht essen?«

»Eigentlich habe ich gar keinen Hunger«, sage ich.

Sie lächelt matt. »Ehrlich gesagt, ich auch nicht.«

Einen Moment lang sitzen wir nur da und blicken aufs Meer hinaus.

»Warum sieht das Meer hier immer so aus wie abgestandener Tee?«

»Keine Ahnung. Trotzdem schön, oder?«

»Na ja.«

»Die Seeluft tut dir gut.«

»Vielleicht, wenn sie nicht so nach Abwasserkanal und Möwenscheiße riechen würde.«

»Wenigstens klingst du wieder wie früher. Ist doch auch was.«

»Wie man's nimmt«, sagt sie und senkt den Blick. »Mir geht Wrigley nicht aus dem Kopf.«

»Was hast du erwartet? So lange ist das noch nicht her.«

»Nein, ich meine, ich komme immer noch nicht darüber hinweg, dass er tot ist – trotz der krassen Sachen, die er gebracht hat.«

»Aber nur, *weil* er tot ist. Wenn er noch am Leben wäre, hättest du dich ganz anders damit auseinandersetzen müssen.«

»Ja, vielleicht. Ich sehe eben immer noch den Wrigley der Anfangszeit vor mir. Er war so liebenswert und hat mich zum Lachen gebracht. Stell dir vor, er kannte sogar die Sketche von Bill Hicks.«

»Das ist normal, dass du dem alten Bild nachhängst. Aber das gibt sich. Diese Erinnerungen verblassen mit der Zeit.«

Hoffe ich jedenfalls.

»War das bei Dad auch so?«

Ein heikler Punkt, bei dem ich gleich verkrampfe. »Ja. Aber offen gestanden begann das schon lange vor seinem Tod.«

»Wie meinst du das?«

»Wir führten keine besonders glücklich Ehe, muss ich sagen. Er kam mit seinem Leben nicht zurecht und ließ es oft an mir aus. Insofern war ich auch nicht traurig, als er starb. Erschüttert: ja. Zornig: ja. Aber er war schon lange nicht mehr der Mann, in den ich mich einst verliebt hatte.« Ich lasse diese Wahrheit erst einmal wirken, denn sie widerspricht allem, was ich Flo bis dahin zu diesem Thema gesagt habe. »Tut mir leid, vielleicht hätte ich früher damit herausrücken sollen.«

»Ist okay«, sagt Flo fast unbeeindruckt. »Das Leben ist halt kompliziert.«

Ich lege ihr den Arm um die Schulter. »Kann sein, aber unseres ist definitiv komplizierter als normal, und ich möchte nicht, dass du von jetzt an niemandem mehr traust.«

»Ich weiß. Aber fürs Erste habe ich keine Lust mehr auf irgendwelche Dates.«

»Als deine Mutter kann ich dich dazu nur beglückwünschen. Aber das hast du dir wahrscheinlich schon gedacht.«

Abermals kommt von ihr dieses matte Lächeln. Dann sagt sie: »Mum, wann können wir wieder nach Hause?«

»Wenn ich das wüsste. Die Kirche wird wohl so schnell nicht wiederaufgebaut, falls überhaupt…«

»Nein, ich meinte richtig nach Hause, nach Nottingham.«

»Ach so, ja…« Ich hole tief Luft, denn genau darüber habe ich auch schon nachgedacht. »Bevor wir das entscheiden, muss ich erst einmal mit Bischof Durkin reden. Was wäre denn, wenn wir nicht zurück nach Nottingham gingen, sondern ganz woandershin, noch weiter weg?«

»Zum Beispiel?«

»Zum Beispiel Australien.«

Ehe sie antworten kann, vibriert das Handy in meiner Tasche. Ich sehe erst auf das Display, dann auf Flo und sage: »Mike.«

Ihr Nicken sagt »genehmigt«.

»Hallo.«

»Hi.«

»Wie geht's euch beiden denn so?«

»Okay.«

»Schön.«

»Und wie ist es bei euch?«

»Langsam kehrt wieder Ruhe ein. Die Pressekarawane zieht weiter. Und was die Polizei angeht, spielt sich das meiste jetzt im Labor ab, und das kann Wochen dauern.«

»Bei *CSI* sind sie schneller.«

Er gluckst. »Stimmt. Und *CSI* ist bekanntermaßen direkt aus dem Leben.«

Pause.

»Und sonst? Was gibt's Neues bei dir?«

Die Frage ist berechtigt. Offenbar lassen die Enthüllungen über Rosie auch den vermeintlichen Unfalltod seiner Tochter in einem anderen Licht erscheinen. Poppy hat ihr Schweigen gebrochen und berichtet von sadistischen Spielchen, denen sie durch ihre Schwester ausgesetzt war. Am Tag unserer Ankunft in Chapel Croft beispielsweise hatte sie Poppy im Zerlegeraum des Schlachthauses eingesperrt, daher das Blut an ihrer Kleidung. Vielleicht sieht man im Hause Harper ja endlich der Wahrheit über Rosie ins Gesicht, denn sonst geht es so weiter wie bisher.

»Nein, bei mir ist alles in Ordnung«, sagt Mike. »Egal was bei den Untersuchungen herauskommt, es bringt mir Tara ja nicht zurück.«

»Das ist wohl wahr.«

Abermals eine längere Pause. Dann sagt er: »Wie auch immer. Was die Skelettfunde angeht, gibt es ebenfalls Neuigkeiten. Bei dem einen Skelett handelt es sich mit ziemlicher Sicherheit um Merry. Nicht nur dass das Alter passt, sie fanden ebenso eine Halskette mit der Initiale M. Offenbar trugen beide solche Kettchen.«

»Und das andere?«

»Ist definitiv nicht das Skelett von Joy, sondern das einer älteren Frau, die schon Kinder geboren hat. Man vermutet, dass es sich um Merrys Mutter handelt, die einige Zeit später ermordet wurde. Man hat sie wohl ebenfalls in den Brunnen geworfen.«

»Verstehe«, sage ich. »So ein Brunnen ist eine praktische Sache, wenn man mal eine Leiche entsorgen muss.«

»Kann man so sagen. Die Polizei fahndet jetzt nach Merrys jüngerem Bruder.«

»So viel zum trauten Familienkreis.«

»Ach, noch etwas.«

»Was?«

»Merry war schwanger.«

64

Oft wird gesagt, Ungewissheit sei am schwersten zu ertragen. Aber zuweilen ist die Gewissheit kein bisschen leichter. Nämlich dann, wenn man – endlich – die Nadel im Heuhaufen findet und feststellen muss, dass der ganze Heuhaufen nur von dieser Nadel zusammengehalten wurde und nun über dir zusammenstürzt.

Deswegen habe ich jetzt ein paar Anrufe zu erledigen. Als Erstes ist Bischof Durkin dran.

»Ich möchte, dass Sie mir zumindest jetzt die Wahrheit sagen. Glauben Sie, Sie schaffen das?«

»Ist das wirklich nötig?«

»Wann kam mein Name zum ersten Mal auf, als es um die Neubesetzung der Pfarrstelle in Chapel Croft ging?«

»Schon bald nach Fletchers Kündigung.«

»Also noch vor seinem Tod?«

»Ja.«

»Und wer hat mich vorgeschlagen?«

»Nun, wie Sie wissen, hatte ich ein längeres Gespräch mit Bischof Gordon von der Diözese Weldon.«

»Ist mir klar. Aber wer hat ihm meinen Namen gesteckt?«

»Spielt das eine Rolle?«

»Ja, tut es.«

Irgendetwas an meinem Ton scheint ihn zu überzeugen, und nach der üblichen Kunstpause sagt er es mir sogar.

Anruf Nummer zwei geht an Kayleighs Mutter Linda. Ich bitte sie um einen kleinen Gefallen – den sie mir gern erfüllt.

Als ich Flo davon erzähle, ist sie zunächst skeptisch. »Okay, ich bleibe also ein paar Tage bei Kayleigh, aber was ist mit dir?«

»Ich habe hier ein paar Dinge zu regeln, nichts Aufregendes.«

Einen Moment lang sieht sie mich perplex an, dann fällt sie mir um den Hals, dass ich keine Luft mehr kriege. »Mum, ich liebe dich.«

»Ich liebe dich auch.«

»Aber mach keine Dummheiten.«

»Ich? Für wen hältst du mich?«

Sie lässt los und sagt: »Das ist es ja: Du bist du.«

Ich bringe Flo noch zum Bahnhof und fahre dann mit dem Auto nach Chapel Croft. Genauer gesagt zu dem verfallenden viktorianischen Haus, wo ich zwei Wochen zuvor schon einmal war. Viel ist seitdem passiert, das mir zu denken gegeben hat.

Ich gehe auf die Haustür zu, aber sie öffnet sich, ehe ich klopfen kann.

»Reverend Brooks.«

»Aaron.«

»Ich habe Ihren Anruf bekommen.«

Ich trete ein.

»Wie geht's Ihnen und Ihrer Tochter?«

»Wir müssen uns erst einmal sortieren. Ich habe mich nie dafür bedankt, dass Sie den Notruf gewählt haben.«

Als Flo an dem schicksalhaften Abend in die Nacht hinauslief, konnte sie an der Straße einen Wagen anhalten, in dem zufällig Aaron saß. Das heißt, so ein großer Zufall war es gar nicht, denn er fuhr praktisch jeden Abend noch einmal zur Kirche, um nach dem Rechten zu sehen. Man kann von solchem Kontrollwahn halten, was man will, aber an jenem Abend schickte ihn der Himmel.

»Gern geschehen, Reverend. Auch wenn ich mir nicht vorstellen mag, wie Sie das, was Sie getan haben, mit Ihrem Glauben vereinbaren wollen.«

»Manchmal hat man eben keine Wahl«, erkläre ich.

»Ich habe für Sie gebetet.«

»Danke«, entgegne ich wie ein guter Christ. »Aber wie ich schon am Telefon sagte, muss ich noch einmal mit Ihrem Vater reden.«

»Und ich sagte, dass sein Zustand unverändert ist. Dazu gehört, dass er nicht sprechen kann, wie Sie ja selber bei Ihrem letzten Besuch gesehen haben.«

»Aber er kann zuhören. Oder etwa nicht?«

Die Frage verhallt, und alles, was bleibt, ist mein inständiger Blick. Nach einer gefühlten Ewigkeit nickt er.

»Fünf Minuten.«

Marsh ist so wach, wie es ihm möglich ist. Sein Atem geht schwer. Der Siechenhausgeruch ist intensiver als beim letzten Mal. Aber da ist noch etwas anderes. Etwas, das jeder, der schon einmal einen Sterbenden begleitet hat, kennt: der Geruch des Todes.

Ich setze mich auf einen Stuhl neben dem Bett und denke daran, wie grausam das Leben sein kann. Wer würde dieses letzte Kapitel nicht gerne abkürzen, wenn er wüsste, dass einem wirklich nur noch das Ende bleibt? Aber dann sage ich mir, dass Marsh wenigstens die Wahl hatte. Außerdem wurde ihm das Leben nicht einfach genommen, ehe es richtig begann.

»Hallo, Reverend Marsh.«

Er blinzelt mich an.

»Erinnern Sie sich an mich?«

Die Antwort ist eine minimale Kopfbewegung, die ein Nicken sein könnte oder auch nur ein unwillkürliches Zucken.

»Gut, dann mache ich es kurz. Wir haben die Gruft unter der Kirche entdeckt und die Leiche von Benjamin Grady gefunden.«

Für eine Sekunde stockt sein ohnehin schwacher Atem, und ich beuge mich tiefer über ihn.

»Ich weiß, dass Sie mitgeholfen haben, die Leiche zu verstecken. Sie wollten die Kirche und Ihre Familie vor einem Skandal bewahren – und womöglich noch eine weitere Person. Zumindest bilde ich mir das ein. Ein junges verängstigtes Mädchen. Stimmt das in etwa?«

Abermals dieses minimale Nicken.

»Es gibt aber ein Problem. Wir beide wissen, dass Grady nicht in der Kirche starb, die Leiche wurde bewegt. In diesem Zusammenhang fiel mir ein kleines Detail ein, das Joan Hartman mir sagte: Sie besitzen keinen Führerschein. Sie müssen also Helfer gehabt haben.«

Seine wässrigen Augen starren mich machtlos an.

»Ich ahne, wer das gewesen sein könnte. Ich nenne Ihnen den Namen, und Sie bestätigen nur, ob ich richtigliege.« Ich lächle ihn aufmunternd an. »Reverend, machen Sie reinen Tisch. Beichten Sie, es ist Zeit.«

65

»Jack, schön dich zu sehen. Meine Güte, was du mitgemacht hast seit unserer letzten Begegnung.«

Ich widerspreche Rushton nicht. Er darf mich sogar in seine leicht verschwitzen Arme nehmen.

Dann tritt er einen Schritt zurück, um mich ausgiebig zu betrachten. »*Ich* hätte ja nicht geglaubt, dass wir dich hier noch einmal wiedersehen.«

»Ich auch nicht. Aber ich muss noch ein paar Dinge klären.«

Wir gehen ins Haus.

»Ist Clara da?«, frage ich.

»Nein, sie ist wieder mal unterwegs«, sagt er augenrollend. »Running, Walking… keine Ahnung, was sie gerade treibt, aber so behält sie ihre schlanke Linie. Ich selbst bleibe auch bei meiner, höhö«, sagt er und tätschelt seinen Bierbauch.

Ich lächle, obwohl mich das Szenario deprimiert.

»Also, was verschafft mir das Vergnügen?«, fragt er endlich, denn dass ich nicht grundlos bei ihm auftauche, kann er sich denken.

»Ich wollte mit dir einmal über Benjamin Grady reden.«

Er sieht mich längere Zeit an und sagt dann: »Aber warum gehen wir nicht in den Garten? Es ist so ein wunderbarer Tag.«

Wir setzen uns an den kleinen schmiedeeisernen Kaffeehaustisch unter der Trauerweide.

Ringsum blühen die Wildblumen, dass man sich vor Farben nicht retten kann, dazu in Endlosschleife Bienengesumm und Vogelgezwitscher. Entspannte Landlust wie aus einer Country-Zeitschrift.

»Schön habt ihr es«, sage ich.

»Ja, Clara und ich sind auch sehr glücklich hier. Ich sage immer: Von diesem Ort kriegt man mich nur noch in einem Sarg weg, wenn überhaupt. Am liebsten würde ich eines Tages unter dieser Weide begraben werden.«

»Warum nicht? Ein friedlicher Platz.«

»Ja, das stimmt wohl«, seufzt er. »Und vielleicht ist das meine größte Schwäche: Ich liebe das Leben auf dem Land mehr als alles andere. Meine Frau ist hier, meine Arbeit, mein ganzes Leben. Gut, ich gebe zu, es klingt nicht gerade ehrgeizig. Man könnte es auch Trägheit nennen, und das ist, wie wir alle wissen, eine Todsünde, die Trägheit.«

»Selbst Pfarrer müssen einmal beichten.«

»Dabei sind wir nicht einmal katholisch.«

Der Witz kommt irgendwie nicht an.

»Warum hast du mich für den Posten in Chapel Croft vorgeschlagen?«, frage ich.

»Das habe ich doch gar nicht.«

»Nach Fletchers Rücktritt hast du bei Bischof Gordon meinen Namen ins Spiel gebracht.«

»Ja, aber nur weil Clara mich bat. Sie hat von dir in der Zeitung gelesen und wollte dich unbedingt. Sie meinte, du oder keine, und sie kann sehr, sehr hartnäckig sein.«

Womit sich das Bild vervollständigt. Es war der letzte Krümel für das Brot.

»Wusstest du, dass Clara und Benjamin seit ewigen Zeiten befreundet waren? Dass sie zusammen aufwuchsen?«

»Ja, das war mir bekannt.« Er blickt mich kleinlaut an. »Und ja, bevor du fragst: Ich wusste auch immer, dass Clara ihn liebt.«

Das überrascht mich. »*Das* hat sie dir gesagt?«

»Ach, das musste sie gar nicht. Das merkte man ihr an, sobald sein Name fiel. Nicht dass dies allzu häufig der Fall war, aber wenn… Deshalb hat sie bis heute auch ein Foto von ihm, das sie in einem Buch versteckt. Ich bin einmal aus Zufall darauf gestoßen, sie selbst weiß davon nichts.«

»Und das hat dich nie gestört?«

»Na ja, die erste Liebe ist eine Macht. Unschlagbar, besonders dann, wenn sie nie altern musste, nie der Zeit unterworfen wurde, dem alltäglichen Einerlei, der Gewöhnung. Ich hingegen verehre Clara immer noch. Ich weiß, dass ich nicht die Liebe ihres Lebens bin, aber mir reicht das. Sie liebt mich genug für ein Leben zu zweit.«

»Aber ist es wirklich ein Leben zu zweit? Oder nicht vielmehr…«

»Ich bin zufrieden. Und mehr als das kann sich der Mensch hienieden nicht erhoffen. Oder sind Sie anderer Meinung?«

Offen gestanden, ich weiß es nicht. Ich weiß nur, dass manche von uns mehr brauchen als das.

»Ich möchte auch mit Clara sprechen«, sage ich. »Du sagtest, sie wäre unterwegs?«

»Ja. Obwohl ich keine Ahnung habe, wo genau.«

Aber ich weiß es. Oder kann es mir zumindest denken.

66

Sie steht am Waldrand, genau wie auf Flos Bild. Reglos und stumm starrt sie auf das Haus, das immer noch mit Flatterband abgesperrt ist.

»Clara!«

Sie wendet sich um. »Jack! Was machst du denn hier?«

»Das könnte ich auch dich fragen.«

»Oh, ich gehe hier spazieren.«

»Machst du das oft?«

Ihr Lächeln verschönert sogar die kleinen Falten über den hohen Wangen. Sie gehört wirklich zu den wenigen Auserwählten, die mit den Jahren attraktiver werden. Kein Vergleich zu der faden Lehrkraft von früher, die nie gut genug für diesen Lackaffen von Kaplan war.

Aber wer weiß, in welche dunklen Gefilde uns unser Verlangen führt?

»Wie kommst du darauf?«

»Ich muss zugeben, ich habe anfangs nicht geschaltet. Warum suchst du immer wieder dieses alte Haus auf? Warum du nah der Kirche sein willst, ist klar. Weil *er* dort begraben liegt. Aber hierhin? Weil er an diesem Ort ermordet wurde?«

Ihr Lächeln vergeht.

»Ich bin erst spät darauf gekommen«, sage ich. »Das Interessante an ihm ist nicht das Haus, sondern der Brunnen.«

Sie schüttelt entschieden den Kopf. »Tut mir leid, Jack, aber ich kann dir nicht folgen.«

»Doch, das kannst du. Du weißt, dass in dem Brunnen eine Leiche lag. Seit dreißig Jahren weißt du das.«

»Und woher, bitte, sollte ich wissen, dass Merrys Leiche in dem Brunnen lag?«

»Weil es nicht Merry war, sondern Joy. Und weil du sie umgebracht hast.«

Sie war zu früh da.

Sie hatten abgemacht: acht Uhr. Und es war nicht einmal zehn vor.

Joy postierte sich an der alten Mauer ganz am Ende des Gartens, knapp außer Sichtweite des Hauses. Immer wieder blickte sie auf die Uhr, als könne sie Merry dadurch herzaubern. Warum kam sie nicht endlich aus der Hintertür?

Bitte, komm endlich, dachte sie. Wir lassen den ganzen Scheiß hier hinter uns, fangen ein neues Leben an.

Sie fasste sich an den Bauch.

Dann hörte sie hinter sich ein Geräusch.

Sie drehte sich um und kapierte gar nichts mehr.

»Sie? Was wollen Sie denn hier?«

67

»Es war ein Unfall.«

»Wirklich?«

»Wir hatten einen Streit. Dabei ist sie gestolpert und in den Brunnen gefallen.«

»Streit? Worüber?«

»Was glaubst du denn?«

»Grady. Du liebtest ihn nämlich. Aber er war an einer unattraktiven Junglehrerin nicht interessiert. Er stand mehr auf junges Gemüse. Knackige kleine Teenies, mit denen er anstellen konnte, was immer er wollte.«

»Joy hat ihn verführt.«

»Sie war fünfzehn.«

Sie schürzt trotzig die Lippen. »Na und? Sie wusste genau, was sie tat. Ich habe mit eigenen Augen gesehen, was sie bei ihrem sogenannten Bibelstudium trieben.«

»Du hast höchstens gesehen, was *er* mit ihr trieb.«

»Jedenfalls habe ich Marsh davon unterrichtet. Ich dachte, dass ich der Geschichte damit ein Ende setze. Aber dann sah ich sie eines Abends mit ihrem Rucksack. Ich dachte, sie will zur Kirche, um sich mit ihm zu treffen, und ging ihr nach.«

»Sie wollte aber gar nicht zu Grady. Sie hatte sich mit Merry verabredet. Die beiden wollten zusammen abhauen.«

»Wie auch immer, es war nicht meine Absicht.«

»Warum hast du dann keine Hilfe geholt? Nur wenige Schritte weiter wohnten Leute.«

»Ich hatte Angst.«

»Sie war schwanger, wusstest du das?«

Sie senkt den Blick. »Nein, das wusste ich nicht.«

»Du hast ein fünfzehnjähriges schwangeres Mädchen einfach so sterben lassen.«

»Es war ein Unfall, das sagte ich doch schon.«

»Das möchte ich ernsthaft bezweifeln. Du hast gedacht, dass Grady endlich Notiz von dir nimmt – jetzt, da Joy aus dem Weg geräumt ist. Aber das tat er nicht. Sondern guckte sich gleich das nächste Opfer aus.«

Abermals verzieht sie hässlich das Gesicht. »Merry war nun wirklich kein Opfer, sondern ein durchtriebener Teufelsbraten. Benjamin hat nur versucht, sie auf den rechten Pfad zu führen. Er war ein Mann Gottes.«

»Wenn du das wirklich glaubst, warum hast du Marsh dann geholfen, Gradys Leiche zu beseitigen?«

Sie zögert. »Marsh rief mich eines Abends an. Er war völlig außer sich, sagte, Benjamin habe ohne Genehmigung einen Exorzismus ausgesprochen, der überdies nicht regelkonform abgelaufen sei. Etwas ging fürchterlich schief …«

Ihr bricht die Stimme, sie kann nicht weiterreden. Normalerweise hätte ich jetzt Mitleid mit ihr. Aber hatte

sie je Mitleid mit den Mädchen, die von Grady missbraucht wurden?

»Benjamin war tot, und Merry war weggelaufen. Merrys Mutter bekniete Marsh, nicht die Polizei einzuschal-
ten.«

»Und weil er darauf einging, hast du einfach so mitgemacht?«

Ihre Augen blitzen auf. »Ich hätte Merry eigenhändig umgebracht, wenn ich gekonnt hätte. Aber Marsh
meinte, wenn das alles herauskäme, wäre die Kirche
hier erledigt. Vor allem aber würden sie Benjamin in den
Dreck ziehen. Das konnte ich nicht zulassen. Wenn ich
ihm schon nicht das Leben retten konnte, dann wenigstens seinen guten Namen.«

»Durch Vertuschung?«

»Er tat das Werk des Herrn.«

Ich hole Fletchers kleinen Kassettenrekorder hervor,
die Kassette ist eingelegt. Am Ende konnte ich das Ding
doch noch reparieren. Nur angehört habe ich sie noch
nicht. Aber das ist gar nicht mehr nötig.

Clara blickt mich abschätzig an. »Was soll das sein?«

»Das? Das ist die Wahrheit über deinen geliebten
Grady. Auf diesem Band ist alles drauf, was in jener
Nacht passierte. Alles, was er getan hat. Ich könnte da-
mit sofort zur Polizei gehen.«

Auch dafür hat Clara nur ein kaltes Lächeln übrig.

»Das könntest du bestimmt. Aber wir beide wissen,
dass du das nicht tun wirst.«

»Und warum nicht?«

»Bist du dumm? Wenn sie in dem Brunnen Joys Skelett gefunden haben, dann kann das nur heißen, dass Merry noch unter uns weilt. Vielleicht unter anderem Namen, irgendwo in diesem Land, frag mich nicht, wo.« Ihre grauen Augen richten sich auf mich wie zwei Laser. »Frag mich bloß nicht, wo. Hast du das verstanden?«

Sie lag auf dem Bett, die Glieder gespreizt fixiert, in ihrem eigenen Schmutz. Hatte ihre Mutter sie doch noch abgefangen, gerade als sie fliehen wollte. Und das war nun ihre Strafe. Und ihr Zimmer der Kerker, in dem sie leiden sollte, allein.

Bis auf die Besuche – von ihm.

Denn sie war besessen, hatte ihre Mutter ihm gesagt. Nur der Teufel konnte sie so verändert haben. Und deswegen bedurfte sie seiner Heilsmittel.

Abermals blickte er auf sie hinab. Ihre Hände und Füße waren am Bettrahmen gefesselt, sie selbst nackt und ohne Wehr. Scharf zeichneten sich ihre Hungerrippen unter der weißen Haut ab, aber das war nichts gegen die Spuren ihrer letzten gemeinsamen Anstrengung. Ja, es war ein Kampf, wie Grady sagte. Und sie war übersät mit den Spuren dieses Kampfs. Dunkelviolette und schwarze Fingerabdrücke überall dort, wo er den Teufel in ihr getroffen hatte. Und feuerrote Brandzeichen von dem Siegelring, den er zuvor immer über einer Flamme erhitzte. Er dachte eben an alles und traf den Teufel an den empfindlichsten Stellen – ihres Körpers.

Lächelte er deshalb? »Heute, Merry«, sagte er, »müssen wir unseren Kampf gegen die Dämonen noch entschiedener führen.«

Dann klappte er seinen mit rotem Samt ausgeschlagenen Koffer auf. Hier hatte alles seinen Platz, und jedes Ding steckte in passgenauen Halteschlaufen: das schwere Kruzifix, die Bibel, diverse Musselintücher auf der einen Seite. Und auf der anderen die Waffen. Seine Werkzeuge gegen das Böse, sein Spielzeug: Skalpell, Sägemesser sowie ein kleiner schwarzer Kasten.

Diesen nahm er als Erstes heraus, überprüfte, ob eine frische Kassette eingelegt war, drückte auf »Start« und stellte den Rekorder auf den Nachttisch.

Denn er spielte sich ihren gemeinsamen Kampf später gern noch einmal vor.

»Bitte«, flehte sie. »Nicht wieder so wehtun.«

»Oh, ich mache nur, was notwendig ist.«

Dann nahm er einen Lappen, packte sie an den fettigen Haaren und stopfte ihn in ihren Mund. Sie musste würgen und riss an ihren Fesseln, doch er fasste sie wieder und wieder an. Es schien kein Ende zu nehmen. Sie bäumte sich auf gegen ihn und spuckte, bis der Lappen aus ihrem Mund flog und er ihren Rotz ins Gesicht bekam.

Worauf er sich seelenruhig das Gesicht abwischte und sagte: »Oh, ich spüre ihn, den Teufel in dir. Aber er kann sich vor mir nicht verbergen, ich werde ihn austreiben.«

Er wusste auch schon, wie, und langte in seinem Koffer nach dem Sägemesser. Manche Dinge konnte er blind.

Nur war das Messer nicht da.

Wer aber da war, war ihr Bruder. Er stand direkt vor Grady, mit dem Messer in der Hand.

»Hör zu, mein Sohn, das ist kein…«

Weiter kam er nicht, denn Jacob rammte ihm das Messer bis zum Heft in die Brust. Der Kaplan taumelte gegen das Bett.

Merry richtete sich auf. Ihre Fesseln hingen lose herab. Ihr Bruder hatte sie schon vorher gelöst, und jetzt verfolgte sie mit geradezu klinischer Kälte, wie auch Grady allmählich begriff, dass er getäuscht worden war. Dass der Teufel eben doch stärker war als gedacht – diese Erkenntnis war an seinen Augen ablesbar. Schwer getroffen sank der Kaplan auf die Knie.

Und so kniete er noch immer da und klammerte sich an das Messer in seiner Brust, als sie aus dem Bett sprang und das Skalpell aus dem Koffer holte, sein Spielzeug, nicht ihres, wenn das Gesetz des Herrn noch etwas galt.

»Ich bitte dich«, flüsterte er. »Ich bin ein Mann Gottes.«

Aber Merry lächelte nur und hielt die spitze Klinge direkt an die weiche Partie unter dem linken Auge.

»Du… bist nichts weiter als ein krankes Arschloch«, sagte sie.

Und stieß ihm die Klinge ins Auge. Grady brüllte auf. Sie hingegen war noch lange nicht fertig mit ihm…

68

»Du täuschst dich.«

»Ich täusche mich keineswegs«, sagt Clara. »Du hast dich verändert, mag sein, sehr sogar. Aber ich habe mich ein halbes Leben lang gefragt, was aus Merry Lane geworden ist. Und auf einmal sehe ich sie vor mir. Weißt du noch, das Foto in der Zeitung? *Die Pfarrerin mit Blut an den Händen.* Ich dachte gleich, sieh an, wenn das nicht unsere Merry ist. Zumindest bleibt sie sich selber treu. Wo sie hinkommt, fließt Blut.«

Aber darauf gehe ich nicht ein. »Du hast Brian vorgeschickt, damit Bischof Gordon mich auf diesen Posten beruft.«

»Ich war nicht sicher, ob du annehmen würdest. Ehrlich gesagt war ich sogar überrascht über deine Zusage. Aber dann dachte ich: Ist das nicht frech? Kommt einfach zurück, als könne ihr niemand was.«

»Dann hast du alle die Andenken platziert? Den Exorzismuskoffer, die Bibel, die Mägdelein, die anonymen Briefe...«

Sie nickt. »Der Koffer und die Bibel waren in Fletchers Nachlass. Er muss sie in der Gruft gefunden haben.«

»Aber warum, nach all der Zeit?«

»Dasselbe könnte ich dich fragen. Warum kommst du zurück?«

Ich zögere mit der Antwort. »Wegen Joy. Ich wollte wissen, ob ich nicht doch herausfinden kann, was ihr damals widerfuhr.«

»Und ich hatte endlich die Chance, dir den Mord an Benjamin heimzuzahlen.«

»Es gibt zwischen beidem nur einen Unterschied: Grady war ein pädophiler Sadist. Er hatte den Tod verdient. Joy nicht!«

Ihr Lächeln darauf könnte nicht kälter sein. »So hat eben jeder seine ganz persönliche Rechtfertigung. Letztlich haben wir beide Blut an den Händen.«

Einen Wimpernschlag lang blitzt eine irrwitzige Möglichkeit in mir auf. Noch reden wir. Aber ich könnte sie jederzeit zu Boden werfen und zu dem alten Brunnen schleppen. Eigentlich ein Kinderspiel, warum mache ich es nicht? Und verdient wäre es allemal. Mehr noch, dass sie an demselben Ort krepiert wie Joy, wäre sogar eine Art poetische Gerechtigkeit.

Doch als sich unsere Blicke treffen, sehe ich, dass sie genau dasselbe denkt.

»Wie kann man eigentlich mit so einer Tat leben?«, frage ich.

»Genauso wie du mit deiner, würde ich sagen.«

Und so fixieren wir uns, bis ich doch den einzig möglichen Schritt tue … und den Kassettenrekorder in den Brunnen werfe.

»Merry ist tot. Und du geh zum Teufel, Clara. Er wartet schon auf dich.«

Dann drehe ich mich um und gehe.

Ein letztes Mal.

69

»Ach, wie schade, dass Sie uns jetzt verlassen wollen.«

Ich bin auch traurig, als wir uns noch einmal an ihrem Küchentisch gegenübersitzen. »Sie werden mir ebenfalls fehlen.«

»Auf jeden Fall war in diesem Kaff mal etwas los.«

»Ich nehme an, die Polizei wird noch eine ganze Weile ermitteln. Es gibt zu viele offene Fragen.«

Nicht zuletzt, wer Grady getötet hat.

»Ich bezweifle aber, dass sie jemals die ganze Wahrheit herauskriegen.«

»Tja, tut mir leid, wenn ich Ihnen nicht mehr sagen kann. Ich weiß, Sie wollten Licht in den Fall bringen.«

Sie greift nach ihrem Sherry. »Ach was, so wichtig ist das auch wieder nicht. In meinem Alter hat man sich längst damit abgefunden, dass es im Leben mehr unbeantwortete Fragen gibt als beantwortete. Im günstigsten Fall legt man sich eine Version zurecht, mit der man leben kann. Zumindest weiß ich jetzt, wie Matthew wirklich starb.«

»Und die Harpers, wie stecken sie es weg?«

»Emma ist mit Poppy erst einmal zu ihrer Mutter gezogen. Simon will immer noch nicht wahrhaben, was Rosie getan hat. Für ihn bricht gerade eine Welt zusammen, so ziemlich in jeder Beziehung.«

Fast könnte er einem leidtun. Aber nur fast.

»Wir alle wollen doch nur das Beste für unsere Familie«, sage ich.

»Und Sie meinen, ein erneuter Umzug wäre das Beste für Sie und Flo?«

»Ich hoffe es.«

»Glauben Sie, Sie kommen noch einmal wieder?«

»Vielleicht.«

»Dann lassen Sie sich aber nicht wieder so viel Zeit wie beim letzten Mal«, sagt sie und tätschelt meine Hand.

Auf meinen betretenen Blick sagt sie: »Keine Angst, Sie müssen jetzt nichts sagen. Ich brauche nicht auf alles eine Antwort.«

Was bin ich für eine Frau?

Ich wünschte, ich könnte etwas Positives darauf sagen. Irgendwas mit tief im Innern ein guter Mensch. Jemand, der immer versucht hat, das Beste aus seinem Leben zu machen, seinem Nächsten beizustehen und nichts als humane Wärme zu verbreiten.

Daneben bin ich aber auch eine Frau, die gelogen, gestohlen und getötet hat.

In uns allen steckt die Anlage zum Bösen. Und die meisten finden dafür sogar eine mehr oder weniger stichhaltige Rechtfertigung. Also, ich glaube nicht, dass der Mensch böse geboren wird. Am Ende ist Kultur immer noch stärker als Natur. Allerdings ist das böse Potenzial in uns eine Tatsache, wenngleich unterschiedlich stark ausgeprägt. Das mag genetische Ursachen haben oder soziale, doch im Ergebnis haben wir am Ende trotzdem ein Monster vor uns. Wie Grady. Wie Wrigley.

Wie ich?

Fühle ich mich schuldig, weil ich gelogen oder Mitmenschen das Leben genommen habe? Kann ich deswegen nachts nicht schlafen? Ja, das kommt vor, aber nicht oft. Macht mich das eher zu einem Psychopathen oder zu einer Überlebenden?

Ich sehe mich im Badezimmerspiegel. Jack, mein Spiegelbild, mein Doppelgänger, schaut ungerührt zurück. Es ist nicht schwer, sich eine neue Identität zuzulegen. Ein alter Name von einem Grabstein ist schon mal ein guter Anfang. Das Geld für ein paar annähernd echte Ausweispapiere schnorrt und stiehlt man sich zusammen. Doch den alten Ort zu verlassen reicht nicht. Man muss auch sich selbst entrinnen, einschließlich der Menschen, die man liebt. Bei mir war das mein Bruder.

Ich wollte eigentlich nie in den Kirchendienst. Aber was ich Mike erzählte, stimmt trotzdem. Die Begegnung mit diesem Priester, Blake, hat tatsächlich stattgefunden. Er lehrte mich, dass es immer nur an mir liegt, wie am Ende die Bilanz aussieht. Und ganz nebenbei brachte er mich auf die alles entscheidende Idee: Die beste Deckung, die ich für mich je erreichen kann, besteht darin, die Welt glauben zu lassen, es wäre gar keine. Das kleine, verhuschte Mädchen tarnt sich mit einer quasiöffentlichen Funktion, darauf muss man nicht nur kommen, das muss man auch durchziehen. Aber hat man das einmal geschafft, wird alles ganz einfach. Die Leute sehen hinter dem weißen Kragen keinen Menschen, sondern die Institution. Und wenn doch, dann strahlt der Nimbus unseres Standes auf mich ab, was ebenfalls das genaue Hinsehen erschwert. Kurzum, bei uns sind die Leute wie blind.

Ich greife unter meinen Rundkragen und hole das

kleine billige Silberkettchen hervor, das ich seit über dreißig Jahren nicht einen Tag abgelegt habe. Ich schaue auf den Anhänger, ein kleines silbernes, leicht angelaufenes J.

Beste Freundinnen halten nicht nur zusammen, sie teilen auch alles: Mixtapes, Klamotten, Schmuck.

Einen Moment lang liegt das kleine J noch auf meinen Fingern, ein letztes Mal schaue ich es im Spiegel an, dann reiße ich das ganze Kettchen ab und spüle es den Abfluss runter. Das Wasser lasse ich länger laufen.

In einer Kabine hinter mir rauscht es ebenfalls. Na dann: Ich zupfe mir die Haare hinter die Ohren. Allzu lang sind sie ja jetzt nicht mehr, und die grauen Ansätze sind auch verschwunden. Ich trete einen Schritt zurück, lächle mich selbst im Spiegel an und werfe mich einen Moment später wieder ins Gewühl der Reisenden.

Mike und Flo warten im vollbesetzten Café der Abflughalle. Mike bestand darauf, uns zum Flughafen zu bringen. Seit der Sache in der Kirche war er häufig bei uns. Auch er wird mir fehlen. Andererseits bin ich froh, dass ich endlich wegkomme. Manchmal sieht er mich auf diese gewisse Art an, dass ich denke: Gleich sagt er es. Er ist kurz davor. Aber das wäre nicht gut, weder für mich noch für ihn.

»Hey«, ruft Mike, als ich näher komme. »Alles klar?«

»Alles klar«, sage ich.

Und Flo sagt: »Ich wollte mir gerade noch einen Kaffee holen. Du auch einen?«

»Ja, warum nicht?«

Sie verschwindet, um sich in die Schlange einzureihen.

»Und?«, fragt Mike. »Nervös? Australien ist ja nicht gerade nebenan.«

»Ein bisschen. Aber hauptsächlich, weil ich nicht weiß, wie ich je wieder mein Kreditkartenkonto ausgleichen soll.«

»Egal. Du hast es dir trotzdem verdient.«

»Danke. Ist ja auch nur für einen Monat. Mal sehen, was sich so bietet.«

Ob ich es verdient habe? Vielleicht.

»Was ich dich noch fragen wollte«, sage ich. »Hat die Polizei eigentlich jemals diesen geheimnisvollen Retter gefunden, der mich aus der Kirche gezogen hat?«

»Bis heute hat sich niemand gemeldet.«

»Seltsam.«

»Aber wenn sich dabei jemand verletzt hätte, wäre er früher oder später in einem Krankenhaus erschienen, oder?«

»Anzunehmen«, sage ich. »Vielleicht habe ich das Ganze auch nur geträumt.«

»Würde mich nicht wundern. Es war ja auch der reinste Albtraum.«

»Stimmt.«

Dennoch, da *war* jemand. Und ich weiß sogar, wer. Jacob, mein Bruder. Hat er mich also doch aufgespürt. Und gerettet. Er muss noch immer irgendwo da draußen sein.

»Bitte schön, zwei Americanos«, sagt Flo und stellt die Pappbecher auf den Tisch. »Es sind doppelte. Damit bleiben wir wach bis in die Welt von Oz.«

»Ich sollte jetzt besser gehen«, bemerkt Mike.

»Oh, natürlich.«

Eigenartig gehemmt stehen wir uns gegenüber.

»Noch mal danke fürs Mitnehmen«, sage ich. »Und, du weißt schon, für alles andere auch.«

»Ich weiß. Aber denk an den Plüschkoala.«

»Mach ich.«

»Okay, dann …«

Flo verdreht bereits die Augen. »Ey, Leute, das ist jetzt echt erbärmlich.«

Worauf Mike sich zu einer flüchtigen Umarmung genötigt sieht, deren Unbeholfenheit das ganze Drama ziemlich gut wiedergibt.

Eine Sekunde später steht er wieder frei, lächelt ein letztes Mal und zieht davon.

»Mann, ich fasse es nicht, so ein Loser«, urteilt Flo und zieht den Deckel von ihrem Kaffee. »Er wäre perfekt für dich.«

»Das glaube ich weniger.«

»Wieso das denn?«

»Nicht mein Typ.«

»Auf wen wartest du? Auf Hugh Jackman?«

»Ich glaube, dass er eigentlich eine andere sucht. Das, was er will, das bin ich nicht.«

»Ich liebe dich, Mum.«

Über den Tisch hinweg ergreife ich ihre Hand.

»Und ich liebe dich, Flo.«

Dann: »Aber du trägst ja deinen Kragen gar nicht.« Flo ist regelrecht empört.

»Richtig. Ich dachte, er ist zu unbequem für den langen Flug...«

»Oh, dann ist ja gut.«

Wir trinken unseren Kaffee, und Flo checkt wieder ihr Smartphone. Später, als wir aufstehen und uns zum Gate begeben, lasse ich sie vorangehen. Unbemerkt ziehe ich den Rundkragen aus der Tasche, stopfe ihn nach kurzem Zögern in den leeren Becher und verschließe das Ganze mit dem Deckel. Soll ihn haben, wer ihn findet.

Was bin ich für eine Frau?

Ich denke, es wird Zeit, genau das herauszufinden.

Epilog

Der Patient befand sich nun seit einigen Wochen auf ihrer Station. Eine unbekannte männliche Person, die bewusstlos und in einem akut lebensbedrohlichen Zustand neben einer Landstraße unweit von Hastings aufgefunden worden war und allem Anschein nach schon länger dort gelegen hatte.

Im Einzelnen nennt der Aufnahmebefund großflächige drittgradige Verbrennungen auf der gesamten rechten Körperhälfte sowie eine beginnende Sepsis infolge einer verschleppten Phlegmone im Bereich des linken Fußgelenks. Der Patient wurde zeitweise in ein künstliches Koma versetzt, jedoch konnte der infektionsgeschädigte Fuß nicht erhalten werden und wurde deshalb in Höhe des Unterschenkels amputiert. Die Genesung verlief bisher nicht zufriedenstellend, was womöglich auch daran lag, dass der Patient nicht sprechen konnte oder wollte.

»Trotzdem machen wir Fortschritte«, sagt Oberschwester Mitchell, als sie mit dem jungen Stationsarzt ihr Reich abschreitet. Der Arzt ist ein Neuzugang, sehr jung, sehr gepflegt und sich des Ernstes seiner Aufgabe bewusst. Die weißen Clogs der Oberschwester quietschen bei jedem

Schritt. »Jedenfalls spricht er positiv auf unsere Kunsttherapie an.«

»Das ist gut«, sagt der junge Arzt.

Dann warte mal ab, bis du sein Horrorkabinett siehst, denkt die Oberschwester.

Sie stößt die Tür zum Therapieraum auf, gefolgt von dem jungen Arzt, der sich blinzelnd ein Bild machen muss. Die Vielfalt der Arbeiten ist beeindruckend. Er erkennt handgeflochtene Körbe, Skulpturen aus Pappmaschee und jede Menge bemalte Teller, doch auf, neben und zwischen diesen Objekten liegen eigenartige, aus Reisig gefertigte – wie soll er sagen? – Voodoo-Püppchen?

Der junge Arzt nimmt die Versammlung der Puppen in Augenschein. »Interessant«, lautet sein Kommentar.

So kann man es auch sagen, denkt die Oberschwester.

»Er fabriziert ausschließlich diese Dinger«, sagt sie. »Wie besessen.«

Der junge Arzt nimmt eines davon in die Hand, betrachtet es kurz und legt es schnell wieder hin. »Hat er mal gesagt, was sie darstellen sollen?«

»Nein. Seit seiner Aufnahme hat er ohnehin nur zwei Wörter gesprochen.«

Sie sieht zu den Reisigpuppen hinüber. Insgeheim schaudert ihr bei dem Anblick, doch das soll ihr Neuzugang nicht merken.

»Brennende Mägdelein.«

Unsere Leseempfehlung

416 Seiten
Auch als
Hörbuch und
E-Book erhältlich

Niemals konnte Eddie den Tag des schrecklichen Unfalls vergessen. Damals begegnete der Zwölfjährige dem Kreidemann zum ersten Mal. Und der erzählte Eddie von den Zeichnungen – geheimen Botschaften, die außer Eddie und seinen Freunden niemand verstand. Erst hat es Spaß gemacht, aber dann führten die Kreidefiguren sie zu der ersten Toten. Dreißig Jahre später erhält Ed einen Brief, der die alten Wunden brutal aufreißt: Die Vergangenheit kehrt zurück, und der Kreidemann geht wieder um…

Unsere Leseempfehlung

464 Seiten
Auch als E-Book
erhältlich

Eines Nachts verschwand seine geliebte Schwester Annie. Aus ihrem eigenen Bett. Das ganze Dorf ging auf die Suche. Alle befürchteten das Schlimmste. Und dann, wie durch ein Wunder, kehrte sie vierundzwanzig Stunden später zurück. Aber sie konnte – oder wollte – nicht sagen, was ihr zugestoßen war. Und auch er konnte es sich nicht erklären. Er wusste nur, dass sie nicht mehr dieselbe war. Nicht mehr seine Annie. Und er bekam Angst. Mörderische Angst vor seiner eigenen kleinen Schwester ...